ハヤカワ文庫JA
〈JA1258〉

PSYCHO-PASS GENESIS 4

吉上　亮
原作＝サイコパス製作委員会

早川書房
7896

原作ストーリー原案 = 虚淵玄（ニトロプラス）
プロット協力 = 戸堀賢治

PSYCHO-PASS GENESIS
4

一国の人々を抹殺するための最後の段階は、その記憶を失わせることである。

――ミラン・クンデラ『笑いと忘却の書』

そして今、この時間に数百万の人々が人間の自由のための最後のたたかいをたたかいつつあり、幾千の人びとがこの戦いで倒れつつある。

――ユリウス・フチーク『絞首台からのレポート』

おそらくはこのような方法でさまよえる魂の幾つかは否応なく生きなければならないこの世界――美しいと同時に恐ろしい、だが常に人間的ならざるもの、常に全く理解不能なるもの――をある程度は統御できるようになるかもしれないのである。

――オルダス・ハクスリー『知覚の扉』

多種多様な色彩現象をその種々異なる段階に固定し、並列したまま眺めると全体性が生ずる。この全体性は眼にとって調和そのものである。

――ヨハン・ヴォルフガング・フォン・ゲーテ『色彩論』

第三部

1

自らの行いを悔いたことはなかったが、いまだ自分が生き長らえていることは悔いていた。

おれはいつも誰かに助けられて生きてきた。死すべき機会は幾度もあり、命を賭す覚悟もできていた。しかし死を免れ続け、今も生者の側に立っている。そこに意味はあるのだろうか。意味などないのかもしれない。しかし、今なお生かされている理由が在ることだけは確かだった。死者が自分に遺したもの。そしてこの社会《システム》を統《す》べる仕組みが自分に向けて導き出した職務、果たすべき役割が。

「――S《セッター》1からS2へ」

厚生省国家安全保障麻薬取締局取締官、唐之杜瑛俊《からのもりえいしゅん》は、これまで幾度もそうしてきたのと同じ指示を下し、自らの猟犬に職務の遂行を命じる。

「当該施設が、公衆精神衛生に重大な被害をもたらす脅威として認定された。速やかに突入しろ、真守。今度こそ〈涅槃《ニルヴァーナ》〉の流通拠点を制圧しろ」

《S2、了解》無線越しに砕氷のように研ぎ澄まされた応答が返ってくる。《P1《パック》、P2を伴い突入します》

厚安取締官――真守滄《まかみそう》は、群れ《パック》を統率する白狼めいた迅速さで二頭の猟犬を率い、未確認精神作用物質《UPS》の流通倉庫へ踏み込んでいく。だが、その傍らに、彼女がこの一ヶ月を共にした捜査協力者の少女、衣彩茉莉《いざやまつり》の姿はなかった。

薬莢めいた形状のターボライターで、咥《くわ》えた煙草に火を点す。唐之杜は制圧が完了した現場へと踏み入っていく。灰銀色の上下のスーツに、銀縁の眼鏡、いつもどおり黒いネクタイを締めていた。

日差しは温かいが吹く風は冷たい。

深まりつつある秋の空を新首都高速九号深川線の高架が覆っている。

中央区日本橋箱崎町の川沿いに面した廃倉庫の錆びついたシャッターは、滄が突入したときのまま開け放たれており、入り口傍では、視覚補助装置を取り付けた灰色の大型犬《カフカ》と黒い長毛の犬《ラヴクラフト》が番犬のように待機している。

倉庫内は薄暗かった。積み上げられた段ボールが壁となっており、外からでは内部の事情は窺い知れない。しかしコンクリート剝き出しの床を重油のように浸している流血が、この廃倉庫で起こった凶事を物語っていた。

唐之杜は革靴が血に塗《まみ》れるのも構わず先に進んだ。踏みしめる血がわずかに粘ついている。生乾きの塗料のうえを歩いているような感覚。

懐から細長い懐中電灯を取り出し、足元を照らした。指向性の強い真っ白な光が凝固し始めた赤黒い血の海に反射する。血を舐める小蠅たちが、来訪者に気づき、耳障りな羽音を鳴らして飛び去った。

「真守」唐之杜は、すでに実況検分を進めている滄に話しかけた。「状況は？」

「生存者なしです」白シャツに防弾チョッキを重ねた滄が、こちらを振り返る。「わたしたちが突入した時点で、すでに作業者四名全員が死亡していました」

唐之杜は段ボールに四方を囲まれた空間に踏み入った。天井から照明が吊るされ、直下には銀色の長い作業台が置かれている。擦り傷だらけの表面には、ここで箱詰めされていたであろう薬物の代わりに、作業員たちのものと思《おぼ》しき赤黒い残骸がそこかしこに飛び散っていた。肉も骨も内臓もごた混ぜになっている。ひどい匂いがした。床には、下半身だけの死体が転がっており、腰のあたりから脊椎の残骸が覗いている。

　背後から至近距離でショットシェルを叩き込まれ、上半身が粉々に吹き飛ばされたかのような遺体の惨状を、唐之杜は、銀縁の細いフレームの眼鏡越しに見つめる。

「また同じ手口だな」検討を重ねるまでもない。唐之杜の下した結論は同じだった。「何者かが私たちに先行し、〈涅槃《ニルヴァーナ》〉に関与した施設と人間を尽《ことごと》く抹殺して回っている」

　新型未確認精神作用物質〈涅槃〉の製造拠点と目された臨海地区、新豊洲地下の施設での摘発失敗から五日が経過していた。

　摘発を目前に発生した施設の爆破。直後に大規模な崩落が発生し、流入した大量の海水により地下プラントは海中に没した。

　以来、新豊洲の製造拠点跡を起点に、国交省が保有する物流統合管制《ロジスティクス・コンプレックス》・管理システムの支援を受け、〈涅槃〉が都内にばら撒かれる際に利用された施設を、唐之杜は滄とともに捜索し、違法薬物の押収を目指している。

　だが、そこで目にするのは、今のように〈涅槃〉を含む薬物一切が奪い去られ、破壊された設備、築かれた死体の山だけだった。

「……〈帰望の会〉の犯行でしょうか」

　滄が現場の状況を記録した後、ドローンに命じ、死体を一個所に集め、飛び散った臓物を回収させる。

「……その線も考えられるが、まず殺し方が違いすぎる」

これまで彼らは、車輛爆弾を用いた爆破テロを繰り返してきた。そして、攻撃目標は、つねに移民政策の従事者に限定されてきた。

「テロ継続のため、〈涅槃〉の回収に躍起になっている可能性は？　彼らはブリクセンと〈涅槃〉の完成モデルについて大口取引を行う約束を交わしていた」

滄は唐之杜の言葉に淡々と質問を返す。機械のように素早く、無駄のないレスポンス。そんな彼女の冷徹さが好ましい。滄と会話をしていると、自分のなかの思考から無駄なノイズが除去され、検討すべき情報のみに意識を集中できる気がする。

「君の言う通りだとすれば、ここ一週間の彼らの沈黙が説明できない」

地下崩落の混乱に乗じて、〈帰望の会〉のテロリストたちも姿を消し、そのまま行方を晦《くら》ました。以来、彼らは沈黙を続け、唐之杜が警視庁の捜査班とともに対処していた連続自爆テロにも歯止めがかかっていた。

とはいえ、それで気を緩められるはずもない。

現在の社会秩序の維持に不可欠な精神数値化技術《サイマティックスキャン》によって導き出される精神色相《サイコ＝パス》を欺瞞《ぎまん》し、本来なら濁るべき色相を強制的に清浄な状態にする〈涅槃〉は、依然として相当量が都内に流通している。〈涅槃〉の供給ルートは、早急に根絶しなければならなかった。

「……だとすれば、やはり彼らとは異なる別の勢力が、〈涅槃〉に関連するもの一切を葬り去ろうとしているとしか思えません」

滄が、その別勢力について確信があるような口調で話した。

「――東金財団は、この件については黙秘を続けているそうですね」

「ＯＷ製薬の一部門が社内法規を逸脱して創薬実験を行っていたというのが、財団側の公式の返答内容だ。そして、すでに処分も済ませたと言っている」

無論、それは建前に過ぎないことを唐之杜も承知している。

都内に残存する〈涅槃〉の押収のため、唐之杜が要請しようとした警察機構の大量動員は、厚安局の親組織となる厚生省上層部の判断で握り潰されていた。

〈涅槃〉の蔓延《まんえん》には、厚生省と昵懇《じっこん》の関係にある国内最大手の製薬企業ＯＷ製薬と、その母体となる東金財団が関与している可能性が高い。

だから厚生省上層部は、彼らの意向を受け、事実の隠蔽を図ろうと動いたのだ。

国内に流通する薬物を始めとする、あらゆる物資の生産・流通・販売を、厚生省がＯＷ製薬とともに一元管理するための最重要法案たる改正薬事法案――通称〝**ラクーゼ法**〟の成立が目前となった局面で、不利なスキャンダルは絶対に避けなければならないと言わんばかりの迅速さだった。

そして、滄が潜入捜査時に接触した麻薬密売人《ディーラー》のミハイル・ブリクセンは、司法取引を条件に、〈涅槃〉とＯＷ製薬が繋がっていたと証言した。状況を鑑《かんが》みるに虚偽とは思えない。しかし、彼は死んだ。新豊洲での戦闘時に、〈帰望の会〉の指揮官――エイブラハム・M《マレク》・ベッカムによって射殺された。

OW製薬は、密売人のブリクセンに接触し、意図的に誰彼構わず色相の重篤悪化者たちに〈涅槃〉をばら撒かせたのだ。

その結果、色相の改善と引き換えに脳機能を致命的に損傷させる薬物が拡散され、移民政策に従事した官僚を中心に膨大な数の犠牲者が出た。

それだけではない。〈涅槃〉を利用して色相を欺瞞した〈帰望の会〉と反体制レジスタンスは、都市内で二〇件近い爆破テロを実行した。

事実上、OW製薬はテロの遂行を幇助《ほうじょ》したも同然だった。

言うまでもなくOW製薬の行為は、重大な犯罪だ。しかし、その罪を問う方法がない。

捜査主任の唐之杜自身にも、事件捜査をテロ・グループの追跡のみに制限するよう、厚生省上層部からの意向が伝えられていた。

〈帰望の会〉に対処する合同捜査チームは、反厚生省を標榜する国交省や警察機構の人員も多数参加している。そこでOW製薬を訴追しようとする行動は、叛逆行為に等しいというわけだった。事実上の警告。〈涅槃〉に関する追跡は、触れるべきでない事案《アンタッチャブル》になろうとしている。

だが、〈帰望の会〉を追うためには、色相を欺瞞する違法薬物《UPS》の存在は無視できない。

ゆえに唐之杜は、半ば独走に近いかたちで事件捜査を継続していた。合同捜査態勢にあり、事件捜査のオブザーバーとして参加している東金財団に対する情報提供もほとんど停止している。

「関連施設の破壊を命じているのは、ＯＷ製薬――東金財団しか有り得ません」

それでも滄の断言を、唐之杜は否定した。

「明確な証拠がない以上、憶測を口にするべきではない」

「……いえ、証拠なら存在します」滄が携帯端末にデータを送信してきた。「この廃倉庫付近の街頭スキャナの記録映像です。先ほど捜査権限に基づき押収しました」

唐之杜はデータを開封し、記録映像を再生した。

ホロで投影されるのは、一昨日深夜の通りの防犯記録。この箱崎町付近は廃棄区画に隣接しているうえ、倉庫のほとんどが自動管理されているため、昼夜を問わず人の出入りがほとんどない。ましてや深夜となれば、人通りは皆無だった。

だが、間もなく人影が路上を通過した。

映った時間は僅かだったが、夜目にも鮮やかな赤い外套を着ていたため、一目でその存在が確認できた。

「またか……」唐之杜は咥えた煙草をゆっくりと吸い、肺に煙を入れた。「記録映像の詳細な解析はしているのか？」

「ＡＩによる解析済みです。防犯記録に映っているのは、年齢が一〇代前半から後半、身長一五〇から一六〇㎝、性別は女性――、これまでわたしたちが制圧を試みた十一の〈涅槃〉の精製・流通施設のうち、六ヶ所の防犯映像で確認され、施設の破壊に関与していると見られる、赤いフードパーカーの少女と同一人物であると分析ＡＩは判定を下しています」

滄は淡々と実験結果を読み上げるように返答する。

捜査協力者であり、新豊洲地下での戦闘時、誰よりも早く先行し、製造拠点へ辿り着こうとした衣彩茉莉は、しかしその直後の施設崩落以来、行方不明になっている。

そして滄は唐之杜を見つめ、自らの見解を告げた。

「――現在、行方不明の衣彩茉莉は、東金財団の意向を受け、破壊工作に従事しているものと考えられます」

†

現場を唐之杜と所轄警察に任せ、滄は次の候補地へ向かった。

セダンタイプの捜査車輛のフロントスクリーンには、〈涅槃〉の流通拠点の候補地がマッピングされた東京都内の地図が表示されている。

捜査協力者である野芽《のめ》を介し、国交省の物流統合管制・管理システムの解析によって得られた予測だ。彼女は国土保全局流域管理官の権限を活用し、その裁量でかなりの情報を提供している。

《主だった施設は例外なく先回りされ、破壊されている……か》通信越しに野芽が皮肉交じりに呟いた。《まるで捜査情報が漏洩していると言わんばかりの状況だな》

「厚安局だけでなく国交省、警察機構が合流した現在、我々もかなりの大所帯になっています。迅速な情報共有が行われる反面、情報が漏れやすくなるのも仕方がないかと」

《言っておくが、私はシロだぞ？》野芽が冗談交じりに言った。《今さら身売りをしたところで買い手もつかない。……もっとも、君や衣彩茉莉のような、どのような状況にあっても色相が濁らない人間となれば、引く手数多《あまた》だろうがね》

「あなたは、衣彩茉莉が東金財団に協力していると？」

《状況証拠を見るなら、そう判断するしかないだろう》

「彼女が東金財団に協力する理由が思い浮かびません」

《拷問や薬物に洗脳……、無理やり他人を従わせる方法など幾らでもある。それに、衣彩に恭順の意志がなかろうと、捜査情報がすでに東金財団に漏洩しているのは間違いない。そうでなければ、君が確保するはずだった〈涅槃〉のサンプルが持ち去られた理由も説明がつかない》

新豊洲地下の製造拠点が崩壊した直後、滄たちには〈涅槃〉を入手する機会が未だ残されていた。ブリクセンが司法取引のために準備していた〈涅槃〉の第八世代モデルだ。しかし、これらは、何者かの手により彼の車輛から運び出されていた。

崩落直前の時点で、その情報を共有していたのは、唐之杜や滄の他には、茉莉など捜査班に属する一部の人間のみだった。そこで行方不明となった茉莉が、その関与を疑われた。

滄は事件直後から一貫して、彼女の犯行を否定している。

地下通路でわずかに再会したとき交わした会話が思い出された――〝あたしは真守滄と一緒に事件を解決してもいいって――、そう思う〟。

茉莉は、そう言い残し、製造拠点へと先行した。あの言葉が自分を騙すための嘘とは思えなかった。そうであったら、すぐに見抜けていたはずだった。そこに込められた感情に偽りはなかった。

だが、その後に〈涅槃〉の流通拠点が連続して破壊された。茉莉の関与は疑いようのないものになりつつあった。

《それとも真守取締官。君は合同捜査班の公式見解を信じるのかね？》

「……〝捜査協力者として登録されていた元〈帰望の会〉テロリスト衣彩茉莉は、悪化する自らの精神色相を維持するため、違法薬物を奪って逃亡を続けている〟――ですか？」

《まさしく戯言《たわごと》だな。彼女は過去を捨て、こそこそ逃げ回れるほど器用ではない》

むしろ、そうであればよい、という言葉がうっかり出そうになった。もしも茉莉が、〈帰望の会〉との繋がりや棄民政策従事者に対する復讐から完全に距離を取り、まったく別の人間として生きていこうとしているなら、それが社会に脅威を与えることのないものであれば、それはそれで構わないのだ。

「ですが、彼女の精神色相を長期間にわたって観察していましたが、わたしが知る限り、彼女が何らかの薬物を服用したことはありませんでした」

《なるほど。衣彩茉莉には、そもそも色相を強制浄化する〈涅槃〉など必要ない……》

「そうなります」

《つまり、君の見解のとおりなら――本来、衣彩茉莉に〈涅槃〉を狙う理由がないわけだ。なのに彼女は、君たちを裏切るような真似をしてまで、違法薬物の関連施設を破壊し、さらにはこれに関わる人間たちも次々に抹殺している》

「どのような条件を提示されたとしても、茉莉が東金財団と取引をするとは考えられません」であれば、と滄は自らの見解を口にする。「財団と繋がった何者かに身柄を拘束され、止む無く破壊工作に協力しているものと考えます」

《その調子だと見当がついているようだな》

滄は、うなずき、ひとりの男の名を言った。

「――唐之杜秋継《あきつぐ》氏です」

《……ほう》
「長崎での襲撃以降、彼も捜査協力者として登録されながら、その実、捜査情報をOW製薬CEO兼財団代表である東金美沙子《とうがねみさこ》氏に報告する伝達者《メッセンジャー》という べき振る舞いをしていました。そして現在、秋継氏は行方を晦ましている。所属する外務省に色相治療を理由に長期休暇を申請していますが、入所先として登録している都内の高級セラピー施設に彼が実際に宿泊している記録はありません」
《確かに、唐之杜取締官の依頼で、彼の動向を追跡していたが、この一週間、個人決済情報には一切の更新が見られんな。色相の悪化が限界を超え、有り金をかき集めて廃棄区画へ逃げ込んだか……。あるいは外様《とざま》の外務省には見切りをつけ、シビュラ統治社会の盟主たる厚生省と手を組む東金財団の飼い犬となることで身売りを果たしたか……、あの男の臆病な性格からすれば、後者だろう》
表立って明言していなかったが、やはり唐之杜もまた同じ結論に至っているのだろう。
《しかし汚れ仕事を押し付けられた唐之杜秋継の末路は推して知るべしだろうな。色相が正常値を保っているとは考えにくい。文字通り、精神を削って奉仕しようと、連中が推進する精神衛生至上社会では、色相が濁った人間には排斥の道しか残っていない》
「……いえ、そうならないための予防線を彼は張っているのかもしれません」
《皆目、見当がつかんな……。いや、そうか――》野芽が苦笑を漏らすのが聞こえた。

《奴が財団に恩を売りつつも、生き残りを図るには、色相悪化の防波堤となる存在が不可欠となる》

「茉莉は――」滄は彼女と初めて邂逅したとき、色相チェッカーが示した鮮やかな淡紅色を覚えている。「いかなる状況下にあっても清浄な色相を保ち続けている彼女は、秋継にとって最も都合のいい手駒であるはずです」

《加えて元テロリストで破壊工作や暗殺の経験も豊富……、確かに、汚れた猟犬として、これ以上は望むべくもない逸材というべきだな》

無論、それは秋継の立場から見た都合のいい解釈だ。

自らの精神色相を濁らせないために、繰り返し殺人を強いる秋継。与えられた命令を遂行する茉莉。たとえ〈涅槃〉の流通に関わり、多くの人間を破滅させる犯罪に手を貸していたとはいえ、作業者たちがああも無残に殺されていい理由はなかった。そして、茉莉に彼らの殺害を命じていい理由はなかった。

《……しかし、こうなればなるほど疑問も湧く》

ふいに野芽が、これまでの軽口を叩くような口調を止め、どこか羨むようでもあり、同時に何かをひどく恐れるような声色で呟いた。

《なぜ、衣彩茉莉の色相は濁らないのだろうな？》

「それは――」

《一連の精神の数値化技術《サイマティックスキャン》が確立されて以来、我々は人間の魂を定量化できるようになったはずだ。それを前提に社会秩序は再編され、この国は生存のために、あらゆる国民を正しく分別した。その結果が、六千万人規模の棄民政策へと繋がった。私たち官僚は、必要のない者たちを切り捨て、正しく必要な者たちだけを生き残らせた。そのはずだった。なのに、どうして棄てられたはずの棄民の血を引く衣彩茉莉が、この精神衛生社会において最も尊ばれる存在──強靭かつ濁りひとつ見せることのない清らかな精神色相《サイコ＝パス》を有しているのか。……わからないな。私たちが実は過ちを犯しており、不完全な技術を完全なものと勘違いし、偽りの理想郷に生きているのか？　──いや、そんな性質《たち》の悪い悪夢のような世界があるはずはないし、あってはならない》

野芽は少し間を置いた。自らを落ち着けるように。口にした言葉を忘却する時間を欲するように。

《なあ、真守取締官》そして野芽はぼそっと呟いた。ひどく老いた者が掠《かす》れた声を出すように。《何があっても色相が濁らない人間というのは、本当に存在するのか？　もし本当にいるとするなら、──君たちはどのような魂のあり方をしているんだ？》

滄は、何も答えることができなかった。

沈黙が続き、やがて通信が途切れた。

車輛は、新首都高速高架道路を西進し、板橋区方面へ向かうルートを辿った。

原則的に都市内を移動する車輛は自動運転が義務付けられている。滄はハンドルから手を離し、魚群のように整然とした車列に捜査車輛を合流させる。

普段なら捜査資料に目を通すところだが、滄の耳には先ほど野芽が発した問いが何度も反響するようにこびりついている。

何があっても色相が濁らない人間というのは、本当に存在するのか？

野芽がそう訊いてきたとき、滄は何も答えることができなかったが、かわりにひとつの言葉が蘇っていた――〝お前は、先天性免罪体質者《a priori acquitted》、あるいは、免罪体質という言葉を知っているか？〟。

茉莉たち〈帰望の会〉の構成員を指揮する巨軀の男、アブラム・ベッカムが口にした聞き慣れない単語は、しかし今も滄の頭のなかから片時も消えることがなかった。

初めて聞いたはずだ。なのに、滄のなかで何かが呼び起こされたことは事実だった。もうほとんど忘れて久しいはずの過去の記憶。遠い西の土地から日本を目指したときの軌跡。そのときに交わした会話。誰かに掛けられた言葉が泡のように浮かび上がっては、明確な像を成す前に弾《はじ》けていった。

免罪体質。

アブラム・ベッカムは、魂を数値化することができない異常者が存在する可能性をほのめかした。その精神構造を精神色相という枠組みに当て嵌《は》めることができない特異体質。それに該当する者たちの特徴が、一切色相が濁らないということであるとするなら。

滄は、唐之杜たちとの合流後、潜入捜査時に得たあらゆる情報を報告した。麻薬取締官として当然の職務遂行。しかし、この免罪体質に関する情報だけは口にしなかった。その存在を隠匿するかのように、報告内容を修正していた。口頭でも、書類をタイプしているときであっても。何か、この特異体質の存在について触れることが禁忌であると、無意識に忌避しているかのように。

理由はわかっていた。アブラムが戦闘時、他ならぬ滄自身を目の前にして、得心が言ったというふうに免罪体質の存在を語ったからだ。

違法薬物の摂取。長期にわたる潜入捜査。戦闘による負傷。色相が濁って然るべき状況はいくらでもあったのに、真守滄の精神色相は微塵も揺らがなかった。

他でもない。自分こそが、この社会にとって異常者なのかもしれない。精神色相《サイコ＝パス》を前提とする社会にあって、秩序を維持する側に立つ者でありながら、その仕組みを根底から否定しかねない危険性を孕《はら》んだ脅威であるかもしれない。

滄は、自分の命を助けたこの社会に、生存の許可を与えてくれた楽園というべき日本社会に、徹底して奉仕するつもりで生きてきた。本当はただの不法入国者でしかなかったはずなのに、その色相の強靭さこそが福音をもたらした。

これまで、自らの果たすべき役割を全《まっと》うすることに何ら疑問を感じたことはなかった。すべては正しく定義され、すべては正しく動いていく。そのための歯車。優秀な労働者《ハラショー・ラボータ》。かつての一〇九四名の逃避行と同じように。自分が両親や仲間のために一生懸命に働き続けたように。命が擦り切れるまで、この精神衛生社会に仕えるつもりだった。

だが、自分が単に精神色相を正しく計測できない異常者にすぎないとしたら？

滄は、その可能性に気づいたとき、これまで経験したことのないような動揺を覚えた。間違いなく恐れていた。自分こそが、この理想郷の秩序を揺るがす例外存在である可能性に。あるいは、それを他人に気づかれてしまい、いいように利用されてしまうことに。

何があろうと色相が濁らない正しい人間ではなく、何かが壊れてしまっているために色相が濁らない人間を、悪意ある他者は、自らの利益のために用いようとするだろう。

魂を数値化できないイレギュラー。

自分は、そして茉莉もまた、この社会にとって、容認し難い異常者なのか。

茉莉を拘束したとき、彼女は自爆テロを指導し、多数の死傷者を出す凶悪なテロ行為に加担しながらも、その色相を濁らせることはなかった。当初、それは違法薬物摂取による色相欺瞞と考えられていた。しかし彼女は色相治療薬を服用せず、健全な色相を保ち続けた。ただ精神色相が強靭というだけでは片づけられないほどの長期にわたって。

唐之杜は、精神色相を数値化できない例外が存在する可能性を最初から視野に入れていたのだろうか。犯した罪よりも、存在それ自体が社会にとって脅威であるとして、一般社会から隔離するため、茉莉を捜査協力者として組み込んでいたのではないか？

疑問は不安の裏返しだった。自分もまた同じような理由で厚安の取締官という特殊な役職に配属されていたのかもしれない。

だからだろうか、滄は、未だに直属の上司たる唐之杜にさえ、免罪体質と呼ばれる特異体質の存在可能性を報告できなかった。あくまで反シビュラを掲げるテロリストの妄言として、その内容に確信が持てるまでは保留すべきだと判断を下していた。

触れるべきではないのかもしれない。硬く閉ざされた蓋を開けることによって災厄が溢れ出すというなら、黙することこそが最善の選択だった。

しばらく車を走らせるままにした。電動式エンジンの静かな唸りに身を任せた。

そしておもむろに懐から小型拳銃《オフデューティー》を取り出す。潜入捜査を継続するために、滄が茉莉を撃った銃。そして一度は手放したが、今度は茉莉が滄を撃とうとして、結局は引き金を引かずに置いていった銃。

滄は、消音器のような長細い円筒状の精神色相走査装置《サイマティックスキャン・ユニット》を銃身に装備した。自らのこめかみに銃口を押し当てる。実弾は装塡済みで安全装置も解除した。この撃鉄内蔵式の拳銃が何かの拍子に引き金を引かれてしまえば、滄の頭蓋に弾丸が叩き込まれるだろう。

自動運転中とはいえ、不測の事態が起きて、銃が撃発すれば死ぬ可能性も大いにあったが平気だった。滄は、ただじっと銃口を押し当て続けた。やがて、拳銃をどける。

そして自らの精神色相を計測する。

純白に近い薄青《パウダーブルー》――一点の曇りも見られない。

いつもどおり、滄は死に対して、何ら恐怖を感じてはいなかった。

お前の色相はけっして濁らない。だから、私たちの言うとおりにすればいい。お前は私たちを楽園へ連れて行ってくれる天使だ。神の御使《みつか》いとして、その役割をまっとうしておくれ――。

ふいに奇妙な情景が脳裏を過《よ》ぎった。両親たち、兄弟や姉妹たちが、自分に希望を託している。幼い滄は越境者として、期待を背負って仲間たちより先に道を切り開くために凍える大地を進んでいく。恐れはなかった。その手には両親たちがくれた自動小銃を携《たずさ》えていた。しかし滄は、その銃で何を撃ったのか、まるで覚えていなかった。

かつての自分には、ただ、属する集団に奉仕する悦びの感覚だけがあった。

その小さく白く華奢《きゃしゃ》な指に、そっと力を込めて、放たれた弾丸が獲物の頭部を正確に撃ち抜くのを、照準器越しに滄の青い眸《ひとみ》は見つめていた。幾度も、数え切れないほど。

Φ

《執行《コード》判定《・ワン》・対象の脅威度判定が確定しました》無機的だが穏やかな男性を思わす人工音声。**《執行判定・慎重に照準を定め・対象を排除してください》**

託宣の巫女《シビュラ》の判定に従い、多くの人間を処理した。もっとも、それは交戦とさえ呼べない一方的な殺戮でしかなかった。

戦力の差は圧倒的だった。

赤いパーカーが鮮やかな朱色なら、足許に拡がる流血は、濁った深紅だ。

衣彩茉莉は、血の海の真ん中に佇《たたず》みながら、足許に転がる作業員の残骸を見下ろす。巨人の手に握り潰されたように腹から下が弾け飛んでいる男は、死の間際まで激痛に苦しみ、険しい顔のままで絶命していた。

他にも三人ほど、茉莉よりもはるかに巨大で筋骨隆々たる男たちが襲ってきたが、茉莉は傷一つ負わずに全員を始末した。茉莉が携行している銃口のない狙撃銃というべき奇妙な形状の銃器デバイスは、国境を管理する無人フリゲート艦に搭載されている殺傷電磁砲塔を対人レベルまで小型化した軍用の最新装備だった。

それでも茉莉にとっては巨大であって、身の丈の半分ほどもある銃器は取り回しづらいことこの上なかった。だが、その威力は絶大だった。不可視の獣の牙というべき殺傷電磁波を浴びた人間の肉体は、為すすべもなく沸騰し、そして爆裂する。

茉莉は、血腥《ちなまぐさ》い匂いに満ちた薄暗い室内をざっと見まわした。

裸の電球が吊り下げられている以外には、作業机しか置かれていない殺風景な地下室。

都内にある繁華街のどこからしいが、茉莉は詳細な場所を教えられていない。

ただ武器を携え、そこにいる人間たちを皆殺しにしろと命じられていた。

しかし目の前で粉々に吹き飛び、血みどろの悪臭を発する者たちが、新型の違法薬物〈涅槃《ニルヴァーナ》〉を取り扱っていた業者連中であることは理解していた。

机のうえには、蓮の花托《かたく》を模した容器がいくつも転がっており、大量に穿《うが》たれた穴には白く濁った結晶状の薬物が充塡《じゅうてん》されている。回収すべき〈涅槃〉の山。

茉莉は、銃器デバイスを後ろに回して背負い直すと、持参したビニール袋を拡げ、〈涅槃〉を片っ端から掻き集めていく。注射針などの器具や、薬物を成形する工具もまとめて回収した。資料マニュアルの類《たぐい》もすべて廃棄対象で、燃やせるものはその場で火を点けて焼却した。〈涅槃〉の回収と破壊に要した時間は三〇分もない。

〈スケジュール〉――そのように、茉莉に課された仕事は定義された。

自らの意志は、そこに僅かも反映されなかった。茉莉を捕らえる者、従える者が仕事を命じ続けていた。破壊すべき場所に派遣され、設備も人間も無差別に処分する任務。

茉莉は、階段を昇って地下室を出た。外にはすでに夜の帳《とばり》が降りている。遠くに繁華街の賑わいが聞こえる。この付近は打ち捨てられた地域なのだ。錆びついた室外機には蔦《つた》が絡まっており、どこからか饐《す》えた生ごみの臭いがする。

「――ご苦労だったな、衣彩」間もなく全身投影《フル・フェイス》で姿を隠した指示役の男が現れ、仕事が完了したことを告げた。「さすがの仕事ぶりだ。早々に片が付いた。撤退するぞ」

泥のような疲労が茉莉の身体に、消しようのない倦怠感をもたらした。


移動に用いられる車内は、護送車輛のように四方を分厚い壁に囲まれていて、窓ひとつないために周りの景色は全く見えない。ほとんど揺れもないため、今この瞬間も車輛が移動しているのか、それともどこかに停車しているのかも分からなかった。

「まず装備を返却しろ。それから次、両手をこちらに差し出せ。ゆっくりと掌を上にするんだ。何も隠し持っていないな？　……よし、力を抜いてそのままにしていろよ」

指示役の男は、四人に対する看守のような居丈高《いたけだか》な口調で茉莉に命令する。

「……言われなくてもわかってる。あんたに反抗するつもりなんてない」

茉莉は、銃器デバイスを、目の前に鎮座する墓石めいた長方形の収納ドローンに挿し入れた。それから相手の命じるままに両手を掲げた。赤いパーカーの袖をまくって、細い手首を露出させた。掌を目一杯に開いて、何も隠し持っていないことを証明する。

「えらく殊勝な態度じゃないか」小柄な茉莉と比べて遥かに上背《うわぜい》のある男は、何がおかしいのか、にやにやとした笑いを顔に張りつかせている。「てっきり狂犬みたいに噛みついてくるかと思ったのに、とっ捕まえてからこの方、文句のひとつも口にしない。まったく拍子抜けだな」

カシン、と金属が組み合う音がした。茉莉の両手首に手錠が嵌められた。使用している金属は軽いがとてつもなく頑丈だった。

「……だったら、もう少しマシな扱いをしたらどうなのよ」

茉莉は俯いていた顔を上げ、腰を曲げてこちらを見下ろしている男を睨む。

「唐之杜秋継。――それともあんた、あたしのことが怖いわけ？」

すると相手は、ますます笑みを深くした。

「ああ、大いに怖いね。何しろ、どれだけ人間を撃ち殺しても色相が濁らないんだ。それはつまり人殺しに負荷《ストレス》を感じないってことだろう？　目の前に連続殺人鬼《シリアルキラー》がいれば、普通の人間だったら恐ろしくて震え上がってしまうもんさ」

言葉とは裏腹に、秋継は悠然とした態度を貫いた。茉莉と対面になるかたちで座席に座り、細身に仕立てたスーツを着た長い脚をゆっくりと組んだ。

無精髭を剃り、伸ばし放題だった髪を整えた秋継の顔立ちは、双子の弟である瑛俊と瓜二つだが、全身から滲み出る頽廃《たいはい》した雰囲気と、薄気味悪い笑顔のおかげで、まったくの別人にしか見えなかった。

「何をじろじろと見てるんだ？」秋継が革製のシガレットケースを取り出し、中に入っていた色相浄化薬の錠剤を数粒、水もなしに嚥下《えんげ》した。「そのみっともない恰好を何とかしたいんだったら、いつでも俺が見繕ってやるぞ？　流行《はや》りの投影衣装《ホロコス》でも、採寸してオーダーで一張羅《いっちょうら》を仕立てさせてやってもいい。俺にはその手の友人が多いんでね」

「……冗談言わないでよ。今さら、難民たちがあんたに従うとでも？」

茉莉は鼻を鳴らした。相手を嘲《あざけ》るような態度をわざと取った。

今の秋継の立場は、難民認定室長ではなく、ＯＷ製薬――東金財団の協力者、諜報員というべき立場にある。

「あんたはもう難民たちの王様なんかじゃない。誰かの庇護下になければ生きていられないんでしょう？」

「さて、どうだろう。俺としては、ド田舎でお山の大将をしているより、今のほうがよっぽどマシだと思っているがね」しかし秋継は、それを卑屈の現れとしか捉えていないようだった。「身分を偽って別人に成り代わり、課された職務を遂行する。俺にとって馴染み深い麻取《マトリ》の職場に戻ってきた気分だ。むしろ、このくらい窮屈なほうが性《しょう》に合うくらいだ」

「あたしが知ってる麻薬取締官は、あんたみたいな奴とは全然違った」

茉莉は、滄や唐之杜を思い出した。時に苛烈な手段を用いるとはいえ、法の正義というべきものに従い、彼らは戦っていた。

だが、この男は違う。唐之杜秋継は、自分の利益のために手を貸す相手を乗り換え続け、しぶとく生き残ることしか考えていない。

「いいや、奴らこそ特別なのさ。むしろ、例外と言っていい」秋継は自分の胸を叩く。

「これが、俺が、普通であり本物なんだ。ドブ浚《さら》いみたいな汚れ仕事を請け負い、違法スレスレの捜査をやって確実に成果を摑んでくる。それが麻取の本質だ」

「……理解不能ね」

「そうかい。お前も似たような渡り鳥だし、俺の考えもわかると思ったんだがな」

「どういう意味……」

「お前も、テロ・グループに厚安の連中、そして今は東金財団——より生き残りやすい環境に乗り換え続けてきたじゃないか」

そう言って笑みを向けてくる秋継を睨み返した。そうしながら茉莉は、自分があとどれだけ生き長らえることができるのか冷静に算段を重ねた。

新豊洲地下にあった〈涅槃〉の製造拠点。茉莉は、あそこであらゆる種類の麻薬が精製されていたこと、そこに大量の子供が捕らえられ、創薬実験の被験体に用いられていたことを知った。アブラムによって殺害された子供たちは、しかしすでに自我も崩壊した死人同然になっていた。茉莉は、あの製造拠点で横行していたOW製薬の犯罪の証拠をいくつも目撃している。

であれば、今は便利に使われているにせよ、いずれ用済みにされる。

〈涅槃〉とOW製薬──東金財団と繋がる証拠のすべてが一掃されたとき、茉莉を生かしておく意味はなくなる。

しかし秋継は、茉莉を宥《なだ》めすかすように囁いた。

「言うとおりにしていれば悪いようにはならない。衣彩茉莉、お前が与えられた〈スケジュール〉どおりに仕事をこなすほど、むしろ、お前はもっといい場所に行けるはずだ。だから、協力をしてやる見返りに、その幸運を俺にも少し分けてくれてもいいだろう？」

秋継は茉莉を連れ、廃棄区画の宿泊場所を転々とした。まるで根無し草のように。法外な額を請求されても秋継は、言われたとおりに支払った。宿の主たちは、そういう人間はカモにできると判断し、深く詮索せずに部屋を用意した。しかし翌朝には茉莉を連れて姿を消し、新たな拠点の処分に赴く。そして二度と同じ場所は訪れなかった。その繰り返しだった。

今日の宿は、地盤沈下と海水面の浸蝕によって拡がった運河沿いにあった。完全に撤去されず中途半端に解体された旧首都高速道路の高架が、すぐ間近にある。かつてはひどく騒々しかったのだろうが、今は汚染水が流れる運河の微かな波音しか聞こえない。

「衣彩」秋継は、茉莉の手錠を外すと中身の綿が飛び出たソファに腰を下ろした。「さっさとシャワーを浴びてこい」

茉莉は粛々と従った。部屋に備えつけのバスルームでは一応は透明な水が出た。都市内の水道網から拝借しているのだろうが温度を上げても湯は出ず、冷たいシャワーを浴びるしかなかった。

すぐに足許に赤茶けた水が溜まった。破壊工作に用いられる銃器デバイスは、その破壊力の反面、殺傷電磁波で対象を吹き飛ばすため、そこらじゅうに血が飛び散り、返り血を浴びやすい。

乱暴に髪を洗っていると小さな破片がいくつも見つかり、その都度、浴室の床に放り捨てた。自分が殺害した作業員たちの骨の欠片《かけら》だった。小さく砕けているため、元はどの部分であったのかさえ定かではない。

誰を殺したのかについては、その数が二桁を超えたあたりから考えないようにした。人を殺すという感覚は薄れ、ただ示されたノルマを達成することだけに専念した。具体的に数えることはなく、襲撃した場所に人間がいれば余すことなく排除するだけだ。

襲撃目標には、密売人や用心棒代わりの荒くれ者たちがいた。大概は廃棄区画の住人。金で雇われて自分が何を取り扱っているのかも知らない連中は、しかし〈涅槃〉を取り扱ったという事実、その場に居合わせたという理由だけで問答無用で殺処分された。

単なる証拠隠滅というには執拗すぎる破壊。徹底した殺戮。

すると、ふいに腹部に鋭い痛みが奔《はし》った。潜入捜査時、滄によって撃ち抜かれた銃痕。

傷は塞がっていたが、冷水で身体が冷えたことで再び痛みを寄越したようだった。茉莉は指先で傷痕をそっとなぞる。撃たれたときは、滄の裏切りのあかしだと思った。しかし彼女は自分が銃口を向けたとき、同じ傷を負うことを躊躇しなかった。この傷が自分と滄を繋ぐ唯一の絆だった。この痛みを忘れてはいけない。どうにかして秋継から逃れ、滄たちと合流する。そして、〈帰望の会〉を追跡しなければならない。

茉莉に戦う手段を与え、復讐の機会をもたらした男――アブラム・ベッカムは何を目指しているのか。彼は、あの地下の製造拠点が自分の目指していた場所ではないと言った。なら、彼は何を目的にしているのか、どこに至ろうとしているのか。それを追わなければならない。知らなければならなかった。

茉莉は、凍える前に血を洗い流し終え、服を着替えた。暗緑色のシャツと濃い灰色の野戦ズボン。いつでも移動できるように軍用ブーツを室内でも履いている。そのうえに赤いフードパーカーを羽織った。あちこちに血飛沫が斑《まだら》な染みとなって残っている。

部屋に戻ると、秋継がいつのまに持ち込んだのか酒を開けていた。蒸留酒の濃い匂い。ソファの脇の小机には色相浄化用の薬剤が散乱している。

「随分と長かったな」秋継は淀んだ目つきで茉莉を見る。「まあ、女だし仕方ないか……」

明らかに泥酔しており、呂律《ろれつ》も怪しくなっていた。逃げ出そうと思えばいつでも逃げられると思ったが、自分を監視しているのが秋継だけとは限らない。

移動に用いられる車輛は、いつも秋継と茉莉が泊まった宿のすぐ近くに待機している。おそらく監視役の別動隊がいるのだ。

「お前はさっさと寝ろ。明日も大忙しだからな」

秋継は錠剤をガリガリと齧《かじ》ると、グラスの中身をあおった。そのままソファで寝込んでしまいそうだった。この男は明らかに摩耗し続けている。色相を濁らせることなく破壊工作を続けている自分と違って、秋継の薬物摂取量は日に日に増していた。

彼は、今のほうが性に合っていると言っていた。しかし、傍目《はため》にはそうは見えない。この男はどのような汚れ仕事も請け負う悪党だが、その精神色相の強度は常人とさして変わらないように見えた。

「……あんたは、あたしに何をさせたいわけ」

秋継は、茉莉に明らかに色相が濁るような仕事を強いていた。しかし、その過程で結果的に、茉莉よりも急速に色相を濁らせ続けている。

「さあね……」秋継は大きく息を吐き、壁紙が剝がれかけた部屋の天井を凝視する。「自分が本当は何をやっているのか、それが分からないままでいたほうがいいぞ。この国では、そうやって多くの人間が心を守り、罪悪感を忘却したからな」

「……棄民政策のこと」

「単純な話だ」秋継は独り言のように呟いた。「どれほど色相が強靭であろうとも、知るべきではない不都合な真実を知った人間は、そう長くは生きられない。瑛俊の奴の精神色相の定期検診のデータを見たときは、思わず泣きそうになっちまったな。あいつのほうが、俺よりよっぽど終わっているんだもの。なのに、顔色ひとつ変えずに涼しい顔で麻取の仕事を遂行し続けている。今でもあいつが本当に血を分けた弟と思えないときがある。壊れて廃棄されるまで、何も考えずに働き続ける機械みたいだ……」

茉莉は亡霊のような灰銀色のスーツ姿の唐之杜を思い出す。あの男は初めて会ったときから生気というものが希薄だった。滄が雪のように淡いとすれば、彼は吐き出された煙草の煙のように、もっと儚《はかな》かった。

「唐之杜瑛俊は、あたしの仇《かたき》だ。あいつには、犯した罪の報いを受けてもらう」

「――なら、お前は俺の切り札だな」

秋継は夢見心地で意味の分からないことを呟いた。

「急いだほうがいいぞ……」秋継は懐をまさぐり、くしゃくしゃになった煙草の箱を取り出した。マッチを擦り、咥えた煙草に火を点ける。「あいつが先に自分を殺す前に……、お前、あいつを殺さなくっちゃな」

そして秋継はにっこりと笑うと、吹かしていた煙草を摘み上げ、自分の掌に焼けた面を押し当てた。じゅっと肉が焼ける音がする。秋継は苦悶の表情を浮かべるが、すぐに盛大に笑い声を上げた。

「畜生っ！　これでも序の口だっていうんだから、あいつもふざけてやがるっ！」

かと思うと悪態を吐《つ》いて、潰れた煙草を壁に向かって投げつける。

「あんた、いきなり何を――」

「……瑛俊の野郎は、こうやって色相の濁りを和《やわ》らげてきたのさ」秋継は火傷の痛みを紛らわせるようにまた錠剤を呑み込む。「繰り返し繰り返し、自分で自分に罰を与えるみたいに傷をつけまくるのさ。大したマゾ野郎だぜ……。まったく、ふざけてやがる――」

茉莉は、秋継の狂行に唖然とする。しかし、すぐに彼は自分が口にした内容などすっかり忘れたというふうに、酒を飲み干し、グラスを床に投げつけた。

そして別のグラスを用意し、琥珀色の酒を注いだ。

「そういえば衣彩、明日からは〈スケジュール〉が次の段階に進むぞ」

秋継はそれだけ言うと、茉莉にグラスの酒を飲むように命じた。

茉莉は強い香気が漂う酒を一気に流し込む。喉が灼けるように熱くなったが、直後に視界がぐらりと傾《かし》いだ。何か薬物が混じっているのだ。急速に意識が遠のいていく。

それが次の仕事へ向かう準備であることを茉莉は悟った。おそらく目を覚ましたときには、別のどこかへ向けて移動しているのだろう。そしてまた誰かを殺処分する。この男や唐之杜瑛俊のように色相を濁らせることもなく、ただ命じられるままに汚れ仕事を重ねる。

ふいに茉莉は、今の自分がいる世界が目を覚ませば消える悪夢であればよいと思った。
頭が痺れていき、真っ白な眠りが間もなく訪れた。

2

新橋駅前の雑居ビルには、入居しているテナントに紛れて唐之杜瑛俊の捜査拠点がある。都内に点在する拠点のひとつであって、それぞれ個別のペーパーカンパニーを立てて偽装を施していた。

唐之杜は、金属鍵を用いた古めかしい施錠を解除して室内に入る。精神色相《サイコ＝パス》の個人認証も整備されていないビルのため、あまり厳重なセキュリティに交換して目立つわけにもいかない。とはいえ、盗まれて困るものは保管していない。

オフィスは剝《む》き出しのコンクリート床に机と椅子。寝台を兼ねるソファ、壁際にキャビネットがある以外は何もない殺風景な部屋だった。廃棄区画にも程近い、この捜査拠点が果たすべき役割は、まず第一に人目につかないことだった。本来は、捜査協力者を一時的に匿《かくま》うために使っていたものだ。

精神色相の概念が普及するにつれて、色相が濁った者は問答無用で隔離されるようになり、公的施設での保護が難しくなった。それゆえに設けた一時的な避難所。唐之杜に明かすべき情報を伝えた後は、その見返りに廃棄区画へと逃がす手筈も整えてやる。

だが最近では専《もっぱ》ら、唐之杜自身が独りで捜査情報を吟味するために使っていた。

唐之杜は椅子に座って煙草に火を点し、机に広げた捜査資料に目を通す。

〈帰望の会〉が主導した都内の連続自爆テロは、新豊洲の地下プラント襲撃をひとつの区切りとするように、現在は完全な沈黙状態にある。

そこで、〈帰望の会〉や反体制レジスタンスが〈涅槃〉を確保するために利用していたと思しき流通拠点を合同捜査チームは押さえようとしたが、捜査班に先んじたOW製薬の破壊工作によって証拠も容疑者も、その一切合財が抹消されていた。

むしろ現在の敵は、内側に蔓延《はびこ》りつつあった。厚安局・国交省・警察機構――自らの発案であった合同捜査チームは日に日にその規模が拡がり、徐々にその弊害たる組織の肥大化が始まりつつあった。無尽蔵に関わる人間が増えれば、不正を働く人間も不可避的に現れる。捜査情報の流出を防ぐためには、結局、捜査主任である唐之杜が、ある段階から情報を独占するしかなかった。

奇《く》しくも、対峙すべきテロ・グループと組織の扱い方が酷似するようになった。

反シビュラ・反サイマティックスキャン――現行体制に不満を持つ反対勢力を教導し、組織化することで、大規模テロ・グループとして運用する〈帰望の会〉のように。

彼らの情報統制は徹底していた。末端の実行犯を拘束し、公安外事課にも手を借りて拷問を伴う非合法な尋問を行ったところで、得られる情報はほとんどなかった。〈帰望の会〉は、実行グループに高度な戦闘訓練を施す一方で、扱う情報を厳格に区分けし、捜査当局に連続テロの全体像を一切摑ませないように徹底した情報漏洩対策を行っていた。

こうした傾向は、ＯＷ製薬――すなわち東金財団もまた同じだった。死亡した麻薬密売人のミハイル・Ｌ・ブリクセンも、自らが扱う未確認精神作用物質〈涅槃〉をなぜ拡散させるのか、その理由を知らぬままに殺された。

どちらも人間を完全に道具として運用することを徹底していた。

そこでは組織の利益のために、容易に現場の人間が使い捨てにされていく。

その意味では、東金財団の工作員と目されている唐之杜秋継も同じく危うい状況に置かれている。どれほどの献身を尽くしたところで汚れ役は切り捨てられる。それが世の道理だった。いずれは、茉莉とともに秋継は消される可能性が高い。

まさか秋継は、そのことに気づいていないのか。そんなはずはない。唐之杜秋継は自分よりも遥かに知略に長《た》けた男だ。自らの置かれた立場を即座に理解し、生き残るため、あらゆる策を張り巡らせる。だが、それならばなぜ秋継は、自ら破滅へ繋がる行為に手を染めているのだ？

唐之杜は、秋継のそんな兄らしくない行動に疑問を覚える。

それとも何か、確実に生きる算段でもあるというのか？

間もなく配達業者が郵便を届けに来た。送り主の名前は記載されていない。唐之杜は、ペーパーナイフを使って封筒を開け、中に収められていた資料を机の上に積んだ。同じ規格のものがすでに堆《うずたか》く積まれている。

外務省時代の伝手《つて》を使って依頼していた資料。長崎での秋継の決済記録など、彼の動向を調べさせたものだ。数年分を分割して、情報漏洩を防止するために紙に出力させたことで、かなりの分量になっている。

本来、いくら外務省が古巣とはいえ今は別省庁に属する唐之杜に、秋継の——自省庁官僚の個人情報を渡してくれるはずはないが、厚生省に恩を売っておきたい人間というのは後を絶たない。唐之杜は、彼らの思惑を理解したうえで利用していた。

秋継はいつから東金財団と繋がりを持つようになったのか。

少なくとも、秋継が外務省に派遣された時点では、彼に東金財団が接触を試みていた形跡は見当たらない。記録にも不審な改竄《かいざん》は見受けられない。

しかし、それから歳月を経た後、今からおよそ一年前、目に見えて秋継の動向に不自然な点が現れる時期があった。

難民認定室長として職務を遂行していた秋継の支出額が急激に増加したのだ。名目は色相治療のためのセラピー費用と記されている。長崎市内の色相治療施設だけでなく、より設備が整った東京や大阪などの大都市圏にある色相治療施設を頻繁に利用していた。

だが、その費用は秋継の収入を大幅に上回っていた。おまけに彼が契約している銀行口座の預金残高にはほとんど変動が生じていなかった。明らかに外務省官僚としての給与以外の収入源が存在し、裏金としてプールされた金が使われていた。

では、その金はどこから出ていたのか？

別の資料に、その根拠と成り得る情報が記載されている。

ほぼ同時期に、秋継が入国申請を許可した難民の数が大幅に増加していた。元々、秋継は難民たちに便宜を図る代わりに、長崎の移民街の支配者として君臨していたが、それでも異常と言える増加数だった。

だが、秋継は誰のために、難民たちの上陸認定許可数を急増させたのか。

言うまでもない。ＯＷ製薬しか有り得ないだろう。

そして難民の大量入国が、何らかの不法行為に繋がっており、秋継もその事実に気づいていたのだ。だから色相が濁った。元麻取で嗅覚鋭い彼が、何も知らずに手を貸すはずはなかった。おそらく納得ずくだったのだろう。何かを見返りにした汚れ仕事。

すぐに外務省に構築した情報提供者たちと連絡を取った。彼らは厚生省関連企業への推薦状と引き換えに協力を快諾した。次に送らせるべき資料の指定を行った。新たに二〇六九年の九月以降、秋継が大量入国させた難民たちの行方を調べてくれ、と命じた。

それから机の上に積まれた資料の山にターボライターで着火した。瞬く間に紙束は灰になった。煙は窓から空に流れていく。ここに記されていた情報は、唐之杜の頭のなかにしか存在しない。万が一にも漏洩することはないだろう。

焦げ臭くなった部屋のなかで、唐之杜は煙草に火を点す。

そして幾らか緊張が解《ほぐ》れてから、携帯型の色相チェッカーを取り出した。

前回の定期検診以来、日毎の色相の変遷状況を提出するように命じられている。計測された唐之杜の色相は、紺青《プルシャンブルー》色。以前よりも暗さを増していた。これで警告レベルから監視レベルへの引き上げは、避けられないものになるだろう。

色相悪化による業務の停止措置が目前に迫りつつある。担当の色相治療医からも、最悪の場合、隔離施設への即時入所も有り得ると警告されていた。それでも事件捜査を途中で放り出すわけにはいかない。他の誰かに捜査の主導権を与えてしまえば、そこですべてが途切れてしまう。真実が握り潰されることだけは何としても避けなければならなかった。

たとえ、これが自分の扱う最後の事件となってもいい。この事件だけは自らの手で解決しなければならなかった。そのためには、まず唐之杜秋継を拘束し、衣彩茉莉を再び保護下に置かなければならない。

唐之杜は、吸い殻をそっと手のなかで握り潰した。限りない数を繰り返し、癖になっている自傷の仕草。もはや掌の裡で苦痛を感じることさえなかった。しかし、この僅かな痛《つう》痒《よう》だけが、自分が何を為すべきかを示す指針だった。

†

板橋区上板橋の流通拠点跡で滄を出迎えたのは、またしても死者の群れだった。

ＯＷ製薬側の破壊工作は、依然として捜査の手よりも先んじている。

滄は、随伴させたドローンに死体の処理を任せて外に出る。周囲は住宅街だった。夜の帳が降りた時間。住人たちは門戸を閉じて出てくることはなく、電気も消してひっそりとしていた。凶事を鋭敏に感じ取っているのかもしれない。数値化された魂たる精神色相は、負荷《ストレス》によって容易に濁る。だから人々は徹底した予防策を張る。

捜査車輛に戻り、携帯端末に届けられていた調査結果を確認する。

防衛省への資料提出の打診。〈涅槃〉流通関与者殺害の凶器の特定。

当初は軍事機密と突っぱねられたが、唐之杜を介した厚安局の捜査権限によって開示を迫ると相手も折れた。匿名を条件での情報提供。

「唐之杜取締官、真守です」無線通信を起動する。「戦場での敵国への技術流出を防止する名目で、表向きは先端兵器の対人レベルへの転用は行っていないと公言していますが、実際は、厚生省の〈シビュラ〉運用部局《セクション》からの要請により、国内での治安維持用装備の名目で装備開発を進めていたようです」
《こちらでも確認している。装備内容は、対象の精神色相に応じて脅威度を測定し、〈シビュラ〉の判定に基づき、その対処方法を規定する鎮圧執行システムか》
「つまりは、我々、厚安局が用いている装備と同じです」
《なら、一連の破壊工作は、厚生省上層部も納得ずくというわけか……》
滄は、端末を操作し、狙撃銃に似た形状の殺傷電磁波デバイスのモデリングデータを見る。小型化されたとはいえ、大の大人でも、その取り回しに苦労する装備だった。しかも、殺傷電磁波の照射によって対象の肉体は文字通り粉々に吹き飛ぶ。なぜ彼らはここまで過剰な威力を持つ兵器を用いて、破壊工作を行わせているのか疑問は残った。
だが、これで、ますます財団側の関与は否定できないものになった。
「これを根拠に、ＯＷ製薬への捜査は行えませんか？」
《正直に言って難しいだろう》無線越しの唐之杜の返答は硬く冷たかった。《実際に弾丸などの証拠が残っているわけではない以上、状況証拠だけで攻めるわけにもいかない。装備の出所については、こちらで別途、追跡させる。それほどの威力だ。完全に独立稼働させているとは思えない。何らかの通信手段を用いた攻撃対象の識別システムが組み込まれている以上、犯行現場の近くに中継車輌が待機していると考えられる》
そこで唐之杜が一度、話を区切った。

《焦るな、真守。お前の見立ては間違っていない。これで中継車輌が発見できれば、そこから都市内の監視システムを利用し、その移動経路を割り出すことができる。捜査は一歩、着実に前進した》

労《ねぎら》いというには、唐之杜の声色に温かみはない。だが、滄の心にわずかなりとも余裕が生まれたことは事実だった。無駄に足掻《あが》いているわけではない。もがいた分だけ、少しずつ前には進んでいる。

《こちらでも、唐之杜秋継難民認定室室長に関する不審な動きを見つけた。一年ほど前、彼は六〇人ほどの難民を不正に入国させていた》

年間で一〇〇人にも届かない現状の国籍付与の状況を鑑みれば、異常と言える人数だった。

《しかも、全員が未成年だ。彼が難民を大量入国させた背景には、OW製薬側からの要請があったものと考えられる。その直後に著しく悪化した彼の色相を治療するため、出所不明の膨大な費用が支払われていた。そして難民たちの足取りは長崎への上陸後、都内の難民支援機構を名乗るNGO組織のもとに送られたのち、完全に途切れている》

「そのNGOを調べられないのですか？」

《すでに警察側が動いており、事務所の家宅捜索を行った。だが該当する組織は、運営実態のないペーパーカンパニーだった。難民の子供たちがどの段階で行方不明になったのか

は現在、調査中だ。おそらくは密入国させた難民たちをOW製薬側に引き渡す中継地点《ハブ》として機能していたのだろう》

だが、疑問もあった。仮に新薬の臨床試験体として非合法に数を揃えたいとしても、抵抗力の弱い幼い子供では、正しく臨床実験を行うことはできない。創薬の手順として、マウスなどの実験動物への投与を経た後、最終的な効果を確認する段階で、人間を用いた実験が行われるのが通例だ。

ＯＷ製薬がいかに厚生省と蜜月の関係にあるとはいえ、難民の、それも子供ばかりを新薬開発の実験台に使っていたという事実が露見すれば、国民からの非難は避けがたい。その屋台骨に少なからず悪影響を及ぼすことになる。

であれば、ＯＷ製薬にとってリスクを考慮しても、難民の少年少女たちを使う理由があったのだ。だとすれば、実験そのものが秘匿される違法薬物の創薬以外にありえない。

「――ＯＷ製薬は、〈涅槃〉創薬のため、不正に入国させた難民たちを被検体として利用したと考えるのが自然です。無論、なぜ未成年の少年少女に限るのか、あるいは、そもそもなぜ色相欺瞞薬物の開発をＯＷ製薬が推進したのか、という点には疑問が残りますが……」

だが、少なくとも秋継が密入国させた難民たちが、あの新豊洲地下の製造拠点へと送られていたことは確実と言えた。であれば、地上市街部と製造拠点を結ぶ廃棄地下鉄路線が稼働していた以上、都内のどこか別の場所に監禁されていた可能性もある。

　滄は、再び端末に唐之杜から送られてきたデータを見た。

　地下の製造拠点が爆破された後、身元不明の激しく損壊した遺体が数多く発見されていた。その正体が、密入国難民の子供たちであったとして、あとどれだけが死を免れているのだろうか。

　しかし秋継が茉莉を使って遂行させている破壊工作の標的が、ＯＷ製薬が〈涅槃〉に関与していた証拠一切だとすれば、臨床試験体となった人間も例外ではない。

「唐之杜取締官。警察機構への早急な彼らの保護要請を進言します」

《この件については、合同捜査チームに情報は共有せず、我々で独自に対処する》唐之杜から返ってきたのは意外な指示だった。《国交省および警察機構の人員に口外するな。捜査協力者である野芽管理官に対しては、私のほうで直接、情報を共有する》

「なぜですか？」滄は思わず抗弁した。「密入国難民たちが拘束されている施設を捜索するためには、警察機構側の人員を投入したローラー作戦が最も効率がいい」

《我々は、もう迂闊な行動で新たな犠牲を出すわけにはいかない》

　唐之杜の答えは端的だった。

　だが、そこで滄も感づいた。合同捜査チームには、秋継と同様に東金財団側に情報を漏《リー》洩《ク》する者たちが、少なからず紛れ込んでいることに。唐之杜秋継とＯＷ製薬の繋がりを立証するために、密入国難民たちを確保しようとすれば、監視下に置かれているはずの彼らは即座に処分されるだろう。

《――真守、他に密入国難民に関して気づいたことがあればすぐに報告しろ》

そして通信が終了した。

滄は車を降りて、外に出た。相変わらず事件現場周辺には人気《ひとけ》がなかった。対人反応式の街灯も消灯状態にあり、路地の前後どちらも暗闇に浸されている。

夜気が冷たさを帯びつつあった。間もなく訪れるであろう日本の冬。生まれた土地は、寒さが厳しく、厳冬ともなれば分厚く雪が積もった。夏季の収穫次第で食料が尽きれば、越冬できない餓死者が出ることもあった。それでも、滄は凍てつく大気が造り出す透き通った世界が好きだった。すべてが凍りつくということは、すべてが安らかな眠りに就くことと同じだからだ。

それに比べれば日本の冬は穏やかだ。気候変動によって、過去に比べると日本の気候帯もかなり変化したというが、それでも、大陸に比べればずっとマシだった。

自分はこの国に流れ着いた人間だ。だが、そこから滄が辿った経歴は、奇跡にも等しい幸運に恵まれていたことに、後になって気づいた。

多くの密入国者たちは、多大なリスクと費用を払ってブローカーを頼って日本国内へ辿りつこうとするが、その多くは途中で命を落とす。運よく入国が叶ったとしても、ブローカーが要求する莫大な渡航費用を支払いきれず、廃棄区画での不法就労を余儀なくされることも珍しくない。そうしているうちに借金ばかりが膨らみ、身動きが取れなくなる。代金として妻や子供が売られる。あるいは自身の臓器パーツが高額な医療商品として扱われ、文字通りに身ぐるみを剝がされ、血肉を抜き取られて死んでいくことも珍しくない。

そうでなくとも、廃棄区画などでの生活が続けば、色相は必然的に濁る。そうなれば正式に日本国民となる可能性は永久に閉ざされたも同然になる。

秋継の手引きによって、OW製薬に引き渡されたであろう密入国難民の子供たちも、そうやって一切の自由を与えられず、誰かの所有物となって徹底的に酷使されたすえに処分されていった。

この国には、厳然たる階級構造が存在している。

精神色相《サイコ＝パス》という絶対的な基準に基づき、あらゆる人間が峻別される、理想社会という名の管理社会体制。

だが、そのシステムから弾かれ、存在しない者たちとして黙殺される下部階層を構成する不法民たちを、この社会は都合よく利用する。転売された臓器や血液が、その出自を完全に匿名化されたうえで、廃棄区画の密売業者を介して、表の社会で非合法に精神色相を改善するための手段として転用される。あるいは、準日本人というかたちで国籍を与えられながらも、実際は富裕層の奴隷として使い潰されることもある。

鉄壁の鎖国体制と〈シビュラ〉を基盤とする社会統治システムは、日本人とそうでない人間たちの間に、おそらく過去の歴史に類を見ないほどの絶対的な格差を生み出した。今や日本人であるということは、生まれながらにしてあらゆる民族に優越する特権を得ることに等しい。

その階級を例外的に飛び越える可能性となるのが、精神色相《サイコ＝パス》、という概念だった。滄は、その清らかさにおいて他の追随を許さなかった。それが今の地位を築いている。この社会の正義を代弁し、時と場合によっては他者の生殺与奪の資格さえ与えられた。本来は何者であるのかさえも分からない異邦人でありながら。

だからこそ、人々は色相の濁りを恐れるのかもしれない。〈シビュラ〉の恩寵は、色相の清らかさと明確に結びついている。色相の悪化は地位の転落を意味する。積み上げてきたものすべてを剝奪される。

移民政策に携わってきた者たちが辿った末路が思い出された。どれほど身を削って国家に奉仕しようとも、色相が濁ればそこで終わりだった。だから、そうならないために〈Angel Face〉を介して違法薬物に手を出し、あるいは、身元も分からない少年や少女を買って、その色相を無理やり綺麗にしようとした。おそらく、滄と茉莉が潜入捜査の過程で目にした以外にも、多くのおぞましい手段が試されてきたはずだった。

そのときだった。

滄の脳裏をある光景が過ぎった。それは、茉莉を切り捨てても潜入捜査を続け、ミハイル・ブリクセンに辿り着くより前に目にした情景。

唐之杜瑛俊に扮した秋継によって無意味と断じられた、末端の違法薬物の運び屋を茉莉としていたときの記憶。

「――唐之杜取締官」滄は急いで捜査車輌に戻り、無線通信を起動した。今、頭の片隅で花開いた記憶の欠片が、取り戻すべき相手に辿り着くための光明となることを祈った。

「わたしたちは、潜入捜査の過程で、密入国難民の居場所を目撃しています」

Φ

最悪の目覚めだった。薄暗い赤色灯のなかで薄《うっす》らと瞼《まぶた》を開くと、身体の節々がぎしぎしと痛んだ。まるで自分が錆びついたブリキの人形になった気分だった。

何とか起き上がろうとして、そのまま寝台から転げ落ちそうになる。咄嗟《とっさ》に受け身が取れない。そのまま顔が床に衝突しそうになる。

「――おっと」

そんな茉莉の身体を支えたのは、蟷螂《かまきり》みたいな長いが細く骨ばった脚だった。

「随分と軽いな。ちゃんと飯は食ってるのか?」唐之杜秋継が、脚を伸ばして落ちそうになった茉莉をそのまま長椅子に押し戻す。「ああ悪い。昨日の夜から何も食わせてなかったのを忘れてた」

相変わらずのニヤニヤ笑いを張りつかせた秋継は、オートサーバーで出力された固形食のパックを放って寄越す。茉莉は封を破って、黙々と咀嚼《そしゃく》した。

目が覚めたということは、再び〈スケジュール〉が実行されるということだ。

繰り返される破壊工作において、秋継が自ら手を汚すことはなかった。つねに茉莉に処理を任せ、その遂行を監視した。

だが結局は、秋継も自分と同じだ。より上位の存在であるOW製薬や、東金財団に使役されているだけに過ぎない。用が済めば始末される。使い捨ての道具。

しかし、この唐之杜秋継という男は、そうした恐怖と無縁だ。いつも飄々としている。長期にわたる精神作用薬物の摂取によって感覚が麻痺しているだけかもしれないが、それにしては、秋継の目つきは時どき、異様に鋭くなる。狩り立てられる獣ではなく、獣を狩り立てる猟師のまなざし。

自分が生き残るためだけに媚《こ》び諂《へつら》っているだけの人間であるはずなのに、何かそれ以上のものを狙っているのではないか。まるで、そのためだったら命も惜しくないとでもいうように。

間もなく車から降ろされた。マンションの地下らしき駐車場。老朽化しているものの整備は行き届いており、多くの車が停まっていた。どれも現行車種ばかりだ。ならば廃棄区画ではない。都心部にある高層マンションだろう。

人払いがされているのか、茉莉と秋継が装備の準備をする間、住人や別の車が入ってくることもなかった。

茉莉たちがいるのは、監視カメラの死角になる位置、本来は清掃業者や配送業者のドローンなどが出入りする駐車スペースだった。

秋継は、捜査を攪乱《かくらん》するためと称して、あえて茉莉に監視カメラに姿を記録させるように命じたこともあったが、自身は絶対に姿を見せようとはしなかった。移動中は必ず全身《フル》・投影《フェイス》を用いて、その姿を完全に隠蔽する。

今回も同じだった。茉莉の手錠を外した秋継は、コンクリート剝き出しの壁に背中を預けながら、薄暗い空間で銃器デバイスの運搬ドローンを操作している。

墓石のような筐体《きょうたい》が変形し、内部から銃口のない狙撃銃というべきデバイスが迫《せ》り出す。元は軍用の警備船舶に搭載されている兵器。まだ対人サイズのダウンサイジングが完了しているわけではないため、銃器デバイスの大半を占めているのは大容量のバッテリーパックだ。それでも、出力によっては数人で打ち止めになる。茉莉は、威力のわりに出力が不安定なこの装備を、難儀しながら使っていた。

秋継が生体認証でデバイスを、運搬ドローンから引き抜き、茉莉に手渡す。

「……で、今回は誰を殺せばいいわけ？」

しかし、考えても仕方のないことだった。今の自分は、命じられた者を殺すだけの道具でしかないのだから。

「実に仕事熱心じゃないか」秋継は予備のバッテリーパックを連結して担ぐ。「そう構える必要はない。今回は、くじ引きみたいなもんだ。運がよければ誰も殺さずに済む。運が悪ければ、全員殺すことになる。だが、安心しろ。そう難しい仕事じゃない。縁日の射的みたいなもんさ」

「まさか、〈涅槃〉に依存した連中を吹き飛ばせっての……」

「ほう、よくわかったたな」

秋継が革手袋を嵌めた手で、おどけたように拍手をした。

高円寺の高級マンションで遭遇した緑色の腐乱死体を思い出した。棄民政策に携わったことで色相を濁らせ、最後には〈涅槃〉の摂取が常態化したことで脳を破壊され、死んでいった連中に、しかし憐れみを抱く余地はなかった。

当然の報いだった。彼らは移民と称して多くの人間を海外に廃棄した官僚たちなのだから。

そいつらに直接、手を下せというなら――むしろ、これまでに殺してきた不法民よりもずっと気が楽になる。いつか裁かれるべき者たち。放っておけばどうせ死ぬ者たち。ならば、自分が引導を渡してやる。

茉莉は銃器デバイスを携え、全身投影で姿を隠した秋継とともに地下駐車場を抜けて、貨物用エレベーターに乗り込んだ。

目的階は、整備フロアになっている一二階だった。

そのとき、ふいに既視感が過ぎった。この光景を、このエレベーターを今と同じように誰かと乗ったことがある。茉莉は、傍らに立つ秋継を見上げた。全身投影によって姿を隠している彼の代わりに、そこに雪のように白い髪をした女が立っている。

人形のように感情に乏しい横顔が、じっと点滅する階数表を見上げている。

彼女は何も言わない。何かを警告するように、その透明な眼差しが一瞬、茉莉を捉えた。

「――滄」

共に事件を解決すると誓いを交わし、しかし、そのまま再会することのなくなった相手の名前を呟いていた。幻影の滄は振り向かない。代わりに、茉莉を見下ろすのは、悪魔めいた秋継の顔だった。

なぜかホロによる隠蔽を取り払った秋継は、じっと茉莉を見る。いつものにやけた顔ではない。あの冷徹な眼差し。

「お前、やっぱり瑛俊の犬が恋しいのか？」

言葉は茉莉をからかうようだった。しかし、やはり声色は平坦だった。

「……別に」

茉莉は相手の無感情に対抗するように、強く相手を睨みつけた。大人に逆らう子供の、滑稽な抵抗の仕草にしか見えなかったが、そうしなければ秋継に呑み込まれそうだった。

「――悪いことは言わん。奴はやめておけ」秋継が妙なことを言った。こちらを気遣うような口調だった。まるで、そちらの道を進むと先に待っているのは断崖絶壁だぞと警告するかのような。「あれは獣だよ。人間が馴れ合えるような相手じゃない」

「あんたに……」茉莉は、自然と言い返していた。真守滄という女を、よく知らない男に勝手に語られたくなかった。「滄の何がわかるっての……」

「あの女の経歴は、ある一点から完全に遡れなくなる。厚生省の高級官僚候補として配属されたエリート候補生のくせに、その経歴は一四歳以前がまったくの空白だ。廃棄区画のスラム出身ってところですべての情報が途切れてしまう。あの女の起源は、誰にもわからない。精神の数値化技術《サイマティックスキャン》と〈シビュラ〉によって、人間の魂のすべてが暴かれ、機械が人間のあらゆる情報を見通すようになったこの社会で、それでもなお、何があっても色相を濁らせず、正体不明の人間ってのは、それだけで途方もなく危険な存在だとは思わないか？」

秋継は、けっして矢継ぎ早ではないが、反論の隙を与えないように言葉を敷き詰めていった。有無を言わさず、茉莉に同意させるために。

「……思わない」しかし、茉莉が秋継に同調することはなかった。「真守滄は、マトモじゃない。――でも、あたしはあいつが危険だとは思わない。あいつは、この上なくおかしい奴だけど、同時に誰よりも正しい人間よ」

「――なるほど、やっぱり、あの女がお前の急所か。元テロリストだから、てっきり、自分の指揮官だった男に心酔していたかと思ったが、短い間に随分と心変わりをしたみたいだな。それとも、単に乗り換えが早いだけか？」

そこで茉莉は、秋継に誘導されていたことに気づき、猛烈な羞恥心を覚えた。心を丸裸にされた気がした。秋継は、滄の話をするふりをして、手駒である茉莉の思考を把握しようとしていたにすぎないのだ。

「このクズ……」

思わず、茉莉は銃器デバイスを秋継に向けようとしたが、彼をこの場で吹き飛ばしたところで完全に逃げ場を失うだけだった。財団側の監視網は、この男とは比べ物にならないほど強固に敷かれているはずなのだから。

やがてエレベーターが目的階に到着した。曇りガラスの扉を潜り抜けたその先の廊下は薄暗く、照明も最低限だったが、環状に伸びる通路に囲まれたレセプションホールのような空間は、明るく光を放っている。室内には真っ赤な雛壇があり、そこには手足を多く露出した異邦人らしき少年や少女が横たわっていた。

その光景と茉莉の記憶のなかにある情景が即座に結びついた。なぜ自分がエレベーターで急に滄の姿を思い出したのか。ここに、自分は前にも訪れていたではないか。あのとき、滄とともに潜入捜査をしたときに。

「〈Angel Face〉の利用客向けの売春斡旋所《あつせんじょ》──」

「ふうん。こいつらは、実験台になるだけじゃなく、そんな副業もしてたのか？」

雛壇に横たわった少年のひとりと目が合ったような気がした。それは一方的な錯覚にすぎない。しかし、それをきっかけにまた新たな記憶が立ち上がった。

新豊洲の地下。生い茂る違法薬物の原料となる植物たち。アブラム・ベッカムの狙撃によって頭を吹き飛ばされていく丸坊主の少年少女たち──。

同じだ。ここにいる男娼・娼婦にされた異人の子供たちも、同じく何も見えていないかのような茫洋としたまなざしをしている。

「俺が難民認定室長の権限を使い大量入国させた難民たちが、何かの創薬実験の臨床試験体にされるってことは、東金財団の連中が、俺に人材の斡旋を依頼してきたときから何となく察しはついていたよ。出島が近い長崎にいると、そういう噂はよく伝わってきたからな。精神衛生社会を支えているのは、大量の精神作用薬物だ。しかし、その多種多様な薬物が安全に人間に作用すると確認するためには、マウスや猿などの動物実験だけでは不十分だ。どうしても、最後のところで人間が必要になる」

「……それが分かっていて、どうしてＯＷ製薬に協力したのよ」

「今や厚生省は世界の中心になろうとしている。権力構造の頂点だ。そこに密接に食い込んでいる連中に恩を売って、外様から中央に返り咲きたいって願うのは誰だって同じさ」

「あんたは、そうやって自分を正当化しているだけよ」

「そうかな」秋継は、茉莉の非難も意に介さない。難民たちが閉じ込められた部屋へ繋がる扉のロックを解除した。「俺は自分を可哀そうな被害者と思ったことはない。だが、俺がやっている悪事なんてチンケなものだと思い知らされるばかりだよ。俺が密入国させた奴らの末路ってのを見るとな」

そして扉を開いた途端、汚物が漏れ出したかのように異臭がどっと流れ出てきた。茉莉は、パーカーの袖で鼻を覆った。血と肉が腐乱した悪臭が満ちている。

マジックミラー越しに映った光景は、ホロが造り出す幻影だった。雛壇には、身体の節々が骨ばった少年や少女が突っ伏している。彼らは、度重なる投薬によってとっくに自我が崩壊し、屍《しかばね》も同然だった。

「……おいおい、こいつはどうなっている」

そこで初めて、飄々《ひょうひょう》とした態度を崩してこなかった秋継が警戒を露わにした。

彼は目の前に転がる派手な黄色の肩出しのドレスを着た白人系の少女の死体を爪先で蹴り起こした。仰向けになった死体には顔がなく、赤黒い窪みだけが茉莉たちを見返した。みな、すでに死んでいた。ここにあるのは死体ばかりだった。

「あたしに死体処理をしろって命じるわけ……」

「いいや、こいつらは全員、俺たちで殺処分する手筈になっていた」

なら、誰かが先回りして、密入国難民たちを殺害したのだ。

「……この場所の存在を知っている人間は？」

茉莉は、即座に警戒を強め、周りを見回した。誰かが隠れている様子はない。

「死体に弾痕」秋継は血で濡れるのもお構いなしで膝をつくと、死体をじっと見下ろした。

「銃器による殺しか。しかも確実に一撃で頭を撃ち抜いてる。大した腕前だよ。薬で頭がどうにかなっているとはいえ、ガキに真正面から銃を向けて平然としていられる人間ってのは、そう多くない」

秋継は死体を抱き起こすと、携帯端末のライトで、吹き飛ばされた死体たちの顔面を次々に確認していった。

「……こいつらを殺したのは、徹底して訓練を施された奴か、それとも、人を殺すことが呼吸同然になってる異常者だろうな。――ん？」

そこで秋継が何かに気づいたように、死体を検分する手を止めた。

「衣彩。見ろ、まだ生きてるようだぞ」

秋継の言葉どおり、ライトで照らすと、顔面を吹き飛ばされた浅黒い肌の少年の筋肉が痙攣するようにピクピクと動いた。ゴボゴボと血が零れ、泡となって弾ける。

「すぐに手当を――」

手持ちのメディカルキットで対処可能かどうか分からなかったが、僅かなりとも延命させるべきだった。しかし秋継は近づいてくると、治療する素振りも見せず、消音器に似た形状の道具で少年の精神色相を走査《スキャン》した。

《対象の脅威度判定が確定しました》無機的だが穏やかな男性を思わす人工音声が響いた。《執行判定《コード・ワン》・慎重に照準を定め・対象を排除してください》

「じゃ、殺せ」秋継は冷徹に言い放った。「こいつは駄目だ。どうせ今ここで死ぬべきだった野郎だ。なら、それを先送りにする必要はない」

「……他の連中を殺した奴を知っているかもしれない」

「俺たちの仕事は、命じられたとおりに目標を処理することだ。刑事ごっこをする必要はない」

すでに秋継は、目の前の瀕死状態の少年に興味をなくしたかのように立ち上がり、他の死体を確認して回った。そんな彼の態度に、茉莉は、啞然とするしかなかった。

「……嫌よ」茉莉は、辛うじて呼吸を続ける少年を背後に置き、秋継に向き直った。「生き残った奴を見捨てるわけにはいかない」

「今さら何だ？」秋継は身を屈めながら死体の検分を続けた。「散々殺して回っただろ？」

「こいつらが、〈涅槃〉を作り出したわけでも、売り捌《さば》いたわけでもない」

秋継のような人間に密入国させられ、訳も分からないままに創薬の実験台にされた。彼らに非はない。ただ、恐ろしいまでの不運が招いた悲劇によって命を奪われた。

「壊れたまま放置したら危険な部品は廃棄処理する。当然の話だ」

秋継が振り返った。懐から古風なパーカッション・リボルバーを抜き放った。レミントンM1858〝ニューモデル・アーミー〟の銃口が、茉莉を捉える。

「さっさと撃て」秋継が撃鉄を起こした。「逆らうなら、まずお前の脚を撃ち抜く」

しかし、秋継にもまた銃口が向けられていた。

「――いいえ、あなたに彼女の生殺与奪を握る権利はない」

開けっ放しになっていた扉の傍に、防弾ベストを着用した白いスーツ姿の女が立っている。その手には精神色相走査装置《サイマティックスキャン・ユニット》を取りつけた小型拳銃《オフデューティー》が握られている。

「すぐに銃を捨ててください」

茉莉は、それが再び自分が見た幻影かと思った。

「――滄」

しかし幻影ではなかった。確かに真守滄が秋継を照準していた。

「こちらは厚安局です。未確認精神作用物質《UPS》〈涅槃《ニルヴァーナ》〉の証拠隠滅を目的とした破壊工作と殺人の容疑で、唐之杜秋継、あなたを拘束するよう命令が下されている」

「……どうやって、ここを嗅ぎつけた？」

「厚安局の捜査権限に基づき、かつてブリクセンがCEOを務めていたSNS〈Angel Face〉の運用権限を掌握しました。そして登録されていた未成年男娼・売春婦の斡旋所のうち、この施設の運用状況《ステータス》が、数時間前から急に確認不能になった。そしてマンション側のセキュリティも外部から解除されていることを確認――」

「それで、俺たちが来ると踏んだわけか」

「ええ」

「……お前が出張ったのは、瑛俊の指示か？」

「唐之杜取締官は、あなたが重大犯罪に関与しているものと判断し、その身柄を拘束するよう命じています」滄が周りに転がる死体を見やり、そして再び秋継を睨んだ。「……あなたたちが、彼らを殺したのですか」

茉莉と滄の視線が、一瞬、交わった気がした。自らが犯した行為を咎《とが》められたような居心地の悪さが、茉莉の肌をざわつかせた。

「こっちも驚いているよ」秋継だけが、この状況で平静を崩さない。「誰かがこのガキどもをぶっ殺しやがった。――まさか、待ち伏せしていたお前がやったのか？」

秋継の挑発めいた返答に、しかし、滄はまったく応じない。

「武装解除を命じます。あなたたちの任意であれ、強制であれ、これ以上の破壊工作への従事は認められない」

「その様子じゃ、俺たちが誰の命令で動いているのかも見当がついてるようだな」

「いかなる社会的勢力が背後に存在しようと、例外はありません。厚安局は事件捜査を行い、真実を明らかにすることが果たすべき責務です」

「だとすれば、こっちにも相応の果たすべき義務ってのがある。すべての真実が明らかになることが必ずしも正しい結果を招くとは限らない。――真守滄、お前もまた不都合な真実に蓋をして、この社会に相応《ふさわ》しい飼い犬を演じているようにな」

「――何が言いたいのですか」

秋継が、ふいに口にした言葉に、滄がわずかに動揺を見せた。彼女らしからぬ反応だった。それこそが秋継が得意とする心理誘導の成果だった。

「別に、俺にとってお前なんぞ、どうでもいい」

秋継のパーカッション・リボルバーの照準が、茉莉から床に横たわる難民の少年に移った。抹殺対象を自ら屠《ほふ》ることで、秋継は厚安局に身柄を拘束されようとも、東金財団に対する忠誠を示そうとするかのように、その引き金を絞ろうとした。

しかし、そのときだった。

突如として、少年が激しい苦痛に襲われたかのように身を捩《よじ》り出した。獣のような叫び声を上げ、盛んに腹のあたりを掻き毟《むし》り始めた。

そして茉莉は見た。少年の腹部に、医療用ホチキスを大量に使い、無理やり縫い止めた傷口があった。腹を真っ直ぐ横切るような大きな傷口——あたかも、昔、赤ずきんの童話で読んだ悪い狼の末路。おばあさんと赤ずきんを食べた狼は、しかし駆けつけた猟師によって腹を引き裂かれ、赤ずきんたちの代わりに石を詰め込まれた。それを寝床で読み聞かせられたとき、茉莉はその猟師がとても怖かった。だって、人間は食われてしまえば死んでしまい取り戻されることはないのだ。だとすれば、猟師は、ぐちゃぐちゃに噛み砕かれ、どろどろに消化された赤ずきんとおばあちゃんの残骸を狼から無理やり引き摺り出したことになる。赤黒い肉塊に成り果てた赤ずきんたちを全身に塗りたくり、血まみれの手で石を狼の死骸に突っ込んでいく猟師の狂気的な笑顔。茉莉は、その光景が夢に出てきて夜中に跳ね起きた。自分のお腹のなかに食べたごはんのかわりに、石をたらふく押し込まれていないか、恐る恐る触って確かめた——。

そして少年の腹部の縫合がブチンと解け、どっと中身が溢れ出した。血が飛び散り、ぶよぶよとした腸がはみ出してきた。糞尿の眼に沁みるような汚臭。だが、それさえ忘れるようなしろものが、少年の腹に詰まっていた。

「くそっ」茉莉は、呆然として呟いた。「こいつの腹に爆弾が仕込まれてる」

臓物の狭間に見えるのは、混合爆薬の一種であるPBX爆薬だった。衝撃や高温に強く、信管を通した起爆でない限り、引火しても緩やかに燃えるだけで爆薬としての安定性が高いことから、軍用爆薬として広く普及している。

だが、逆に言えば、少年の身体に爆弾を埋め込んだ相手は、任意のタイミングで確実に起爆するように、この爆薬を選んだことになる。

案の定、爆弾は、携帯型の色相チェッカーを改造し、少年の精神色相《サイコ＝パス》の計測と連動した起爆装置に繫がれていた。茉莉たちが彼を発見し、殺処分を実行した瞬間に爆弾が炸裂するように仕掛けられた罠。

ここを襲撃した犯人は、密入国難民たちの処分を実行しようとする茉莉たちに明確な殺意を抱いている。

茉莉は、爆弾を仕掛けた犯人に自分を重ねた。自分が待ち伏せする側であり、目標を確実に抹殺しようとするなら、起爆方法はひとつに限るなんてことはしない。どこからか監視し、起爆を阻止されそうになったら別の方法に切り替える。

「……っ、すぐにここから逃げなさい！」茉莉は、少年に銃口を向ける秋継に叫んだ。そして滄のほうを向いた。「――滄っ、あんたも！　この爆弾を仕掛けた奴は、あたしたちを皆殺しにする気だ！」

秋継に撃たれることも覚悟で、茉莉は少年の傍から飛び退いた。

滄も、すぐに秋継から照準を外し、廊下への脱出口を確保する。

「茉莉」滄が名前を呼んだ。この状況にあっても、透徹した声色は変わらない。「すぐに脱出を――」

だが、その直後だった。

少年に埋め込まれた爆弾が炸裂し、苛烈な焔と爆風が到来した。

ふいに、背後に軽い衝撃があった。誰か、人間の肉体の重みだった。まるで茉莉を爆発から庇おうとするように誰かが覆い被さってきた。分からない。すさまじい爆発が、怒濤となって何もかもをめちゃくちゃに呑み込んだ。焔が茉莉と世界を寸断した。

死体の腐臭も、血と臓物の汚臭も浄《きよ》めたように、焼け焦げた真っ黒な匂いだけが、茉莉の鼻腔を満たしていた。

爆発から、どれだけの時間が経過したのか分からなかった。爆発の轟音によって耳はほとんど聞こえなくなっており、甲高い耳鳴りが続いている。視界は白く濁り、あちこちにインクを落とされたように黒い染みが生じていた。自分がまだちゃんと生きているのかも分からないような不確かな知覚。

茉莉は、何とか起き上がった。腕や脚に裂傷が生じ、血が流れていたが痛みはなかった。脳内で分泌される興奮物質が、痛みを掻き消しているのだろう。そして、何よりも誰かが爆発から自分を庇った。それで致命傷を避けられたのだ。

そのことに気づいたとき、茉莉の意識は、急速に取り戻された。

自分に覆い被さったまま、身動き一つしない相手の顔を見た。

しかし茉莉のすぐ傍で瞼を閉じているのは、思い描いていた相手とは違う男の顔だった。洒脱なスーツは、ずたずたに千切れ、茉莉を庇って炸裂した焔の大半を受け止めたのか、背中の一部が火傷ではなく、もはや炭化していた。他にも硝子の破片が短剣のように鋭く突き立っていた。それでも致命傷を負っていないのは、近くに転がっていた死体を盾に使ったためだろう。

やや、距離の離れた部屋の入口付近、爆発で変形した扉の下で滄が倒れていた。負傷は免れたようだが気を失っている。

「……よう」秋継が、呻《うめ》くように言った。「いきてる、か……」

茉莉は、無言で首を縦に振った。

訳が分からなかった。この男が、なぜ自分を、こうまでして守ろうとしたのか。

「どうして――」

目の前の男の行動理由が、これっぽっちも理解できなかった。

「……俺の目的のために、オマエは切り札になる」秋継が、激痛を堪《こら》える荒い呼吸を繰り返しながら立ち上がった。「だから……、何としても、死なせるわけにはいかないんだよ」

脂汗に塗れ、髪を顔に張りつかせた秋継のまなざしは、執念に取りつかれた人間特有のギラギラとした粘っこい光を宿しており、やがて彼は立ち上がると茉莉を連れてその場を離脱した。

3

唐之杜瑛俊は、新首都高速五号池袋線の間際に建つ高層タワーマンションの前に立つ。爆破のあった一二階フロアは、外からでは損傷が見つからない。

爆発から一夜が明けた現在、すべての居住者に対して避難指示が出されていたが、そもそも実際の居住者は希少だった。

記録上は、全戸が埋まっていたが、富裕層が税金対策として購入したものだ。特にOW製薬やその関連企業の重役が目立った。

そこに違法薬物の取引も仲介する密入国難民の売春斡旋所があった。OW製薬の関与を示す明白な証拠だが、彼らは完全に否定している。実際に一二階のフロアを購入していたのは、実態のないダミー企業であり、その権利が二重三重に転売され、正確な利用者を特定するには至らなかった。

爆発によって粉々に吹き飛んだ密入国難民たちの遺体は、唐之杜ら厚安局がドローンで回収し、警察機構側に解析を依頼している。無論、正式な要請ではなく、唐之杜個人が伝手のある検死医に直接依頼していた。

だが、どれも遺体の損傷が激しく、特に頭部が確実に破壊されている。死体には、襲撃犯の明確な殺意の痕跡が刻まれていた。

「君の報告によれば、彼らを殺害したのは、これまでの破壊工作員とは違う、別の第三者だそうだな？」

唐之杜は、遺体の運び出しが済んだ爆破現場に踏み入った。すぐ後ろを滄がついてきている。爆発に巻き込まれた彼女の頭部には、包帯が巻かれている。

「わたしが到着した時点で、密入国難民たちの大部分が死亡していました。そして、唯一の生存者であった少年の殺処分を巡り――、衣彩茉莉と唐之杜秋継が対立していた」

「だが、その瀕死の少年こそが、ＯＷ製薬の破壊工作員を狙う別の襲撃者によって、腹に爆弾を埋め込まれていた……」

「それで、このマンション周辺の防犯記録映像を見ていただきたいのですが……」滄が携帯端末を操作し、記録映像を共有した。「街頭スキャナに異常は感知されていませんでしたが、今回の爆破テロの実行犯と考えられる人物の姿が確認されています」

「そう言い切る根拠は何だ？」

「ここに映っているのは、〈帰望の会〉の構成員です」

新首都高速高架道路直下の、人気のない歩道に立ち尽くす少年の姿が映っている。

野戦服を着た、鋭い目つきの少年だった。その相貌には、刃物で切り刻まれたような多数の裂傷の跡が刻まれている。

　そして唐之杜は、その顔に見覚えがあった。

「――三枝礼弥《みえれいや》」

　唐之杜は、新豊洲地下での戦闘時に遭遇した〈帰望の会〉上級構成員の名前を口にした。

「間違いありません。潜入捜査時に、直接、その顔を見ています」

　以前に、衣彩茉莉から聴取した情報によれば、三枝は指揮官であるアブラム・ベッカムの直参というべき立場にあり、特に爆発物の使用に長けている。

「――であれば、〈帰望の会〉は、何らかの思惑をもって、ＯＷ製薬側の破壊工作員を抹殺しようとしたということか」

　とはいえ、罠を張るためだけに三〇名近い密入国難民を抹殺するとも考え難い。〈帰望の会〉もまた、何らかの理由で彼らを殺害する意図があったと見るべきだろう。

　しかし、彼らが密入国難民を殺害する動機は、すぐには思いつかなかった。

　これまで〈帰望の会〉は、国内の反体制勢力を教導するかたちで、車輛爆弾を用いた連続自爆テロにより、過去の移民政策に携わった官僚たちを次々に抹殺してきた。彼らにとって、それは一種の復讐だった。

　だが、密入国難民たちでは話がまるで違う。

　唐之杜は、改めて遺体の状態を確かめた。吹き飛ばされた肉片の山。どれも一〇代の少年少女ばかり、違法薬物の臨床試験体として酷使され、厭というほど生き地獄を味わわされたすえに惨殺された者たち。

唐之杜は記憶を手繰り寄せるように、虚空を見つめる。

新豊洲の地下プラントで回収された身元不明の遺体も頭部を吹き飛ばされていた。今回の池袋の一件といい、〈帰望の会〉は〈涅槃〉の実験体とされる密入国難民たちを、頭部の破壊、という共通項をもって殺害していることになる。

そこで、唐之杜のなかで何かが繫がった。

「犠牲者には、何か普通の人間と異なる特徴があるのか?」

唐之杜は、自分の頭部に触れる。

「それはおそらく、頭のなかに存在している。だから、頭部が徹底して破壊された」

それならば、〈帰望の会〉が、一見すると残虐極まりない方法で密入国難民たちを殺害したことにも説明がつく。

だが、唐之杜の言葉に、滄が予想外の反応を見せた。

「――――」

滄は、青い眸を瞠《みひら》いている。そこで垣間見た彼女の感情は、逃げ場を失った獣が見せる恐怖だった。それは、唐之杜がこれまで一度も見たことがなく、真守滄という人間にとって最も縁遠いとされていたものだった。

滄の動揺はすぐに鎮まった。

「……唐之杜取締官」と滄は前置きをした。「これまでの捜査情報で、一点だけ、報告を怠《おこた》っていた情報があります。新豊洲地下での戦闘において、〈帰望の会〉指揮官アブラム・ベッカムは、何らかの理由によって、既存のサイマティックスキャン技術では、その精神色相を解析不可能な人間たちがいることを仄《ほの》めかしていました」

そして、彼女は告げた。

「彼らはそれを、――先天性免罪体質と呼んでいました」

†

「浜松町へ向かう」唐之杜は踵《きびす》を返した。「真守、君も同行しろ。〈帰望の会〉の殺害対象について、野芽管理官に再度の解析を依頼する」

その声色に変化は見られなかった。いつもどおりの金属を思わせるような冷静沈着さだった。しかし、滄は見逃してはいなかった。

自分が、免罪体質の情報を口にした瞬間、微かにその表情に変化が生じていたことを。

滄を見る視線に、いつもとは違う警戒の反応を見せていたことを。

「……報告を怠り、申し訳ありません」

滄は、表に停めた捜査車輛に乗り込みながら謝罪した。

助手席に座った唐之杜は、何も答えない。几帳面にシートベルトを締めると、すぐに携帯端末を操作し、現場を所轄の池袋警察署に移管する。

そして新首都高速に乗り、車輛が自動運転に移行したところで唐之杜は滄を一瞥する。

「君に捜査官としての自覚があるのならば、〈帰望の会〉が〝免罪体質〟と呼ぶ特異者たちの存在を仮定していた事実を、事前に私に報告しておくべきだった」

唐之杜が告げた言葉に、滄は身を硬くした。銀フレームの眼鏡越しの唐之杜の視線は静かだ。しかし、とても硬く鋭さを帯びている。

「その情報は、他の誰にも話していないな？　以降、この〈免罪体質〉については誰にも口外するな。――これまで、ＯＷ製薬……、いや、東金財団が、なぜそこまで躍起になって〈涅槃〉の流通拠点に徹底した破壊工作を行ってきたのか、疑問だった」

唐之杜は、さらに話題を切り替えた。しかも、これまで明言を避けていた〈涅槃〉への東金財団の関与を自ら口にした。

「……どういう意味でしょうか？」滄は唐之杜の意図を読もうと訊き返した。「彼らは、自爆テロさえも引き起こさせた違法薬物である〈涅槃〉に、自分たちが関わっている証拠の一切を消そうとしているのではなかったのですか？」

「我々は財団と厚生省の癒着関係を無視してでも事件捜査を推し進めてきた。場合によっては、彼らを告発することさえ躊躇しない。だからこそ、財団側も、我々が〈涅槃〉に関するあらゆる事物を入手できないよう、先回りして破壊工作を続けているものと想定していた」

「そうではない、と?」

「実に単純なことだが、東金財団が厚生省上層部と結びついている以上、下部組織である厚安局の事件捜査を本気で止めようとするなら、いつでも強制停止させることは可能だった。だが、彼らはそうしなかった。消極的な捜査妨害はしても、捜査停止を命じるようなことはせず、あくまで〈帰望の会〉の追跡と自爆テロ阻止に専念しろと言ってきた。だとすれば――」

「彼らが脅威と見做しているのは、あくまで〈帰望の会〉だけである、と?」

滄の言葉に、唐之杜は静かにうなずく。

「新豊洲の〈涅槃〉の製造プラントにおいても、その爆破は、〈帰望の会〉ではなく、OW側の破壊工作によるものだ。そして私たちが、あの現場に駆けつけることができたのは、東金美沙子との関係が疑われた唐之杜秋継の動向を把握することによって得られた情報のおかげだった」

あのとき、麻薬密売人のブリクセンの許に潜入捜査していた滄の身体には、秋継が液体《リキ》薬物《ツド》を介して位置情報発信用のナノマシンを埋め込んでいたと後で知らされた。

「ＯＷ製薬は、〈涅槃〉をブリクセンに取引させることで、〈帰望の会〉の動向を間接的に把握していたというべきだろう」

「しかし、自分が切り捨てられることを危惧したブリクセンが身を隠した……」

「ああ。ＯＷ製薬は彼の行方を追えなくなったことで、〈帰望の会〉の動向を監視する手段を失った。そこで、潜入捜査をしていた君や衣彩茉莉が、ブリクセンと繋がる唯一の線となった。唐之杜秋継が君に接触したのも、それが理由だろう」

つまり、自分は知らず知らずのうちに、唐之杜秋継の——東金財団の思惑通りに動く駒として利用されていたのだ。

「彼はわたしに、麻取であれば、周辺ではなく、一気に大物を狙えと言いました」

そしてブリクセンに急接近する代償として、滄は茉莉を一時的とはいえ、切り捨てる判断をしなければならなくなった。そこで厚安局側の捜査体制に分断が生じた。

秋継は、ブリクセンが自らの生存のために、厚安局取締官である滄との接触を図るであろうことを予測していたのだ。その読みは当たった。ブリクセンは滄を連れて、〈帰望の会〉との大口取引に臨もうとした。

しかし、予《あらかじ》め、商品である薬物ではなく、武装して事に臨んでいたことからも分かるとおり、ブリクセン自身は、〈帰望の会〉とＯＷ製薬双方を手土産に、厚安局と司法取引を交わそうと画策していた。

だが、ブリクセンは、一度は〈帰望の会〉の構成員を制圧し、滄に司法取引による保護を持ちかけたものの、直後にアブラムによって射殺された。

「財団は、常に君を通して、ブリクセンの動向を監視していた。そこで、自らの膝元たる新豊洲の薬物製造拠点が狙われていることを察した。――おそらく、あの地下プラントの爆破は、財団側にとっても緊急的な対処だったはずだ。施設を破壊し、〈帰望の会〉による襲撃を阻止しようとした」

「であれば、〈涅槃〉の流通拠点を財団側が破壊して回っているのも、証拠隠滅ではなく、その一切が〈帰望の会〉の手に渡らないようにするためである、と?」

滄は、そこまで言って、状況の厄介さを理解した。これはすなわち、東金財団と〈帰望の会〉による、〈涅槃〉を巡る戦争なのだ。

「無論、違法薬物の開発に、財団が直接関わっていた繋がりを葬り去ろうというのも狙いのひとつだろう。だが、彼らはそれ以上に〈帰望の会〉を脅威と認識している」

「では、今回、〈帰望の会〉が密入国者たちを殺害したのは……」

「彼らが東金財団に先んじていた。おそらくは研究成果を奪取し、不要となった臨床試験体たちは処分したうえで、その残りを財団側の破壊工作員ないしは、私たちのような捜査要員を抹殺するための罠《トラップ》として利用した、ということだ」

浜松町の交通管制センターに、滄が直接訪問するのは、これが初めてだった。

本来、省庁間対立構造において敵対省庁の筆頭たる国交省の管理施設に、厚生省の人間が立ち入るというのは有り得ないことだからだ。

しかし、先を進む唐之杜の歩みに躊躇《ためら》いはない。かといって威圧的でもなかった。いつもと変わらぬ規律正しい足取りだった。そして施設職員たちも、唐之杜に対して警戒を示すこともなかった。

それに較べると、滄のほうは擦れ違うたびに、職員たちから一瞥されるのを感じた。とはいえ、それも敵愾心《てきがいしん》とは程遠かった。むしろ奇異なものを目にしたとき、思わず好奇心から観察してしまうような反応だった。

「君は、自分が思っている以上に有名だ」唐之杜がエレベーターに乗り込むなり、滄に言った。「私たちのような職務に就きながら、清浄な色相を保ち続けられる存在は稀だ。自然、噂は対立を無視して様々な組織を渡り歩く」

「あまり、そういったものに自分は興味を持てません」

「それでいい。君に憧憬を抱く者たちと同じくらい、君を利用したがる者たちがいるだろうが、そういう連中の神輿《みこし》に乗る必要はない。今後、精神色相《サイコ＝パス》を基準として社会体制も様変わりしていく。より一層、人間は個人単位でその有用性を判断されるようになるだろう。〈シビュラ〉による解析は年々、精度が増している。社会全体の利益に奉仕し得る者が評価され、適性に応じて配置と分配が為されていく社会システムのなかで、属する組織の利益に忠実であるだけの旧態依然とした人間は自然と排除されていく。これから訪れる未来とは、きっと社会と個人が天秤の両端に立つ世界になるだろう。──およそ、私にはその社会の現実の在りようというのは想像もできないがな」

唐之杜は、あたかも自分が、シビュラ統治社会から弾かれる人間であるかのようなことを口にした。

「君には、いずれ、今より相応しい役割が与えられるようになるだろう」

「……わたしは、唐之杜取締官の部下です。厚安の取締官です」

「そうだな」と唐之杜。「しばらく、そうであると助かる」

そして国交省管轄の物流統合管制・管理システムの指揮所に入る。

壁面の大型投影スクリーンには東京都内の地図がホロで映し出されている。都内を巨大な網状組織のように覆っているのは新首都高速高架道路だ。国交省が、首都圏内の物流情報を監視・管理するための要《かなめ》というべきものだった。

指揮所内のオペレーションは作業ドローンによってほぼ自動化されており、彼らを俯瞰する位置に野芽がいた。

彼女は、滄たちの入室に気づき、背後を振り仰ぐ。女性にしては大柄な体型を包む黒いスーツ姿。その顔は疲労を隠すためか、メイクが色濃い。

「ロジスティクス・コンプレックスを用いて、爆殺された官僚のここ一年間の決済情報を照会した。そちらの要請がなければ、国交省側が厚生省の高級官僚の個人情報を暴き出すなど、開戦の合図になりかねん行為だな」

黒のスーツに大柄な体格を押し込んだ野芽が忍び笑いをした。言葉のわりに、どこか状況を楽しんでいるようでもあった。

「協力に感謝する、野芽管理官。すでに解析は済んでいるか?」

「無論だよ」と野芽がデスクに設置されたキーボード・デバイスを操作した。「そちらの予想どおり、精神セラピーのために支給されていた特別給与の額面と、実際に施設に支払われていた金額に乖離《かいり》があった。殺された官僚には、多額の使途不明金があった。それで、そちらも被害者の色相記録にアクセスできたのかね?」

「厚安局の捜査権限で情報を閲覧した」唐之杜も端末を操作し、情報を共有する。「当該人物は、色相を警戒レベルまで悪化させていたが、ある時期を境に劇的に改善している。情緒や言動の面に変化が生じ、まるで別人であるかのように感情の起伏が消失したが、色相が回復したことを理由に職場復帰となっていたようだ」

唐之杜が転送した色相の遷移グラフを、野芽が決済記録と照合させる。

「――ビンゴだな。色相の改善時期と使途不明金の発生時期が一致した。それにしても色相の回復が極端だな。警戒レベルから一転して、そちらの真守捜査官に匹敵するクリアカラーを恒常的に維持するようになった」

「当然だろう」と唐之杜。「――〈涅槃〉を用いた色相の強制浄化を行ったからだ」

するると、野芽が怪訝《けげん》な顔をした。

「〈涅槃〉の使用者は、ことごとく脳機能を破壊され、生ける屍となるか、発狂し自殺に追い込まれたのではなかったのかね？　しかし、この官僚の行動記録を見る限り、狂乱に耽《ふけ》るどころか、日常生活において奇行ひとつ報告されていないようだが……」

「物事を事実のとおりに受け取るべきということだ。この官僚は、本来なら一度でも使用すれば脳機能が破壊されるはずの〈涅槃〉に、ある程度まで適応していた可能性がある」

「そんなことが可能なのかね？」

「池袋の売春斡旋所で殺害された密入国難民たちは、真守捜査官の報告によれば、彼らを買った客たちの相手ができる程度には思考能力が残っていた。だとすれば、彼ら以外に〈涅槃〉を使っても生き延びる者たちがいてもおかしくはない」

「……事実であるとすれば、由々しき事態だな。本来なら色相悪化によって顕在化し、取り除かれるはずの社会的脅威が野放しになっているのだから。――しかし、それなら東金財団は、なぜ自らが推進する精神衛生社会を根底から覆すような違法薬物を作り出そうとしていたのだ？」

「――その見立てこそが逆だったのかもしれません」

そこで、滄もようやく理解に至った。東金財団が、なぜ色相を無効化する薬物を作り出そうとしたのか。その理由を。

「仮に何があっても色相が濁らない特異体質者が存在した場合、それをそのまま放置すれば、サイコ＝パスを前提とする社会の法治システムを危うくします。ですが、その特異体質の発生メカニズムが理論化できるとすれば、その対象は計測不能の例外存在ではなくなる」

だとすれば、秋継が茉莉を拉致したのも、単に証拠隠滅を図るためではないのかもしれない。財団が、精神衛生社会の障害と成り得る例外存在の確保と解析を目的としているのであれば——。

大規模テロに加担しながらも、色相を濁らせることのなかった衣彩茉莉という少女は、彼らにとって格好の研究対象となるはずだった。

滄の脳裏に、茉莉の桜のような淡紅色の色相がよぎった。

「……つまり、〈涅槃〉は色相を欺瞞する薬物ではなく、既存の精神色相の計測方法を無効化する性質を生み出すためのものであったと？」

まるっきり誇大妄想だな、と野芽が頬を歪めた。

しかし、滄の判断は変わらない。

「ですが、そう考えれば辻褄が合います。これまで移民政策に従事し、色相を悪化させた官僚たちに対して薬物をばら撒いていたのも同じ理由でしょう。外界との繋がりを断った研究施設内での実験に目途がつけば、次は外部——実社会での実験を行おうとする。そこで極度に色相の悪化した官僚たちが実験台にされた。彼らを薬物によって変質させ、実社会で活動可能な例外存在を生み出そうとした」

であれば、〈帰望の会〉の自爆テロの標的は、単に移民政策従事者というわけではなかった。東金財団が生み出そうとしている精神色相の例外存在——その変異の兆しを見せた者たちこそが、〈帰望の会〉に狙われてきた。だからこそ、〈涅槃〉の臨床試験体になりながらも、死を免れた密入国難民たちも、彼らの抹殺対象になった。

あるいは、死んだ〈帰望の会〉構成員たちも同じかもしれなかった。

「〈帰望の会〉は、〈涅槃〉によってテロ遂行の恩恵を得る一方で、〈涅槃〉を摂取し生き長らえた者たちを狙い、確実にその命を奪ってきたということです」

Φ

湾岸地区沿いの廃棄区画は、かなりの規模だった。繁華街の雑居ビルは、現在主流のホロ装飾ではなく、ネオン灯の途切れ途切れの色彩で着飾っている。ビルから吐き出される人間の種類は雑多で、また呑み込まれていく人間も老いも若きも様々だった。それでも全員に共通しているのは、どこか薄汚れくすんでいることだ。まるで魂に薄い覆いがかけられたような。

廃棄区画の人間の色相は、まず例外なく濁っている。だから、その姿がくすんで見えるのかもしれない。

無論、それは錯覚にすぎない。

人間の精神を数値化した指標たるサイコ＝パスは色相で表現されるが、それが実際に人間の眼に視覚化されているわけではない。端末《デバイス》を通した〈シビュラ〉の解析の結果、データとして出力されて、はじめて色彩というかたちを持つのだ。

人間に、その眼自体に、ひとの魂を見定め、暴き立てるような力はない。

そのはずだ。なのに、廃棄区画の住人たちは茉莉を見ている。

猜疑《さいぎ》も露わな眼差し。色相に濁りのないお前の居場所などない、というふうに。

これは錯覚ではない。茉莉は敵意に対して鋭敏だ。それに気づけなければ殺されてしまう世界で生きてきたから。

間違いない。敵意に囲まれていた。

よく似ているのは、地雷原を歩いていたときの緊張感だ。大量の地雷が埋まった危険地帯をどれだけ早く駆け抜けられるか。度胸試しという名の、子供たちの無謀な遊び。ちっぽけな自尊心のため、容易《たやす》く後の人生を棒に振りかねない愚かな遊戯。しかし、そもそもいつ殺されるかもわからない土地では、死ぬことへの恐怖は薄かった。紛争と略奪が続く大陸の辺土で生きて永らえるより、むしろ死んだほうがマシだと思う人間は多かった。そんな大人たちの厭世観《えんせいかん》が子供に伝播し、それが様々なかたちで現れた。

これも似たようなものだ。廃棄区画住人たちの、部外者である自分に対しての警戒や敵意が蔓延し、目に見えない壁を作っている。もしかすると、うっすらと彼らの姿がくすんで見えるのはその壁なのかもしれない。しかしそこには無数の穴が開いており、監視の眼が覗いている。

この東京という都市に張り巡らされた機械の眼、〈シビュラ〉のセキュリティとは異なるもの。発展する都市のなかでスラムが自生的に生み出されるように、現代のスラムたる廃棄区画で生きるものたちが、自らを防衛するために作り上げた警戒網。

そこに自分が土足で踏み入っている自覚はある。

部外者の侵入がもたらす心理的負荷。

それが周囲の人間たちにいま、まさしく負の感情の連鎖として悪影響を及ぼしている。

思考汚染《サイコハザード》。そういう言葉がある。

自分の心理が他人に伝染する。あるいは他人の心理が自分に伝染する。

誰しも、それは当然のことではないかと思うだろう。相手の気持ちを慮《おもんぱか》って共感する。相手の気持ちになって考える。それが人間のコミュニケーションを成立させているのだ、と。

けれど、思考汚染は、そんな牧歌めいた呑気な状況を表す言葉ではない。文字通り、他者の思考が汚染するように伝播されてくる暴力的な事象。怒りと怒りが反響し合い、憎しみが重なり合ってより大きな感情のうねりを生む。たったひとつの感情を推進力にして、互いにいつまでも敵意を向け、殺し殺された末に誰もいなくなる。

茉莉が生まれ育った村からアブラムと〈帰望の会〉によって連れ出され、日本へ向かう旅程のなかで、現生人類の心理状態について教えられたことがあった。

ひとの心は、かつてなく共感し合えるようになった。だが、そもそもどす黒く濁った心を通い合わせたところで生まれるのは、どぶのような魂同士の混色でしかない。大地の土と死体から零れた血と、錆びた鉄屑がもたらす赤茶けた汚濁の色が、どこまでも延々と拡がっていくさまを、自分たち人間は本当に見たかったのか？

アブラムは、そのように問い掛けてきたが、答えを望んではいなかった。茉莉も答えることはできなかった。〈帰望の会〉の羽根たちも同じだった。

為すがままにせよ。それ以外に得られる教訓はなかった。

生き延びたければ、共感ではなく理解をしろということだ。

相手の感情を内面化するのではなく、その思考をあくまで忠実に推定するに留める。

そこで何をすべきか、しないべきかを判断する。自他の区別のない想像で物事を考えてはならない。自己と他者の間に境界を設け、相手に領域を侵させない。自分も侵さない。

不可侵の真空、とアブラムは表現した。

それこそが、魂を他人の汚染から守るための防衛策だった。

殺気だった廃棄区画住人たちを尻目に、茉莉は先へ先へと進んだ。


秋継との合流地点は、廃棄区画の運河沿いにある飲食店だった。野ざらしになった貨物コンテナを改造した店舗は、粗末な小屋のような見た目だが、内部はそこそこしっかりしていた。住環境としてはひどいが、しばらく腰を落ち着ける程度ならば申し分ない。

秋継は、コンテナのひとつを借り切っている。他人を遠ざけ、一晩の宿とするために。

「ご苦労さん、怪我のせいで同行できなくて悪いな」秋継は掴んだグラスを茉莉に向かって掲げた。「成果報告は……、まあいいか。そのへんはデバイスが財団の連中に送っている。そして、お前は完璧に仕事をこなす。心配事なんて何ひとつない。着実に〈スケジュール〉は達成されている。もう少しでこんな仕事ともおさらばできるぞ」

「……ならいいけど」

茉莉は簡単な食事と瓶入りのジュースを頼んだ。汚染水まみれの運河がすぐ傍にある店が作った密造酒なんてものを口にする勇気はなかった。

秋継は料理も注文せずに、酒を飲み続けていた。負った傷の痛みを誤魔化すためだと言って、前よりも飲酒癖はひどいものになっていた。大量の薬物との組み合わせによって酩酊し、素面《しらふ》でいることは滅多になかった。

それでも茉莉は、秋継に対する警戒を怠らない。

この男は、どれほど正気であるかもわからない。けれど、完全に狂ってもいない。享楽的な道化の仮面の下で、冷徹に物事を判断し、自らの目的を達成するために必要な行動を選択し続けている。

〈涅槃〉関連施設への破壊工作は、以前よりも煩雑さを増しつつあった。時には、今日のように別行動を命じられることもあった。

〈スケジュール〉の進行が早まった、としか秋継は言わない。

流通拠点の破壊。実験体の抹殺。あらゆる研究資料の破棄。都内に残存する〈涅槃〉の関連施設を次々に消し去っていった。自分たちの足跡を追いかけてくるものは、厚安局だけではなかった。自分たちと〈帰望の会〉は互いの獲物を奪い合っている。〈涅槃〉と、それに関連したあらゆるものを。

自分たち以外にも、ＯＷ製薬の掃除夫たちが事後処理に動いていた。そこに動員されているのは、秋継と同じく、生殺与奪の権限を財団に奪われた者たちだった。秋継が、密入国者の供給役として、結果的に利用されたように。

たとえば、〈涅槃〉を造り出すため、検体として必要な密入国者を纏《まと》めたリストを秋継に渡してきたのは、同じく外務省の同僚だった。あるいは入国管理局の職員が不正入国を黙認した。密入国者たちの派遣先に登録された企業の従業員が、その就労状況を偽装した。

省庁間闘争に勝利し、あらゆる官庁に優越する厚生省と蜜月の関係にある東金財団は、その影響力を惜しみなく利用し、自らの思惑を果たす歯車となる人間たちを手中に収めた。

結果、多くの人間が都合のいい駒として利用されていた。

「さて、楽しい酒宴もそろそろお開きだ」

秋継がアルコール分解薬剤をざらざらと飲み下し、無理やり意識をはっきりさせた。思わず茉莉は身を硬くする。彼がこういう態度を取るときは、何かしら大きな動きがあるときだ。

「……いつまでもチンケな歯車でいるつもりはない。そのために、俺たちは仕事をこなし、お前の存在を財団の連中に示してきたわけだしな」

「いまさら売り込みでもかけるつもり？」

「それはとっくの昔に済んでる。今やってるのは、いわば試験運転ってところだ。俺が説明したとおりにお前が価値ある道具であるかどうか、連中が見定めるための」

「価値って何？」茉莉は、道具扱いされたことに苛立《いらだ》った。「尻拭いをする紙にしては使い勝手がいいとでも？」

「自分を卑下するのは、よくないな。お前がチリ紙程度のはずがない。言っとくが、お前は金剛石《ダイヤ》の原石みたいなものだ。そんな汚いナリをしていてもな」

秋継は、茉莉が着ている赤いボロボロのパーカーを見やる。幾たびも返り血を浴びて、くすんで暗い赤になりつつあった。

「もしも、末端の俺が間をすっ飛ばして財団の頂点と取引するとすれば、相手の思惑をどうにか推測し、それに適う交渉材料を用意するしかない」

「それが、どうしてあたしになるのよ」

「何て言うかな、すべてはお前の色相にかかってるんだ」

秋継が携帯型の色相チェッカーを取り出した。破壊工作時にも、前後の色相の記録が義務づけられていた。色相悪化によって不測の事態が起きるのを避けるためだ。

茉莉への走査《スキャニング》はすぐに済んだ。

色相は、相変わらず淡紅色。わずかな曇りも見られなかった。

「素晴らしい。お前の色相は最高だ」そこで秋継は話を区切る。「だが、ちょっと考えれば妙な話だ。罪を犯して色相が濁らない奴なんかいない。そんな連中が大量にいたら、精神《サイ》の数値化技術《マティックスキャン》の信頼性は吹き飛んじまう」

秋継は今度は自らの色相を走査した。致命的ではないにせよ、かなり濁っていた。薬物で中和しなければ、とてもではないがまともには生活できないレベルだ。

「俺もお前も同じ罪を犯している。なのに、一方は濁り、一方は澄んでいる。これはどういうことだ？　精神色相《サイコ＝パス》は人間の魂を完全に数値化し、デジタルデータとして解析可能になったんじゃないのか？」秋継はそこまで一息に言ってから、色相チェッカーを放り捨てた。「だが、逆に考えてみろ。社会の大多数は、精神色相という指標によって、その魂の在り方を解析できるようになったとしても、必ずしも全員がそうであると完全に証明したわけでもない。むしろ、実はシステムはいまだ発展途上であるとしたら？」

秋継は滔々《とうとう》と自らの見解を語り続けた。彼にとって、埋もれた真実を暴くことは本能的な快楽であるというふうに。

「東金財団は、厚生省とともに〈シビュラ〉を運用する独自セクションに多大なリソースを割き、その研究に膨大な国家予算をつぎ込んでいる。ならば奴らは、サイマティックスキャンによる精神の数値化技術を前提とし、〈シビュラ〉によって運用される社会体制を完全なものにするため、あらゆるバグを潰そうと躍起になっていると考えたほうが自然だとは思わないか？」

「……バグ？」

それはつまり、システムにとっての盲点ということだろう。

「シビュラは完璧なシステムじゃなかったの？」

「人が作り出したあらゆるものは、完成したところで未完成のままなんだよ。何しろ人間そのものが未完成だからな」

「……あんたが言うと説得力があるわね」

秋継が頬を歪めた。

「ちょっとしたことで訳の分からない過ちを犯すような動物が綿密に設計し、一部の隙もない被造物を造り上げたところで、そこには絶対に穴が存在する。作り手それ自体すら気づいていない空隙――、それがすなわちシステムの盲点だ」

「それは何だって言うのよ……」

「察しが悪いな。――俺は、お前がその盲点たり得る特異体質者――〈免罪体質〉と呼ばれる人間ではないかと睨んでいるのさ」

咄嗟に、相手の口にした言葉が理解できない。

チン、と秋継はテーブルに置かれていたフォークでグラスの足を叩く。

その音に、茉莉は意識を呼び戻される。

「衣彩茉莉」秋継が茉莉を射抜く眼差しは鋭く、揺るぎない。「何をやろうと色相が濁らない人間なんてのは有り得ない。だが、現実にはお前みたいに、強制された殺人をどれだけ遂行しようと色相を濁らせずに済んでいる奴がいる。この場合、疑われるべきは物事の前提のほうだ」

「あたしが……、怪物だと言いたいの」

「さあ、どうだろう。別にいくらでも理由は考えつくんだ。殺人みたいな残虐行為が大好きなサディスティックな猟奇殺人犯かもしれない。あるいは、苦痛を覚えるほどに快楽が増す瑛俊以上のとんでもないマゾヒストって線もある」

「……勝手にあたしにレッテルを貼りつけるな」

「そう、別に何者であってもいいのさ。とにかく重要なことは、今お前は、東金財団にとってどんな宝石よりも価値ある原石だってことなんだ。――この負荷テスト《ストレステスト》が終わったとき、俺はお前を連れて、東金財団の中枢に食い込む切符を手に入れるだろう。それが、俺に何をもたらしてくれると思う？」

もはや秋継は薄ら笑いひとつ浮かべていなかった。

自らが生き残る手段を冷徹に計算し続ける勝負師の顔をしていた。かつて茉莉が生まれ育った大陸で何度も目にした傭兵たちを思わせる凄味があった。

「奴らにとって換え難い価値を持つ狩猟者の地位だ。そこでお前は――」秋継の眼差しはまっすぐに茉莉を射抜く。「俺にとって、打ち克つべき最大の敵を滅ぼし、最後の祝福をもたらす切り札となる」

その貪欲ぶりに、酷薄さに、茉莉は啞然とする。

この男は生き残るためにすべてを切り捨てていくのだと思っていた。しかし、そうではなかった。ただ一点、これだけあればすべて事足りると判断し得るもの、文字通りの切り札というべき逸品だけを吟味することに心血を注いできたのだ。

「お前を、俺の牙として何よりも鋭く研いでみせる」

秋継は茉莉の額を小突いた。人間が飼い犬にふざけてやる親愛の仕草のようだった。それだけで自分が相手から人間扱いされていないことを悟った。自分は選ばれた優秀な道具だ。猛烈な羞恥心に身が震えた。文字通りの畜生同然の扱い。目に見えない首輪に締めつけられるように呼吸が苦しくなった。

「そうでなければ、お前の価値が失われてしまう。牙を抜かれた可愛い愛玩動物になってしまう。だが、俺はあいつとは違うぞ」

「あいつ――？」

と口にしたとき、茉莉の脳裏をよぎったのは滄だった。しかし、秋継の場合は絶対に違う。確信があった。この男は、鏡に映る自分の姿に執着し、また自分と瓜二つの鏡像に対して激しい憎しみを抱き続けているのだ。

「瑛俊は、お前を監視も兼ねて捜査協力者に仕立て上げようとしたそうだな。まさか、あいつ、そうすることが、お前がこの社会にとって、まっとうなかたちで役に立つことを証明するとでも思っていたのか？」秋継は嗤《わら》う。とても昏く陰惨な笑顔で。「いいや、違うぞ。そいつは絶対に違う。俺は最初から直感していたし、今は揺るぎない確信になっている」

秋継は手を重ねて、茉莉の手を無理矢理握らせた。そこに目に見えない処刑刀の柄があって、硬く重く冷たいその感触が手の裡に生じるような錯覚があった。

「お前には人殺しの才能がある。これはセンスの問題なんだ。システムより前から存在し、この世界を視通す神というものがいるとすれば、そいつはお前に同胞を殺す才能を与えたはずなんだ。――お前は火だ。強靭に鍛え上げられ、鋭く彫刻された焔だ」

秋継は勝手な理屈を振り回した。けれど、ひどく切実な声色をもって。

「だからお前には絶対に生き残ってもらう。お前が生き残るということは俺が生き残るということなんだ。お前という焔によって浄められた灰の道を俺が進んでいくために。俺にはお前が必要だ。お前には俺が必要なんだ。大切なことは結局、それだけなんだ」

秋継は、自らの色相を走査《スキャン》する。

その色彩は、彼が手にしたグラスの底に溜まった果実酒の澱《おり》のように暗い紅色だった。

†

兄が夜桜を見たいと言い出したのは、大学の卒業式が終わってすぐのことだった。双子の兄弟は学科は違えど、大学は同じだった。

卒業式会場の武道館を抜け出し、北の丸公園から麴町方面に歩いていった。皇居沿いの濠に面した桜並木はすでに盛りを迎えていたが、それでは物足りないと兄は言った。

もっと綺麗な奴を見るぞ、うんと最高のヤツをな。

自分は彼に従って千鳥ヶ淵に行った。いつも気まぐれな兄は、しかし一度やると決めたら絶対にやり通すタイプの人間だったから。

そして自分は、その気まぐれに付き合うのが嫌いではなかった。彼の後ろをついていけば、見たこともないものを見せてくれる。自分にはない行動力、先へ先へと進もうとする強い意志。どれも自分には足りないものだった。

父は、そういう危なっかしさに対して、必ずしも好意的ではなく、保つべき節度と品位からの逸脱と嘆いた。その無鉄砲な性格傾向の原因を、今は亡き母に押しつけていたが、かつて母が生きていた頃、病床で語ったところによれば情熱的だったのは、むしろ父だった。周囲からは、代々にわたって高級官僚を輩出する唐之杜の名家と平民の娘は釣り合わないと言われたが、当時の父は、まだ試験導入レベルの〈シビュラ〉を用いて母との相性を証明した。みな、その頃はまだ懐疑的だった。機械に人の心など計れるものか。しかし瞬く間に、日本国民すべてが〈シビュラ〉の託宣《たくせん》を揺るぎないものとして認識するに至った。

千鳥ヶ淵は昔から桜の名所だった。近くには一〇〇年以上前の戦争で命を落とした戦没者たちの霊園があった。しかし、人々の関心は、千鳥ヶ淵をぐるっと囲み、水面にしだれかかるほど豊かに咲いた淡い紅色の、満開の桜に集まっている。

家族連れやカップルだらけのなか、男同士でボートに乗った。力強くオールを漕いだ。まるで鏡写しのような双子、ただし黙っていれば。幼いころから、そして大学に至るまでそう言われた。兄は戯れに自分の服を着て、弟に成り替わって一日を過ごすこともあった。大抵、周りの奴らは騙された。それほど、自分たち双子はよく似ていた。

桜の海のなかを抜けていく。風に花びらが舞っている。夜空の月は丸く青白く美しかった。ボートを止め、しばらく酒盛りをした。兄が持ち込んだ酒は、父のコレクションから盗み出してきたものだ。透明なプラスチックのコップで高い酒を雑に飲んだ。とても愉しい味がした。他の誰かがボートを漕ぐたびに生じる小さなさざ波によって、自分たちのボートがまるで揺り籠のように、ささやかに、ゆったりと揺れていく。酒の酩酊と合わさって微睡《まどろ》みが訪れようとした。

そのとき、ふいに兄はボートから身を乗り出した。すぐ傍、水面に触れようとしていた桜の枝を折った。ぽきりと。古い桜の枝は若い力に為すすべもない。

――きれいだろ。

桜の枝を掲げた。夜闇に、淡紅色の松明《たいまつ》が掲げられたようだった。美しく、儚い灯火がそこにあった。

そして酔った兄がバランスを崩した。ボートから落ちかけたが、咄嗟に皇居側の岸に飛び移った。そちらは立ち入りが禁止されていたが、兄は緊急避難だから仕方ない、と笑っていた。結局、自分はボートから一歩も動けなかった。互いの間を黒い水面が隔てる。兄は、その向こう側に容易く飛び移ることができる人間だった。その自分にはない軽やかさこそが、弟が兄を羨んでいた最たるものだった。

来てよかったな、瑛俊。

あのとき、秋継《あに》の言葉に、瑛俊《おれ》は何と答えたのだろうか。


唐之杜は、携帯端末のアラームで眼を覚ました。覚醒用のメンタルケア剤を服用しながら、懐から取り出した煙草で一服する。

車中、仮眠のつもりが、本格的に寝入ってしまったようだった。とはいえ、あまり時間は経っていない。三〇分ほどの眠り。不思議な心地がした。見ていた夢のなかでは一晩を過ごしていたというのに。

桜田濠沿い、内堀通りの路肩に停めた捜査車輌から、唐之杜は外に出た。

降り注ぐ陽光に眼を細めた。秋晴れの空気が澄んだ午前だった。

人通りは少ない。まばらな観光客がいるだけだった。

唐之杜は吸いさしの煙草を携帯灰皿に突っ込み、揉み消した。蓋の裏側に施された装飾ホロに浮かぶ兄と自分の姿を見て、先ほどの夢は、この写真を撮った日の夜だったことを思い出した。しかし、それっきり蓋をして唐之杜は歩き出す。

目的地は、永田町にある国会図書館だった。

そこには国内で出版されたあらゆる書籍、刊行物の蔵書のほか、国内のあらゆる研究データのアーカイブが保管されている。

これらはすべて発表前に、〈シビュラ〉の検閲を経ており、ネット上にアーカイブ化もされているが、内容が不適切ではないものの全面公開は推奨されないと判断された一部の資料は、閉鎖系の情報ネットワーク内に保管され、その閲覧のためには、こうして所蔵場所に直接出向かなければならない。

唐之杜は、国会図書館の入館手続きを済ませようとしたが、入場ゲートの色相チェックに引っ掛かり、職員が飛んできた。唐之杜の現在の色相状態では、資料閲覧は色相悪化リスクを起こすため推奨されないと警告された。厚安局の取締官であることを示した唐之杜は、特例措置が適用され、規定時間内での立ち入りが許可された。

どこに移動するにも、何を調べるにも、自らの色相がネックになりつつあった。

色相が悪化した者は当然のことだが、心身に異常を来たした人間として扱われる。通常なら、メンタルケア施設への収容が推奨されるし、多くの人間は自らの職務遂行のために色相が致命的に悪化することを避けたがる。労働の大半は機械化され、無駄で非効率な過剰労働によって自滅するのは馬鹿らしいというわけだ。

だが、すべての職業がそれに当てはまるわけではない。

唐之杜は、少なくとも厚安局取締官が、その例外のひとつだと考えている。自らを使い潰すまで働き尽くす。厚生省国家安全保障麻薬取締局は、国境警備隊や警察機構と並ぶ国防組織のひとつだ。準軍事組織として武装も許可されており、あらゆる手段を尽くして国家を擁護する。日本国の秩序維持と、脅威の排除のために無限責任を負う。

自分が、職務を遂行できなくなる限界は近い。しかしまだ、終わりではない。

唐之杜は、書庫に入り、目的の資料の捜索を始める。

検索キーワードは、――〝先天性免罪体質《A priori acquitted》〟。

滄から報告された、この聞き慣れない単語が突破口になり得ると唐之杜は判断していた。

人の精神と数値の相関――精神色相の前提から逸脱した人間たちの存在は、色相を規範としつつあるこの社会において、有ってはならない例外存在だ。

だが、ごく稀にそうではない人間がいたとしても、それを野放しにせず、何らかの手段をもって、その存在がなぜ例外であるのかを解析し、理解できれば、例外は例外ではなくなる。不可知領域は消える。

そして実際、公開情報として、〈AA〉に関する論文がヒットした。

その数は一件のみ。全国民に閲覧可能な情報ではないが、逆に言えば、その名前を知ってさえいれば、今の唐之杜のように正規の手続きを踏むことで閲覧可能な情報ということだ。事実、研究論文それ自体は厚生省に提出された正規のものだ。

「論文執筆者は――、東金美沙子」

唐之杜は、端末上に表示された論文情報を確認する。予想通りだった。彼女がＣＥＯを務めるＯＷ製薬と東金財団は、〈シビュラ〉の管理セクションに多くの資材・人材を提供しており、この精神衛生社会の確立に大きく関与している。であれば、その障害と成り得る例外存在たちへの対処は考慮して然るべきだろう。

唐之杜は、東金美沙子による論文の内容を参照する。脳科学分野を始め、専門的な用語が散見され、数値やグラフの類、実験結果の報告など、それらの記述が何を意味しているのか、門外漢である唐之杜には一読した限りでは判別できない。

それでも、要点は押さえられた。

数値化された精神の在りよう、魂の判定基準たる〈サイコ＝パス〉——現在の社会体制の基盤となるこの概念から、しかし何らかの理由で逸脱してしまう特異体質者たちが存在する可能性——それが、先天性免罪体質《AA》。

その存在は、二〇三〇年代のシビュラ導入期から、正式施行に至るまでの三〇余年の歳月ですでに予見されていたらしい。そして精神衛生社会の確立とともに勢力を急拡大させた東金財団の盟主、東金美沙子が発表した数多くの論文のうち、精神色相の例外存在を、〈先天性免罪体質〉として理論化したのだ。

とはいえ、この扱いを見ると、他の精神作用薬物の特許論文や研究データに比べ、そう多くの労力が割かれているようには見えなかった。論文は、今後の精神衛生社会の運用にあたり、免罪体質者の取扱いは重視されるべきである、という当たり障りのない結びで終わっている。

　しかし東金財団は、未確認精神作用薬物の〈涅槃〉を生み出してまで例外存在を造り出そうとしていた。その生存者を巡って〈帰望の会〉も暗躍している状況を鑑みれば、この程度の言及で終わっていいはずがない。

　いずれにせよ、精神衛生社会の根幹を揺るがす例外存在たちに関する情報として、研究成果が少なすぎる。おそらく本来の情報は、財団によって秘匿されていると判断すべきだ。

　彼らにとって、〈先天性免罪体質〉は、多大なリスクを払ってなお、確保すべき対象であるはずだ。具体的な例外存在の取り扱い、どのような解析手段をもってその精神構造を把握するのか、あるいは解析後の例外存在たちをどう処理するのか——在ってしかるべき手順の大半が削ぎ落とされたこの論文データは、むしろ他の大量の研究成果に紛れ込ませることで、その重要性に対する認識を歪めさせるためのものだろう。

　事実を語りながらも、真実は語らない欠落だらけの情報。

　あるいは、あえてこの情報をデータベース上に残すことで、〈先天性免罪体質〉にアクセスしようとした人間を割り出す疑似餌《ぎじえ》である可能性。

　だが、さらに詳しく調べる前に、退出を勧告する警告投影《ホロ・アラート》が視界に映った。

　退出時間が来たのだ。これ以上、資料室に滞在すれば、無用なトラブルを招く。そうしてまで居座る理由はなかった。

唐之杜は大人しく指示に従った。論文データの持ち出しは禁じられていたが、すでに内容は頭のなかに記憶されている。問題はなかった。そして書庫を出ようとしたが、再びゲートの色相チェックに引っ掛かった。

色相悪化の再警告。チェッカーが示す唐之杜の色相は、鈍色《にびいろ》の青というより、青みがかった鈍色だった。色相がさらに濁ったのだ。だが、この短時間でなぜ？

その答えに、唐之杜はすぐに気づいた。

自分が、〈先天性免罪体質《AA》〉の情報に触れたからだ。この公衆精神衛生を至上とする社会体制は、完璧なように見えて幾つもの盲点が存在する。これまでは、それを比喩的に理解しているだけだった。しかし今は違った。精神と色相が相関しない例外存在は確かに存在する。それは現行体制への疑義に繋がる。ゆえに濁りが増したのだ。無論、それでもなお、この社会の完全性を信奉し続けられるなら色相は清浄《クリア》であり続けるだろう。だが、そうでない自分は、さらに濁る羽目になった。

唐之杜は、人通りのない道を歩いて捜査車輛へ向かう。煙草を咥えて火を点ける。吐き出した煙が眩しい正午の日差しのなかに溶ける。そして吸い殻を、手の中で握り潰した。

その直後、猛スピードで路地を曲がってきた一台の車輛が、そのまま暴走状態で突っ込んでくる。

唐之杜が最後に目にしたのは、撥《は》ね飛ばされた自分の身体の懐から飛び出した携帯灰皿と、空に撒き散らされる大量の灰。

痛みより先に、暗闇が世界を覆う。

†

同日午後、滄は練馬区にある厚生省直轄のメンタルケア施設を訪れた。

郊外に立地する施設は、リゾートホテルのような外装をしているが、防音性の分厚い扉に塞がれており、すべての部屋の窓は通気のための最低限度しか開かない。

宿泊前提の重篤色相悪化者を対象としているからだ。多摩市や奥多摩地域に東金財団の研究施設が立地していることから、練馬区の付近一帯には、臨床試験中など未認可の先端色相治療を施すメンタルケア施設も数多く存在する。

「厚生省地方局・関東甲信越麻薬取締局の真守滄です」と滄は、対外的な自らの身分を口にした。「唐之杜瑛俊課長の面会に参りました。入室許可を申請します」

受付に設置された医療ドローンは、即座に滄の色相を走査した。同時に、過去半年を遡っての色相の遷移グラフも参照する。

間もなく、唐之杜との面会許可が下りた。

彼の色相は、警戒・監視レベルの間を彷徨《さまよ》っているため、一定の色相の強度が証明された者でなければ、接触が許可されない。

滄は、これほどまでに彼の色相が急激に悪化していたことを知らなかった。

そして自らが口にした言葉が、どれほど危ういものであったのかも。

「——唐之杜取締官、真守です」

『入ってくれ』

部屋のインターホン越しに唐之杜が返答した。いつもどおりの冷静な口調だった。ロックが解除され、滄は分厚い扉を抜けて、室内に入った。

ベッドの唐之杜は、リクライニングを操作し、身体を起こしていた。代用のウェリントンタイプの太い黒縁の眼鏡を掛け、電子資料に目を通している。

「まだ寝てらしたほうがよいのではありませんか?」

滄は丸椅子を引き寄せ、ベッドの傍に腰かけた。唐之杜の頭部や腕には包帯が巻かれており、点滴も投与されている。

「検査結果では、外傷は打ち身と捻挫程度。脳波にも異常はない」それから唐之杜は、彼らしからぬ苦笑を浮かべた。「唯一、色相の濁りが深刻だった。おかげでこんな施設に押し込められてしまった」

「……自動操縦車輛の事故と聞きましたが」

唐之杜が国会図書館を出た直後、路上で暴走した自動操縦車輛に撥ねられたと連絡が入ったのは、正午のことだった。

野芽ら国交省グループや、警察機構との定例捜査会議に出席していた滄は、急遽、予定を切り上げ、唐之杜が収容されたメンタルケア施設に直行した。

「事件性はないそうだ」と唐之杜は平静を保ったまま答えた。「車輛の自動操縦系と都市内インフラの交通制御ターミナルの相互通信に障害が発生し、一時的に制御不能になった。そして運悪く緊急停止機構が働かず、障害物センサーにも不調が生じ、私の存在を認識できず、接触事故を起こした」

「そんな偶然が、いくつも重なりあって事故が起こるなど、有り得ません」

「どれほど確率が低かったとしても、起きるものは起きる。私が特定のデータを閲覧した直後に事故死することも有り得ない事態ではない」

唐之杜は、事故が人為的なものである可能性をあくまで否定した。

表向きは、そうすることで片づけろと言外に命じていた。

だが、財団側の警告に、唐之杜は屈するつもりはないようだった。

「真守、君も警戒を怠るな。今後は、可能な限り単独での行動を避けて捜査を継続しろ。私も退所手続きが済み次第、君たちに合流する。ただし、例外存在の可能性については他言無用とする。第三者に累が及ばないように注意しろ」

そして唐之杜は閲覧していた電子資料を掲げた。

「これを見てくれ」

「〈帰望の会〉による自爆攻撃の被害者リストですか」

「警視庁《ホンチョウ》の銃器・薬物対策課に依頼し、彼らの色相を改めてチェックさせた。そして全員が一度は色相が悪化しながらも、その後に回復傾向にあったことが確認された。君も理解しているだろうが、色相が濁れば、基本的には濁っていくしかない。よくても現状維持だ。それが劇的にクリアになることは有り得ない」

「つまり、全員が〈涅槃〉を摂取しながらも脳機能を破壊されず、適応していた……」

「そうだ」と唐之杜は頷き、次に別の資料を表示した。「これまで我々は、移民政策に従事し、色相を濁らせた官僚こそが敵の標的と判断し、優先的に保護対象としてきた。だが、その見立ては間違っていた」

唐之杜は、色相遷移のデータを、滄の携帯端末と共有する。

「二〇六九年の九月以降——、すなわち0W製薬が密売人ブリクセンに〈涅槃〉の第一世代モデルを提供し始めた時期から、二〇七〇年一一月現在に至るまでの期間において、同様の色相改善パターンが見られる人間たちをリストアップしろ」

「了解しました。……ですが、それでは膨大な数のノイズが混じるのではありませんか？」

「私たち厚生省には、国民の心理状態に関する膨大なデータの蓄積がある。しかし、我々と共闘関係にある国交省は、物流統合管制・管理システムによって、国民の決済記録と消費記録に関するアーカイブを有している」

　そこで滄は合点した。

「こちらで一度、リストアップした該当者たちを、さらに野芽管理官に依頼し、ふるいに掛けろということですか？」

「そうすることで、真に〈帰望の会〉によって標的とされ得る人間たちが抽出されるだろう。そのうえで、色相の改善率が特に高い者から順に優先して、動向を監視しろ」

「監視？」滄は思わず聞き返した。「保護ではないのですか？」

「彼らを保護すれば、〈帰望の会〉はこちらが攻撃目標を予測可能になったと判断し、また別の想定外の行動に移行する可能性がある」

「……ですが、事件捜査のためとはいえ、彼らの生命が危機に晒《さら》されます」

「職務遂行のためだ」唐之杜の返答は断固たるものだった。「それも仕方がない」

「……わたしは、自分の命を擲《なげう》つ覚悟はできています。しかし――」

　それを他人にまで強制していいのか。唐之杜の指示は、事件解決のためであれば、さらなる犠牲が生じることを容認するものに他ならなかった。

「彼らも、我々と同じく官僚だ。国家の歯車になった瞬間から、いつでも命を投げ出す無限責任を負う」

　そこで唐之杜は目を細め、窓の外の景色を見やった。人口激減によって、東京近郊であっても、郊外の土地は自然が容赦なく繁茂している。

「かつて、私のような移民政策の従事者たちは、自らの色相を濁らさないため、極度に細分化された職務のみを全うすることで、自分たちが本当は何を行っているのかさえ自覚せず、数千万に及ぶ国民の間引きを遂行した。——だが、私たちは、本当は色相を濁らせているべきだったのかもしれない。真に国家と国民に仕えるなら、自らの命を代償に、システムに切り捨てられた者たちの命を奪わねばならなかった。手にすべき褒賞と支払うべき代償が載った天秤は、等しくなければならなかったはずだ……」

すると、唐之杜の色相をモニタリングしている端末が警告《アラート》を発した。

すでに監視レベルに移行した唐之杜は、今後、職務復帰するにせよ、単独での行動は不可能になる。第三者の常時監視下になければ、施設外での行動は制限される。さらに、それよりも悪化すれば、強制隔離が待っている。

「唐之杜取締官、本件からの離脱を考慮すべきです。このままでは、いずれ、あなたは後戻りができなくなる」

だが、唐之杜の判断は頑なだった。

「それでいい……。生き長らえた命の使い道を、ずっと昔から考えてきた。今ようやくそれが理解できた。この事件こそが、お〻れ〻にとって解決すべき事件だ。最後の移民政策を実行した官僚として、その正しい幕引きをしなければならない」

　そして唐之杜は、眉根を詰めた。狩るべき獲物に魅入られた狩猟者の眼差しを宿して。

「唐之杜取締官」滄は告げた。「何を為すにせよ、あなたはまだ死ぬべきではありません。色相改善に専念してください。然るべきときに、然るべき選択ができるように。真実に辿りつくために、わたしにとってあなたは必要不可欠な上官です」

「……君のような優秀な部下がいて助かる」唐之杜はうなずいた。そして滄の手を取った。幾重にも火傷の層が重なり硬く凝った掌の感触。「――なら、衣彩茉莉を取り戻せ。彼女もまた、私たちの〈チーム〉にとって欠くべからざる存在だ」

「わかりました」

　唐之杜は指示を下した。自らの猟犬の手綱を放すことで、誰よりも速く真実へ辿りつかせようと命じるように。

「敵は、この日本という国そのものを狙っている。内輪揉めで、足の引っ張り合いをしている場合ではない。〈帰望の会〉に対抗するため、あらゆる手を尽くせ。君自身の判断によって、最善と思う道を往け」

4

翌日から厚生省国家安全保障取締局での審議を経て、捜査主任である唐之杜瑛俊の健康の悪化を理由に、新たに事件捜査に関する指揮判断の権限が、滄に委譲された。

その直後に滄が断行したのは、これまで都内での騒擾《そうじょう》発生への懸念から、禁忌とされてきた都内全域の廃棄区画に対する立ち入り調査だった。警察機構の組織力を用いた大量動員。目的は、〈涅槃〉の流通拠点と目された施設群の制圧と、そして〈帰望の会〉による自爆テロに利用された中古車輛や爆弾の流通ルートの摘発。

当然、抵抗もあり、主に警視庁銃器・薬物対策課で構成される突入班には負傷者も出た。戦闘の発生や、騒動を聞きつけた周辺の廃棄区画住人たちとのトラブルも頻発し、色相悪化者が続出した。

そこで事態鎮圧に大きな役割を担ったのが、ＯＷ製薬が派遣する精神医療班だった。厚生省指定の精神セラピストや医師によって構成され、最新の医療ドローンやメンタルケア薬剤が惜しみなく投じられた。彼らは現場の警察職員への精神ケアだけでなく、廃棄区画住人に対する治療も行った。薬物拠点の摘発と同時に、劣悪な環境に置かれた住人たちへの精神ケアが実行された。

無論、大きな反発があった。本来、唐之杜が組織した厚安局・国交省・警察機構によって構成される合同捜査チームは、事件捜査に干渉する東金財団の影響を排除し、事件の真相を究明するために組織されたものだったからだ。

そこで突然、唐之杜の役職を引き継いだ滄により、あろうことか財団傘下のOW製薬を事件捜査の主体的なパートナーとして受け入れたのだ。

多くの離脱者も出た。その選択は、財団への恭順行為として、合同捜査チーム内部からも非難が殺到した。瞬く間に、真守滄の名は、悪徳に塗れた汚職取締官として記憶された。

「堕ちた聖女、などと君を揶揄《やゆ》する声が絶えず、スラム出身の奇跡の聖女の色相が濁らなかったのは、幼少から違法薬物中毒で、その精神が破綻を来たしていたからだそうだ」と野芽が愉快そうに言った。「何か申し開きはあるかね？」

「特に何もありません。わたしひとりに反感が集中することで、事件捜査が進展するなら安いものです。OW製薬との協力体制を成立させたことで、捜査要員の色相維持がしやすくなりました。今後、より大胆な捜査の実行が見込める」

滄は野芽に返答しつつ、確認すべき書類に目を通し、調整すべき事案の検討書を作成する。捌くべき業務は膨大だった。今より規模が大きかったときの唐之杜の忙殺ぶりは想像もつかない。

「それにしても」と野芽が室内を見回した。「女が暮らす部屋とは思えないな」

「かもしれませんが、仕事場としては何ら問題ありません」

現在、捜査拠点として利用しているのは、新橋にある廃棄区画に程近い雑居ビルの一室だった。唐之杜から与えられた捜査拠点のうち、ここが最も人目につかず、捜査情報の集積地とするに相応しかった。机と椅子、資料用の書架と仮眠用のソファしかない簡素な室内の隅っこでは、カフカとラヴクラフトが床に寝そべっている。滄が捜査拠点とするにあたり増えたものといえば、そのくらいだった。

現在、この場所を知っているのは唐之杜を除くと野芽だけだった。

彼女には、引き続き流通統合官制・管理システムを用いた解析を担当してもらいつつ、各所との調整役を任せている。

「そういえば、唐之杜取締官は息災かね？」

「色相は回復傾向にあります。東金財団の先端医療チームに協力を要請し、即効性の高い治療プログラム《セラピー》を組み、今週中には職場復帰できるそうです」

無論、その場合でも、以前のような捜査主任という立場に復職できるわけではないが、彼が現場に戻り次第、実質的な指揮権は委ねる手筈になっている。

「財団は彼を殺そうとしていたんじゃなかったのかね？」

「迫りくる脅威を退けるためには、敵の懐に潜り込むか、あるいは敵を自らの側に取り込む以外に途はありませんでした。そして、幸いにも財団側はこちらの協力要請に応じてくれました。彼らも我々と同じです。一枚岩の組織というわけではない」

「利用できるものは何でも利用する方針、というわけか」

「独走しているのは、一部の勢力であると考えられます。〈涅槃〉の開発推進や、各省庁に内通者《エス》を作り上げているのは、彼らの総意というわけではない」

「おやおや、向こうの公式発表を鵜呑みにするつもりかね？」

「いえ」と滄。「引き続き、財団およびOW製薬の内情は調査しています。現状、使途不明金が突出している部署は、財団理事長兼OW製薬CEOの東金美沙子氏直属の先端研究部門です。表向きは、〈シビュラ〉の運用方法改善のための研究費用となっていますが、実際にどのように使われたのかを示す記録はない」

「なるほど。それでは、おいそれと手は出せんな」野芽は肩を竦《すく》めた。「だとすれば、現時点で財団と未確認精神作用物質の繋がりを証明したところで、組織の別の誰かが蜥蜴《とかげ》の尻尾にされる。なら、今は共通の敵のために一時休戦といこうというわけか」

「そういうことです。わたしたちが対抗すべきは、〈帰望の会〉と彼らに装備を供給する者たちです」

滄は、机上の端末を操作し、壁面に東京都内の地図を投影表示させた。

都内各所に点描されているのは、〈帰望の会〉による自爆攻撃が実行された地点だった。

一個所に集中せず、広範囲に拡散している。

「これまでに発生した二〇件あまりの自爆攻撃ですが、警戒網が厳重になっていくなかで、これだけの回数で攻撃を実行するためには、セキュリティ網の盲点となる廃棄区画を利用することが不可欠になります」

「それについては、我々でも捜査を進めていた。海水面上昇によって浸蝕が進んだ運河や、廃線になった地下鉄路線、あるいは旧首都高速道路の残存高架——いずれも廃棄区画を利用した違法物資の輸送ルートだ。だが、その結節点となるブローカー連中は、揃って商品を横流しするだけだったはずだぞ」

「承知しています。廃棄区画住人とはいえ、必要以上に色相を濁らせることは好みませんから、扱う商品の中身をあえて確認しないという方針のブローカーも少なくありません」

「詳しいな」

「廃棄区画の出身ですから。そうした知識も自然と身についたんです」

「人は見かけによらないな」と野芽。「それでスラム出身者の着眼点から見れば、私たちでは気づけない突破口でも発見できたのかね？」

「事はそう簡単ではありません。廃棄区画の住人は、基本的には他人に対して不干渉ですから」

「なら、どうする？」

「わたしの伝手を使って、都内の廃棄区画同士を繋ぐ情報ネットワークに接触します。彼らにとっても、自衛のために武器を流通させる程度ならまだしも、当局による摘発を引き起こしかねない規模での大口取引を看過するとは思えない」

そして滄は席を立った。猟犬二頭に留守番を頼み、野芽を連れて雑居ビルの外に出る。ここからなら、湾岸廃棄区画にも、一時間以内で移動できる。悪くない立地だった。

「今度は廃棄区画の連中と取引するつもりか？」野芽がすっかり呆れたというふうに訊いてきた。「どうやら、君は際限なく組織を拡大していくつもりのようだな」

滄は、近くのパーキングに停車中の捜査車輛を呼び出しながら返答した。

「我々の方針は、足りないものは別の何かを取り込むことによって補うというものです。いまだ視界のなかに盲点があるならば、それを見通す力を持った新たな眼の獲得に動くべきである、ただそれだけのことです」

唐之杜から託された職務を全うするためなら、どのような手であろうと出し惜しみはしないと決めていた。

「だとすれば、君にはいまだひとつのものが欠けていると言わざるを得ないな」

「何でしょう？」と滄は含み笑いをする野芽を見つめた。まるで見当がつかなかった。

「――衣彩茉莉」と野芽は言った。「東金財団と手を組むなら、あの少女も寄越せと言えばよかったんじゃないのか？」

「いずれ、彼女も取り戻します」しかし今はまだそのときではない。「茉莉は、財団の奥深い部分に接触しつつあるはずです。適切なタイミングで合流できれば、わたしたちはより多くの情報を入手し、真実への歩みは大きく前進します」

「意外だな。君は、もっと彼女の心配をしていると思っていた」

「東金財団が、何らかの理由で色相をクリアに保ち続ける人間を確保しようとしているのであれば、当面の間、茉莉に危害が加えられる可能性は低いと考えられます」

「なるほど、実に合理的な考え方だ。——もっとも、それが人間らしいかどうかは別の話だがね」

「かもしれません」と滄はうなずいた。「……わたしは、間違っていますか？」

「正しいやり方で何も摑めず無意味に死んでいくものより、どのような手段であれ、結果的に正しい行いを為すものが私は好きだよ。そして君は、おそらく後者だ」

「……ありがとうございます」

「君が礼を言う必要はない」野芽は到着した捜査車輛に乗り込みながら答えた。「前にも言ったが、私こそが君に感謝するべき人間だ」

「それは、どういう意味ですか……？」

いずれわかる、とだけ野芽は告げた。そして湾岸廃棄区画へ向けて車を発進させた。

Φ

日は暮れつつあるが視界は眩かった。重油や化学薬品塗れの水面が陽光をぎらぎらと反射させるからだ。しかし鼻は潮の匂いを捉えている。

秋継が茉莉を連れ、八丁堀の水門付近から乗り込んだ小型船は、隅田川を下り、竹芝方面へ向かっていた。秋継は船内に放置されていた竿を使って、釣りの真似事をして見せたが特に成果はなく、途中で飽きて釣竿を放り捨てた。それからスキットルで酒を舐めたが、船酔いをしたのか船体から身を乗り出して海にげえげえと吐き出した。後ろから突き落とせそうだったが止めておいた。ここで秋継を殺したところで何の意味もない。

最終的な行き先を秋継は教えようとはしなかったが、小さな船で外洋に出られるわけではない。湾内を進んでどこかに上陸するつもりなのだろう。

これまで移動の際には、いつも意識を奪われてきたが、最近は投薬もなく手錠もされなくなった。秋継は、評価試験の進展具合によってお前の待遇が変わったからだと言っていた。しかし、単に面倒くさくなっただけの可能性も大いにあった。

ここ数日、〈涅槃〉の関連施設への破壊工作は行われていない。

秋継は、他の掃除夫たちが動いていると言っていたが、茉莉は詮索するつもりはなかった。どう情勢が変化するにせよ、自分がこの男の許にいる限り、遂行する仕事に変化はなかった。

「お前の相棒、飼い主がいなくなった途端、好き放題にやり始めたようだな」反吐《へど》を出しつくし、今度は携帯端末を弄《いじ》っていた秋継が口笛を吹いた。「どういうつもりか知らんが、奴は財団を訴追することを諦めたぞ。むしろ、率先して連中の無実を証明してるらしい」

「……滄が？」茉莉は思わず耳を疑った。「そんな、有り得ない――」

それから秋継は急に顔を顰《しか》めると、船底に転がっていた空のポリタンクを蹴飛ばした。

「だが、本当にふざけてるのは瑛俊のほうだ」秋継は狂犬のように喚き散らす。「真守に権限を委譲したうえに、財団に尻尾を振って色相改善の治療《セラピー》まで受けていやがるそうだ。色相が濁りすぎて頭が馬鹿になっちまったのか？　冗談じゃない。あいつは苦痛によって色相を晴らすべきなんだ。今から俺があいつの額に焼きを入れにいってやろうか……」

だが、秋継の狼狽《ろうばい》ぶりに、むしろ茉莉は冷静になった。

東金財団と〈帰望の会〉――この東京で麻薬戦争を繰り広げる悪徳と暴力を統べる者たちを捕らえ、法の裁きの下に引き摺り出し、幾重にも隠された真実を暴き出す。

そこに揺らぎがあるはずはない。

むしろ、滄が財団に近づいたということは、接触の可能性が高まったことを意味する。この男の許を離脱し、本来の立つべき場所へ戻る好機が巡ってきたと考えるべきだろうか。

「残念だったわね」茉莉は嘲笑うように言った。いまだ真意の読めない秋継の思惑を、ここでどうにか探れないものだろうか。「滄は、あんたが必死に攀《よ》じ登っていた階段を数段飛ばしで駆け上がっていったわけだ」

「……ん？　ああ、そうだな……」だが、ひとしきり暴れ回った秋継は、またしても感情の消えた表情をしている。「まあ、それはそれで別に構わない。着実に段階を踏めば、どうすれば元に戻れるのかも一目瞭然だからな。あの女が何をしようがどうでもいい。せいぜい、俺が歩むべき道標にでもなってくれれば御の字だ」

まるで滄には興味がないといった口ぶりだった。秋継はそれから頭上を通り過ぎる橋の躯体《くたい》を見上げながら、なにかぶつぶつと呟き続けた。

「それより今は、状況がどう転ぶかを予測できるかどうかが重要だ。巣穴を急に突かれたんだ。獣たちが一斉に動き出すぞ」

そして新たに端末に送られてきたらしいメッセージを確認した秋継は、ずかずかと茉莉の許に近づいてくる。

「おい、衣彩。さっそく吉報だ」

そう言った後に、彼がいい報せを口にしたことは一度もなかったし、これからも決してあるはずはない。そして実際、そのとおりだった。

「お前に対する評価試験の最終段階《フェーズ》が、たった今通達された」

そして秋継は船底に設置してある格納ドローンを操作した。取り出された銃器デバイスの銃身は、陽の光さえも吸い込んでしまうように真っ黒い。多少、形状に変化が生じており以前のものよりもやや小型になっていた。突撃銃と同程度のサイズ。これまでよりも取り回しやすそうだった。そこまで考えて、茉莉は、すっかりこの処刑具を使って誰かを殺すことに慣れてしまっていたことに気づき、ひどい気分になった。

しかし、秋継はこちらの心情を慮るようなことはしない。

いつもどおり銃器デバイスを抜き放つと、茉莉に差し出してきた。さらに予備の武装として、自動小銃を手渡してくる。

「……これから、どこへ向かうつもり」

茉莉はデバイスを受け取り、スリングを通して肩掛けにする。

「決まってるだろ。お前の最終評価試験場だ」秋継は馴れ馴れしい仕草で、茉莉の頭を軽く小突いた。まるで兄が弟に、言うことを聞けよと忠告するように。「心してかかれよ。ここでの頑張り次第で、俺たちは天国にも地獄にも行けるんだ。お前が、本当は何者であるのかを証明しろ」

うるさい黙れ、と茉莉は思った。

自分にとっては、どう転ぼうとも、この男と歩む先にあるのは地獄だけだ。

「さて、もう数え切れないくらい撃ち殺したんだ。今さら、元の仲間をこいつで粉々に吹き飛ばすことくらい造作もないだろう。そうだよな？　そうでなくっちゃ困るんだ」

秋継の言葉こそが、予想を裏付ける何よりの証拠だった。

港区品川埠頭は現在、コンテナ港としては機能しておらず、日が暮れると沿岸部地域に比べてひどく視界が暗かった。

滄と野芽は、捜査車輌で待機しながら、中央の管理施設から四方に建屋が延びたX形の特異な外観をした建物を監視している。

東京入国管理局は、かつて密入国者や不法滞在者を収監していた施設だったが、今では皮肉なことに武器ブローカーを生業《なりわい》とする密入国者たちの巣窟となっている。

鎖国政策の実施以来、国外からの難民はすべて九州の出島に送られ、密入国者も基本的には国境海域での発見時に無人フリゲート艦によって処分する。その結果、公的には、国内で不法滞在している外国人というのは存在しなくなり、既存の入国管理業務も九州・長崎にその施設をすべて移管した。

そのため、東京入国管理局の建物も解体予定になっていたが、そこに廃棄区画の住人たちが住みついた。

《あなたたちが捜索しているブローカーに該当する者たちは、廃棄区画住人のなかでも密入国者たちで構成されるコミュニティの人間でしょう》

車載のスピーカー越しに湾岸廃棄区画の顔役たるシスターの声が響いた。まるでラジオ伝道の呼びかけのような穏やかな口調。

《千葉や新潟など沿岸部の小規模集落と組んで、国内で廃棄扱いになった中古車輛を、どのような手段を使って国境海域の警備網を突破しているのか分かりませんが、国外の紛争地帯へ輸出している彼らなら、自動車爆弾《IED》用の車輛や爆薬を用意できるはずです》

「ご協力ありがとうございます」

滄は、養母でもあるシスターに感謝を告げた。湾岸廃棄区画を訪問した滄は、住人たちに言伝《ことづて》を頼み、彼女からの情報提供を待った。そして先ほど、この品川埠頭へ行けというメッセージとともに情報提供が行われた。

《ところで、ソウ》ふいにシスターの声が硬質さを帯びた。《直接のやり取りは今後、なるべく避けるべきでしょう》

滄は、相手の言葉の意味することが咄嗟に理解できず、間が空いた。

そこにシスターがさらに言葉を重ねた。

《今のあなたが手を組むと決めた相手は、我々にとっては決して相容れない勢力です。先日の警察機構による一斉立ち入りの後、公衆精神衛生の改善を理由に、複数の廃棄区画が事実上、離散せざるを得なくなった》

「……シスター？」

《あなたは正しい選択をしている。しかし、すべての人間にとって正しい選択というものはないのです》

それで通信が途切れた。

再び呼び出そうとしても、相手は応じようとしなかった。

「どうやら、廃棄区画の懐柔には失敗したようだな」と野芽。「奇跡の聖女にも不可能なことはあるらしい」

「ええ……」

シスターの言葉を額面通りに解釈するなら、廃棄区画からの協力は、今後は期待できないだろう。

「気にすることはない。必要な情報は手に入った。君は、精神色相を基盤とする世界の側の人間だ。廃棄区画のような日陰の連中と、そう簡単に手が組めるとは思わないことだ」

「わかっています」と滄は答えた。気持ちを切り替える。「——野芽管理官、装備の準備を。P1《パック》、P2とともに入管施設を制圧します」

そして車外に出る。携行火器は消音狙撃銃のVSS《ヴィントレス》。カフカとラヴクラフトもすでに視覚補助装置、透明化体毛の作動を確認済み。いつでも突入態勢に入れる。

「応援を待たないのかね？」野芽がスタームルガー・ブラックホークに弾丸を装填しながら尋ねた。「武器ブローカー程度ならともかく、〈帰望の会〉の連中もいるかもしれんぞ」

「問題ありません」滄はサブアームズとして、オフデューティーを肩提げ式のホルスターに挿す。「野芽管理官は、この捜査車輌でバックアップをお願いします。私たちが突入後、戦闘状態が継続した場合、そこが我々が探すべき敵の拠点であったという証明になります。待機中の警察戦力に応援要請を頼みます」

「自ら身体を張って敵の只中に突っ込むとは、君も大分、武闘派のようだな」

「昔からそうでしたので」

と答え、滄は二頭の猟犬を引き連れ、入管施設へ向かった。

そのときふいに、昔から、というのはいつの頃だったのだろうかという問いが、頭の隅に引っかかった。

厚生取締官となってからのことか、あるいは、もっと昔だったのか。そもそも、大陸を越境し、日本を目指していたときの自分は大人たちから銃を託され、行く先々で出くわす街や集落にひとり先行しては、そこで何と遭遇し、何を撃ち、何を狩っていたのか。思い浮かぶビジョンは、赤々と燃える焰。地に拡がり、天に昇る灯された火。それは旅の仲間たちの命を繋ぐ獲物を手に入れたことを示す篝火《かがりび》だった。

その火のなかで多くの死体が燃えていた。

そこで記憶の再生は途切れた。目の前の職務に集中すべきだった。

滄は、入管施設の間際まで急速に接近する。カフカが突入経路を開いた。建物周辺に警備体制は敷かれていないようだが、頻繁に人間が立ち入った形跡があった。

扉は施錠されていたが、持参したプラスチック爆薬を接着し、起爆した。指向性の高い爆発によって鍵が吹っ飛び、突入経路が開いた。

警報の類は鳴らず、施設内は暗かった。電源系統は死んでいるらしい。

だが、内部に立ち入った途端、滄は異変を察した。

雨が降っている。そう錯覚したのは、天井から大量の水が噴霧されているからだった。雨漏りではない。火災用のスプリンクラーが作動しているのだ。爆発に反応したわけではない。何者かが人為的に作動させ続けているのだ。

しかし、何のために――？

警戒を強めたその瞬間だった。随伴していたラヴクラフトがぱっと駆け出した。水溜りをばしゃばしゃと踏み鳴らしていく。人間の気配に気づいたのだ。だが、そこで滄は、この廃屋内に雨を降らせ続けている人間の思惑を悟った。

景観投影用のホロを転用したラヴクラフトの透明化体毛に無数のブロックノイズが生じており、本来なら完全な不可視状態に置かれるはずの姿かたちが、はっきりと見て取れる状態になっている。

だとすれば、この状況は、こちらの戦力を半減させるために意図的に構築されたものなのだ。そう気づいた瞬間、すでに滄は自らが相手の術中に嵌っていることに気づいた。

《P1、P2。一時撤退を――》

そう呼びかけた瞬間、暗闇に浸された室内が真っ白な光で満たされた。マグネシウムなど何らかの化学燃焼により、照明が一斉点灯したように視界が眩くなった。

カフカの視覚補助装置が、その打撃をもろに受けた。即座に遮断したが、一時的に視界を完全に潰された。ラヴクラフトもノイズを全身に張りつかせたまま、くっきりとその輪郭が映し出されている。

そこに苛烈な掃射が加えられた。待ち伏せされている。自動小銃による火線が敷かれ、二頭の猟犬が被弾する。咄嗟に回避したために致命傷ではないが、装備が使用不能に近い状態では、二頭とも戦力として扱えない。

即座に滄は、二頭を下がらせた。自分たちが突入した通用口から外へ脱出するように命じる。代わりに自らが前に出た。VSSを構え、威嚇射撃を実行。化学燃焼は収まったが、視界は不確かで射手の居場所をすぐには特定できない。一旦、敵の射撃が止まった。すぐさま滄は、手近な遮蔽物の陰に飛び込む。入国管理局が機能していた時代の受付窓口。

《S《セッター》2からS3へ》滄は無線通信を起動。外で待機中の野芽を呼び出す。《敵の待ち伏せに遭遇。警察戦力の応援を要請します》

しかし、何の反応もなかった。ただ耳障りなノイズだけが響く。

通信妨害。敵はこちらの突入を完全に把握しているようだった。それだけではない。明らかに戦力の詳細を把握している。前衛戦力となる猟犬二頭を無効化し、現場指揮官となる滄を丸裸にする戦術。であれば、目的はこちらの各個撃破——。

そう合点した直後、背後から殺意の気配が忍び寄ってきた。

滄は素早く振り向き、指向性の強い懐中電灯で照らしだす。

ナイフの刃が光を反射させた。野戦服に暗視《ナイトビジョン》ゴーグルを装着しているため、相手の顔や性別は判断できない。小柄な体軀の襲撃者。猫のようなしなやかさで俊敏に動き回る相手は、手にした白刃を振るう。滄は咄嗟にＶＳＳを用いた銃剣術で応戦するが、敵の追撃は素早かった。矢継早にナイフの刺突を繰り返してくる。そのすべてが的確に肉体の急所を狙ってきている。滄は防戦一方に追い込まれた。近接格闘戦のトレーニングは積んでいるが、相手もかなりの練度だった。そして対人戦闘に慣れている手合いだった。攻撃に躊躇いがない。刺突すべてに殺意が込められていた。鋭敏で、無機質な兵士の戦闘術。

相手は確実に自分を仕留める算段でいる。透明すぎる殺意。

そのとき、相手がトドメを刺そうと大きな刺突を繰り出してきた。体重を乗せた重い一撃。だが、滄は渾身の一撃を、ＶＳＳによって絡め取り、そのままナイフを弾き飛ばした。

形勢逆転。滄は銃床で相手を鋭く突き、距離を取る。素早くＶＳＳを構えて弾丸を叩き込もうとする。この距離であれば、装塡してある9×39㎜ＳＰ-6徹甲弾《アーマーピアシング》でボディアーマーを貫通できる。制圧には過剰な威力。だが、この状態で出し惜しみをしている余裕はない。

そのときだった。背後から一発の銃弾が襲来し、消音狙撃銃を構える滄の右腕を貫いた。滄は着弾の衝撃で吹っ飛ばされかける。何とか踏み止まって、転倒を防いだが、そこに新たなナイフを抜き放った襲撃者が迫った。敵は二人一組《ツーマン・セル》だ。滄はどうにか左腕一本で抵抗しようとしたが、相手は小さく前転し滄の足許に到達する。巧みにナイフを操り右脚の腱を切断した。動作に大きな支障。さらに内大腿部の血管を切り裂いてトドメをさそうとしてきたが、滄は咄嗟に身を飛ばして回避した。ナイフの銀弧が空を薙《な》いだ。しかし、そこまでだった。

服を摑まれ、滄は水浸しの床に押し倒される。完全に技を極《き》められている。滄は身動きが取れない。襲撃者は滄の顎を摑み、ぐいっと白い喉を露出させた。そこをナイフで一息に掻き切るつもりだ。

抵抗するすべなく、白刃が振り抜かれようとした。

だが、襲撃者の腕がいきなり吹き飛んだ。何者かによる狙撃。肩から先が千切れ飛ぶ。滄の顔に鮮血が飛び散った。

滄の視界が紅に染まる。赤と黒の陰影。渾身の力で身体を捩り、拘束から脱出する。跳ね起きるなり、懐から取り出したオフデューティーを構えた。だが、襲撃者はすでに腕を撃ち抜かれた混乱から復帰しているようだった。薬物使用による痛覚遮断の可能性。形勢の不利を悟った襲撃者が踵を返し、撤退する。

滄は右脚を引き摺りながら追撃しようとする。遠くで銃撃戦の音が聞こえる。襲撃者の片割れと、別の誰かが交戦しているのだ。

おそらくは先ほど、滄を殺害しようとした襲撃者を狙撃し、窮地を救ってくれた相手。それは、おそらく、彼女は――。

「――真守」

そこで声を掛けられた。野芽だった。彼女はカフカとラヴクラフトを伴っている。こちらの状況を把握し、突入してきたのだ。

「随分とひどいやられようだな」

「……こちらの判断ミスです。相手は、わたしたちが突入してくることを読んでいた」

「情報がガセだったということか？」

「いえ」と滄は首を横に振る。「その逆です。襲撃者は十分に軍事訓練を積んだ相手でした。〈帰望の会〉です。彼らがここで待ち伏せし、確実に仕留めようとしてきた。であれば、そうするだけの理由がある施設ということです」

逃亡した襲撃者の居所は、すぐさま捕捉された。

トラップが施された入管施設内と異なり、屋外はカフカやラヴクラフトが本領を発揮できる場所だった。暗闇のなかで、カフカの視覚補助装置が、逃亡する襲撃者の姿を捉えた。

不可視の獣と化したラヴクラフトが追撃し、その足に食らいついた。容赦なく地面に引き摺り倒した。

すかさず暗視ゴーグルを毟り取り、襲撃者の素顔が夜気に晒される。

「――子供か？」野芽が顔を顰めた。「真守を追い詰めたというから、どんな屈強な男かと思ったら」

彼女は警戒を強めつつ、少女を見下ろす。

野戦服に身を包んだ少女は、苦痛に耐えるようにじっと目を閉じていた。まだ一〇代半ばといったところ。茉莉とさほど差がないように思えた。色黒の肌はじっとりと汗に塗れていた。大量出血で意識が朦朧としているように、抵抗する様子は見られない。

「わたしを襲撃した〈帰望の会〉構成員は二名いました。彼女を拘束し、もう一名の襲撃者の正体を吐かせます」滄は背後を振り返り、入管施設跡を見やった。「あの施設の正体についても訊き出さなければなりません。それ以外にも、精神色相を欺瞞する〈涅槃〉の攻撃要員への使用状況など、聞き出すべき情報は数多ある」

すると、にわかに野芽が怒気を孕《はら》んだ声を発した。

「……冗談ではない。この連中は、これまで散々に殺してきた。その対価に自分の命を支払ってもいい頃だ」

野芽は、スタームルガー・ブラックホークを構えた。その銃口は、少女の頭に精確に照準されている。

「野芽管理官、何をするつもりですか」

「そこをどけ、真守。こいつらは犯した罪の償いをしなければならない」

「たとえ犯罪者であろうと、法に則らず相手を殺害すれば色相は悪化します」

「……なら、どうするつもりだ？」野芽がようやく銃口を下げた。「衣彩茉莉のように、また保護してやるつもりか？」

「――いずれにせよ、彼女の処遇を決めるのは、〈シビュラ〉です」

滄は、精神色相走査装置を取りつけたVSSの銃口を少女に向ける。腕部を吹き飛ばされ、激痛に歪んでいる顔。通常なら重度の色相の濁りが検知されるはずだった。

《対象の脅威度判定が確定しました》無機質な機械音声が発せられた。**《拘束判定《コード・ゼロ》・慎重に照準を定め・対象を制圧してください》**

託宣の巫女《シビュラ》の天秤は、その命を奪うなと告げた。本来なら、テロ行為への加担だけでなく、明確に滄を殺害しようとしたことで執行判定となるはずの相手を。

「……やはり、この少女も――」

滄は、目の前に横たわる少女が何者であるのかを察した。

「――答えてください。あなたは、免罪体質者ですか？」

その名を告げた瞬間だった。

これまで沈黙していた少女が、ふいに反応した。少女は隠し持っていたナイフで自らの首を掻き切り自決しようとした。滄は咄嗟に手首を摑み、捩り上げる。そして短針銃を取り出し、薬物を投与し昏倒させた。

その直後だった。入国管理局の施設棟各所で爆発が生じた。各階に連鎖していき、施設全体を呑み込んだ焰の柱は巨大な烽火《のろし》のように夜の東京湾に鳴動する。

Φ

滄たちによって、〈帰望の会〉構成員が拘束される様を、茉莉は品川埠頭のコンクリート工場跡から照準器越しに見ていた。

彼女は羽根のひとりだ。間違いない。名前はヒダカ。茉莉より二つ年上。あまり会話をしたことはなかった。いつも黙々とナイフを研ぎ、いつでも仲間たちより先に戦えるように準備をしていた少女だった。

その腕を吹き飛ばしたのは自分だ。ヒダカは滄を殺しかけた。咄嗟に予備兵装として与えられていた自動小銃の引き金を絞った。本来は、銃器デバイスで脅威度を判定した後、色相欺瞞によりデバイスを無効化する相手を、実力で制圧するための武装。予定では、ヒダカが滄たち合同捜査チームを抹殺し、もう一人の羽根と合流するのを待ってから攻撃を仕掛けるはずだったが、茉莉は秋継の命令を無視して独走した。

茉莉は、コンクリート工場跡から爆破現場へ移動しようとする。負傷した滄たちの撤退を支援しなければならない。埠頭のどこかで状況を監視しているはずの秋継は、こちらの行動を止めようとしない。この状況で混乱が生じているのか。それともいまだに状況が想定の範囲内なのか。

いずれにせよ、関係ない。自由に動けるなら、茉莉は自らの判断に従って行動する。

だが、ふいに足許に何かが投げこまれた。ボール程度の大きさ。その正体に慄然とする。すでにピンが抜かれた手榴弾。

逃げ出す猶予は残されておらず、咄嗟にキャットウォークに突っ伏した瞬間、炸裂が生じた。だが予想された爆風と破片は襲ってこない。代わりに視界を奪い去る強烈な閃光と耳を聾する轟音。

スタングレネード。視界と三半規管をやられ、茉莉は身動きが取れなくなる。

そこに到来する猛烈な殺意。ガンッとすさまじい衝撃とともに、頭部を硬い踵で鉄製のキャットウォークに打ち据えられる。視界に火花が散る。

「――やはり、お前は裏切り者だったな、マツリ」

顔を上げると野戦服を着た浅黒い肌の少年が近づいてくる。顔には夥《おびただ》しい数の裂傷が刻まれていた。

「あんた……」茉莉は、凪《な》いだ海のように静かな眼差しの少年を睨む。「三枝《ミエ》──」

「何だ、今ごろ気づいたのか？」

入管施設へ茉莉が忍びこんだのは、滄たちの突入より、やや先んじていた。そして茉莉は各階に仕掛けられていた爆破装置を目撃していた。最小限の爆薬量で確実に建屋を吹き飛ばす入念な配置。解体業者めいた効率的な爆破工作。

あの建物にいたもうひとりの羽根は三枝だったのだ。

これまでの棄民政策関与者の爆殺や、新豊洲の薬物製造拠点襲撃にも参加していた、〈帰望の会〉の主要構成員。三枝は、茉莉のことをひどく嫌っていたからよく覚えている。

「ヒダカの奴は、お前と違って、率先して命を危険に晒した。あの厚安の取締官が何者であるかを調べるため、躊躇いなく挺身した。だが、裏切り者のお前に阻《はば》まれた」

「……あんたたちは、滄を殺そうとした」

「死にかける状況まで追い詰めなければ、奴の化けの皮を剝がすことはできないからな。あれが人間の皮を被った獣か、それとも獣の皮を被った人間なのか、俺たちはその正体を知りたいんだよ」

三枝の言っている内容が、茉莉にはさっぱり理解できなかった。だが、彼が滄や茉莉に対して害意を抱いていることだけは間違いなかった。

「あたしを殺す気……」

「いいや、殺さない」と三枝は酷薄な態度で告げた。「俺は伝言役《メッセンジャー》だ。センセイは、お前が〈帰望の会〉に戻りたいと望むなら構わないと言っている」

「……冗談じゃない。見捨てられて、あんたたちに殺されかけた。そんな奴らのもとにどうしたら戻りたいって思うわけ？」

するとと三枝は安心したようにうなずき、姿を消した。

「それでいい。俺も仲間を殺したお前を粉々に吹き飛ばしてやりたかったんだ。お前はそうやって渡り鳥みたいに生き延びればいい。そのうち、俺たちが起こす焔に、お前が焼かれる番がくる。——**後天性免罪体質**《アポステリオリ・アクウィット》を獲得したのは、お前だけじゃない」

†

明日の退所手続きのため、唐之杜は再び色相を確認した。

藍青色《サックスブルー》。許容範囲まで目一杯に増やした大量投薬のわりには、色相改善の幅は低かったが、それでも以前よりははるかにマシになっている。

唐之杜はベッドから身を起こし、窓際に歩み寄った。青白い夜。周りの緑地帯は深い海の底のように黒く沈んでいる。吐き気はひどく、全身に倦怠感にも似た鈍痛があるが、意識ははっきりしていた。思考は鈍ってはいない。

携帯端末が鳴った。

合同捜査チームを任せた滄からの定時連絡の時刻だった。

だが、発信元は非通知になっている。

不審に思いながら唐之杜は、通話に応じた。

《――衣彩茉莉が後天性免罪体質《ApA》であることが証明されたぞ》

相手は名前も告げずに、いきなり、そう切り出した。

だが、それだけで唐之杜は瞬時に悟った。

「……兄さんか」

《よう、久しぶりだな、瑛俊》と通信越しに秋継が答えた。《休暇を楽しんでるようだが、どうせお前のことだ。そろそろ無理にでも動き出そうとしていたんだろう。だから、土産代わりにひとついいことを教えてやろうと思ってな》

「――後天性免罪体質とは何だ」

《さっそく、食いついたな。お前の真面目さには頭が下がるよ。まあいい。その様子じゃ、先天性免罪体質に関して調べていたってのは本当らしいな》

「警告のつもりか？」

《俺を伝言役《メッセンジャー・ボーイ》にできる奴はいないさ。ところでお前も知ってのとおり、ＯＷ製薬は移民政策者とテロリストの双方に薬をばら撒いた。しかし、なぜ、多大なリスクを負って

まで、そんなことをしでかしたと思う？》

「東金財団は、精神衛生社会の確立のため、〈免罪体質者〉と呼ばれる特異体質の人間たちの発見と、この特異体質の再現を試みる新型薬物を作り出した。それが〈涅槃〉だろう」

《そうだ、まったくそのとおりだ。連中は、システムのあらゆる盲点を潰すため、例外存在となる者たちを欲している》

「それが後天性免罪体質か」唐之杜は秋継を問い詰める。引き出せるだけの情報を引き出そうとする。「なら、財団は彼らを作り出して、何をさせようとしている？」

《それをこれから調べに行くのさ。どうやら今のところ、ふたりばかり成功例が出たようだ。俺はその片割れを回収し、より連中の中枢に潜り込もうと思う。そこでひとつ提案だが、一時休戦というのはどうだ？》

「……正気か」

　通信越しに、秋継が不敵に笑う様子がまざまざと想像された。

《俺は今、お前の無事を知って実に晴れやかな気分だよ。——さて俺たちの猟犬は、それぞれ俺たちが歩むべき道を作り出した。あとは、お互い何を欲し、何を為し得るかだ。俺はお前に、世界の真実とやらに辿り着いてほしいんだ。——誓って約束しよう。今、俺が言ったことは嘘偽りのない本心だよ》

第四部

1

合図とともに腰のホルスターから銃を抜き放つ。左手を、銃把《じゅうは》を握る右手に覆い被せるようにグリップして肘を曲げ、銃を身体のほうに引きつける。出現する標的に対して左半身の姿勢を取る。射撃側の手で意図的に右目の視界を覆い、左目のみで照準する。

滄は引き金を絞った。弾丸は標的に命中。

次なる標的が投影された。至近距離に複数。すぐさま照準を切り替えて連射する。合掌したようなかたちになった両手で反動を受け止め、リコイルを最小限に抑えながら次々に命中させていく。

その間、一部を義肢に置き換えた右腕と右脚が、自らの意図通りに動作しているかを観察し続けた。遅延はないか、あるいは過敏に反応しすぎていないか。あくまで自分の手足の一部として寸分の狂いなく操れているかを徹底的に検証した。

やがて射撃訓練の全行程を終了する合図が鳴った。

滄は手にしていた自動式拳銃と防弾ベストを回収ドローンに渡し、トレーニングウェア姿のラフな格好になった。

ドローンはそのまま床面に散らばった薬莢の回収を行った。別のドローンが標的の破片を掃除するために入室してくる。それらと入れ替わりに滄は部屋の外に出た。

射撃場は、東京都内の湾岸地区にあるとは思えないほど豊かな自然が造成された庭のなかに建てられている。

すでに引退したとはいえ、国内最大手のゼネコンである帝都ネットワーク建設元会長である泉宮寺《せんぐうじ》豊久《とよひさ》の財力に相応《ふさわ》しい、豪奢な邸宅の敷地は極めて広大だった。

本邸の前の芝生では、すでに負傷が完治したカフカとラヴクラフトが寝そべっており、そのすぐ傍のテラスでは、ベストを着込んだ泉宮寺が上機嫌で猟銃の手入れをしている。

泉宮寺が口ずさむ第九の音色を聴きながら、滄は彼の許に歩み寄っていく。

すると泉宮寺は鼻歌を止め、顔を上げた。

「厚生省官僚の前で、推奨されない交響曲を口ずさむのは不作法かな」

「いえ」と滄は対面の椅子に座りながら答えた。「公衆に対する上演となれば、精神衛生の観点から控えるべきでしょうが、私的な領域では問題はないかと思います」

「それは結構」

「――そういえばおじさまは、第四交響曲はご存知ですか？」

「二つの巨人の狭間に立つ乙女――」と泉宮寺は即答した。「そう評されるが、私の印象は少し違う。彼のすべての音楽には、緻密な鋼《はがね》で織り上げられた筋肉が潜んでいる。いわば鍛え抜かれた女傑が軽やかな体操をこなしている――そんな楽曲だと思っているよ。しかし、意外だな。君から、音楽の質問をされるとは思わなかったよ」

「以前に、野芽管理官が第四の話をされていたのを思い出して、つい――」

「なるほど」と泉宮寺は納得したふうに頷いた。「実に彼女らしい好みだ。ちなみに君は？」

「……『新世界より』でしょうか」

「ドヴォルザーク交響曲第九番。――三大交響曲のひとつか。悪くない趣味だ。それに、何というか、君にぴったりという感じがする」

「そうでしょうか？」

「ああ、まさしくね」泉宮寺は手元の散弾銃を見やる。「たったひとりで、何もない、新たな世界に辿り着いた君の感情に、最も寄り添った音楽ではないかな」

ベレッタ社の12ゲージ、上下水平二連式の散弾銃。その銃に滄は見覚えがあった。まさしく自分が発見されたときに彼が手にしていた猟銃だった。

「何もない、新しい世界……」滄は、泉宮寺が口にした言葉に少し疑問を持った。「けれど、日本は、何もかもがある場所だと思いますが――」

「かつてのこの国には何もかもがあったが、今では何もかもがなくなってしまった。この猟銃で撃つべき獣が何処にもいなくなってしまったように。そして、これからこの国を埋め尽くしていくのは、かつてここにあったものたちとはまるで違う新たなものばかりになるだろう」それから泉宮寺は、滄の右手に視線を移した。「捜査中の負傷とはいえ、手足の一部を義肢に置き換えるというのは、いささか大胆な選択だったようにも思えるがね」

滄は、先日の品川埠頭での戦闘において撃ち抜かれた右腕と切り裂かれた右脚を、一部を機械部品に置き換えるかたちで治療した。

「敵の戦力は想定を遥かに上回っています。それに、泉宮寺のおじさまが口添えしてくださったおかげで、かなり馴染んだものを手に入れることができました。ありがとうございます」

「それは構わない。義肢は私にとっては慣れっこのものだからね」

泉宮寺は、自ら全身を義体化しているだけでなく、国内の義肢メーカーに対しても広く顔が利く。そこで彼に依頼し、滄の要求を満たす性能の義肢パーツを手配させたのだ。

「しかし、アスリート向けの義肢で本当によかったのかね？　相手は軍事訓練を積んだ、重武装のテロリストと聞いている。必要なら最新鋭の軍用義肢を用意させることもできたのだが……」

「戦闘状況の発生は想定されますが、軍事行動に参加するわけではありません。あくまで必要なのは、わたしの身体の一部を補強するための義肢ですので」

　滄が求めたのは、トップアスリート向けに開発されている義肢パーツだった。軍用に比べ耐久性や出力の面で劣るが、その分、人体部品に限りなく近い。あくまで肉体の代用品としての義肢を求める滄にとっては、そちらのほうが都合がよかった。

「君は本当に自分にとって何が必要で、何がそうでないかを判別する能力に長《た》けているな。そして行動に移すまでが早い」

「そうでもありません。わたしは、足りないものを自覚しているだけです」

「自らを完全に御することができない者は、自らに何が欠けているのかに気づくことはできない。その意味で、君は自らを完全に制御し、その制御可能な幅を拡張させ得る資質を持っている。だからこそ君に多くの人間が期待するのかもしれないな、真守滄捜査主任」

　泉宮寺はやや冗談めかして、そう締め括った。

「……わたしは臨時の代行に過ぎません。唐之杜取締官が正式復帰するまでの繋ぎです」

「だが、その彼は色相が、かなり悪化したそうじゃないか。本当に復帰の目途は立っているのかね？」

「その情報は捜査機密に該当しますので」と滄は曖昧に答えた。「ですが、唐之杜取締官は事件捜査に不可欠な人材です。わたしたちには、あのひとが必要です」

「なるほど、君の信頼が篤《あつ》い相手のようだ」と泉宮寺。「だが、この社会では、色相がすべてを規定してしまう。残念ながらね」

「……必ずしも、色相がそのひとのすべてを現すものとは限りませんから」

そう、たとえ精神色相《サイコ＝パス》が、この社会秩序の基盤を築くものだとしても。

自分たちが対峙する敵は、その根底を覆し、襲ってくるのだ。

「そういえば、君が連れていた捜査協力者の女の子――」

「茉莉……、ですか？」

「そう、衣彩茉莉だ。彼女はどうしている？　共に潜入捜査をしていたそうだが……、彼女も、今はその捜査チームに組み込まれているのかな」

「彼女は――」

そこで滄は、言葉に詰まった。確かに茉莉は今、滄の合同捜査チームに限りなく近い場所にいる。だが、滄が茉莉と接触することは不可能だった。

彼女は今、東金財団の研究施設に保護される名目で軟禁状態にある。

だが、それを泉宮寺に話すわけにはいかなかった。自らに課された立場と秘すべき機密はあまりにも多く、滄を雁字搦《がんじがら》めに縛りつつあった。

「――自らの果たすべき役割を果たそうとしています」

それだけやっと答えた。

そして、泉宮寺はそれ以上の詮索をしようとはしなかった。

「なら、次は二人で来るといい。君が彼女といる姿はね、何だかひどくしっくりくる感じがしたんだが、その理由が、ようやくわかった気がするんだよ」

遠い過去を懐かしむように目を細め、その手にある猟銃の鈍色《にびいろ》の銃身を撫でさする。

「あの子を初めて見たとき、とても既視感を覚えた。そうだった。彼女は君によく似ているんだよ。雪原を踏破し、たったひとりでこの国に辿り着いた君の、誇るべき孤高の獣のような魂の耀きが」


泉宮寺の邸宅を出たのは、昼前のことだった。療養中のカフカとラヴクラフトを屋敷に残し、滄は捜査車輛で多摩方面へ向かった。

新首都高速の汐留入口では、所轄警察署の人員による車輛チェックの検問が敷かれていた。〈帰望の会〉による自動車爆弾を用いたテロを防ぐため、高架道路の主要入口は常時、検問が設置されている。その甲斐あってか、現在、テロは再発していない。

彼らの攻撃対象が、〈涅槃《ニルヴァーナ》〉を摂取しつつも、一定の適応を見せた移民政策の従事者であると特定されたことで、一斉に保護対象となったのも大きかった。現在、彼らは治療の名目で練馬区のメンタルケア施設に纏《まと》めて収容されている。

だが、〈帰望の会〉の攻撃が抑止された理由は、それだけではなかった。

「——真守取締官、お会いできて光栄です」

滄が検問を受けていると、車輛チェックをしていた二人組の警官に話しかけられた。以前と違い、滄が厚安局の麻取だと分かったうえで好意的な態度を変えようとはしなかった。

「本職たちも、先日の品川埠頭での摘発に参加していました」

廃墟化した入国管理局の施設を利用した〈帰望の会〉の装備拠点は、滄たちが彼ら構成員と戦闘した後、到着した警察機構の動員によって徹底した摘発が行われた。入管施設こそ爆破されてしまったが、品川埠頭内にあったコンテナや廃倉庫からは、自動車爆弾に使用するものと思《おぼ》しき国外向けの中古車輛だけでなく、過酸化アセトンなどを筆頭とする大量の爆薬が押収された。

同地を仕切っていた外国系の廃棄区画住人たちも数多く拘束され、それが端緒となって都内に点在していた大小さまざまな廃棄区画を介した密売ルートが、自動車爆弾の輸送ルートとして利用されていたことも判明した。

以来、重点的な警戒地域がフィルタリングされ、不審車輛が発見された段階で、自爆テロが阻止されるケースが飛躍的に高まったのだ。

これまで連続テロを阻止できず失点を重ね続けていた警視庁にとって、この摘発は極めて大きな意味を持った。また、特に現場レベルでの滄に対する評価が改まった。厚生省のエリート候補生ではなく、自分たちと同じ最前線で命を張る麻薬取締官である、と。

当然、厚生省上層部から警告が下った。警察機構は国交省・経済省と並ぶ反厚生省の牙城であって、そこに大きな成果を譲り渡すのは、背信行為に等しいというわけだった。

だが、現場レベルでは話は別だった。摘発に携《たずさ》わった警察官たちの間に滄の支持者ともいうべき者たちが増えつつあった。

合同捜査チームは、新たに「真守滄」という存在を象徴に戴くことで、これまでとは異なる結束を作りつつある。だが、それは同時に組織を超えた上下の分断を生じさせつつもあった。現場レベルでの連帯が高まる一方で、各省庁の上級職たちは、東金財団と結託した滄が、捜査人員を自らの手中に置こうと画策していると批難した。しかし、そうした反発があっても、色相を濁らせずにいる滄は、かえってさらなる支持を獲得した。

「我々も貴女とともに、テロ・グループを根絶すると誓います。私たちには、あなたのような組織を超えて、社会的脅威に立ち向かう清らかな精神色相《サイコ＝パス》を持つ指導者《リーダー》が必要です」

「……ご協力に感謝します」

そうして噂が独り歩きした挙句、今のように必要以上に滄を美化する人間が現れつつあった。だが、それは省庁間闘争に嫌気が差した者たちが、それぞれの理想を滄に投影しているに過ぎない。それは一種の偶像崇拝のようなものだった。しかし、それで捜査人員の足並みが揃うというなら、あえて否定すべきではない。重要なのは、最終的にどのような成果を出せるかだった。そのためならば、自分がどの位置にいようと、集団にとって使い勝手のいい道具、組織を効率よく稼働させるための歯車になることに躊躇《ためら》いはなかった。

だからこそ、自分の目的を警官たちに教えるべきではないのだろう。

これから滄の向かう先は、奥多摩にある東金医療財団——その先端研究施設だった。


奥多摩にある財団の研究施設は、厚生省との共同出資によって建造された。そうした背景もあり、精神色相に関連する先端技術について横断的に研究・開発を行っている。

同機関には、国防上の最高機密として、その所在地はおろか、どのような仕組みで稼働しているのかさえ一切口外されていない〈シビュラ〉の運用に携わる人員として、財団の研究者や厚生省の官僚が在籍しているとされるが、その多くは外部に対して完全に秘匿されていた。

滄が、これまでに同部局の人員として面識があるのはたったひとり、東金医療財団の代表たる東金美沙子だけだった。

しかし、実際に研究施設を訪れて分かったが、滄が〈シビュラ〉運用部局の人員と一切接触してこなかったのは——研究職に限るが——外界から完全に隔絶した、環境建築《アーコロジー》のなかで彼らの生活が完結しているからだ。衣食住だけでなく、薬物や精神セラピーなどの色相のケアにおいても万全のバックアップ態勢が敷かれている。ここは巨大な研究施設であり、そして治療病棟でもあった。

　敷地入口で再び車輛チェックと精神色相の走査が行われた。通常の街頭スキャナと同型だったが、装置には機銃のような装備が括りつけられている。電磁波照射による神経麻痺《パラライ》銃《ザー》。色相悪化が検知されれば、即座に該当者を拘束するための装備だった。

　施設側の管制に従い、自動操縦になった捜査車輛を預けた滄は、代わりにやってきた施設内移動用の小型車輛に乗り換えた。丘陵地帯のちょうど窪地になった部分を境に、南北それぞれに研究分野に応じた施設群が林立している。そのうち、滄が向かったのは、南側の応用技術研究部――すなわち、〈シビュラ〉や精神色相走査装置《サイマティックスキャン》などの、精神色相に基づく先端技術分野の研究エリアだった。

　間もなく滄は、本棟に到着し、再び施設ゲートを抜けて内部に入った。

　会議室には、すでに唐之杜と野芽が到着していた。

「おはよう、捜査主任」と野芽が冗談めかして言った。「こちらの施設を訪問するのは難儀だな。私や唐之杜取締官は、君と違って、そこまで色相が清浄ではないから」

「真守」と唐之杜が捜査資料を机上に置き、近づいてきた。「色相のチェックを頼む。面倒だろうが規則でな。私自身の報告では虚偽と見做《みな》される恐れがある」

　唐之杜は以前同様、灰銀色のスーツに真っ黒なネクタイを締めているが、顔はやつれていた。疲労というより、色相安定のための投薬治療の影響だった。

滄は色相チェッカーを取り出し、唐之杜の色相を走査《スキャン》する。藍青色。現在、唐之杜の色相は隔離レベルからは回復し、警戒・監視レベルで安定している。とはいえ、外部での行動の際には、いずれかの捜査人員の監督下に置かれなければならない。

「悪いな。君には迷惑を掛ける」

「いえ、唐之杜取締官は、わたしたち捜査チームに必要な存在です」

彼に同行する役割は、滄が主に担っていたが、今のように野芽が代行したり、あるいは捜査チームの他の人員が担当することもある。

「確かにな」と野芽もうなずいた。「あの捜査協力者の横暴ぶりを抑えるには、なくてはならない」

すると、会議室に長身の男が入室してきた。大股で歩き、伸びた髪を掻き上げながら、滄たちを見回す。

「よし、全員揃ってるようだな。定例ミーティングを始めよう」

あたかも自分がこの場の主導者のような振る舞いで、室内の投影装置を操作し、捜査資料を表示させ始める。

「唐之杜秋継捜査官」と滄は相手の振る舞いに楔《くさび》を打つように口を挟む。「まだ、あとひとりいるのではありませんか？」

「衣彩茉莉特別捜査官については、今日も別件で手が離せなくてな」

「我々が拘束した〈帰望の会〉の構成員に関する尋問ですか？」

滄は鋭く詰問した。これまで多くの汚れ仕事を担わされてきた茉莉に、保護観察の名目で、財団が何を強いているのか、正確に把握しなければならない。

「彼女は適性ある職務に就き、節度を持って職務執行に携わっているそうだ」

秋継はそれ以上の質問を禁じる、というふうに滄をじっと見つめた。

「衣彩が職務を逸脱していないかどうか知りたかったら、共有されている捜査情報を閲覧すればいい。――さて、会議に入ろうじゃないか。この社会の敵というべき連中を一日でも早く捕らえるため、さっさと各々の為すべきことってヤツを確認しよう」

Φ

赤いパーカーにスニーカー姿の茉莉は、施設の北側エリアを移動していた。南側が精神色相を用いた応用技術の研究エリアだとすれば、こちらは、精神色相の主体となる人体の研究を取り扱っている。

いわゆるメンタルケア薬剤の開発もこちらの管轄であり、施設内には実験用動物の飼育棟も設置されている。マウスだけでなく、特に猿などの霊長類が数多く飼育されている。

彼らは精神の数値化技術《サイマティックスキャン》が人間以外にも、どの程度まで適用可能かを調べる実験台でもある。

猿たちは、頬袋に餌を詰め込んで呑気に暮らしていた。そのすぐ傍で何が行われているのかも知らずに。無論、彼らが、猟犬が捕らえた獲物に牙を突き立てるさまを見たら話は別だろう。

その建物は、一見すると、都内では珍しくない収容型のメンタルケア施設と似た外観をしている。しかし内部は刑務所めいた厳重なセキュリティが施されている。茉莉は、幾つかのゲートを抜け、施設奥の隔離エリアに踏み入った。

本来は、研究時に色相の重篤者が発生した場合、隔離するための施設だったが、現在ここに収監されているのはひとりだけだった。

医療用ドローンが行き来する廊下を茉莉は進み、独居房めいた隔離部屋の前に立つ。扉は光の吸収率が可変し、廊下側からは内部が見えるが、内側からはただの白い壁にしか見えない。いわば看守側から一方的に囚人を監視できるようになっている。

マウスの実験ケージを巨大化させたような真っ白い部屋は、天井だけでなく壁や床も常時照明が発光しており、全方位から柔らかい白光に包まれ、室内には影が生じる隙さえない。時計もなく昼夜の区別が完全になくなった空間で、片腕を失った少女が横たわっている。

白い治療衣姿の浅黒い肌の少女。

滄が品川埠頭で拘束した〈帰望の会〉構成員、ヒダカだった。

「彼女を診療室《カウンセリング・ルーム》に」と茉莉は医療用ドローンに命じ、踵《きびす》を返した。

特別捜査官とは、名ばかりの役職名だった。実際は囚人によって別の囚人を管理させ、その尋問を担わせるための隠語に過ぎない。

診察《カウンセリング》という言葉も同じだった。命じられたのは、かつての同志だった茉莉の説得によって、拘束したヒダカを更生させろということ。しかし、その過程で可能な限りの情報を引き出せ、というのが本当の命令だった。

捜査チームの指揮権は、滄たち厚安局側にあるはずだが、茉莉は東金財団側の指揮下に置かれており、事実上、分断されたままだった。財団側の捜査協力者として再度登録された秋継を介してしか、滄たちとの接触は許可されていない。

〈帰望の会〉構成員から情報を引き出す成果を上げれば、信頼に足るとして自由な行動が許可されると言われていたが、それが方便であることはわかっていた。

しかし従わなければ、自分もヒダカのように完全隔離され、一切の自由を奪われる。そうなれば、滄たちの許に辿り着くすべは完全に喪われることになる。

茉莉は、診療室——と称された事実上の尋問部屋に連行されてくるヒダカを見る。

医療用ドローンに先導されるヒダカは、ゆっくりとした足取りで、逃げ出す素振りは見せないが、それは従順であることを意味するのではなかった。むしろ、まったく逆だった。彼女は無言のまま着席し、身じろぎひとつしない。

「これから、あんたにいくつかの質問をする。内容次第では、待遇の改善も検討される。ただし――」

「……」

彼女は何も答えようとしない。視線はじっと足許を向いたまま固定されている。まるで何も見えず、何も聞こえていないかのように反応が希薄だった。

「ヒダカ」茉莉は、彼女の腕を軽く叩いた。「死んでないわよね？」

すると、ようやく反応が返ってきた。顔がわずかに上がる。茉莉を視界に捉える。

「……ああ」と囁くような声。「マツリ、あなたは選ばれたのね」

果たして本当にこちらの呼びかけが届いているのか、定かではなかった。

「私は、選ばれなかった――」

彼女が繰り返す言葉は限られていた――〝選ばれた〟と〝選ばれなかった〟。そのふたつだけ。そこから上手く連想を繋げていかないと、相手がそれ以上の言葉を口にすることはなかった。脳機能の解析結果によれば、薬物中毒患者によく似た機能不全を起こしていると報告されていた。

違法薬物――間違いなく〈涅槃〉だった。事実、ヒダカは品川埠頭での滄との交戦時に、色相の恒常的な清浄さが確認されていた。そして、あの状況において、もうひとり――より明確な殺意を持った〈帰望の会〉構成員もいた。

「でも、ミエは選ばれた。そして、あなたも」

滄たちを仕留めるために周到に罠を仕掛けていた三枝礼弥。奴は、紛れもない敵意を自分に剝《む》き出しにしてきた。手榴弾の炸裂。容赦のない暴行。そしてアブラムからの伝言だけを残して消えた。街頭スキャナを完全に無効化していなければ不可能であるほどの鮮やかさで行方を晦《くら》ました。

彼がヒダカを残して逃亡したのは、彼女が拘束されたところで問題ないと判断したためだろう。

「だったら――」茉莉はヒダカの腕を強く摑んだ。彼女の意識をこの場に留めるために。

「〈後天性免罪体質《APA》〉とは、いったい何なの？」

それこそが茉莉にとって知るべきものだった。

三枝が口にした言葉――〝――後天性免罪体質《アポステリオリ・アクウィット》を獲得したのは、お前だけじゃない〟。

「……あなたたちは、選ばれたもの」しかしヒダカは、痛みなどまるで感じてないというふうに、小さく囁くばかりだった。「私や、死んでいった者たちはみな、選ばれなかった」

それっきり、ヒダカは押し黙った。

視界は宙を見つめたままだった。意識はあるはずだが、それはひどく希薄な一筋の煙のようなものであって、吹けばすぐにでも消し飛んでしまいそうだった。事実、計測される生体データ《バイタル》が弱まりつつあった。あたかも、自らが生きている認識を失い、そのまま眠りに落ちるように、死へと陥ろうとするように。

「くそ……」

茉莉は思わず呻《うめ》いた。尋問対象が、こうして外界との接触を閉ざし始めたとき、茉莉にはもうひとつの仕事が命じられている。

その意識を繋ぎ止めるため、あらゆる手段を惜しみなく使え。秋継は、そのように財団側の意向を伝えた。すなわち、色相が濁らない茉莉にとって、それは暗に拷問行為を伴う尋問が容認されていることを意味していた。

部屋の隅にある小机には、水差しが置かれている。手にすると容器は、わずかにひんやりとしている。その横にあるタオルを茉莉は摑む。忘我の状態にあるヒダカの顔を摑んで無理やり上に向けさせる。そこにタオルを被せる。水差しを傾ける。水を容赦なく浴びせていく。鼻と口を覆ったタオルがみるみる水分を含み、ヒダカから呼吸する手段を完全に奪い取る。僅かな沈黙の後、ヒダカが暴れ出す。手足を拘束されたままではタオルを剝がせず窒息寸前までいく。そこでようやく、茉莉はタオルを引き剝がした。

ヒダカがぜいぜい、と空気を求めて喘《あえ》いだ。先ほどに比べて、生気が希薄だった眼差しには、憎しみという名の感情、その力が取り戻されている。

「――背信者」とヒダカが呟いた。

「先に裏切ったのはそっちでしょう……」

茉莉も睨み返した。

「センセイはあなたを信頼していた。だからダムのテロをあなたに任せた。なのに、あなたは裏切った」

やや同じ内容を繰り返している。完全に意識が戻ったとは言い難かった。しかし、僅かな時間であっても何とかして情報を聞き出さなければならなかった。

「セン――」そこまで言って、茉莉は口を噤《つぐ》んだ。言葉を選び直した。「アブラム・ベッカムは、後天性免罪体質者を生み出すことで何を実行しようと計画しているの？」

アブラムが、単にテロを継続するため、色相検知を無効化する人間を生み出そうとしているはずはない。彼なら、こんな回りくどい手段を使わずとも、この都市のセキュリティ網を掻い潜り、巧妙に爆破テロを継続できる。

他に目的がある。それを知らなければならない。あの男に追いつかなくてはならない。

なぜ、自分たちに、アブラムが〈涅槃〉を投与したのか。

なぜ、自分は、目の前で生ける屍《しかばね》になろうとするヒダカや、あるいは使い潰されていった密入国者の子供たちと違い、生き残ることができたのか。

あるいは、もしかしたら、今自分の色相が濁らずに済んでいるのも結局のところ、もたらされた猶予が幾許《いくばく》か長いだけであって、いつかは、自分も感情を失った人形のような、魂を失った肉体の残骸になるのかもしれない。どうなるのか、まるで分からない。

飢餓感にも似た恐怖が、茉莉を急《せ》き立てる。自分のいのちも限られたものでしかないのか。何かのために利用させ、そして使い捨てられるだけの歯車に過ぎなかったのか。

「アブラムは、あたしたちに何をさせたかったのか教えなさい」

「センセイは、意味のないことはしない」

ヒダカは、徐々にまた感情を失いながら淡々と返答を口にする。

「すべての羽根に役割がある。あなたにも、私にも、みんな、果たすべき目標が与えられていた。けれど、その全貌を知っているのはセンセイだけ」

「それはつまり、使い捨てにされるってことでしょうが……」

茉莉はヒダカの頭を摑む。どうにか目線を合わせ続ける。その憎しみであたしを見ろ。自分自身を消し去るな。そう叫ぶ代わりに。

「あたしたちは、この国の人間に忘れた罪を思い出させ、犯した罪を裁くんじゃなかったの⁉」

そう口にするほどに、怒りが茉莉の身体の裡から湧き上がってきた。今、自分をここに閉じ込めている連中たちに対するよりも遥かに強い感情のうねりが、どっと押し寄せてくるようだった。

すると、ヒダカがこちらを見た。間違いなく、今、彼女は自分を見ている。

「あなたも、羽根としての役割を全《まっと》うできるといい」

その言葉には、感情があった。しかし、それは憎しみともまた異なる、憐れみ。

「私は選ばれなかった」再び彼女の意識が遠のいていく。「でも、私の役割は果たした。狼か怪物か、あの女の正体を暴くために――」

それを最後に少女は再び沈黙した。

†

捜査会議は一時間ほどで終了し、それぞれの担当業務に戻った。

捜査主任である滄は、この後、財団代表の東金美沙子と面会する。事実上、完全な色相欺瞞《ぎまん》の手段を手に入れたといえる〈帰望の会〉についての対策を話し合うためだった。

野芽も警視庁と連携し、都内交通網の不審車輛摘発のため、物流統合管制・管理システムがある浜松町へと移動した。

そして会議室には、唐之杜と秋継だけが残った。

「ぼちぼち、俺たちもネズミの駆除を始めるか」秋継は気安い態度で肩を叩き、退室を促した。「しかし本当に、お前の読み通り、〈帰望の会〉と繋がっている国内勢力なんてものがいるのか？」

「――品川埠頭で押収された自動車爆弾用の大量の爆薬と中古車輌、武器装備類についてだが、国内流通を統括する国交省に依頼した調査の結果、そのすべてが国内流通品ではなかったことが判明した。無論、廃棄区画内には、国境海域で無人フリゲート艦に抹殺されかねないリスクを負ってでも、海外の紛争地帯を相手に兵器転用可能な日本製品の密輸を行う故買屋《ブローカー》がいる。だが、押収品の物量から見ても、高度に組織化された密輸グループが関与していた可能性が高い」

「廃棄区画のブローカーを隠れ蓑に、手広く海外の紛争経済と結びついた闇市場で商売している連中がいる……と」

「おそらく、その勢力は中央省庁内に蔓延《はびこ》っており、〈帰望の会〉が引き起こした一連のテロ事件においても、国益に甚大な被害を与えながらも、何らかのかたちで利益を享受しているものと考えられる」

品川埠頭での戦闘においても、〈帰望の会〉構成員は、真守たちの装備を把握しており、これを無効化する対策を整えていた。それだけではない。池袋での密入国難民たちの殺害においても、その居場所を事前にリークされていたかのように、〈帰望の会〉は財団側の破壊工作員を爆殺するために待ち伏せをしていた。

「我々は、認識を修正しなければならない。合同捜査チームには、ＯＷ製薬――東金財団と結びついた内通者だけでなく、追跡対象たる〈帰望の会〉と結びついた第二の内通者たちが入り込んでいる。あるいは、元から中央省庁に〈帰望の会〉と繋がりを持つ勢力が隠れ潜んでいる」

そう考えれば、これまで連続してきた都内の自爆テロ、あるいは長崎での襲撃や、事の発端となった滝沢ダムの自爆テロに至るまで、〈帰望の会〉が色相を無効化する手段を有していたとはいえ、ここまで連続してテロを着実に実行してきたことも説明がつく。

「まるっきり、お前の誇大妄想って可能性も捨てきれないが――」秋継は冗談めかした態度で薄笑いを浮かべた。「だが、実際そうでなければ説明がつかない事態も多いからな。――それで、裏切り者どもの目星はついているのか？」

「ああ」と唐之杜はうなずき、秋継をじっと見つめる。「その筆頭は、入国管理業務を担う省庁――、つまりあなたを含む外務省だった」

「ほう」と秋継。「しかし、だった、というのはどういう訳だ？」

「難民認定室長であり、財団に協力して難民の密入国を行っていたあなたなら、同じルートを使って、〈帰望の会〉を国内に侵入させることも可能だろう」

「俺のことは、東金財団と繋がった内通者と疑っていたんじゃないのか？」

「そうだ。あなたは実際、東金美沙子と手を結んでいる。それゆえに、今、私たちが新たな脅威として認識した内通者集団とは決定的に相いれない。〈帰望の会〉と東金財団は明確な敵対関係にあるからだ」

「散々な言い分だな」

「それに〈帰望の会〉は長崎で兄さんを確実に抹殺しようとしていた。それも末端の反シビュラレジスタンスではなく、正規構成員三名が投入され、結果的に二名を真守が射殺、残り一人もアブラム自身が脱出のために自爆させた」

アブラムは撤退時、わざわざヤスダとオクダイラの頭部が粉砕するような工作を行っていたことから、彼らもまた〈後天性免罪体質《ApA》〉の発現者であった可能性が高い。すなわち、それだけ換え難い戦力を彼らもまた、あの戦闘で失っているのだ。

「内通者一名を送り込むためには、費やす犠牲が多すぎる。もし、他の目的があったとしても、少なくとも、彼らはあなたを捜査機関に潜り込ませようとしたわけではない」

「つまり、俺は無実ってわけかい？」

能天気な口調でそう言う秋継を、唐之杜は自然と険しい目つきで見ていた。それが相手の挑発によるものだと分かっていても、思わず反応してしまう。長崎で再会したとき以上に、彼は心身ともに壊れつつあった。色相を濁らせ、この社会の居場所を失いつつある自分とはまた違う転落を辿りつつある。

いかなる理由があれ、彼が財団の手先となって、衣彩茉莉を使役し、数々の破壊工作と殺戮に関与していたのは揺らぐことのない事実だ。

滄が財団との捜査提携を選択したことで、自分たち厚安局側は、財団を訴追する方針を一時的とはいえ放棄した。それ以上の脅威に対処するための苦肉の策であったが、それで秋継が免責されたわけではない。

「……勘違いしないでくれ。すでに私は、あなたがどのような道を辿り、今ここにいるのかを知っている。その過程でどのような犠牲を強いたのかも」

「だったら、どうするつもりだ？」

「この事件が解決した後、あなたには然るべき法の裁きを受けてもらう」

すると、秋継はさもおかしいというふうに噴き出した。それから、ひとしきり笑い転げた後に、不敵な笑みを浮かべた。

「色相も濁り切って、散々な目にあったくせにお前は何も変わっちゃいないようだな。だが、まあお前がそのつもりなら、それで構わない。お互い、この事件が終わるまでにおっ死んだりしないように手綱を握り合うとしよう。そして、すべてが片付いた後に、お前が言う法の裁きとやらを受けると約束する」

そして秋継は手を差し出してきた。唐之杜は、躊躇しつつも、その手を握った。

「……私たちの手は互いに血に塗《まみ》れている。だが、そんな人間だからこそ、身内を疑い、内部粛清という血まみれの汚れ仕事をまっとうする義務がある」

「お前は、本当にどこまでも国家の下僕って感じだな。相変わらずで安心したよ、瑛俊」

秋継がニヤニヤと笑い返してくる。「——ちなみに一応、確認しておくが、後天性免罪体質の正体を調べる件についても、忘れていないよな？」

「そちらについては、おれの猟犬が動いている」と唐之杜は答えた。「東金CEOは、財団が、新型未確認精神作用薬物《UPS》の創薬に関与した事実がなかったことを証明するため、こちらに〈後天性免罪体質《ApA》〉に関する情報を開示すると約束した」

†

東金美沙子との面会は先方からの指定により、移動中の車内になった。財団所有の公用車の後部座席に乗り込み、奥多摩の研究施設を出た。

そして都内で別件の会議に出席していた東金が護衛を連れて出てきたタイミングで、滄を乗せた公用車が到着した。スケジュールの寸分の狂いもなく、車は走り出す。

公用車は、運転席と後部座席が完全にパーティションで区切られており、車内は密室状態になっている。

「お忙しいなか、こちらの要請に応じて下さり、ありがとうございます」

「奇跡の聖女の呼び出しというなら、私でなくとも誰でも応じるでしょう。捜査主任となって以来、貴女の信奉者が随分と増えたと聞いているわ」

東金は、心から賞賛するというふうな態度だった。

「多くの人間の意志が、貴女を在るべき地位へと上昇させている。前に私は、貴女を当財団の先端研究部門に招聘《しょうへい》したいと言ったけど、わざわざ、そうする必要はなかったかもしれないわね。――なにしろ、貴女のほうから近づいてきてくれたのだから」

「成り行き上、そうなったに過ぎません」と滄は牽制するように言った。「わたし自身は、今でも現場に立つ一介の取締官だという認識です」

「だとすれば、ここに来たのは社交のためではなく、事件捜査のため？」

「ええ」

「これは事情聴取と捉えるべきかしら？」

「事前にお伝えしたとおり、事件捜査の参考となる情報について確認したいだけです。違法薬物〈涅槃〉に関与した部門に対しては、すでに直接指示を出されたそうですね」

「該当する職員については、施設への入所、あるいは配置換えなど適切な処置を下したわ。現在、違法な創薬命令がどこから出たのか監査部に調査を継続させています。いずれ、最終的な結論が出るでしょうね」

実際は堂々巡りのすえに、組織内の誰かが生贄《スケープゴート》にされ、決着となるのだろう。あくまで東金は、自らが関与した素振りを露ほども見せようとはしなかった。しかし今は、それを追及するべきときではなかった。

「けれど、貴女が訊きたいのは別の話でしょう？」

それは彼女自身も承知しているようだった。ならば、単刀直入に訊くべきだろう。

「――後天性免罪体質についてご存じであれば、その情報を開示していただきたい」と滄は核心を口にする。「すでに我々は、東金院長が発表された論文に、先天性免罪体質に関する記述があったことを確認しています」

すると、東金は手で口を押さえ、さもおかしそうに笑った。

「ああ、〈AA〉の論文……。アイデアばかりが先行して、実証に足るデータがあまりにも不足していた。若気の至りね。消せるものなら早く消してしまいたいのに、一度、記録されてしまうと何人《なんぴと》たりとも消せはしない」東金の嫣然《えんぜん》とした微笑み。「――〝ところでこのように経験から独立して生まれる認識を、アプリオリな認識と呼んで、経験的な認識と区別することにしよう〟……ってご存知かしら？」

「……〝経験的な認識の源泉はアポステリオリである。すなわち経験のうちにその源泉があるのである〟」滄は、東金の言葉を継いで答えた。「――カントの『純粋理性批判』について、講義を拝聴しに来たわけではありません」

「よくご存知ね」

「高校時代の読書会で目を通したことがある程度です」

「さすがは伝統を重んじ、淑女の育成を目標に掲げる名門校の総代ね」東金は、滄の経歴をすでに調べ上げていることを暗に告げた。しかし敵対的な気配は感じられなかった。

「でも、現時点で、あなたにそれくらいの理解があるなら、〈後天性免罪体質《APA》〉に関して説明すべきことは、さほど多くはないでしょうね」

東金は手首に嵌《は》めた携帯デバイスを操作し、電子資料を投影する。

「〈先天性免罪体質〉とは、すなわち、人間の精神と色相の相関を前提とする精神色相という新たな魂の指標が確立されたとき、その例外存在として想定されたものを指す」

「それは、罪を犯しても色相が濁らない人間、ということですか？」

「あくまでそれは、例外存在が例外存在たり得るための条件のひとつに過ぎないわ」

「例外は例外という言葉のうちに括ることができても、個として例外は千差万別、それこそ例外存在の数だけ、例外とすべき理由がある……」

「ここではひとまず便宜的に、〈AA〉を分かりやすく表現する条件として、貴女が言う『罪を犯しても色相が濁らない人間』に限定しましょうか。――それで、〈後天性免罪体質〉について具体的に何を訊きたいのかしら？」

「〈後天性免罪体質《APA》〉が、〈先天性免罪体質《AA》〉によって想定された例外条件の実例であるとすれば、新型未確認精神作用物質《UPS》〈涅槃〉を開発した勢力は、予《あらかじ》め、〈AA〉を確保していたということでしょうか？」

東金は、合点したように小さくうなずき、そっと顎に手を添えた。

「――誤解のないように言っておくけれど、これまでの話はあくまで喩え話よ。かつて私が理論化した〈先天性免罪体質〉という架空の存在に対して、一部の研究グループが、その再現のために〈後天性免罪体質〉を人工的に作り出そうとした。だから、私たちは〈先天性免罪体質〉と呼ばれる存在を、実際に確保しているわけではない。けれど、まったく捕捉できていないわけでもない。いずれ、この社会の監視体制が完璧なものとなれば、彷徨う獣のほうから、自然とシステムへの従属を選ぶようになる」

東金は滄をじっと見つめる。その眸《ひとみ》は黒々としており、光さえ呑み込んでしまいそうだった。あたかもその眸の奥に無数のレンズが仕込まれており、まったく別の場所から滄を仔細に分析しようとしているかのような、無機質な眼差しが滄を射抜く。

滄は、無意識に、身体が警戒態勢へ移行するのを感じる。

むかし、獣の群れに取り囲まれたとき、自然と背筋が粟立ったのと同じ感覚だった。狼の群れ《パック》は獲物を襲う際、ぐるりと囲んだうえで徐々に包囲網を狭め、恐怖に耐えかね、迂《う》闊《かつ》に外へ逃げようと飛び出した愚かな獲物に食らいつく。

あのとき必要なのは、ただ氷のような忍耐だった。あるいは、手にした銃によって突破口を開くこと。こちらの恐怖をあちらの恐怖へ転化すること。狩る側と狩られる側の関係を逆転させ、生存の道を切り拓くのだ。

「では、逆に〈後天性免罪体質〉については？」

「今のところ、その可能性が高いと目される少女が一名、適合性は高いものの間もなく生存限界を迎えるであろう少女もう一名、それぞれ東金医療財団の応用科学部の施設内に保護している」

「――有力候補者の名前は、衣彩茉莉ですか？」

「そのとおり。彼女は、精神衛生社会への貢献を約束し、自らが犯した罪への償いと、その存在の有用性を証明するため、特別捜査官として、もう一名の〈後天性免罪体質〉候補者の尋問を担当している」

意外にも、東金は、あっさりと茉莉の存在について認めた。この好機を逃すべきではなかった。淌はさらに質問を重ねていく。

「いずれ彼女は、自らの役割を全うし、この社会にとって正しい歯車となるでしょう。私や貴女がそうであるように」

「衣彩茉莉が、〈後天性免罪体質〉であるとするなら、我々が遂行する〈帰望の会〉捜査において有用な戦力となると判断します。東金ＣＥＯの判断によって、彼女を配置転換し、我々合同捜査チームの現場捜査員として復帰させていただきたい」

「――もしかして、それが今日、貴女が私に本当に言いたかったことかしら？」

「他意はありません。わたしは、捜査主任として、必要な人材を必要な配置に就けるべきであると具申しているだけです」

「なるほど」東金の感情は読めない。「でも、残念ね。現在の合同捜査チームの人員配置については、私でもどうすることもできない」

「……東金財団は、厚生省に多大な貢献をしていると聞いています」

「我が財団も、傘下のOW製薬もよく勘違いされるけれど、厚生省を裏で操る黒幕などではないし、そんなことが可能であるほどの影響力はないわ」東金は苦笑する。演技ではなく、本心からそう思っているように。「私も闇のフィクサーというわけでもない。あくまで、この国が目指す精神衛生社会という理想郷実現のため、たまたま方向性が合致し、多くの果たすべき役割が課せられたに過ぎない。私も貴女と同じよ、真守捜査主任。この国家を存続させるために無限責任を負った官僚のようなものに過ぎない」

「なら、誰に頼めばよいのでしょうか？」

「カエサルのものはカエサルに。自らが属する組織に忠実でありなさい。すべての判断を下すのは、厚生省という組織そのものよ。今回の人員配置についても、厚生省上層部から打診があった。私たちは、あくまでその指示に従っただけ」

「厚生省の……？」

「〈シビュラ〉運用部局《セクション》の実務を担っているのは、確かに我々、東金財団のような精神医療分野に秀でた研究機関よ。けれど、その指示を下すのは、あくまで厚生省側、すべては

〈シビュラ〉の解析に基づく官僚たちの政治判断の結果ということ――」

それから東金は、足を組み直し、少しラフな姿勢で滄と向き合った。

「――さて、私の裁量で話せる範囲とはいえ、かなり踏み込んだ話を貴女には教えてあげた」

「いえ、最後にひとつ」滄は東金の手を摑み、強引に引き寄せた。喉笛に喰らいつくような至近距離。視線を交わらせて。「免罪体質――例外存在たちを生み出して、そして彼らを、何に、どう使うつもりなんですか？」

「決まっているでしょう」今、初めて目の前にいる東金が、自分を本当の意味で視界に捉えたのだと理解する。「彼らはみな真の献身者となり、この完璧な社会《システム》の在るべき場所に至る。私たちが今ここにいるように。すべてはひとつに。この社会唯一の座へと辿り着く」

しばらく無言で、互いの視界に相手の顔だけを映した。

やがて滄が手を離し、距離を取ろうとした。

「……ご協力に感謝します」

だが今度は、手を摑まれる。

「いいえ、こちらこそ、ただ無償ってわけにもいかないわ。献身に相応しいだけの対価が欲しい。真守主任。明日、付き合って欲しいところがある。――奇跡の聖女である貴女に相応しい場所、いずれ活躍すべき場所を垣間見るのもいい勉強になる」

†

その喫茶店は、新宿職安通りの雑居ビル地下にあった。

階段を降り、入り口の扉を開けると、コーヒーよりも煙草の匂いがまず漂ってきた。それも年季の入ったもの。壁や天井、ソファといった店内の至るところに染みついた歴史ある臭いだった。空調も古めかしく、唸るような駆動音を耳が捉える。

通路を進むと客席は、さらに地下二階まである。吹き抜けになった階段部分には、シャンデリアが下がっており、穏やかな光を発して薄暗い店内で耀いていた。

他にも、ガレの模造品らしき硝子細工が客席にいくつか置かれていた。

唐之杜は、秋継に先導され、地下二階の席に座った。テーブルには、頼むまでもなく当然のように煤《すす》けた銀色の灰皿が置かれている。

間もなく店員が注文を取りに来た。

「ブレンドを二つ。俺のほうは、うんと濃く、うんと甘くしてくれ。今日は仕事を頑張らないといけないからな。それで、こっちはミルクだけ多めにくれ。砂糖はいらない」

秋継は、唐之杜の分まで勝手に注文したが問題はなかった。言われたものを頼むつもりだった。彼のこうした部分は、昔と変わっていなかった。兄はすでに自分が把握しているものをわざわざ確認し直したりはしない。そういう性格で、いつも事を要領よく進めてきた。その後ろに、いつも弟の自分がいた。

それから秋継は懐から煙草の箱を三つ取り出し、テーブルの上に置いた。唐之杜が手に取って箱を開くと、どれも何本か吸っただけで残りは手がつけられていなかった。

「やるよ」と秋継。「いくつか試してみたが、そっちは俺の趣味じゃあないんでね」

「助かる」

唐之杜は遠慮なく受け取った。色相治療のため、施設に収監されて以来、煙草は取り上げられたままだった。そして周囲の色相悪化への配慮から、煙草は疎《うと》まれがちで、購入もままならなかった。

キャスターを一本取り出し、火を点す。バニラの甘い香りが鼻孔をくすぐるが、煙を入れた肺にはちくちくする感触があった。おそらく廃棄区画のコピー商品。銘柄に似せているが、使っている葉が粗悪なのだろう。それでも煙草のおかげで、心が安らいだ。

「――で、そろそろ仕事をしようじゃないか」

コーヒーを運んできた店員が奥に下がるなり、秋継は声を抑えることもなく、普段の調子で話し始めた。

さっと周りに目配せしたが、他に客はいない。閉店間際の時間。もしかすると、秋継が人払いをさせているのかもしれない。

「そう慎重にならんでも、この位置は特に声が響きづらい。誰も聞いちゃいない」

「……確かにな」

唐之杜も頷いた。おそらく麻取時代に使っていたのだろう。秋継は、非常にしっくりくる感じで、革装が破れて中身の綿が覗くソファに腰掛けている。そして電子ファイルを投影し、唐之杜の端末と同期させた。

「合同捜査チーム内の内通者《エス》勢力を調べるにあたり、ひとまず経歴に後ろ暗そうな部分がある連中を引っこ抜いてリスト化した。人数は多いが、まあ参考程度に見ておけばいい」

唐之杜は即座に目を通した。

しかし、すぐにリストの前半に記された名前に視線が止まった。

そこには、〝真守滄〟と記されていた。

「真守を入れているのは、どういうつもりだ？」

「言ったろ、ひとまず経歴が後ろ暗い連中をリスト化した、と。もっとも〈帰望の会〉の構成員を抹殺している戦闘機械みたいな、あの女が内通者ってのは、まずもって有り得ないんだが……、経歴の不透明さで言ったら奴はダントツだ。捜査主任ってことで、最初に疑いを晴らしておくのは有意義な仕事だとは思わんかね？」

「彼女は湾岸廃棄区画の出身だが、正式な保護者を得た時点で、戸籍登録も為されている。

以降の経歴について何ら問題はないはずだ」

「問題は、それ以前ってことだよ、唐之杜取締官。経歴どおりなら一四歳になるまで、この女は廃棄区画で生まれ育ったことになる。だが、これまた妙な話じゃないか。あのとんでもなく清浄《クリア》な精神色相《サイコ＝パス》。いくら街頭スキャナの監視対象外の廃棄区画にいたとはいえ、あんな怪物じみた色相を持つ人間がいるとすれば、当局側も発見して然るべきだ」

「何が言いたい……」

「少し気になって調べてみたんだが、不思議なことに一四歳以前の真守滄を知る人間というのが、まるで見つからない。湾岸廃棄区画内の市民教会系の孤児院で育ったらしいが、入所記録もやはり一四歳だ。犯罪か、もしくは抗争にでも親が巻き込まれて殺されたのか？　だから、気になって俺は、真守滄のＤＮＡ解析を依頼することにした」

「……聞いていないぞ」

「内偵ってのは、そういうふうに進めるもんさ。――前に、ここで真守と会ったことがあってね。そのときにいくつか髪やら何やらを採取させてもらっていたんだ。そいつのサンプルが残っていたんで、国民遺伝子データのアーカイブと照会させた。便利なもんだな。鎖国政策徹底のため、全国民は精神色相とともにＤＮＡ情報の登録を義務づけられている。おかげで、真守滄の親が誰なのかもすぐに分かった」

　結論から先に言おう、と秋継は前置きする。

「真守滄の両親なんてものはいなかった――。こんなふうに言うと不条理小説みたいだが、無論、親がいなければ子は生まれない。そして別にあいつが試験管から生まれてきた人造生命ってわけでもない。奴と遺伝的に血縁関係にある人間がひとりだけ存在していた。だが、それは半世紀近く前のことだ。真守滄の祖父は、初期の移民政策によって東欧地域に送られた農耕系の技術者だ。取り立てて珍しいところもない。そして、おそらくは現地の女とでも結婚したんだろう。そこで子供を得た。そいつがまた誰かと結ばれ子を成した――それが真守滄という女だ」

「……」

唐之杜は沈黙を守った。秋継は饒舌さに任せて、話を進める。

「つまるところ、あの女は、日本人の血を引く混血児《クォーター》ということだ。元々は日本人ではなく海外から来た異邦人。なら、一四歳の真守滄は難民として出島に辿り着き、入国審査を経て日本国籍を取得したんだろうか。しかし国籍取得の記録を遡ってみたが、該当する人間は見つからなかった。あくまで真守滄は、さっきお前が言ったように、元から日本人として戸籍を付与されている。ここに齟齬《そご》がある。遺伝情報に基づくなら、真守滄は海外で生まれたことになる。だがひとつだけ、あの女が海外出身者でありながら、あたかも日本人であったかのように振る舞い、国籍を取得できる条件がある」

「――彼女が密入国者だったと言いたいわけか」

唐之杜は、秋継に先んじてそれを口にした。これ以上は、隠し通せないだろうと判断した結果だった。そうなれば、むしろこちらから明言してしまったほうがいい。

「その口ぶりだと、瑛俊。やはりお前も知ってたんだな？」

「厚安局の取締官として採用する際に必要な情報は調べている」

そのときに、厚生省の内務監査部から渡された資料によれば、類稀《たぐいまれ》な色相の清浄さと卓越した射撃技能など、取締官として捜査より戦闘面でやや過剰な適性が見られるものの、情動が極めて安定していることから、新任取締官に相応しい人材という評価だった。

そこで唯一、付記された警戒事項が、廃棄区画出身であること。そして何らかの手段によって密入国をした形跡がある、という点だった。

「たとえ、彼女が密入国者であったとしても、〈シビュラ〉は、彼女の精神色相《サイコ＝パス》を解析し、国家に仕える官僚として問題がないと判断した。なら、それがすべてだ」

「お前にしちゃあ、珍しいじゃないか。そこまで誰かを庇おうとするなんて」

「彼女には適性がある」唐之杜は新たに煙草に火を点ける。「おれと違ってな」

「えらく信頼してるみたいだな」

「事実を言ったまでだ。何か問題でもあるのか」

「いや」と秋継は首を横に振った。「別に、真守の扱いを巡ってお前と争おうってわけじゃないさ。だが、あの女が昔、国境警備の監視網を潜って密入国を果たしたように、〈帰望の会〉の連中も、俺たちが探す裏切り者たちが構築した密入国ルートを辿って日本国内に侵入した……。その意味じゃ、真守から話を聞くのもいいんじゃないかと思っただけさ」

「真守は、千島列島を通るルートで北海道を経由し、日本へ辿り着いたと聞いている。だが、そのルートは今では潰されているはずだ」

「だろうな。〈帰望の会〉の連中も、国境警備隊や無人フリゲート艦に徹底防備されたルートを正面突破することはできない」

「なら、考えられるのは、どのルートだ？」

「真っ先に思いつくのは、俺が使っていた難民認定を利用したやり方だが、外務省の記録にも偽装の形跡は見つからなかった。上陸許可申請に基づく入国は、あくまで法律上は合法だ。ということは、すべての出入国は記録に残る」

「であれば、外務省は、今回の件には噛んでいない、か」

「俺を冷遇しくさった連中を庇うつもりは毛頭ないが、省庁間闘争を脱落し、外様に追いやられて死に体になってるような組織だぞ。テロ・グループの密入国幇助《ほうじょ》なんて百害あって一利なしだ。そもそも鎖国体制下で、外務省がやるべき仕事は難民の入国審査くらいだ。単一タスクを割り振ることで組織自体も管理しやすくする。ウチはいいモデルケースなんだろうさ。いずれ、〈シビュラ〉を擁する厚生省が、国内すべての行政を掌握したとき、省庁なるものがどのように解体されていくかのな」

本来、外交は、徴税・軍事・警察と並んで、国家の根底を成すものだ。

それゆえ、旧時代においては外務省は、中央省庁の花形そのものだった。

だが、鎖国体制が完成し、国家の役割が内政のみにリソースを向けるようになるなかで、外務省の地位は形骸化の一途を辿った。

「しかし、皮肉なもんだな。そもそも、二〇年代に実行された鎖国政策を推進したのは、外務省だったんだろ？」

「……当時、鎖国政策は、国際政治の潮流に完全に合致していた」と唐之杜は答えた。かつて自らが属していた組織の末路を想った。「日本がアジア地域との国交を断絶した頃、孤立主義を推し進めていた米国もまた、あらゆる国家との門戸を閉ざした。自国への紛争の飛び火を警戒し、南米を始め、他のあらゆる大陸からの移民・難民の受け入れを徹底拒否する方針を明確にしたからだ」

欧州各国もそれに倣《なら》った。相次ぐ難民流入を防ぐ手立てとして、排外的極右勢力の台頭とともに、多くの国家が人の行き来を堰《せ》き止め、やがては旧時代を思わせるブロック経済へと移行していった。

急速に、世界各地で目に見えない、しかし堅固な壁が築かれていった。

そして壁の向こう側で、争いは薪《たきぎ》をくべられた焔のように際限なく火勢を増していった。

アジアは日本を除き、いたるところで殺戮の嵐が吹き荒れていた。そしてヨーロッパとアジアの中間地帯となる、中東・東欧地域も間もなく、混沌に飲み込まれた。紛争を逃れようとアジアから押し寄せる難民たちと、これを徹底拒否する欧州諸国の間で板挟みになり、管理不能状態の難民たちを大量に抱えることになった。

無論、この地域は長らく紛争の絶えない地域だった。民族主義者勢力による難民排斥が横行する一方で、逆に反体制勢力や宗教原理主義が難民たちを戦闘員として取り込んだ結果、複雑極まりない混沌そのものといった紛争状況があちこちで発生した。

やがて、流出した小型戦術核の使用による大規模な犠牲と土壌汚染が最初に生じて以来、世界各地が焦土と化していった。

すでに国連は有名無実と化しており、大国はエゴを剝き出しにして、自国の防衛のみに専心するようになり安保理は徹底して沈黙した。先の大戦以来、まがりなりにも築かれてきた国際秩序は、急速に終焉を迎えていった。

やがて、大国もまた自らの裡に火を抱えるようになり、内戦によって滅んでいった。抑えつけた分だけ膨れ上がった憎悪が、やがては壁を乗り越え、怒濤となって押し寄せたのだ。地球のあちこちで、死者の数が生者を上回るようになっていった。

そして半世紀後、生き残ったのは唯一、日本だけだった。

国防の徹底――鉄壁の国境警備と、人間と物資の出入国管理が厳密に行われた。

すなわち、鎖国体制下において、軍事を司《つかさど》る国防省は、国防軍として国境を徹底守備する組織になった。その一方で外務省は押し寄せる入国管理業務に役割を限定され、入国管理局との省庁合併を行った。同じように、多くの中央省庁が、鎖国体制下において再編され、各々の果たすべき役割を与えられるに至ったのだ。

だが、そこで唐之杜は気づいた。

「……そうか、出島以外にも、この国には、外に開かれた扉が存在する」

「そりゃ一体――」と口にしたところで、秋継も気づいたようだった。「いや、確かに人間の出し入れは俺たち外務省の領分だが、物資の輸出入管理の所轄は、別に存在していやがったな」

そして唐之杜は、この省庁間闘争において早々に脱落し、反厚生省を掲げる国交省に隷属するかたちで影響力を失ったはずの一つの省庁の名を口にした。

「――経済省だ。かつて貿易管理を司っていた彼らには、鎖国体制下での物資の輸出入の申請登録を管理し、日本国内に何を通し、何を通さないか――そのすべてを決定する権限が与えられている」

天井からワイヤーで吊るされ、拘束者《ヒダカ》は隻腕を頭上に掲げている。すでに半日ほど。およそ眠りに就けるような姿勢ではなかったが、それでも彼女は死んだように硬直し、浅く、そして少ない回数の呼吸を繰り返している。

茉莉には再び尋問の命令が下っていた。

それはつまり、希薄化するヒダカの意識を繋ぎ止めるため、拷問を行えと命じられるに等しかった。

必要な外部刺激は強まる一方だったが、やりすぎれば相手は命を落とす。

この研究機関の人間たちは、その加減を推し量るのが苦手なようだった。肉体的・精神的・薬学的——様々な方法で対象に負荷を強いる技術には長けているようだったが、根本的に彼らには、相手を生かし続けるというノウハウがなかった。

実験動物相手なら、データを取るだけ取って廃棄すればよかったが、今は違う。

情報を引き出すため、延命させるため、試行錯誤が求められた。

そして想定された職務の規定外で拷問に従事しようとすれば色相が濁るため、研究者たちはこれを忌避した。これまで秋継を介し、不要となった連中を茉莉に尽《ことごと》く吹き飛ばさせてきたというのに、随分な臆病ぶりだった。

結局、茉莉だけが汚れ役を背負わされ続けていた。

どれだけ相手を傷つけようとも、色相を濁らせずにいる自分だけが。

だが、そもそもの疑念は、なぜ財団は〈後天性免罪体質〉者を作り出そうとしたのだろうかということだ。

あるいはアブラム・ベッカムは、〈帰望の会〉構成員たちをこそ〈後天性免罪体質〉に変えることで何をしようとしたのか。

国境を掻い潜るため、国内でのテロを実行しやすくするためだけにそうしたとは到底思えなかった。

「ヒダカ、あんたは昨日、センセイは意味のないことはしないと言ったわよね」

茉莉は椅子を引き摺り、いまだ意識を取り戻していないヒダカの前に座った。

問いに対する返答はない。

また意識を取り戻させるために、何らかの拷問手段を検討しなければならない。

手っ取り早いのは、無理やり肩の関節を外し、激痛を与えることだが、肉体を損壊させる拷問は、できる限り控えたかった。

痛みを強いることが目的ではない。生かすために痛みをもたらすことが必要だった。

「なら、あたしがダム攻撃の際に置き去りにされたことも、長崎や新豊洲で他の連中が殺されたのにも意味があったとでも言いたいの？　あんたが今、ここでこんな目に遭ってるのにも何かの意味があるってことなの？」

「……マツリ」

するとヒダカが茉莉の名前を呼んだ。珍しく自力で意識を取り戻したのだ。

「……起きてるんだったら、起きてるって言いなさいよ。あんたを吊るしておくのだって楽じゃない」

「あなたのお母さん、立派なひとだったんだってね」

だが、相変わらず、こちらに気づく様子もなく、ぼそぼそと呟き続ける。

おそらくこちらの声は聞こえていない。〈涅槃〉には、過去の記憶を追想させる副作用があるらしい。もしかすると、彼女は今、過去に自分と交わした会話を思い出しているのかもしれない。

「反鎖国のレジスタンスだったんだってね」

「だから？」

茉莉は椅子から立ち上がり、ヒダカの手首に括りつけられていた手錠を解除する。プラスチック製の拘束バンドはしなやかで、彼女の肌にうっすら痕を残している。抵抗のあかし。拘束が自力で解けるはずもないのに。

「それが、何だって言うの……」

「だから、あなたのお母さんは、海を渡ることにした」

気づいてみると、ヒダカの肌の至るところに傷痕があった。何度も噛まれた唇の端、爪を食いこませた掌。床や壁に何度も叩きつけただろう額の傷。

「……黙れって」

茉莉がもたらす拷問が、その痛みが意識を繋ぎ止めるということを理解した彼女が、自ら必死に生き残ろうとして刻んだ傷痕だった。

「棄民政策で切り捨てられた同胞たちを守るために」

ヒダカはこちらの話など聞こうとしない。いいや、もう聞こえていないのだ。おそらくは、ずっと焦点の合わない朧《おぼろ》げな光のなかで、どうにか目の前の相手を衣彩茉莉と認識しているに過ぎない。

「……うるさい」

「無茶な鎖国体制を推し進めて、守るべき国民を切り捨てた——日本という国家に代わって、彼らを守ろうとした、英雄」

「黙れって言ってんの……」

茉莉は、思わず手を上げそうになった。大義名分も何もない、自らの感情を吐き出すためだけの暴力。握りしめた拳を振り下ろす代わりに、茉莉は椅子の背を摑み、投げ捨てた。プラスチック素材の椅子が床を転がる。

ヒダカを睨みつける。壊れたおしゃべり人形《トーキー》のような少女を。しかし彼女はすでに再び意識を失っていた。

尋問の中止を要請し、茉莉は診療室を出た。輸送ドローンによって、敷地内の拘置施設へと茉莉は移送される。

頭のなかには、ヒダカの発した言葉がこびりついて離れない。

茉莉は、母親のことを知識としてしか知らない。物心つく頃には、すでに死んでいたからだ。しかし属するコミュニティのなかで、母の信奉者《シンパ》は多かった。そこで語られた母の真実とやらが、本当に真実であったのかを知るすべはない。

ただ、母がその行いの結果、多くの人間に慕われ、それが娘である茉莉を生かしてきたことだけは事実だった。

茉莉の母親は、鎖国政策の実行間もない二〇年代の日本に生まれた。

当時、日本政府は、アジア地域で拡大を始めていた地域紛争からの自国隔離を決定し、緊急的な鎖国政策によって、大陸との門を完全に閉ざした。

中国が強硬的な手段によって門戸開放を要求しなかったのは、地方軍閥の反乱続発や、チベットなどの少数民族の独立運動激化、国境を争う東南アジア諸国や、インド・パキスタン紛争によって生じた難民の大量流入阻止など、国内での争乱があまりにも多く、同時に発生したせいだった。

だが、それで日本が、今のような平和を謳歌できたわけではない。

むしろ逆だった。恐慌のドン底にあった。前世紀末から続く長期不況と、さらには国家レベルの大災害に見舞われたすえ、ようやく経済状況の回復の兆しが見えたところで、世界経済の中心となっていた中国が崩壊し、完全なトドメを刺されるかたちになったからだ。

鎖国体制の実行は、あらゆる分野での物資不足を引き起こした。

まず諸外国との貿易によって食糧供給を賄《まかな》っていたことの反動で、深刻な食糧不足が生じた。設備投資を行うための資金は不足し、必要な資材の調達もままならなかった。

そして国内で完結した経済状態を再編するための人材育成も、まるで行われていなかった。格差社会の拡大で国民の教育レベルは大きく乖離しており、そして、ひどくむらがあった。必要な分野で人材が極度に不足しながら、別の分野では多大な人余りが起きる。過剰労働を強いられる一方で、職にあぶれる人間が続出する。経済は停滞し、いずれは日本人同士でも殺し合うようになり、閉じた内戦に雪崩《なだ》れ込むのではないかと警戒された。

だが、日本は三〇年代に入り、一転して復活の兆しを見せる。

かねてより開発が進められていた超大規模演算処理ユニット〈シビュラ〉が導入され、国民の最適職業への再配置を行う職業適性考査の精度が飛躍的に高まったからだ。

全国民が対象の考査は、やがて精神の数値化技術に基づくサイコ＝パス測定《サイマティックスキャン》に一本化され、人々は新たな職業や地位を手に入れ、自らの適性を生かして社会貢献を始めた。旧来の仕組みは次々と淘汰されていった。

その結果、鎖国を維持したまま、短期間で日本経済は、再復興の軌道に乗った。

しかし同時に、非情な切り捨ても横行した。

負の側面としての大規模棄民政策――平和を取り戻しつつある日本国家による平和輸出・〈シビュラ〉の解析に基づく移民適性者による国際貢献――そうした美辞麗句で装飾されながらも、その実、移民適性が出た人間たちの大半は、再編成された日本社会のなかで何ら適性を持たない者たちだった。

そして茉莉の母親だった女性は、むしろ彼らとは逆の、選ばれた人間だった。

大学進学までの高等教育を受ける適性を得られ、そして職業適性においても複数の選択肢が提示されていた。

だが、学内での適性格差による就職制限などを理由に、学生たちの反対運動が起こり、茉莉の母親も協力した。

〈シビュラ〉による職業配置の最適化と鎖国体制の維持がなければ、国内秩序は保てないことさえ理解していなかった学生たちの甘い見通しで始まった反対運動は、間もなく活動そのものが頓挫し始めた。

精神色相の概念が普及し、色相の濁りは精神の悪化を示し、日常生活だけでなく、将来の社会配置にさえも悪影響を及ぼす。そのことを知った多くの学生たちは自主的に色相改善に励むようになり、運動と距離を置くようになった。

しかし茉莉の母親は活動に関わり続けた。分裂したグループを再編し、少数ながら先鋭的な反体制グループを組織していった。徐々に非合法活動に軸足を移していった学生グループは、主に〈反シビュラ〉と〈反鎖国・再開国〉の二大セクトに分化しており、茉莉の母親のグループは後者に属していた。

当時、移民政策が、実質的な棄民政策であったことは、ほとんどの国民には知られていなかった。そもそも政策に関与した官僚たちですら、業務内容を極度に細分化することで、国家規模の組織犯罪に関与していると自覚していなかった。

ただ、移民政策によって海外に送られた人々が、その後、一切音信不通となり、二度と戻ってきていないという事実だけは共有されていた。

茉莉の母親が、活動を最も熱心に行っていた二〇五〇年代において、移民政策はその最終プランを実行しようとしていた。

最終にして最大の棄民。全地球規模の紛争をもたらした、その着火点たる旧中華人民共和国領への移民適性者たちの派遣。

すなわち――、第七次移民政策だった。

表向きこそ、紛争で荒廃した土地への先端設備設営と大規模入植による、紛争後秩序の確立がお題目として掲げられた。

遠い将来には、〈シビュラ〉の輸出による平和秩序の再構築――その橋頭堡《きょうとうほ》を築くため、旧中華人民共和国領・吉林省長春を中心に、日本人居留地が造成された。

茉莉の母親は、少数の仲間を率いて海を渡った。

厳重極まる密入国に比べ、出国は比較的容易だった。混迷極まる世界とは隔絶された、この理想郷から進んで出ていく人間を止めはしないというふうに、社会《システム》は、彼女たちをあっさりと見放した。

そこから数年ほど、茉莉の母親にとっても黄金の時代が続く。予想通り、日本人集落は周辺の軍閥や武装ゲリラの標的となったが、茉莉の母親たちだけでなく、義勇兵が前線に立って戦った。全地球規模の紛争勃発から三〇余年。日本とその他の国とでは、技術レベルに数世代の優位があった。ゆえに戦況は優勢のまま推移した。

戦いによって死者も生じた。

しかし、居留地での人々の営みのなかで、新たな命も生まれていった。

〈シビュラ〉によって放逐された人々さえも、無茶な鎖国政策の実施によって、止む無く棄てられたに過ぎないとみなが考えるようになった。

日本を離れたけれど、ここに、本来在るべきだった日本を取り戻す、そして新たな故郷を築く。

確かな希望がそこには芽生えていた。

茉莉は、そうした只中に生まれた。父親が誰であるのかは分からなかった。母親は、大陸に渡る際、移民適性者の男性と偽装結婚していた。その後にも、複数の父親と呼ぶべき男性がいたというが、本当に重要なことは、別にある。

茉莉が誕生した翌年だった。

突如として、日本政府からの海外居留地に対する支援が打ち切られた。

あまりにも一方的に、そして二度と、日本から物資の供給や技術支援が行われることはなかった。そして物資が枯渇すれば、瓦解に至るまではそう時間は掛からなかった。

茉莉の母親たちが、周辺軍閥や武装ゲリラとの停戦交渉を計画し始めた矢先、これまでとは比較にならないほど強力な火器で武装した集団が襲来し、長春の日本人居留地は壊滅、一夜にして故郷は失われた。

茉莉の母親も、あっさり頭部を撃ち抜かれて殺された。

彼らは、〝帰国者〟と呼ばれる略奪集団だった。初期の棄民政策で放逐された日本人たちによって構成され、極東の地、大陸の最果てにある理想郷——日本へと辿り着くためであれば、あらゆる手段を問わず、獲物を貪《むさぼ》る獣の群れ。

大地を彷徨《さまよ》う悪霊というべき者たちが、文字通り根こそぎに居留地を蹂躙《じゅうりん》していった。

同胞は散り散りになり、その多くは殺されるか、あるいは土地を支配する軍閥組織が取り扱う商品として売り飛ばされていった。奴隷労働力として、あるいは食糧として。

茉莉は、生き残った母の同志たちに守られて居留地を脱出し、逃げ延びた。その間にも仲間は殺され続け、地方軍閥が管理する奴隷たちの村に辿り着いたときには、僅かな数しか生き残っていなかった。

†

見えない首輪で繋がれているかのように、自然と首に重みを感じ、歩みが止まった。

唐之杜は、浜松町の交通管制センター前で停車した捜査車輛から、秋継が降りてこないことに気づいた。

「どうしたんだ？」

「ここから先は、俺の管轄外だ」それだけ言って秋継はパワーウィンドウを閉めようとする。「俺には他にも溜まっている仕事がある。そいつらを片付けないといけない。それに、いつまでも、お前の手綱を握って一緒にいるわけにもいかないんでね」

そして秋継はアクセルを踏み、車輛を発進させた。

「——すっかり飼い犬扱いだな、唐之杜取締官」

入れ違いに玄関まで迎えに来たのは野芽だった。

唐之杜の悪化した色相は監視レベル、僅かな時間でも単独行動は許可されていない。

野芽から口頭で警察機構との連携事項に関する報告を受けた唐之杜は、彼女とともにそのまま管制センター内へ向かった。

　エレベーターに乗り込み、他の眼がなくなったところで野芽が口火を切った。

「厚生省の人間が、経済省に隠れ潜む背信者の存在を探ろうというのは、挑発行為にも程があると思うんだがね」

「だから、あなたの手を借りた。野芽管理官」

「おかげで私は、彼らにとって裏切り者として扱われるのは確実だろうな。何しろ、同胞と思っている相手に対し、敵対的な情報戦を実行しようというのだから」

　唐之杜が依頼したのは、国交省管轄の物流統合管制・管理システムの演算能力を利用し、経済省の、海外からの輸入物資の管理データベースへの侵入だった。

　事実上の提携関係にある国交省側には、一部データベースへの閲覧権があるがこれを踏み台として利用する。そして管理データベース内の裏帳簿を含む全記録にアクセスし、特定のデータを入手するのだ。

「我々が攻撃対象とするのは、経済省ではない。経済省のなかに巣食い、自らの権益確保のために職務を逸脱した者たちだ」

「重要なのは、答弁ではなく行動だよ。誰に対し、何を為したか。責任の所在が明確であるとき、組織は容赦なく敵対者に牙を剝く」

　そして野芽は、物流統合管制・管理システムの指揮所に座り、端末を立ち上げる。

机上には保温マグのタンブラーが置かれており、開いた口からはアルコールと思しき臭気が漂ってきたが、唐之杜は無視した。自分が咥《くわ》えた煙草も、一般的に酒と変わらない同等の色相汚染物として扱われる。

「で、調査対象は何かね？」野芽はすっかり腹を括ったふうに訊いてくる。「経済省が、国内物資の輸出入すべてを所轄し、その記録を管理しているとはいえ、見当もなしで調べるとなれば、砂漠で金の一粒を見つけるよりも困難だぞ」

「対象は、リスト規制品。輸出貿易管理令別表第2・21の第3項だ」

唐之杜が告げると、野芽は合点したように小さく頷いた。

「――麻薬取締法に基づく向精神薬剤の原料および、それに相当する化学物質か」

「そうだ」と唐之杜はうなずく。「麻薬取締法は厚生省の所轄だが、輸出入時、何が薬物原材料に該当するか指定するのは、経済省の省令による。それゆえ、大量の薬物原材料の輸入を必要とする製薬企業にとって、経済省は時に厚生省に匹敵する重要省庁のひとつとなる」

「であるなら、ＯＷ製薬が経済省との関係を構築していたと？」

野芽は、調査内容をオペレーター《われわれ》に伝達しつつ、憤然とした態度を取る。

「だとすれば経済省は、国交省に対して背信行為を働いていたことになる。反厚生省の牙城が聞いて呆れる」

「組織の方針が、属する者の総意を表すわけではない」

「それが民主主義の限界だな」

「私たちが合同捜査チームとして共闘関係を結んだように、敵対勢力に属していようと利害の一致する者たちが手を結ぶことは充分に考えられる」

そして、この中央省庁内のもうひとつの繋がりの発見と撲滅こそが、厚生省がなぜ極めて強引な手を使ってでも、改正薬事法《ラクーゼ》を成立させて国内物流の一括管理を目論んだ、その理由だった。

「なら、その連中は、何の権益を擁護しようとしていたんだ？」

唐之杜は解析完了の通知メッセージを確認する。

「鎖国体制下において必然的に生じる悪徳――」

指揮所の壁面に大量の電子資料が投影される。

経済省の管理データベースから引き抜かれた裏帳簿には、過去三〇年以上にわたり、企業側の要請を受けたと思しき、特定薬物の原材料指定解除による、事実上の輸入上限量の撤廃などが数え切れないほど記録されていた。

これらを考慮したうえで本来の基準に照らし合わせれば、公的な記録に記されている輸入量の数十倍に相当する薬物原材料および、化学物質が輸入されていたことになる。

「――巨額の薬物利権だ」

さらに唐之杜は、これと厚生省発表の国民一人あたりの年間薬物摂取量のデータ、そしてOW製薬を始めとする国内製薬企業が発表する薬物流通量のデータを照合した。

輸入量と流通量は相関しているが、厚生省のデータとだけ大幅な乖離《かいり》があった。

厚生省が隠蔽していたのではない。実際に、国内市場における正確な薬物流通量を把握できていなかったのだ。

「精神色相《サイコ＝パス》概念の普及黎明期における精神作用薬物の大量蔓延《まんえん》を利用し、荒稼ぎをしたのは麻薬密売人たちだけではなかったということだ」

「……OW製薬の前身たる東金製薬、すなわち精神治療薬を取り扱う新興製薬企業と経済省は結びつき、事実上のカルテルを形成していたわけか」

「そして現在に至るまで、OW製薬と経済省は、国防の観点から看過できない事実上の密輸ルートを保持し続けてきた」

管理すべき対象が朝令暮改で変わり続けるような現場において、正常な物流管理は不可能になる。合法と違法の境界は曖昧になり、そしてあらゆる物資が素通りする。

これこそが鉄壁の国境警備体制に穿《うが》たれた致命的な穴だった。

「〈帰望の会〉は、おそらく、この密輸ルートを使って国内に侵入すると同時に必要な戦力と装備を整え、シビュラ社会に対する攻撃を開始した。そして、そんな彼らの行動を、OW製薬と経済省を始めとする旧薬物カルテル勢力は、自らの利権隠蔽のため黙認し続けていた」

だからこそ厚生省はこれを潰し、完全な国防体制を構築するため、改正薬事法の成立による物流統制と経済省からの権限剝奪を実現させようとしたのだ。

結果、厚生省は、鎖国体制の影で残存してきた最大の権益を奪い取り、自らの管理下に置くことに成功しようとしている。

「厚生省が推進してきた改正薬事法の真の目的は、旧来の薬物利権構造の解体と吸収だ」

ゆえに唐之杜は確信した。

これまで自分たちは、対立構造を見誤っていた。OW製薬が厚生省を完全に掌握していたのではない。厚生省が東金財団を介し、OW製薬を完全掌握しようとしていたのだ。そして〈ラクーゼ法〉を通じて、国内秩序の統制と国防体制の完成を目論んでいる。

であれば、東金財団の盟主たる東金美沙子もまた、財団CEOとして厚生省に影響力を持つフィクサーではなく、むしろ厚生省側の思惑を実現する利害共有者《ステークホルダー》というべきだった。

東金製薬をOW製薬に組織再編した後、自身の手で新たに医療財団法人を設立し、厚生省との提携関係を急速に強めていった。〈シビュラ〉の運用整備など、サイマティックスキャン技術を用いた先端応用技術研究所がその最たる例だろう。

そして何よりも、〈ラクーゼ法〉成立への尽力だ。OW製薬が完全な国営企業になり、実質的な権勢は厚生省によって奪い取られるというのに、むしろそうなるべきと言わんばかりの振る舞いをしている。

「だが、それなら誰が現在の厚生省を牛耳っているというのだ?」と野芽。「厚生省上層部が、長らくOW製薬と結びついてきたことは事実だ。そして鎖国体制下の薬物カルテルにおいて、精神作用薬物の普及を推進してきた厚生省も深く関与してきたはずだ」

当然の疑問だった。東金財団が、厚生省の権勢の影で暗躍していないのであれば、実際に厚生省という巨大省庁を取り仕切っているのは、何者なのか。

そこで唐之杜は、ひとつの組織名を口にする。

「――〈シビュラ〉運用部局《セクション》だ」

途端に、野芽が怪訝《けげん》そうな顔をした。急に相手が、根拠も不確かな陰謀論を口にしたと言わんばかりの反応だった。

「……その名は聞いたことがあるが、本当に実在しているのか?」

「私も該当する厚生省官僚に、実際に接触したことはない」

組織図では、確かに部署は存在し、所属する厚生省の高級官僚も数多く在籍しているはずなのだが、誰ひとりとして部局員が公《おおやけ》の場に姿を現したことはなかった。全員が偽の経歴を与えられているとか、機密保持のための幽霊部門だとか様々な噂が飛び交っていた。

「だが、彼らは存在する。東金美沙子がその方針に基づき行動していたように」

「あるいは、彼女自身なら、その部局の正体とやらも知っているかもしれんな。……やれやれ、身内に背信者たちが隠れ潜んでいたかと思ったら、その次は麻薬組織《カルテル》の女帝《ナルカ》かと思った東金が、より大きな組織の協力者に過ぎなかったとは。この状況は一体どうなっているんだ？　何がどうすれば、ここまで利害関係が捻じ曲がるんだ？」

「事態は俯瞰すれば単純だ。これは、鎖国の庇護下で温存されてしまった旧来の権益構造と、新たな統治機構たる〈シビュラ〉を巡る争いだ。完全なシステムを肯定し、その権能の徹底を図ろうとする勢力と、これを否定し叛逆しようとする勢力の全面衝突――」

「いわば新世界秩序と、旧い世界秩序の喰らい合いか」野芽は実に厄介なものに関わってしまったというふうに顔を顰《しか》め、それからタンブラーの酒を呷《あお》った。「ちなみに、そこで私たちはいったいどちらに属しているんだろうな？」

「私たちはどちらでもない。その狭間に突き立てられた、刃先のような細い道を進み、真実に辿り着くのが私たちの役割だ。我々が追うべき相手は変わらない。この対立構造を利用して日本国内に入り込み、〈シビュラ〉の解析に基づく精神衛生社会そのものを攻撃し、その秩序を根底から葬り去ろうとする〈帰望の会〉だ。――そして、反厚生省の思惑のもと、旧き権益の擁護のために蠢く者たち、新たな秩序の恩恵のために悪の沼地に身を浸すことさえ辞さない者たち、そのすべてを一掃する」

対峙すべき敵は、あまりにも多かった。

それはこの日本という国が、数千万の国民の犠牲を払って存続したはずの社会でなお、根絶されずに生き残り続けた亡者の群れだった。

「……これはまた大きく出たな、唐之杜取締官。だが、君が進もうとしている道は、茨よりなお鋭い鉄の棘が一面に敷かれた地獄への道程だ。個人が組織を相手に戦いを挑めば、どのような末路を辿るかは容易に予想がつく」

「だからこそ、我々のような人間が役割をまっとうしなければならない。――かつて、託《シ》宣《ビ》の巫女《ユラ》の導きのもと、国家存続のための虐殺の歯車となった、おれたち官僚が」

「……違いないな」野芽がうなずいた。「生き残ってしまった我々のような人間に、いまだ果たすべき役割が残っていることに感謝するべきだろうな」

不都合な真実に至ろうとする意志は色相を濁らせるかもしれない。

だが、この社会に巣食う罪、数多の悪徳を法の裁きの下に引き摺り出し、その消滅と引き換えに支払うべき対価が、それで済むというなら、これほど安いものもなかった。

†

東金美沙子に出席を指定されたのは、湾岸再開発地区・台場のホテルで行われているOW製薬主催のレセプションパーティだった。会場には、精神医療関係の従事者や、製薬企業、あるいは厚生省を始めとする中央省庁の高級官僚たちが詰めかけている。

その内容について、推し量るまでもない。

厚生省が推進する改正薬事法《ラクーゼ》案の政治パーティだ。表向き、〈シビュラ〉を擁する厚生省が、国内流通の最適化と効率化徹底のため、物資流通の一切を取り仕切る改正薬事法の成立は、その実、国内最大手の製薬企業であるOW製薬と、その活動母体である東金財団とともに厚生省が、国内の薬物流通に関するすべての利権を手にすることを意味する。

すでに議会を通過した法案は、厚生省ノナタワーの落成式と同時に施行される予定であり、パーティ会場には、以前よりも弛緩《しかん》した空気が漂っている。とはいえ、自分こそが法案成立の功労者であるとアピールするため、東金に挨拶にくる人間は後を絶たない。

そのたびに東金は、滄が厚生省側の有力なパートナーであるかのように扱った。そしていわゆる奇跡の聖女と噂される、色相《クリアカラー》が極めて清浄な人間であると分かった途端、滄に対しても無用な媚《こ》び諂《へつら》いや暗に牽制をしてくる人間が相次いだ。

やがて人の列がはけたところで、滄と東金は、テラスに移動する。

港越しに、夕暮れに沈みつつある東京の市街地が見えるが、それ以上に目を引くのは、間近に聳《そび》え立つ厚生省ノナタワーの威容だった。地上九〇階の巨大構造物は、夜間の都市景観ホロ制御システムの試運転を開始するため、最上部が点灯を繰り返している。

「新世界秩序の象徴たるノナタワーの建造計画そのものは、鎖国政策が実施された二〇二〇年代には検討されていた。それが紆余曲折を経たすえ、ようやく完成に漕ぎつけた」

東金は発泡酒が注がれたフルートグラスを手渡してきたが、滄は丁重に断った。いつ出動が必要になるか分からない。

「タワーひとつの建造に、約半世紀ですか」

「そう珍しいことでもないわ。日本の国権の最高機関たる国会議事堂も、旧時代において竣工に至るまでに半世紀近い時間を要した。それほど、ひとつの国家にとって象徴的な建造物というのは、完成に至るまでに多くの利害が錯綜する」

「利害……」と滄は呟く。「ところで、わたしをなぜここに？」

「あら、わからない？」

「ええ、まったく」

「言ったでしょう。教えた情報への対価として、ここに連れてきたのよ。みな、あなたのことを気に入ってくれていたようで何よりだわ」

「わたしは一官僚に過ぎません」

「それは現在――、いいえ。それも過去の話ね。あなたはすでに数百人規模の合同捜査チームを指揮する立場をその若さで手に入れた。そして今もあなたは、急速に支持者を増やしている。厚生省と国交省、警察機構という長らく続いてきた省庁間対立構造において、三竦《さんすく》みともいえるすべての組織から人員が抽出され、そこから独立した勢力が築かれつつある」

「わたしは、省庁間闘争に関わるつもりはない」

「望むと望まざるとにかかわらず、資格のある人間の許には、多くの人間が従属していくようになる。王は自ら望んで王になるのではない。民に望まれ、そして王になる。あなたは、いずれ組織の中心に立つことになるわ。そこで、今のうちからあなたとの関係を築き、周知させておきたかったのよ」

そして東金は決定的な言葉を口にする。

「真守捜査主任。――あなた、自分の組織は欲しくないかしら」

「……仰《おつしや》る意味が理解できません」

無論、何を言っているのかは理解できたが、それを自分に言ってくる理由がわからなかった。

「来たる新世界秩序に向けて、厚生省は独自の治安組織の設立を構想している。既存の体系とは司法概念の位相がまったく異なる、精神色相《サイコ＝パス》と〈シビュラ〉の判断に基づく新たな治安維持機構――、そこで、あなたのようないかなる状況でも色相を濁らせず、国家のために奉仕する理想的な官僚を、その象徴として戴きたいというわけ」

「お断りします」滄は即答した。「以前にも、お伝えしたとおり、わたしは一官僚として、この社会を守る役割をまっとうしたい」

「残念ね」

「他に、適性ある人間をお探しください」

「そうさせてもらうわ。でも、託宣《シビュラ》の巫女の導きは、あなたに為すべきことを為すための道筋を歩ませるでしょう。前にも言った通り……」

「何を選び、何を為すか——。その判断を最終的に下すのは自分自身です」

「まあ、そう急いで判断を下さなくてもいいわ。今日明日にすべてが決まるわけでもない。しかし、いつかは決まるときが訪れる。私たちは誰一人としてそれに抗《あらが》えない」

「……そろそろ失礼しても構いませんか」

「じゃあ、最後にひとつ」東金は会場内を指差した。「とっておきのカードを切ることにするわ」

パーティ会場の雛壇では、OW製薬の研究者が、新たな精神医療技術のプレゼンテーションを行っている。

「オプトジェネティクス——。今世紀初頭にネットによく出回っていた、マウスの頭蓋にLED光源を埋め込んだ実験画像を見たことはないかしら？」

「いえ」

「現在は、もっと洗練されて、頭蓋を開口して光源を埋め込むなんて野蛮なことはしなくなったけれど、制御の仕組みそのものは今でもあまり変わっていないわ。光駆動性タンパク質をウィルスベクターを用いて神経細胞に導入、光刺激によってその活動を制御し、脳機能を外部からコントロールする――なんて、専門的なことを言っても理解できないでしょうね」

滄は素直にうなずいた。

「申し訳ありませんが、医療分野については門外漢ですので」

「要は服用した薬物を予め、脳内の特定部位に配置させ、サイマティックスキャンを応用した光刺激によって、その活性化や抑制を外部から制御できるということ……」

「その技術がいかなるものであれ――」滄は東金を見つめる。射竦めるほどの鋭さで。「〈後天性免罪体質《ApA》〉に関連しているというわけですか」

正解、というふうに東金がグラスを掲げた。

「――〈涅槃〉を摂取した人間は、脳内に分子サイズのバイオプリンタを形成する。そしてサイマティックスキャン実行時の特定波長の光をトリガーとして出力された光感受性の神経作用物質が作用し、特定ニューロンの活動を一時的に抑制、後天性免罪体質《アポステリオリ・アクウィット》と呼ばれる状態を脳内に作り上げる」

「つまり、後天性免罪体質とは、瞬間的な現象、ということですか？」

「そうね。いわば刹那の瞬き」東金がメイクに縁どられた眸を瞬かせる。滄が自分の言葉を理解することに快楽を覚えるように。「想定では、一時抑制が発生するたび、徐々に脳機能の側に変化が生じ、いずれはバイオプリンタが作動せずとも、対象の脳の免罪状態が恒常化されると目されていたわ」

「実験は、成功したんですか」

「いまだ発展途上よ。ある意味で、後天性というより擬似的と言ったほうが正しいかもしれない脳の免罪体質化は、現時点においては、初回発現に適応できる人間の割合は、数百人にひとり。まあ悪くない数値よ。それが回数を追うごとに脳機能が負荷に耐えられる人間が減っていき、最終的な成功確率は、およそ三万五千分の一――」

　そして東金は、滄にとって決定的な少女の名を告げる。

「衣彩茉莉は、その唯一の成功例になるかもしれない。もし仮に、彼女が後天性免罪体質者として完全に発現したとすれば、我々の社会《システム》は、彼女の魂の在り方そのものを理解することで、同系統たる例外の獣たちすべてを既知の家畜に変える。そうなったとき、〈帰望の会〉だけでなく、色相を欺瞞しようとする反体制勢力の大半は瞬く間に一掃できるでしょう。来たるべき新世界秩序はもう目前に迫っている。そのために汚れた大地を掃除しなければならないわ。そして改正薬事法の施行と、ノナタワーの竣工をもって、託宣の巫女による理想郷の統治体制は完成する」

「……そのために、彼女の命を天秤にかけろと言うのですか」

「当然でしょう」東金はからかうふうでもなく、かといって憐れむ様子ひとつ見せず、ただ当たり前のことのように答えを口にする。「それに、私は彼女に期待しているのよ。あなたに期待しているのと同じくらいに。色相《いろ》の濁らざる者。〈シビュラ〉の寵愛を受けるべく祝福された人間たち。あなたたちは、我々にとって新たな希望と成り得る存在なのだから。であれば、衣彩茉莉が選ばれざることなど万に一つもあり得ない。きっとあなたたちは、素晴らしい新世界――その中心の座に並び立つことでしょう」

†

再び迎えに現れた秋継が、滄との合流場所に指定したのは、中央区茅場町新川と江東区門前仲町の狭間、隅田川に架かる永代橋の袂《たもと》だった。

ちょうど頭上には、新首都高速九号深川線と新首都高速鉄道東西線の高架が並び立っている。北側は、旧首都高深川線の高架が撤去されて見晴らしよく、今世紀初頭に立てられた東京スカイツリーが遠景に聳える。

一方、南側には、月島・豊洲といった湾岸廃棄区画の中心地がある。旧い地上三〇階相当の高層マンション群は景観ホロも適用できず、劣化した外装を晒《さら》しているものの、不法民たちが勝手に取りつけたネオンの装飾が夕闇に点滅している。

永代橋は、こうした一般市街と廃棄区画の中間地点に位置していた。どちらでもない場所であり、そしてどちらでもある場所だった。

「あの女のほうから、急に呼びつけてくるとはな。しかも人目につかない場所を探せって命令つきだ」秋継はシートを倒し、ダッシュボードに並べた精神薬物錠剤をひとつずつ摘んでいく。「どんな命令にも従い、迅速に実行する忠犬野郎ほど、指揮官に据えるとロクなことがない。何となくだが、あの女は上に行けば行くほど、下の連中に無茶な命令を押しつけるようになる気がするぞ」

「……それが正しいことであれば問題ないだろう」

助手席の唐之杜も、パワーウィンドウを開け、片手を外に出して煙草を吹かす。吐き出した煙は、隅田川を通る風に掻き消されていく。

「やれやれ、堅物同士はそれでいいんだろうがね……」

秋継は最後の錠剤を飲み下すと、シートを戻し、サイドミラーに反射するフロントライトの瞬きを一瞥した。

セダンタイプの滄の捜査車輛が接近してきていた。

「——来たな。予定じゃ、東金美沙子に呼ばれてパーティに出席していたはずだ。そして直接会ってまで情報を共有したいと言ってきたのなら、ようやく最重要標的《ヤクネタ》に繋がる情報を手に入れたってことだろうな。というか、そうでなけりゃ困る」

「そちらも新しい情報は得られたのか？」

「どんぴしゃだよ。経済省だけでなく国交省、あるいは警視庁の薬物部門である組対の連中に至るまで、各中央省庁のお歴々どもとOW製薬の間で、幾つもの密約が交わされていたらしい」秋継は、得意満面な様子で捲《まく》し立てた。「――例の経済省が保有する密輸ルートを何が通過したのか、その一切を関知しないってことで取り決めが為されている。意識的にせよ、無意識的にせよ、連中が構築したルートを使って〈帰望の会〉が密入国してきたことは間違いなさそうだ」

表層における省庁間闘争の構図とは異なり、旧来の統治体制の存続を望む守旧派勢力は、様々なかたちで〈帰望の会〉の行動を黙認し、結果的に彼らが〈シビュラ〉統治体制に攻撃を仕掛けやすくなる状況を作り上げていた。

積極的ではない、消極的なテロの実行幇助。かつての移民政策において、多くの官僚たちが色相を濁らせずに済むように適用した業務の極度の細分化――それを今度は、本当に犯罪行為に適用した。自覚がないからこそ、色相に濁りを生じさせてはいないが、紛れもない組織犯罪というべきしろものだった。

「となれば、これでいよいよ、国交省・経済省グループも脱落だな。OW製薬も一枚岩じゃないとは思っていたが、東金美沙子と手を結んでおいて正解だったらしい」

秋継は振り返り、停車した滄の捜査車輌を見やる。

「お前も、あの女の判断のおかげで助かったな。意固地になって反東金財団グループと結託していたら、今ごろ一緒に泥船に乗って沈んでいるところだったぞ」

「〈シビュラ〉運用部局と組んだ東金財団も決して、無謬《むびゅう》な存在ではない」

「罪を犯さざる人間など有り得ず、だ。人間ってのは清廉潔白だけじゃないんだぜ」

そして秋継はエンジンを切って、車外に出た。唐之杜もこれに続く。

秋の名残りを残す大気に、冬を思わせる冷たい風が吹きつつある。唐之杜はスーツのボタンを几帳面に留め直し、皺を手で伸ばした。そして秋継の後をついていく。


アーチ状になった橋体の下、中ほどに滄が立っている。スーツのうえに灰色のチェスターコートを羽織った装い。

「……唐之杜取締官」

その一言で、唐之杜は、彼女は常ならぬ状態にあることに気づいた。普段と変わらない感情の起伏が少ない声色。だが今は、無理やりそう努めようとしているかのような緊張が感じ取れた。

「衣彩茉莉特別捜査官の、早急な確保を進言します」滄は、いきなりそう切り出すと秋継を睨みつけた。透徹した殺意。「彼女がサイマティックスキャンの度に、生ける屍と化すリスクが増大することをあなたは知っていましたね」

「……落ち着け、真守」唐之杜は滄と秋継の間に割り込んだ。彼女の意識を自分にだけ向けさせた。突如として狂乱を来たした猟犬を宥《なだ》めるように。「なぜ、衣彩茉莉は死ぬ？

彼女が後天性免罪体質の発現者であり、財団はこれを望んでいるのではなかったのか」

「彼女の生存確率は、三万五千分の一です」

滄はなおも淡々と、ゆえに切迫した口調で言葉を重ねる。

「〈後天性免罪体質〉を発現した者たちには、事実上の生存限界が存在します」

唐之杜は、滄からの報告に耳を傾けた。

脳内バイオプリンタによる薬物生成——、それがサイマティックスキャンの度に実行され、その回数を経るごとに生存可能性は極端に低くなる。恒常性獲得に必要なサイマティックスキャンの回数は、いまだ完成例がないために不明のままだった。東金美沙子は、その実験結果を得るため、茉莉や、〈帰望の会〉の構成員たちを観察対象としている。

啞然とした。そして、滄が平静を失っている理由もまた理解した。

現状、最も完全な〈後天性免罪体質〉を獲得する可能性が高いとされているのが、衣彩茉莉だった。それゆえに、彼女こそが最も生命を脅かされようとしていた。東金財団の施設において、頻繁なサイマティックスキャンに晒されているがゆえに。

「……なるほどな。いくら適性があるとはいえ、一年近くもの長期間にわたって色相欺瞞を続けてきた連中が、脳味噌をぐずぐずのスポンジにせず生き残ったのは、それが理由か」

背後で秋継が、ようやく合点がいったふうに呟いた。

「連中は、必ずしも常時、色相を欺瞞する必要なんてなかった。必要なのは一瞬だけ。修学旅行で先公が見回りに来たときだけ、皆で慌てて布団を被り、寝静まったフリをするみたいに」

「……あなたは、これを知っていたんですか」

滄は剣呑《けんのん》さを増した。秋継はあえて挑発するようにおどけてみせる。

「まさか、そんな厄介な爆弾を抱えているって分かってりゃ、俺の衣彩茉莉への対処も随分と変わっていただろうさ。そんな一歩間違えれば死にそうな状態だとしたら、どうにかして生かしてやろうとするさ」

まるでそんなつもりもなさそうな軽薄な口調だった。唐之杜は、背後を振り向き、秋継を黙らせようとする。

「兄さ――」

「おっと、瑛俊。ここで俺にキレたところで意味はないぞ。そっちのお前の飼い犬もな」

秋継は手を掲げて制止する。「衣彩茉莉の保護について、俺も異論はない。むしろ、東金美沙子には幻滅したよ。衣彩茉莉には生かしておくべき価値があるというのにな。そいつは〈後天性免罪体質《ApA》〉がどうこうというレベルの話じゃない」

「どういう意味だ……」

「そういう意味さ」と秋継。「お前たちにとって、衣彩は捜査要員として必要不可欠な人材だろう？　そして今や、前線に立たせるよりも後方の研究施設に閉じ込めておくほうが、あいつの生命に危険をもたらしかねない。だったら、とっとと奪い返して、お前たち厚安局の監視下に戻したほうが役に立つだろうってだけのことさ」

「……本気で言っているのか」

「少なくとも正気で物を話している自信はあるな。——それで、お前はどうするつもりなんだね、瑛俊？　もっとも、今はお前が手綱を握られる側だ。うかうかしていると、その女は衣彩茉莉を奪還するために、東金財団の研究施設を襲撃しかねないぞ」

「真守」唐之杜は滄を見やった。彼女と視線を交わし、小さく頷き合った。「衣彩茉莉の身柄について、重大な人権侵害があるものとして東金財団側と交渉する」

「向こうは応じるでしょうか」

「衣彩はダム爆破という重大犯罪に関わったテロリストだが、厚安局とは正式な司法取引を交わしている。提供する情報と引き換えに、我々は彼女の身体生命を守る義務がある。そして何より、〈シビュラ〉は衣彩茉莉に拘束判定《コード・ゼロ》を下した。託宣の巫女の天秤は、彼女を殺すなと我々に示している。ならば、それに従うのが私たちの為すべきことだ」

「……了解です」

　滄はわずかに間を置いてから首肯した。完全に納得しているというわけではなかったが、それでも先ほどよりは、ずっと普段通りの冷静さを取り戻しつつあった。

「あなたの指示に従います。唐之杜取締官」

「今は君が我々の指揮官だ。ここから先は君が私たちに命じろ。まっとうすべきは、真実を明らかにすることであり、そのために君が衣彩茉莉の生命を守るべきと判断するのなら、そのために必要な命令を下せ」

そして再び顔を上げた滄の眼差しには、これまで見たことのなかった決然とした意志が宿っていた。いや、そうではなかった。彼女はつねにそうしてきていたのだ。誰かに尽くし、与えられた命令を遂行するとき、そこには表に現れない感情を秘めていた。

それが今、自らが下した命令に対し、自らを従えようとしている。

「我々、合同捜査チームは衣彩茉莉の身柄を再保護します。そのために、――わたしたちはあらゆる手を尽くす」

「了解だ」と唐之杜もまたうなずいた。「君の指示をくれ、真守取締官」

†

何かがおかしいと思ったのは、ヒダカの意識の弱まる度合いが、必ずしも日数経過と結びついていないと気づいたからだった。かといって拷問が原因ではなかった。

サイマティックスキャンの回数だ。ヒダカの尋問を行う前、色相チェックが行われるたびに、彼女の意識は弱まっていった。理屈は分からない。しかし、目の前の事実だけは確かだった。

ヒダカは――そしておそらくは自分も――サイマティックスキャンによって精神色相《サイコ＝パス》を走査《スキャン》されるたび、頭のなかで何か異常が発生しているのだ。

忍び寄る死の足音が聞こえる。

それは頭蓋のなかから響いてくる。

だからどこまで逃げても、逃げ切れない。

狼は、赤頭巾のすぐ傍まで迫っている。

そう思ったとき、脳裏を過《よ》ぎったのは、赤い布にくるまれた小さな死体だった。

それは初めて茉莉が燃やした相手だった。

五歳のときのことだ。

死体も同じくらいの年齢の子供だった。しかし不思議と動揺はしていなかった。物心をついたときには、ひとは日常生活のなかで生きて、ある日、ふいに死ぬ、動かなくなる、そういう光景を何度も見てきたからだった。

ただ、この初仕事は、とても辛い経験として記憶されていた。死体は見た目よりもずっと重かった。朝から雨が降っていたせいで、巻かれた布も全身もたっぷり水を吸っていたからだった。おかげで火も、ひどく点きにくかった。手を真っ黒にして、顔を汗と煤だらけにして種火を熾しても、じゅうっと情けない音がしてすぐに火は消えてしまう。

　手伝ってくれる者は誰一人としていなかった。

　寂しさよりも、何度やっても火がつかず、やることすべてが無意味に消し飛んでいくことが辛かった。悔しくて泣き始め、しゃっくりが止まらなくなった。夜になってようやく死体に火は燃え移り、焰が発する温かな灯りが茉莉の身体を優しく撫でたが、気づいたときには目の前に消し炭だけが残っており、冷たい朝がまた訪れていた。死体を燃やすうちに疲れ果てて寝てしまったのだ。

　それからまた死体が運ばれてきた。最初のものよりずっと大きかったが、乾いていたのでとても燃えやすかった。火をつける要領も自然と身体が覚えたのか、一度で着火に成功し、あとはぼんやり眺めているだけで死体は荼毘《だび》に付されていった。

　ぼうっとしているなと頭を叩かれ、その日は結局、五人を焼いた。

　焦げた死体の臭いは全身にこびりついていたし、顔はどんどん煤けて黒くなっていったが、風呂に入ることを許されたのは、それからさらに一週間後のことだった。

　そこはいわゆる死者を焼く村だった。

　茉莉は一三歳になるまで、そこで暮らし、育つことになる。

　〝帰国者〟によって日本人居留地が蹂躙され、茉莉は現地を支配する地方軍閥が管理する村のひとつに母の信奉者たちと流れ着いた。

各地から逃れてきた様々な避難民たちが、その村では暮らしていた。狭く古いバラックが、アカシアの茨を刈った赤土のうえに何棟も並んでおり、その狭く薄暗い棟のなかに五〇人から最大で一〇〇人近い数の人間が押し込まれた。収容所さながらの生活で老人は死にやすく、しかしもっと命を落としやすいのは赤ん坊だった。

最初のころは、ぎゃあぎゃあと煩《うるさ》い赤ん坊の泣き声のせいで眠れず、いつも恨めしいと思っていたが、いつの頃からか、段々とその声が小さく、そして弱まっていくことへの言いようのない恐怖のほうが勝るようになった。

赤ん坊が泣かなくなるほど、母親の泣く声は強くなった。真冬。暖房もなく冷蔵庫のように冷え切ったバラックのなかで死んだ赤ん坊を抱き続ける母親がいたが、間もなく彼女も身体が凍りついて死んだ。

茉莉の母親の同志たちは、いつもみなで茉莉を囲い、熱を与えるようにして寝た。隅に行くほど死が近いものたちだった。一〇歳になる前に、みんないなくなった。

死体を焼く村は、いつも労働力を欲していた。需要はつねに供給を上回っていた。

毎日、あちこちで死体が生まれ、そして運ばれてきた。

村は、そこを管理する地方軍閥にとって大事な収入源のひとつだった。単なる死体処理だけでなく、様々なニーズに沿った火葬も執り行った。

死体は火によって浄《きよ》められなければ、その魂は来世にも、天国にも、あるいはどこか名もなき楽園にも旅立てないと多くの人びとが信じており、そのために死体は法外な料金で引き取られ、茉莉たちが焼き続けた。当たり前のことだが、茉莉たち、死体を焼く村の住人たちに、その金が入ることなどなかった。

換えの利かない希少な道具であるならともかく、所詮は最低限の食事と住処を与えればそれなりに働き、やがては死んでいく人間たちを大切にする者はいなかった。

そして、茉莉が成長するにつれ、庇護者はひとりまたひとりと死んでいった。

窮状にあって、ひとはむしろ信仰を欲する。理不尽を救いに変える教え、その理由を希《こいねが》った。遠い過去から続く宗教に帰依《きえ》する者もいれば、見るからにインチキ臭い終末思想を掲げる新興宗教に縋《すが》る者も後を絶たなかった。だが、どの神も自らを崇《あが》める者たちを救うことはなかった。人々は問答無用に殺されていった。

あるとき茉莉は、村の子供たちと、燃える火の揺らめきに神を感じた。

火を崇拝するのは、とても原始的な宗教だと大人の誰かが言っていた。

善なる神と悪なる神が幾百億年前から争い、そして幾千億年の未来まで戦い続ける。

また別の大人が教えてくれた、そんなシンプルな物語に、茉莉は強く惹きつけられた。

まるでこの世界にピッタリだ。

生まれたときから死ぬときまで戦いが終わらない。それもそのはずだ。神様が戦い続けているのだから。火は消えない。燃えていく死体の赤い焔は善なる神の現れであり、黒く焦げていく死体は悪なる神に刻まれた呪いの痕だった。人が死ぬのは悪なる神のせいで、こうして自分たちが焼いてあげることで、善い神様を助けているのだ。

そう思えば、一枚しかなかった大切な毛布に湧いた虱《しらみ》を払おうとして、うっかり焔で焼いてしまい、凍える寒さのなかで死体から服を剝ぎ取って何とか暖を取るしかなかったときの苦しみにも、どうにか耐えられた。

無論、一年後には、なんて馬鹿げた考えだったのだろうと呆れるようになった。

神はおらず、ただ人間同士が飽きもせず殺し合っているだけだった。そこで紛争が続く限りは死体が生じ、死体を処理することで金を稼ぐ手段を持った奴らがいる。そして自分はその手段に過ぎないのだった。

そして生き残りたいと強く願ったわけではないが、生き延びた。

茉莉はいつしか、村で古株の住人になっていく。

一一歳は、百倍の時間を生きるように長かった。

一二歳は、そのさらに倍ほどの時間を生かされ、老いていくようだった。

そして一三歳の誕生日を目前にした、ある晴れた日の午後に、昼の落雷のような白い瞬きがあり、その後間もなく、村を滅ぼす者たちがやってきた。

「――ヒダカ」

その名を呟くと記憶は夢となり消えた。

「あたしに、あんたを焼かせないでよ」

同じだ。かつて自分のいた場所と、いま自分のいる場所と。

打たれた点のように狭く窮屈で、逃れようのない世界。

いつか終わりは来る。それは自分のほうが先か、世界のほうが先か。

「……私は、燃やされない」

そう、呟くのが聞こえた。

「燃やされるのは、きっと、あなた」

「馬鹿だな。あんたたちのなかで、火を点すのが一番うまかったのは、あたしなのに」

それに、いつ、あたしたちは死ぬかもわからない。

脳のニューロンが発火を起こすたび、自分たちの頭のなかで何かが燃えている。今、そこにあるのは、火に焼かれた死体なのか、死体を焼く火なのか、およそ自分の眼で見て判別することはできなかった。

ただ、それでも今は死にたくなかった。

3

唐之杜は再び浜松町の交通管制センターに向かった。

今度は、秋継も伴って施設内に入った。入り口ゲートで待ち構えていた野芽は、あからさまに呆れた態度を取っており、こちらが再び厄介事を持ち込んでくることをすでに察しているようだった。彼女に先導され、物流統合管制・管理システム《ロジスティクス・コンプレックス》の指揮所へと向かう。

「また新たに何かを探せということではないだろうな。すでに例の薬物カルテルの調査のため、多大なリソースを割いている」

「そのまさかだよ、野芽管理官殿」秋継がさも知己の関係であるふうに気安く言った。「ここに来るまでに真守の野郎が送った依頼内容は分かってんだろ?」

「いいかね、唐之杜取締官」

野芽は、秋継のことなど気にも留めないというふうに無視した。

「そちらの要望通りに事を進めるとすれば、次こそ我が国交省にとっても致命的な瑕疵《かし》をもたらすことになる。味方であった経済省ならともかく、厚生省に対する不正アクセスを実行することは、省庁の利益を鑑みるなら、承諾することはできない」

「その点については問題ない」唐之杜は、携帯端末を操作し、厚生省国家安全保障麻薬取締局の正式決定に基づく電子決裁書類を提示した。「今回は正式な指揮系統に基づき発せられた命令だ。真守取締官の要請により、厚生省側は省内情報ネットワークへの一部アクセス権限を開放した」

「驚いたな」野芽は、黒々とした眼を瞠《みひら》いた。「天下の厚生省が、まさか我々に門戸を開こうとはな。――しかし、本来、〈シビュラ〉が処理する膨大な情報がこちらに流れ込むかと思うとぞっとするな。狭い配管に膨大な水量を無理矢理注ぎ込むようなものだ。下手をすればシステムが過負荷によって強制終了しかねない」

「あくまで我々が閲覧できるのは、〈シビュラ〉の解析を経た、東京都内のエリアストレスの分布図だ。街頭スキャナを始めとする無数の端末《ターミナル》から収集された全データを、こちらで処理する必要はない」

「それを聞いてほっとしたよ。――が、それでも、演算リソースに余裕がないことに変わりはない。新たな解析を行う間、例の薬物カルテルを巡る内通者探しについては、進行が遅延することになるだろうが構わないな？」

「承知の上だ」

本音を言えば、できる限り、そちらの線《セン》も継続捜査を進めたいが、緊急的な優先度では、現在の捜査案件のほうがはるかに繰り上がっている。

「それに今回の捜査内容に関しては、今さら内通者がいたところで、〈帰望の会〉側にはもはやどうしようもない。我々は、決して消えない彼らの足跡を見つける手段を手にした」

「大した自信だな。そのためのアクセス権開放かね？」

「そうだ」と唐之杜は断言した。「今回の捜査に成功すれば、我々は、一気に〈帰望の会〉の喉元に切っ先を突きつける成果を得られるだろう」

「――衣彩茉莉の現場捜査要員としての復帰を要請したのも、それが理由か？」

「こいつと真守は、〈帰望の会〉をダシに衣彩茉莉を奪い返す算段なのさ」秋継が会話に割って入った。「実に怖い者知らずの連中と言わざるを得ないな」

「なら、そちらは東金の内通者《エス》としてその旨を飼い主に報告したのか？」

「俺は改心したんだよ。今はすっかり真実の奴隷だ」

「冗談なら、もう少し上手い言い方を考えるんだな」

野芽は嫌悪感も露わに、秋継を見やった。

「だが、あんたの信頼は得られたと思うがね」

「私にとっては、どちらでも構わない。重要なのは、〈帰望の会〉を狩れるか否かだ」

「そういや」と秋継が小さく喉を鳴らした。「お前さんトコのダムを爆破し、大量の人死にを出させたのは、衣彩茉莉だったが……、そこんところはどうなんだね？」

「死者に報いるための復讐は、個人への報復によって贖《あがな》われるものではない」と野芽は本心を包み隠さず語るように答えた。「あの悲劇を起こしたのは、〈帰望の会〉であり、これに教導された反体制レジスタンスたちだった。戦術顧問たる衣彩茉莉とて、テロ・ネットワークというシステムのなかの一部品に過ぎない。潰すならシステムすべてを徹底的に潰さねばならない。〈帰望の会〉があれほど多くの国内勢力を動員しているのなら、奴ら自身を捕らえれば芋づる式にすべてが暴けるということだ」

「そのために国交省の力を借りた。警察機構にも再び協力を取りつける。我々はすでに、新豊洲地下で、〈帰望の会〉の首謀者を捕らえる千載一遇の機会を逃している」唐之杜は断固たる態度を貫いた。そうすることで自らを律し、鼓舞するために。「次はない。今度こそ、確実に敵を制圧する」

「では、どうして東京都内のエリアストレスの分布図が突破口となり得るのか、その理由について説明して欲しいものだな」

野芽が指示を出すと、管制《オペレーティング》ドローンが壁面の大型投影《ホロ》スクリーンに、多摩地域を含む東京全域の地図を表示させた。そこに気象予報の大気変動図のように都内各所が色分けされ、その色彩を様々に遷移させていく。

さながら、雨量を表す気象図のようだった。集中豪雨に晒されるように真っ赤に染まっているのが、エリアストレスの重篤悪化地域だ。これらのエリアには、厚生省側が集中的なメンタルケアを緊急配置し、色相悪化原因などを特定し除去するための様々な策が講じられる。

「――近代以降、人間は科学という手術道具を手に、その魂を丸裸にして罪の在処を暴き出そうとしてきた。フランツ・ガルの骨相学、チェーザレ・ロンブローゾの犯罪人類学を始めとして枚挙に暇がない。そして、その集大成が精神の数値化技術《サイマティックスキャン》であり、精神色相《サイコ＝パス》といえるだろう」

そして唐之杜は、後天性免罪体質の仕組みを野芽に対しても開示する。

「しかし、精神の数値化技術というのは、あくまでスキャンを実行した瞬間の精神の状態を計測するものに限られる。それゆえに〈後天性免罪体質〉は、サイマティックスキャンの実行時のみ、薬理作用によって瞬間的に、特定ニューロンの非活性化による疑似的な色相浄化状態を作り出しているに過ぎない」

「とすれば、だ」と秋継。「同じく〈涅槃〉の投与によって後天性免罪体質を発現させている〈帰望の会〉の連中も、スキャンが実行されていない状態では、通常の色相悪化者と同じ影響を周囲に及ぼすことになる——。だとすれば、奴らは完全な透明人間じゃない。足取りを辿ることも不可能ではないってことだ」

現在の日本社会を構成する人間は、その精神を数値化されるとともに、ひとつの特質を発現するようになった。

精神負荷への脆弱《ぜいじゃく》さに起因するとされる色相の集団悪化現象——思考汚染《サイコハザード》。

色相の悪化は伝播する。それゆえに、サイマティックスキャン実行時には色相をクリアにできるとしても、それ以外のときは、通常の色相重篤者のように周りの人間の色相を濁らせているはずなのだ。

「……なるほどな」野芽がゆっくりとうなずいた。唐之杜たちが口にした内容をじっくりと吟味しているかのように。「――東京都内に配備された街頭スキャナのデータを網羅した、エリアごとの色相悪化の遷移マップがあれば、〈帰望の会〉の移動ルートを解析できるというわけか」

「そのとおりだ」

唐之杜は答えたが、この追跡プランを思いついたのは、秋継のほうだった。滄から後天性免罪体質に関する情報を報告されたとき、真っ先に別の利用法に思い至っていたのが彼だった。

唐之杜は、高速処理で遷移していくエリアストレスの分布図を確認していく。真っ赤な警戒地域が徐々に層のように積み上がり、ランダムな分布でしかなかった重篤エリアストレスの発生地域が可視化されていく。

そして血塗られたような真っ赤な道が、〈帰望の会〉の足取りを描出していく。

「とはいえ、この方法で、都合よく〈帰望の会〉の移動ルートだけを抽出するのは難しいんじゃないのかね？」と野芽。「都内は現在、エリアストレスに対する警戒態勢が敷かれている。繰り返される自爆テロ以降、その周辺地域での色相悪化が頻発し、それがノイズとなって、〈帰望の会〉の足取りを欺瞞している可能性は高い」

「そういうノイズの除去方法についても検討ずみだ」と秋継が得意げに言った。「厚生省側に要請して、もうひとつ別のデータを引っ張ってこさせるんだ。該当エリアの街頭スキャナによって測定された市民の色相データだ。そいつと照合し、エリアストレスの重篤悪化地域でありながら、色相悪化者が検知されていない矛盾した場所だけを抽出してみせろ。そうすれば自ずと連中の足跡が浮かび上がることだろうさ」

　そして、秋継が口にした通りになった。

　新たに参照すべきデータを加えたことで、エリアストレス分布図から、まだランダムさを残していた箇所が消え、最終的に一定の規則性に沿った複数の真っ赤な絨毯のような道筋のみが残った。

「どうやら、そちらの目論見《もくろみ》どおりのようだな」

　野芽は、突如として流し込まれた膨大な情報量の処理のため、悲鳴を上げつつある流通《ロジス》統合管制《ティクス・コンプレックス》・管理システムの稼働状態を確認しながら、そう呟いた。

　一方で、秋継は望む成果さえ得られれば、どのような迷惑を掛けようが知ったことではないというふうに上機嫌で指を鳴らす。

「——思った通りに事が進むと心の底から気持ちがいいもんだな。なあ、瑛俊。これで俺たちはひとつの手掛かりから二つの成果を得たことになる」

「どういう意味だ？」

「このエリアストレスを応用した行動経路の解析手段を用いれば、奴らに手を貸してきた内通者たちの炙《あぶ》り出しも可能になるってことだろう？」

「――捜査情報漏洩という背信行為を働くには、相応に濁るはずの色相を欺瞞している可能性が高い、と？」

「まさしく」

それから秋継は、なぜか握手でもするように手を差し出してきた。

そのまま姿勢を変えようとしない秋継に、唐之杜はようやく相手の考えを理解した。

一瞬の躊躇《ためら》いの後、差し出された手を軽く叩いた。

焼け爛《ただ》れ、筋肉のひきつれを起こした唐之杜の掌と、不摂生のわりに意外なほど綺麗な秋継の掌が、ほんのわずかな時間だけ触れた。

「首尾は上々だ。俺たちは順調に、この社会で生き延びるための手札を揃えつつあるってわけだ」

「……そうだな」

だが、それまでだった。唐之杜がそれ以上、秋継と高揚を共にすることはなかった。

「何だよ、妙な顔をして」秋継がきょとんとした。ひどく無防備で、だからこそこの男の本性というものがまた分からなくなる。「――ああ、なるほど。すべてが終わったら、お前は俺を裁くんだろう？　忘れちゃいないさ」

「……裁くのは私ではない。この社会でなお、いまだ消えざる法の正義――その意志こそが、おれたちの行いすべてを裁くはずだ」

唐之杜は、エリアストレス分布図に表示される〈帰望の会〉の移動ルートを見つめた。

それは東京という土地に巨大なナイフが突き立てられ、鮮血を迸《ほとばし》らせたような、ひどく痛々しい姿をしていた。

あるいは、これより後にもたらされる多くの流血を予言するようでもあった。

†

後天性免罪体質の最終成功確率は三万五千分の一――。

確率上は、そこまで劇的に低い数値ではない。

だが、その試行はギャンブルと異なり、失敗すれば廃人化した人間という犠牲者をもたらすものだった。

たったひとつの成功例を得るために、どれだけの犠牲が積まれたのだろうか。夥《おびただ》しい数の死体の山が滄の脳裏を過ぎる。そこに茉莉を加えるわけにはいかない。

滄は、唐之杜たちと別れた後、中央区新川で車を停め、徒歩で中央大橋を渡って、月島に移った。そこは一種の境界であって、橋の向こうからは湾岸廃棄区画が拡がっている。

今では放置され、すっかり廃墟と化した高層マンション棟は、各戸の窓が経年劣化で砕けていたが、そういう穴は、マンションに住み着いた不法民たちが暗幕がわりに張ったボロ布で塞がれている。外壁に伸び放題の植物の蔓《つる》が絡まっているのと相まって、一月ほど気の早い巨大なクリスマスツリーが地上から生えているかのようだった。

やがて湾岸廃棄区画の中心街に来たが、住人たちに顔を見られるなり、露骨に警戒された。昔とは違った。今では自分は厚生省の官僚であり、そしてこの土地で暮らす者たちにとって、いつ摘発のために武力を携えて現れるかもしれない脅威だった。

彼らは、滄の来訪を歓迎しないどころか、さっさと帰ってくれという様子だった。

しかし、滄が彼らの願いを聞き入れることはなかった。

時間がないのだ。これまで幾許かの猶予があると思っていた砂時計の穴が急に拡がり、残っていた砂を一気に吸い込もうとしているかのように。

茉莉を生き残らせるためには、ただ、救い出すだけでは駄目だった。

かつて自分は、茉莉にこの社会で生きていくための新たな道を用意できると考えていた。唐之杜の指示を受け、道を踏み外しかけた彼女を正しい道に導けると思った。かつて、自分がそうして生きる権利を与えられたときと同じように。

だが、もはや、この社会のどこにも彼女が生き残れる場所はない。

精神衛生を至上とする社会において、サイマティックスキャンを一切受けずに生きていける場所は何処にもなかった。茉莉の後天性免罪体質——脳組織に入り込んだ光感応性のバイオプリンタは、外科手術的に取り除くことは不可能だった。いわば、頭蓋のなかに根を張った根絶不可能な死の病巣そのものだった。

かといって、この湾岸廃棄区画で匿《かくま》うことも不可能だ。茉莉が隠れ潜んでいることを知れば、東金財団は捜索隊を差し向けるだろうし、何より東金美沙子は、〈シビュラ〉の運用部局という、まさしく世界の中心というべき立場にいるものたちと共働している。

廃棄区画ひとつを存続する利点と、後天性免罪体質の確保を天秤にかけたとすれば、後者に傾くのは確実だった。所詮、スラムはスラムであって、行政にとっては使い勝手のいい廃棄場所に過ぎない。

すなわち、この国に逃げ場はなかった。

なら、どこに茉莉を逃がせばいい。

滄は、そしてひとつの建物の前に立つ。雑居ビルを改装した教会。滄にとって故郷というべき孤児院があった。

玄関前の階段を昇ると、ちょうど扉が開いた。

そこには黒い僧衣を着た初老の女性が立っている。

「中へ」と相手は開口一番にそう言った。厳しくはないが、親しさも感じさせない冷めた口調だった。「あなたの来訪は、この街の住人たちの心を恐れさせ、濁らせます」

滄は、予想されていた言葉を耳にしたとき、胸が痛むだろうと思っていたが、実際は、やはりそうかという寂しい納得だけがあった。

為るべくしてそうなった。事件を解決するために、真実を追うために、滄は必要な相手すべてと手を組む道を選択した。より大きな脅威と対峙するために、目の前にある悪徳に目を瞑った。それを今でも失敗だとは思っていない。

ただ、そのせいで故郷というべき湾岸廃棄区画の同胞たちに、自分が、その精神負荷をもたらす存在になってしまったことが申し訳なかった。

「すみません、シスター」

「あなたが謝るべきことは何もありませんよ、ソウ」

案内されたのは、ビル内の礼拝堂だった。いわゆる市民教会というべきもの。装飾は簡素だった。すでに礼拝は終わり、僧衣姿の青年たちが掃除や後片付けを行っていた。シスターが彼らに指示を出すと間もなく去っていった。

そしてふたりだけが室内に残った。剝き出しの裸電球が電力不足で明滅し、キン、キンと氷が割れるような小さな音を発する。

「事前にお伝えした通り、無茶を承知でひとつのお願いを聞いていただきたいのです」

沈黙を破ったのは滄だった。シスターには、非公式に接触し助力を仰ぎたい、とだけ伝えていた。だが、それが相手に不審を与えたのかもわからなかった。

あくまで、シスターは柔らかな態度を崩さない。

「前にも言った通り、わたしたちはこの土地に対し害意を持つ人間に与《くみ》することはできません。しかし、あなたは、そういった勢力と手を組む道を選択した。たとえ、それが最善の手段であったとしても」

それは拒絶を示す返答だった。滄は東金財団と共闘する道を選んだ。それがすべてだった。しかし、このまま引き下がるわけにはいかなかった。

「わたしが望むのは、捜査協力ではありません」

薄氷を踏みながら前に進んでいくような心地がした。

「では、何のためにここへ？」シスターの態度には一切の変化がない。落ち着き払い、非難ひとつ口にせず、滄が次に何を言うのかを辛抱強く待っていた。「あなたは今、多くの人間を動員し、あらゆる技術の支援を受け、どのような行動でさえも容認されるだけの立場にいる」

「……偶然が重なった結果です。わたしが手に入れたものではない」

口にした言葉が、何の答えにもなっていないことを滄は、発言した後で気づいた。どのような道も選択可能であるなかで、滄は、ある面においては正しい選択をした。しかしそれはシスターにとっては、過ちとなる。それだけのことだった。

選択はいつも過去にある。あるいは、過去のすべてが選択の結果だったというべきかもしれない。偶然はなく、ただ積み重ねられた分だけの結果があり、それが現在を構成している。

だからこそ今、滄はこれまで気づけずにいた、ある事実に気づいた。

同時に、なぜ自分がこの女性の許に赴こうとしたのか、その理由を理解した。

「――仰るとおり、わたしにはどのような手段も選び得る機会が与えられていました。ですが……、わたしはそのことに気づいてさえいませんでした」

幼い頃、故郷を捨て日本を目指す旅を始めたとき、そうすることに決めたのは、多くの仲間たちがそれを望んだからだった。彼らは、滄が帰国のための要《かなめ》となると言った。それが何を意味するのか分からなかったが、彼らが自分を必要としているなら、そうするべきだと思った。それから長い旅路のなかで、滄は為すべきと命じられたことを為し続けた。都合のよい忠実な機械のように。何よりも優秀な労働者として。

そのときから滄の生きる時間は凍りついた。

それがずっと、今でも続いているのだと思っていた。すべての仲間を失い、日本という楽園に辿り着き、新たな人生を得て、真守滄という名を与えられ、この国の人間となって生きてきた一〇年余りの歳月、そのすべてが。

しかし、そうではなかった。

「あなたから、そしてもっと多くのひとたちから権利を与えられた。この国に来て、わたしは自分で何かを選ぶ機会を与えられてきた」

そして、自らの意志で選び取る自由を与えられた。しかし、それに気づくことなく、その貴さを理解せずに自由の権利を行使し続けてきた。

その積み重ねが今なのだった。

「だから、わたしはあなたに助けを乞うのです」

「それは、どういうことでしょう？」シスターは問いを投げかけてくる。だが、それが拒絶ではなく、促しであることを今は理解できた。「なぜ、わたしでなければならないのですか？　あなたには今、いくらでも頼れる力がある」

「今なら分かります」自分がなぜ、ここにいるのかも。「シスター・マカミ。あなたが始まりだったからです。あなたが最初に教え、授けてくれた。人間に選択の自由があり、それゆえにひとは人生を得られるのだということを」

息絶える寸前だった雪原で、彼女が自分の手を握ってくれたとき、ただ命を助けられた以上のものを与えられた。

あそこから、真守滄の人生が始まったのだ。

そして自分は、同じことを別の誰かにしたいだけだった。

「シスター・マカミ。わたしはあなたのようになりたい。だから、わたしにはあなたの助けが必要なのです」

「わたしのようになる」とシスターは繰り返す。「それがなぜ、あなたを助けることになるのですか？」

「わたしには守らなければいけない相手がいるからです。そして、かつて与えられたのと同じだけの自由を、彼女に与えたい」

偽らざる本心だった。何を為すべきか、ということは数え切れないほどあったが、何を望むか、ということであれば、他に何も考えられなかった。ただ今、ここで発した言葉だけが自ら選択したものであり、相手に伝わる全てだった。

「――わたしは、衣彩茉莉を助けなければなりません」

「衣彩茉莉。以前に、あなたが捜査のために伴っていた女の子ですね」

「彼女は今、東金財団の研究施設に拘束されています。そして、わたしは彼女を死なせないためにその身柄を奪い返します。――いかなる手段を用いても」

シスターはそれを聞き、わずかに表情を変えた。

微かな驚き。

「あなたから、こんなことを言われるとは思いませんでしたね」

そして、ほんの僅かに表情が緩んだ。それ以上の理由を尋ねようとはしなかった。

滄が口にした言葉だけで十分だというふうに。

「あなたは衣彩茉莉を解放する。そして、わたしに何を求めるのですか？」

「彼女に本当の自由を与えるために必要な手段を」滄は、自分にこの生のすべてを与えてくれた者に助けを求める。「わたしは、あなたたちによって密入国者から廃棄区画の住人になった。そしてこの国の人間となる資格を得た。いなかった人間をいたことにできるのならば、いた人間をいなかったことにもできるのではありませんか」

「それはつまり――、国外脱出ルートを手配しろ、ということですね」

シスターは、ただこれだけの言葉で滄が伝えたいものすべてを理解したようだった。

「そうです」と滄は答える。「かつてわたしが日本へと辿り着いた道筋の逆を辿ることで、衣彩茉莉を国外へ脱出させたい」

「違法を承知であなたがそれを望むということは、正規のいかなるルートも彼女を逃がしはしないということでしょう。ですが、ご存知のとおり、日本の国境警備は、鎖国体制を維持するために鉄壁の防御が敷かれている」

島国である日本からの脱出には、船舶か航空機を使うしかない。しかし、すべての航空便は政府の管理下にある。そして海路には、国防軍の無人フリゲート艦が配備され、忍び込む者たちを打ち砕くとともに、逃げ出そうとする者もまた粉砕する。

「それでも手はあると信じてます」

シスターは、少し間を置き、視線を頭上に奔《はし》らせた。自らの思考を整理するように。

「……考え得る脱出手段としては、一度、廃棄区画に逃れた後、警備体制の比較的緩い地方小規模集落へと移動する。そこから政府が復興支援の名目で限定的に継続している国外向けのコンテナ輸送船に忍び込み、貨物に紛れ、海を渡る——というのが、最も実現可能性の高い脱出方法でしょう」

「それで構いません」

「望むなら、直ちに手配することも可能でしょう。鎖国体制の日本において、逃亡は、侵入よりも、ややハードルが低い。——といっても困難であることに変わりはないでしょうが……、それで本当によいのですか？　たとえ日本を逃れたところで身の安全が保障されるわけではありませんよ」

当然の懸念だった。この国は、世界のどの場所よりも安全なのだ。だが、そこが茉莉にとっては命を蝕む毒の沼地と化してしまった。

「——すべては彼女が決めることです。この国に留まる選択も、この国から逃れる選択も、そのどちらを選ぶ権利も彼女にはある。他のすべての人間と同じように」

必要なのは、自分にかつて与えられたのと同じ自由だった。

滄たちに茉莉を助けることはできる。

だが、その先は、茉莉の選択に委ねるしかない。

「あなたは、やはり異邦人なのかもしれませんね」シスターは苦笑を零《こぼ》した。穏やかで、しかしこの上ない哀切を宿しているようだった。「この国の人間は、システムが導く最適な選択にその身を委ねた。自らの目を潰し、選択なき幸福を選んだというのに、あなたはまるで、かつてこの国にあった世界、そこにいたひとと同じようなことを口にする」

「それが幸福に至る選択であるならば。しかし、選択の自由は失われてはならない。わたしは、あなたたちのおかげで選ぶ権利を与えられた。そして今、痛みを負うことさえ厭《いと》わず進んでいけるだけの、自らの人生を手にすることができた」

シスターは、また意外なことを聞いた、というふうに滄を見返した。

「買い被りすぎですよ。あなたは、あなた自身の手で、今のあなたを摑んだ」

変わらぬ力強さを秘めた、しなやかな笑みで。

「ですから、同じことを彼女にするだけです」

滄もぎこちなく笑みを浮かべようとした。たとえ、目の前のシスターほど穏やかなものではなく、あるいは茉莉ほど力強いものではないとしても。

「与えられたものを、与えるべき相手が現れた。それが――、わたしにとっての衣彩茉莉という少女なのだと思います」

そう、かつて――。自分を生き残らせたのが、数多の命であるならば、自分の命もまた、別の誰かを生き残らせるためにきっと存在しているのだと信じたかった。

「ソウ、あなたは正しい道を選び取る力がある。きっと、あなたは誰よりも生きようとした。だから、旅を最後まで踏破した。であるなら、あなたが導こうとする者が歩むであろう新たな旅もまた、正しく歩き通せるものと確信します」

それに、とシスターは哀切を帯びた苦笑を漏らした。

「あなたの色相が濁らないというならば、この社会は、あなたが選ぶあらゆる行為を容認するということです。望むがままに、それゆえ正しいことを為しなさい」

「――はい」滄はうなずき、そして膝を着いて抱擁を交わした。互いに等しい高さで頷き合って、感謝を口にした。「ありがとう、シスター・マカミ」

そして教会を出た。湾岸廃棄区画の街路を歩くと、かつて自分がここにいたころには目にしたことがなく、しかし確かに見覚えのある顔の子供たちを見かけた。

それはかつて自分とともにこの街で育った者たちが、また誰かと結ばれ世界に新たにもたらした命であり、それゆえに救うべきもの、守るべきものは、この世界のそこかしこにあることに滄は気づいた。

その最初の一人を、これから自分は救いに行く。

そのときだった。

唐之杜から緊急通信が入った。為すべき行いを為そうとするとき、必然的な導きが訪れることを――不思議とそうなるものだと納得していた。そして理解していた。

《Ｓ１《セッター》から、Ｓ２へ》唐之杜の冷厳たる声が響く。幾度となく繰り返されてきた、猟犬を解き放つための号令。《〈帰望の会〉の次なる攻撃目標が判明した。奥多摩の東金財団先端技術研究施設へ急行しろ。――敵は、すでに攻撃準備を整え、襲撃を目前に控えてい

るものと考えられる》

4

村が火に包まれるのは、何か決定された運命の最終局面が訪れたような、見紛うことなき必然の出来事であるように思えた。

その朝、茉莉は炊事当番だった。まだ夜も明けていない暗闇のなか、朝の五時から叩かれる拍子木の音に合わせ、他の炊事係とともに黙々と包丁で野菜を刻み、石臼で潰した黴《かび》の生えたトウモロコシのたねを釜のなかに落としていく。ぐらぐらと煮立つ釜からは湯気が立ち昇り、炊事当番はそこで凍って腐りそうな指をかざし、暖を取るささやかな贅沢を享受する。

目の前に積まれた野菜の山は、とても食べきれないほど大量にあったが、それらを一〇〇人以上の人間で分け合えば、ひとりに分配される量はわずかでしかなかった。

釜は子供が何人か入っても十分なくらい大きく、時に燃やすはずの死体を釜に放り込み、夜中にこっそり煮て食べていたというもっともらしい噂が流れたものだった。しかし、実際にそれが行われたことはなかった。もしそうなら腹を空《す》かせた者たちが、すぐに肉を煮る匂いに気づき炊事場に殺到するからだ。そして、茉莉を含めた死体を焼く村の住人たちは、長らく肉にありつけたことはなかった。

雑炊というにはひどく薄く、野菜の破片が浮いた糊というべきしろものが出来上がるころには夜が明けてくる。足許を灰色の光が照らし始める。

最初に起き出してくるのは、死体を焼く薪を調達する薪割り当番たちで、彼らは死体とさほど変わらない細い身体に斧を携え、雑炊をすると間もなく持ち場に向かっていった。

そして二度と戻ってくることはなかった。

村を滅ぼすことになる武装勢力はすでに間際まで迫っており、武器となり得る斧や鉈《なた》を調達した傍から、それを用いて痩せ細った村の住人たちを殺して回った。自らの恐ろしさを誇示するように、叩き落とした腕と脚を集めて堆《うずたか》く積み上げたが、その異形のピラミッドの群れを目にする者は誰一人としていなかった。

同じころ、茉莉は付近の川から水を汲んでくるために、子供たちとともに桶を担いで炊事場を離れた。一三歳はすでに大人として扱われた。というより、子供というのは食料を消費するわりに仕事も大してできない未熟な労働力だった。だから必要十分な仕事をこなす者は大人として扱われた。換え難い能力を持つことが、支配者たちに気まぐれに殺されないために欠くべからざる条件だった。

だから、このときも茉莉は、炊事場の火が急に消えてしまい、どうしても再着火できないために水を汲みに行く途中で呼び戻されたのだった。あらゆるものに、たちどころに火を点す力が茉莉の不思議な才能であり、そしてそれが結局は命を繋いだ。

茉莉を除いて川に水を汲みに行った子供たちはみな、村を襲撃するために接近していた武装勢力の斥候に捕まり、遊び半分に切り刻まれるか、男も女も関係なく犯されるかして全員が殺された。

そして薪も水も、何ひとつとして運ばれてくることはなかった。

村を管理する地方軍閥の小隊長は、権力を誇示するためいつも乗っていたピックアップトラックの上で、死体を焼く準備ができないと怒りを露わにした。苛立《いらだ》ちを紛らわせるために村人数人を自動小銃で撃ち殺した。

その直後のことだった。

小隊長は急に奇妙な踊りをしたかと思うと、そのまま荷台から落ちて地面の泥にべしゃりと頭から突っ込んだ。

取り巻きだった他の民兵たちは絶叫し、村人たちを集落の中心地となる死体焼き場に集めると銃口を向けた。怪しいと思われた村人の髪を摑んで引き摺り回し、腹を蹴った。軍用ブーツでこめかみのあたりを何度も踏みつけ、頭蓋骨を粉砕した。

そうこうしているうちに、村のなかに民兵たちとさほど変わらない――というより、さらにボロボロのさながら幽鬼の群れのような武装集団が姿を現した。

彼らは首から短機関銃《マンドリン》を提げ、腕には襲った村で略奪してきた様々な種類の腕時計を巻きつけ、自分が今どこにいるのかを瞬時に把握できる几帳面な性格の遊牧民のようだった。

奇妙なことに、彼らはみな、茉莉とそう歳が変わらないか、いくらか上――いずれにせよ年若い者たちばかりだった。

そして彼らは村の支配者たちを瞬く間に撃ち殺し、全滅させた。

死体を焼くときのスチロールが発する化学物質にすっかり頭をやられていた村人などは、それがようやくおとずれた福音、救いの使者であると思い、喝采を上げながら襲撃者たちに近づいていき、短機関銃の掃射によって蜂の巣になった。

彼らは手にした機銃で逃げ惑う村人たちの足を切り裂き、動けなくなったところで斧や鉈で武装した別動隊が現れ、次々に首を刎《は》ね、腕や脚を切り落としていった。流れる血はふんだんにミネラルを含んでいるため、殺した獣の胃袋を使った水筒に集められていった。彼らはそれを腐敗臭のする葡萄酒と混ぜてぐびぐびと飲んだ。

そして活力をわずかながらに取り戻した襲撃者たちは、本格的な略奪を開始した。容赦のない殺戮が始まった。

間違いない――〝帰国者〟だ。茉莉は、焼かれるのを待つ死体の山のなかに急いで逃げ込み、身を縮こませながら確信した。必死に息を殺して彼らの略奪が終わるのを待った。

その正体にいち早く気づくことができたのは、かつて自分が生まれた集落を彼らに襲われていたからではなかった。

　帰国者は日本人によって構成されている。だから武装した日本人の群れを見つけたらすぐに奴らだと思え――母の同志たちは、繰り返し、茉莉にそう警告を残していた。

　日本人は、この世界で唯一、自分の国を持ち、安全な領土のなかで暮らしている民族だが、そこから追放された者たちは大勢いる。そして互いに徒党を組んで自治政府を作る者もいれば、現地の武装勢力に隷属する労働力にされた者もいた。しかし、なかには、如何なる手段をもってしても、地球唯一の文明社会である日本に帰還しようとする者たちがいた。

　彼らは旅する略奪者だった。各地の日本人集落の力を頼り、必要な戦力として優秀そうな子供を攫《さら》い、薬や暴力によって洗脳して少年兵へと作り替える。そうやって規模を拡大しながら、あちこちで襲撃や略奪を繰り返し、日本を目指した。

　帰国者は、日本に帰りつくためにはあらゆるものを犠牲にしたが、しかし同時に、属する群れのために己を犠牲にすることに躊躇いがなかった。自分たちの誰かが日本に辿り着ければそれでいい。襲い、必要なものを調達し、そして前に進み続ける。ただそれだけだった。彼らはむしろ、日本への帰還という妄執に囚われ大地を彷徨う亡霊だった。

　犯罪者は、獣の皮を被っても人間のままだが、帰国者は人間の皮を被った獣そのものだった。最も純粋な狂気のなかに生じた獣の群れであり、だからこそ一切の容赦がなく、出くわしたものすべてを根こそぎ喰らい尽くしてしまうのだった。

茉莉は死体の山のなかで、彼らが再び日本へ向けて移動を再開するのを必死に待った。

死体焼き村は、旧中華人民共和国吉林省の軍閥と、別の武装勢力が朝鮮民国を自称するそれぞれの支配地域の、ちょうど狭間に位置していた。

すなわち大陸を旅してきた者たちにとっては、日本はすでに間近にあるのだ。

もう、わざわざこんなところなんて襲ってないでさっさと日本に行け。

茉莉は、そう大声で泣き喚《わめ》きそうになるのを必死にこらえた。

死体は氷のように冷たく、いつ自分も仲間入りするかも分からない極寒のなかで身体を震わせ続けた。あともう少し、あともう少し。茉莉は耐え続けた。恐怖と寒さによって失禁しわずかな温もりを得られたが、すぐに凍りついて腰から下の感覚が消え去った。このまま殺されはしなくとも死んでしまいそうになった。

そのときだった。ふいに火の神様が現れ、辛抱強く耐えた茉莉に最後の救いをもたらすかのように、突然、周りが温かくなった。まるで冷え切った魂に燃料を注がれたかのようだった。

事実、そのとおりだった。

帰国者たちが茉莉が隠れ潜む死体の山に、さらにどさどさと薪でもくべるように切り落とした腕や脚の山を放り込み、そこに夥しい量の燃料を浴びせかけて火を点けたのだ。

火はたちどころに燃え盛り、焔となって凍りかけていた死体たちを燃やしていった。どんどん火勢は強まっていった。

逃げ場はなかった。

このままでは茉莉も焼き尽くされる。そのほうがマシではないのかと思った。ここでいっそ死んでしまったほうがよっぽど楽ではないのかと。焔に焼かれ、この世からいなくなる。そうなれば、こんな地獄をもう二度と味わわずに済むというのなら――。

そして気づくと、茉莉は、豚のような悲鳴を上げながら死体の山から這い出していた。髪の先やぼろぼろの服に燃え移った火を泥のなかを転がり回って消した。

死ねなかった。

死ぬための苦痛に、耐えられなかった――。

代わりに、魂までも根こそぎに奪い尽くしてゆく帰国者の群れに見つかった。

彼らは、突然、火のなかから飛び出してきた野鼠に対しても驚くことなく、ただゆっくりと、しかし迷いのない足取りで近づいてくると、手にした短機関銃を構え、その照準を茉莉に合わせる。

茉莉は苦痛に泣いていた。身体のあちこちに生じた火傷が、想像を絶する激痛をもたらしていたが、それよりなおひどい、想像すらできない苦痛がこれから自分に与えられるのだと思った瞬間、ブチン、と精神の手綱を引き千切るような野太い音が頭の奥底どこかで聞こえた。背後で一挙に勢いを増して迸る、火焔と同じくらい大きな声で絶叫する。

なんで……、畜生っ……、なんでっ、こんなことをすんのよ！


自ら発した絶叫に、茉莉は、はっと目を覚ました。

薄暗い視界のなかにあるのは、寝間着として与えられた医療衣を着た自分の胴体、腕と脚。みんな無事だ。ひとつもなくなっていない。

そしてベッドと小さな机、戸棚。どれも消毒されきったように白い。照明は薄暗いが完全に落とされてはいない。天井の隅には、小型の色相走査装置《スキャナ》が吊り下げられており、こちらが覚醒したのをセンサーが感知した。

反対の壁側の一部は投影《ホロ》処理によって、外の景色が映し出されており、夜空に月が照っている。それで今が夜であることが分かった。そして周囲の山間部の木々がわずかに風に揺れて鳴らす音以外には、静寂そのものであることで、自分はいま日本にいるのだということを再認識した。

それほど、夢と現実の境が曖昧になっていた。夢のほうがよほど現実感があり、現実のほうがふわふわとした浮遊感で現実味がなかった。

ベッドを抜け出し、床面にそっと足をつけ、フードパーカーに着替えていくと徐々にこちらが現実なのだという実感が取り戻されていった。

だが、それが何かの救いになるわけではなかった。

「——診療室《カウンセリングルーム》へ」

茉莉の音声を感知し、扉が開いた。仮初《かりそ》めの特別捜査官としての権限は、二四時間の尋問を許可している。茉莉は診療室へ向かった。

このまま、ひとりでいると泣き叫んでしまいそうだった。

夜の財団研究施設の敷地内は静まり返っていたが、それでも寝泊まりしながら研究を続けている職員も少なくないのか、いくつかの研究棟から灯りが消えることはない。輸送ドローンは静かに駆動し、茉莉をヒダカの許へ連れていく。

すると、実験動物の飼育棟から鶏たちの宵鳴きが聞こえた。まるで一足早く朝が来たと告げるような強く甲高い鳴き声。

だが、それっきり静かになり、今度は本当に何の音も聞こえなくなった。

月が雲に翳り、世界のすべてが死んだように視界が暗くなった。

†

にわかに指揮所内の空気が硬質なものに変わっていた。

壁面に投影される東京都内の地図には、湾岸地区から、セキュリティの堅固な都心部を上手く迂回しつつも、東京西部の多摩方面へ向けて、幾筋もの真っ赤な描線が延びている。

「——真守」唐之杜は、色相汚染マップの解析結果が反映された地図に視線を固定しながら、無線通信を起動する。「今から約八時間前、都内から多摩方面にかけて、〈帰望の会〉構成員の移動ルートと推測されるエリアストレス遷移が複数、確認された。間違いなく後天性免罪体質者《APA》を含んでいると考えられる。その他、反体制レジスタンスと目される集団が同じく多摩方面へ向かった形跡が発見されている。本来、警視庁警備部へ機動隊戦力の支援要請を行い、十分な戦力を確保するべきだが——」

《必要な戦力を待っている余裕はありません。わたしが先行します》

滄はすでに装備を整え、P1、P2および各種銃器を搭載した護送車輌と合流し、多摩の財団施設へ向かっている。

GPS情報で送られてくる現在位置は、すでに財団施設目前まで迫っている。

「可能な限り戦力の確保を急がせる。これを期に、東金財団と厚生省に大きな貸しを作れると促せば、警察機構も重い腰を上げるだろう。だが、そのためにも施設への被害を可能な限り食い止める必要がある」

《了解です》滄の端的な返答。《研究施設入り口が見えました。厚安局の捜査権限に基づき、緊急車輌の敷地内立ち入りを要請——》

だが、滄からの通信がふいに途絶えた。

そしてすぐに復旧する。

《──爆発を確認》冷静さを保ちつつも、切迫した口調の滄の報告。《すでに遅かったようです。……爆発の位置を特定しました。敷地南側です》

「南……、応用技術部か……」

ということは、〈帰望の会〉が真っ先に狙ったのは、精神数値化技術を転用した各種先端装備の実験ラボになる。

「施設側と連絡は取れるか？」

《……駄目です。通信妨害が行われているようです。内部の状況が確認できません》

「真守、君は衣彩茉莉の確保を優先しろ。我々も、警察機構の増援とともにすぐに先端研究施設へ急行する」

《了解》

通信を終了。唐之杜は背後の野芽と秋継に振り返る。

「狙いは先端兵器か？」秋継がぼそっと呟いた。「あそこには、国防軍の電磁波殺傷砲塔を転用した銃器デバイスや、国内治安維持に転用する前の軍用ドローンも保管されてるはずだ」

「この期に及んで、彼らが装備の充実を図ろうとしていると……？」と野芽。「だが、それなら理屈も通るか。だとすれば、ますます状況は逼迫《ひっぱく》していると言わざるを得ない。南側を落とした後、連中は北側の薬学研究施設——本丸を狙うつもりだ」

唐之杜は、うなずき、そして秋継を一瞥。

「私と唐之杜特別捜査官は警察機動隊戦力と合流し、多摩の財団施設へ急行する。野芽管理官は、こちらに残り、今回の財団施設攻撃と連動し、都内で別の攻撃が実行されないか警戒と監視をお願いしたい」

だが、その指示に野芽が異論を唱えた。

「いいや、私も向かうとしよう」野芽は机上に置かれていた黒の大型拳銃《スタームルガー・ブラックホーク》を掴んだ。「〈帰望の会〉の血塗られた足取りを見る限り、連中は、戦力の大半を多摩の東金財団先端研究施設に投入している。この状況だ。ここで奴らは何かを決するつもりだ。だとすれば、こちらも出し惜しみをせずに迎え撃つべきだろう」

「えらく熱心だな、野芽管理官」そこでようやく、秋継が野芽と視線を交わした。「そこまでして連中をぶっ殺したいのかい？」

「必要以上の殺戮を私は望まない。しかし敵の指揮官——エイブラハム・M《マレク》・ベッカムを抹殺すれば、極端な上意下達《トップダウン》の組織形態を取る〈帰望の会〉から、下部の実行組織たる反体制レジスタンスたちに至るまで、その指揮系統すべてを崩壊させることも可能だろう。テロ抑止の観点から見ても、それこそが最善だとは思わんかね？」

「——だそうだぞ、唐之杜取締官。どうするんだ？」

「野芽管理官も同行してくれ」唐之杜は、速やかに何を為すべきかを検討した。そして下すべき指示を言葉にした。「あなたの言う通り、おそらくここが分水嶺なのだろう。敵が主だった戦力の大半を投入してくるというなら、その結果次第で、我々は多くの真実を手にするか、逆に真実へ繋がる道筋を葬り去られることになる。今、ようやく私たちは、敵が牙を剝く寸前までに追いつくことができた。彼らがもたらしてきた状況が、わが国にとって何を引き起こそうとしているのか、それをここで突き止めなければならない」

そして唐之杜は踵を返した。

すでに組対の銃器・薬物対策課が出動しているとの報が入っていた。合同捜査チームのために割り当てられた実行部隊が現場へと向かっている。真守滄という新たな指揮官を得た者たちが、属する組織を越えて連携し始めていた。

それは組織からの逸脱であると同時に、新たに生じつつある秩序の端緒であるようにも思えた。

この〈帰望の会〉を巡る事件を契機に、大きく国内情勢が変わろうとしていることが、唐之杜の肌身に感じられた。それは大きな津波のようなものであり、誰か個人の手をもってしても揺るがし難い大きな地殻変動の表れだった。

唐之杜は秋継とともに交通管制センター屋上へ昇り、野芽が手配した国交省の航空輸送機《ティルトローター》に搭乗し、多摩の財団施設へと急行する。

敷地南側で爆発が発生して間もなく、財団研究施設を南北に分断する玄関《エントランス》エリアに襲撃グループと思しき武装した人影が現れた。

†

周りを丘陵地帯に囲まれた盆地に造成された研究施設へ車輛で立ち入るには、山間部に通された車道を使うしかない。彼らはそこをいち早く封鎖しようとしている。

滄は自らの判断で捜査車輛を後退させ、距離を保って状況を監視する。

武装した二人のレジスタンスたちが、車輛よけのバリケードを展開した。彼らは多くの配線が取りつけられた奇妙な防弾ベストを着用していた。自爆ベストだった。彼ら自身が、急行してきた警察機構に対して起爆する人間の盾でもあった。

彼らは頭部を赤外線感知式の暗視ゴーグルで覆っている。P2《ラヴクラフト》で強襲をかけることは困難だった。透明化体毛によって光学的に不可視の状態となっても、その体熱までも欺瞞することはできない。

だとすれば、自分が行くしかない。滄は消音狙撃銃《ヴィントレス》を背に回し、右手に軍用ナイフを握る。一度、車道から山間部に入り、丘陵地帯を速やかに、しかしほとんど無音で侵攻した。

幼い頃に何度も繰り返してきた敵への接近方法。ある程度の距離から匍匐《ほふく》前進に切り替え進んだ。瞬く間にバリケード付近まで迫り、植林された生垣の下でじっと息を殺して敵が哨戒してくるのを待った。間もなく足音が近づいた。数はひとつ。自爆決行時に誘爆しないよう互いに距離を取っているようだったが、それは致命的な過ちだった。

滄は、一度、精神色相走査装置《サイマティックスキャン・ユニット》を装着した消音狙撃銃で、接近してくるレジスタンスの精神色相を測定する――執行判定《コード・ワン》――〈シビュラ〉はその存在を脅威と判断した。すなわち、彼の命運はここで尽きた。

レジスタンスのひとりが間際を通り過ぎた直後、滄は瞬時に生垣から飛び出すと背後から左手で男の口を塞ぎ、躊躇なく右手に握ったナイフを首に奔らせた。そのまますぐに抱き締めるように回した左腕で首を絞め、出血の痕跡が地面に残らないようにした。男は自分の身に何が起きたのかさえ分からないままに絶命する。滄は死体を生垣に引き摺っていき、配線の接続を解除した後、手早く自爆ベストを脱がして無力化すると、死体はそのまま積もった枯葉のなかに捨てた。

そして同じ場所で待機し、もうひとりのレジスタンスが現れるのを待った。男は仲間が戻ってこないのを警戒し、探しているようだった。やがて滄が隠れている付近で歩みを止めた。まだ、こちらに気づいているわけではなかった。

再び精神色相を測定――やはり執行判定。

滄は生垣から転び出ると、相手の脚に素早くナイフの刃を奔らせる。脚の腱と内腿側の血管を切り裂かれた相手は姿勢を崩した。反撃を試みようとしたが、そのときにはすでに滄が足を払って押し倒し、手にしたナイフを頸部に深々と突き立てている。力を込めた手の裡には、刃先が頸椎《けいつい》まで寸断した感触が伝わってくる。即死だった。

筋肉の収縮が起こって刃を咥え込まれるまえに、ナイフを引き抜いた。

すぐに血が溢れるのを押さえたが、すでに血溜まりが出来ていた。死体を引き摺り、自爆ベストを解除した後、小型の景観投影装置を設置し、出血の残る場所を隠蔽したが、歩哨が二人とも殺された異変に、〈帰望の会〉側も間もなく気づくだろう。

その前に、可能な限り先に進まなければならない。

不思議と恐れはなかった。自然と、自分は必要な手順を繰り返し、誰にも気づかれずに茉莉の許まで辿り着ける自信があった。

自分は、旅の仲間たちのために斥候役として、今よりもずっと困難な潜入を繰り返してきた。先ほどの殺害の手順も、過去に何度も繰り返してきた。身体は記憶のとおり、澱《よど》みなくその動作を完遂した。しかし、どのような人間を殺したのかについては、はっきりと思い出せなかった。だが幾人もこの手で屠《ほふ》ってきた実感だけは確かだった。

やはり、自分の記憶には欠落が生じている。

というより、段々と取り戻されつつあるのだ。この社会に順応する代わりに忘れていった記憶。日本に至るまでの旅程、その歩みの記憶が。

滄は、カフカとラヴクラフトを無線で呼び寄せた。どちらも被弾箇所を治癒して間もないが、動作に支障はなく、苦痛を感じている様子もなかった。むしろ、義肢化した滄のほうを気遣うようなまなざしで見つめてきた。

滄は、チェッカーで自らの色相を確認した。

薄青色《パウダーブルー》――変化はなかった。かといって、後天性免罪体質の発現者たちのように色相の欺瞞が発生しているわけではない。

秋継によって投与された〈涅槃〉のコピーモデルには、バイオプリンタ形成に必要なだけの能力はなかったが、それでも同様の影響を幾許か及ぼすらしい。主に海馬付近への影響として現れると、東金美沙子は話していた。

もしかすると、それが自分に幼い頃の記憶を取り戻させつつあるのだろうか。

そのせいで自分は、今とは異なる人間へと変わろうとしている。あるいは、元の姿に戻ろうとしている。滄は血に濡れたナイフを拭い、脚部のホルスターに収めた。これまで銃器以外の装備は電磁警棒で済ませていたが、品川埠頭での戦闘を経て、銃器だけでなくナイフも装備すべきだろうと自然と考えていたのだった。

だが、そもそも自分は、〈シビュラ〉によって相手の拘束と執行を判定される前から、ナイフで歩哨たちを殺すつもりでいたような気がした。いずれにせよ、行く手を阻《はば》む敵を躊躇なく殺すことが、自然な動作として認識されていることは事実だった。

後続の唐之杜たちに、〈帰望の会〉がレジスタンスを自爆兵に仕立てて再び歩哨に立てる可能性を報告した後、北側の薬学研究部門へ向かった。

滄は敷地内に侵入するまで、五名の執行判定の反体制レジスタンスを刺殺、射殺した。

それでも色相はまるで濁らなかった。

だが、それも当然なのだろう。

ひとつの確信が芽生えつつあった。

そう、きっと、かつて日本に辿り着くまで――真守滄になる前の自分《ソウ》にとって、やはり殺人は日常化した行為だったのだ。

Φ

ふっと眠りにでも落ちたみたいに、すべての照明が消えて、真っ暗な闇に閉ざされた。

すぐに復旧し、診療室の薄ぼんやりした真っ白な灯りが取り戻されたが、何か異常が起きたことを茉莉は瞬時に悟った。

まず扉がロックされたことに気づいた。こちらが近づいてもセンサーはいっさい反応しない。向こうから強制的に施錠を行ったのか、あるいは何らかの理由でシステムがダウンしているのか。同様に、天井の隅に吊るされているスキャナも沈黙していた。こちらの動きを追跡してくるはずのそれは稼働ランプを消してまったく動かない。

茉莉は背後を見る。

尋問用の机と一台の車椅子。糸の切れた傀儡《くぐつ》のように身動きひとつしないヒダカが座っていた。すでに自力で移動できないほどに衰弱している。

「――ヒダカ」

茉莉は近づき、彼女の肩を揺する。ぐにゃぐにゃと、押した力がそのまま抵抗なく伝わってしまう不快な感触。かつて自分にとってよく慣れ親しんだ、まるで死体のような。

頭をゆっくりと横に倒し、口許に手を翳す。とても微かな呼吸を感じ取る。脈も非常にゆっくりで小さいが、確かに確認できる。

死んではいない。けれど、十全に生きているとも言い難かった。

「……あたしも、いつか、あんたみたいになるのかな――」

ヒダカは今度こそ、本当に意識、自我というべきものを失ったのかもしれなかった。頭のなかに蔓延《はびこ》った光感応性のバイオプリンタが、その魂を、彼女の頭蓋のなかに閉じ込めた。

今、彼女は何を見ているのだろう。何も視えていないのだろうか。薄っすらと開かれた眸《ひとみ》には何の光も宿っておらず、ただ部屋の照明を返すだけ。

そのときだった。

しゅっと空気が抜ける音とともに、扉のロックが開かれた。

巨大な画布の、そこだけ四角く切り取られたように、廊下へ続く出口が生じた。

しかし、普通なら続いて入ってくるはずの医療スタッフや看護ドローンは、いつまで経っても現れなかった。

扉から顔を出し、廊下の様子を窺う。まるで急に目が見えなくなって右往左往するように、医療ドローンがすべて、その場で停止したりしている。

施設側でドローンの制御ができなくなっている。なのに、扉は誰かが操作しているかのように、開きっぱなしだ。

やはり、何かが起きている。それも、この施設にとって想定外の事態が。

ふいに茉莉は誰かの視線を感じ、その気配のするほうを振り仰ぐ。

天井に設置された監視カメラ兼色相スキャナが一台だけ稼働ランプを灯し、そのレンズが茉莉をじっと見つめている。錯覚ではなかった。それは何者かの眼だった。

茉莉は、そのまなざしを見つめ返した。

「……あたしはどんな状況だって利用する」

スキャナの稼働ランプが、さっと消えた。レンズの向こう側にいる何者かが、茉莉の声に返事をするかのように。

茉莉はヒダカを乗せた車椅子を押しながら、尋問施設から外に出た。このまま敷地内を出てどこかで連絡手段を得る。

滄たちと再び合流することはできるだろうか。

いや、そうする以外に生き延びる道などない。このままここにいれば、遠からず自分もヒダカと同じように、ある日、ふいに世界との接続を切られて生ける屍と化すだろう。それだけは絶対に御免だった。こんなところで死ぬわけにはいかなかった。

外にも施設職員の姿はなかった。夜間で出入りする人間は少ないはずだが、それでも不自然なくらい、まったく見当たらない。相変わらずドローンの群れは、どれも茉莉たちに気づく様子もなく、沈黙したまま動かない。

すると、遠くから雷が落ちるような音が聞こえた。

研究施設の南側が、煌々と灯りに照らされていた。大規模な火災だった。施設棟へ次々に火が延焼している。そして実験設備に引火し、再び爆発が生じる。

やはり、向こうも北側と同じで施設内のドローンがまるで機能していないようだった。火が何物にも阻まれることなく燃え広がるのは、本来なら行われるべき消火活動がいっさい行われていないからだ。

茉莉は咄嗟に周囲を見回す。北側に火は燃え移っていない。

しかし、タタタ、と乾いた銃声が聞こえた。

聞き間違えようのない、自動小銃が掃射される音。茉莉はヒダカを乗せた車椅子を引いて、尋問施設の裏手に移動した。

戦闘が起こっている。今、この施設内において。

この程度の状況は何度も繰り返してきたはずなのに、今は自分でも分かるほどに緊張している。喉はからからに渇き、粘ついた唾がせり上がってきそうになって空咳《からぜき》をした。まるであのときのようだ。再び帰国者たちが自分のいる場所を襲ってきたような錯覚に囚われた。

そんなはずはない。奴らは全員殺された。

燃え盛る死体の山から這い出してきた自分に銃口を向けた帰国者たちは、直後に現れた別の勢力に射殺されたのだ。アブラムが率いるゲリラ戦力によって。

だが茉莉は、ヒダカを乗せた車椅子から手を離し、じりじりと後ずさりした。ぱっと後ろを振り返ってそのまま逃げだしそうになった。

すぐ近くに実験動物たちを収容した檻《ケージ》があった。透過素材で出来た完全気密の檻の中には三〇頭ほどのマカク猿がいたが、みな床にじっと横たわっていた。近くにいた医療ドローンが災害発生時の防疫処置を適用し、ケージ内の動物たちをガスで殺処分していた。死体の山がそこにあった。遠ざかったはずの過去がいきなり近づいてきたかのようだった。

再び茉莉は踵を返す。ヒダカの許に戻ってくる。彼女はこの状況でも微動だにしない。

無理やり大きく、そしてゆっくりと呼吸を繰り返した。そうすることで今、ここで何が起きているのかを冷静に推し量ろうとした。

「――〈帰望の会〉」

だが、彼らの目的が推察できない。拘束された仲間を奪還するというなら、あまりにも行動を起こすのが遅すぎる。であれば、別の目標が、ここに存在しているのか？

間もなく、拘束した施設職員たちを連れた襲撃グループが姿を現した。

数は六名。ちょうど茉莉たちがいる位置は、尋問施設の陰になっており、他の施設と繋がる正面の通路から死角になっている。見知った顔は見当たらなかった。〈帰望の会〉構成員はいない。であれば、彼らに動員された反体制レジスタンスたちだ。

拘束した研究職員に対する、やけに嗜虐的な態度が目立った。

施設内の警備ドローンは、おそらく何らかの手段で命令系統を掌握され、足止めされている。研究員たちを助ける者はなかった。

彼らは茉莉たちを実験動物か何かのように扱っていた連中だった。助ける義理もなかった。むしろ、これまで創薬の名の下に犠牲にしてきた命の数からすれば、殺されても文句は言えない。生ける屍となった密入国難民たちの虚《うつ》ろな顔。坊主に剃り上げられた頭が吹き飛ぶさまがまざまざと思い出された。

そして間もなく、東金財団の研究者たちも同じように、銃弾を叩きこまれて死ぬのだろうと予想し、それが現実になろうとした瞬間だった。

……畜生、くそったれ。

口から悪罵《あくば》が漏れ出した。茉莉はヒダカを乗せた車椅子を思いっきり押して正面通路に躍り出た。

このまま見捨ててしまえば、もう二度と自分は滄の傍に立てなくなる気がした。

突然の乱入者に気づいたレジスタンスたちが咄嗟に銃口を向けてくる。しかし、機先は制している。

「こいつは〈帰望の会〉の構成員よ」茉莉は車椅子に座ったままのヒダカの首に腕を回す。少し力を加えればへし折れるように。「そこの連中を殺すなら、あたしがこいつを殺す。あんたたちを指揮している連中は、仲間を見殺しにした奴らを決して許さない。日本棄民の同胞意識は、鉄より硬い」

茉莉の言葉に、小隊指揮官らしき男が応じた。

「……何が望みだ」

「彼女を渡す。代わりに、職員たちをこっちに寄越しなさい」

要求を端的に述べた。交戦の意志がないことを伝えた。

そうすることで交渉の余地があると思わせる。

「……よし」

やがて小隊指揮官が手で合図《ハンドサイン》し、銃口を向けられていた若い女性職員の拘束を解かせた。

レジスタンスが銃口で背中を小突くと、彼女はなおも恐怖に顔を歪ませながら茉莉のほうに歩いてくる。まだ二〇代前半くらいで、いかにも新人といったふうだった。そして、茉莉の下に辿り着くなり、荒い呼吸をしながら脚に縋りついてきた。色相浄化の錠剤を飲み下そうとするが、手が震えてばらばらと地面に撒き散らしてしまう。

「残りの人質も引き渡しなさい」

「駄目だ。先に、その少女を寄越せ」小隊指揮官は、通信機を起動する。「少女が本当に〈帰望の会〉の羽根かどうか確認したうえで、残りの人質解放について、彼らに判断を仰ぐ」

「……呆れた。あんたたちは、〈シビュラ〉に従わない道を選んだくせに、他の誰かに命令されなきゃ何も判断できないっての？」

これ以上、下手《したて》に出るわけにはいかなかった。まだヒダカを手放してはならない。今ここで重要なのは、彼女の生殺与奪を誰が握っているかだ。他に茉莉が要求を押し通せる手段はなかった。

しかし、茉莉とレジスタンスの睨み合いが生じて間もなく、その沈黙が破られた。

突如として、ヒダカの頭が爆ぜた。

爆弾でも仕込まれていたかのように後頭部が弾《はじ》け飛び、夥しい量の血と脳味噌と脳漿が背後にいた茉莉に浴びせかかり、骨の破片が頬を浅く裂いた。

咄嗟に、何が起こったのか、その場にいた茉莉にも、レジスタンスたちにも分からなかった。

狙撃だ。だが、同じく血と脳漿を浴びせかけられ、半狂乱になった女性職員が悲鳴を上げる。茉莉はヒダカの死体を乗せた車椅子を放り出し、代わりに泣き喚く女性職員を引き連れてその場を離脱しようとした。正面通路は、いくつもの研究棟に囲まれており、その場に留まっていれば狙撃手の恰好の的になる。

だが、再び音のない銃弾が飛来した。茉莉の目の前で、女性職員の腹部が吹き飛び、腸がぞぶりと漏れ出した。続く第二射が胸部を貫通し、彼女を確実に絶命させた。

そして人質を失った茉莉を、反体制レジスタンスたちが襲ってきた。

小隊指揮官の男が、猛烈な勢いでタックルを仕掛けてくる。体重差がありすぎた。茉莉はこらえきれずに地面に押し倒される。そのままうつ伏せの姿勢で腕を掴まれ、膝で頭を地面に押しつけられ、身動きが取れない。

「――〈帰望の会〉は、お前だけを拘束しろと命じた」

そして他の兵士《レジスタンス》が、拘束していた研究者たちをすべて射殺した。そして拘束された茉莉の許に近づいてくると、小銃の銃口を手足に押しつけた。これまでの狼狽から一転し、指示を下された途端、彼らは容赦のない冷酷さで茉莉を完全制圧しようとする。

「手の一本や二本はなくても構わない。それでようやく、犯した過ちを償い、獣の群れに戻る資格を得る、だそうだ」

そして銃声が立て続けに、鳴り響く。

小銃を握った彼らを穿《うが》つ、新たな介入者の苛烈な銃撃によって。

Φ

ここは耐えるべきだった。一対多。乱戦になれば、こちらが圧倒的に不利だった。さらに敵には狙撃手の支援まである。

しかし滄は猛然と飛び出した。腰のホルスターからグロック17Lを抜き放ち、銃把をグリップする右手に左手を添え、拳銃を身体に引き寄せた姿勢で速射した。

全員の精神色相はスキャンしている暇はない。だが躊躇いはない。すべて抹殺する。

こちらに背を向けていたレジスタンスの背中に銃弾を叩きこむが、防弾ベストを着こんでおり致命傷になっていない。すぐさま射角を僅かに上げて頭を撃ち抜いた。

これで四発を使った。滄は残弾数を把握しながら次の標的に移った。銃を眼の高さまで上げ、その眼差しと照準器、目標までを一直線に並べる。再び引き金を絞る。二発。確実に頭を撃ち抜いて絶命させた。

反動《リコイル》を両手で抑制しつつ、前進。拘束された茉莉の脚に銃口を突きつけていたレジスタンス兵に狙いを定める。あえて胸部に二発を叩き込み、防弾ベスト越しに衝撃を与えて茉莉から引き剝がした後、続けざまに頭蓋に速射を叩きこむ。眼底部から侵入した弾丸が頭蓋を砕き、脳組織を粉砕した。

「この女を連れて後退しろ。〈帰望の会〉が彼女を求めている」

そこで、茉莉を拘束していた指揮官らしき男が、飛び掛かってくる。手にナイフを握っている。一気に距離を詰められた。男の突進をもろに受ける。強烈なタックル。凄まじい衝撃。滄は背後に吹っ飛ばされる。

再び距離が開く。茉莉の脚を摑んでレジスタンス二人が後退しようとしている。正面の通路まで出られれば、狙撃手の射程に入り、奪還が不可能になる。

滄は無理やり上半身を跳ね起こす。取り回しよりも命中精度を優先した長銃身《ロングバレル》のグロック17Lで照準。二発を撃った。片方を射殺《ヘッドショット》。もう片方も狙ったが、再び襲い掛かってくる小隊指揮官に対処するために照準がブレた。一発は命中せず、残り二発は脚に当たったが致命傷ではない。だが、動きは止められた。

即座に、滄は超至近距離で白刃を振るう指揮官に弾丸を叩きこもうとする。だが、それより先に男が覆い被さってきた。防弾ベストで銃口を塞がれ、薬室内で弾丸が暴発した。全弾を撃ち尽くしたグロック17Lが作動不良を起こし、中途半端な位置でスライドが停止する。すぐさま予備のオフデューティーを取り出そうとしたが間に合わない。

滄に馬乗りになった小隊指揮官がナイフを逆手に持ち、渾身の力を込めて喉元に向かって振り下ろしてくる。

滄の義肢化した右腕の腕力をもってしても抗しえないほど強い力で、ナイフを押し込まれていく。おそらく痛覚遮断系・筋力強化のドラッグを併用している。常人離れした膂力《りょりょく》で滄を刺し殺そうとした。

「――滄ッ!!」

しかし、ふいに圧迫が途切れた。茉莉が自動小銃を逆手に持って棍棒のように振り、銃床を男の頭部に渾身の力で叩きつけた。

男は予想外の反撃に跳ね飛ばされる。だが、すぐに立ち上がる。茉莉が追撃しようと自動小銃を構えたが、そこに男はナイフを投擲《とうてき》してくる。曲芸じみた正確さだったが、茉莉は咄嗟に身を転がして回避した。そのまま膝立ちで男の脚を撃ち抜いた。

攻撃手段をすべて奪い去る。だが小隊指揮官は、隠し持っていた手榴弾を纏めて引き抜き自爆しようとする。

《対象の脅威度判定が確定しました》無機質な機械音声が発せられた。**《執行判定《コード・ワン》・慎重に照準を定め・対象を排除してください》**

しかし、それよりも早く上空より飛来した殺傷電磁波の一撃によって、小隊指揮官の肉体が粉々に吹き飛ばされた。重油のように黒い血が、研究棟の外壁にべったりと張りつく。

滄は茉莉とともに空を仰いだ。

激しい吹きおろし《ダウンウォッシュ》のなか、航空輸送機《ティルトローター》の後部ハッチを開き、そこから黒い銃器デバイスを突き出した秋継の姿を視認する。

《――遅くなって済まない》そして同じくキャビンから身を乗り出した唐之杜からの無線通信。《間もなく、警視庁銃器・薬物対策課の機動隊戦力が南側に突入し、消火活動とともに、襲撃グループを撃滅するため、行動を開始する》

†

唐之杜は航空支援のため秋継を輸送機に残し、医療ドローンを伴って地上へ降下した。

無線通信には、警察機構側が、各所で反体制レジスタンスと交戦状態に入ったという通達がひっきりなしに届いている。敵も重武装だが、銃器・薬物対策課の機動隊員は練度に勝る。だが、南側で〈帰望の会〉構成員の姿は確認されていない。

となれば、北側の敷地に展開している可能性が高かった。

「真守」唐之杜は、救命キットで茉莉に応急手当を施す滄に声を掛ける。「野芽管理官が、国交省の航空輸送機を供出してくれた。我々は、敷地内に残った研究職員を可能な限り保護し、優先して脱出させる。――そして君たちには、〈帰望の会〉追撃を頼みたい」

「了解です」滄は即座に頷き、茉莉を見やる。「であれば、彼女の脱出を――」

「――嫌だ。あたしも行く」

茉莉は、滄の言葉を遮《さえぎ》るように声を張った。これまで財団施設に拘束され続け、今しも〈帰望の会〉に殺されかけたというのに、まったく戦意を失っていない。

「元よりそのつもりだ」と唐之杜は言った。「〈帰望の会〉は、我々のみで対処しなければならない。そして君は、合同捜査チームの捜査要員として有用な戦力だ」

唐之杜は懐から白銀色の大型回転式拳銃を取り出す。

銃把に孔雀《ピーコック》の紋様が刻まれた――M513トーラスレイジングジャッジ。

「……これ」茉莉が信じられないものを見たというふうに目を丸くした。「あたしの銃」

「内部機構も完全修理《レストア》してある。予備兵装《サブファームズ》として携帯しろ」

「――いいの？」茉莉が恐る恐る訊いた。まだ唐之杜の考えが理解できないというふうだった。「これは、アブラム・ベッカムから貰ったものなのに」

「銃口は、君が撃つべき相手に向けろ。我々の敵は真実を欺瞞し、隠蔽する者。そしてこの社会の脅威として立ち塞がる者たちすべてだ」

唐之杜は煙草を取り出し、煙を肺に入れて一服した。それから全員に視線を巡らせる。

「状況を確認する。〈帰望の会〉に指揮された襲撃勢力の大半は、南側の応用技術部の施設攻撃に参加しているが、〈帰望の会〉本隊についてはその姿が目撃されていない。その一方で、施設内のセキュリティおよびドローンの操作権限を奪取されていることから、敵主戦力は北側敷地内にある警備システムの中枢施設を占拠しているものと考えられる。——だが、それは手段であり、目的ではないはずだ。であれば、彼らは施設内の操作権限を奪ったうえで、この先端研究施設内に存在する何かを目指しているものと考えられる」

　そして唐之杜は携帯端末を操作し、敷地内の地図情報を表示。北側施設群のなかでも特に深部に位置する浄水処理施設をピックアップした。

「野芽管理官の予測によれば、〈帰望の会〉はこの施設を標的としている可能性が高いそうだ。事実、財団の使途不明金の多くが、この浄水処理施設の建造に使われていた形跡がある。そして敵は南側の大規模火災を隠れ蓑に、浄水処理施設の破壊に主力の多くを集結させている。真守、君はＰ１とともに、先行する野芽管理官と合流し施設防衛を担当」

「了解です」

　続いて唐之杜は、同じく北側敷地内、施設管理部門が集約されたエリアをポイントする。

「衣彩。君は、Ｐ２を伴って警備システムの中枢管理セクターに向かい、威力偵察を実行しろ。敵戦力の規模を把握したい」

「……ってことは、場合によっては、あたしだけで制圧してもいいの？」

「もしも可能であれば」唐之杜は、あえて彼女に判断の裁量を与えた。今は彼女を無理矢理縛るべきときではない。「迅速に〈帰望の会〉構成員を制圧し、警備システムを奪還しろ。そして真守たちの支援に向かってくれ」

「わかった」茉莉はうなずき、そして滄を見る。「あんたも中途半端なところで死んだりしないで」

「了解」滄が自然と茉莉の——相棒というべき少女の、その手を取った。「約束する」

ふたりは互いに頷き、そして行動を開始する。

†

茉莉は、滄とともに北側の敷地を進んだ。

急な斜面に造成されているため、通路の多くが階段になっており、侵入者を迎え撃つ側にとっては有利この上ない地形だった。それでも茉莉と滄が揃っていれば、銃器で武装した程度のレジスタンスは敵ではなかった。

〈帰望の会〉が出張ってくることもなかった。やはり彼らは浄水処理施設と警備システムの中枢セクターに陣取っているらしい。

水の濾過《ろか》施設に何の用があるのだろうか？

しかし、自分が命じられた攻撃目標も水に関連していたことに気づく。〈帰望の会〉がその名を公に表明し、攻撃を開始するようになった烽火《のろし》ともいうべき、最初のテロで爆破したのはダムだった。

あのテロには、陽動以外の意味があったのだろうか。長崎での攻撃を実行するための目《め》晦《くら》ましではなく、本当にインフラを連続してダウンさせることが目的だったのか。それとも、アブラムには自分に教えていない、まったく別の目的があったのか。

わからない。だが、その真実は彼らを捕らえることで暴き出すしかない。

茉莉は、ふと傍らに立つ滄を見る。突入経路を再確認する彼女の横顔は、獲物を確実に仕留めようとする猟犬のようであり、ぞっとするほど冷酷で綺麗だった。

ここに至るまで幾度も戦闘を繰り返してきたのか、あちこちに返り血を浴び凄惨な姿になっていたが、それでも自分の知る真守滄だった。

彼女は変わらない。最初に会ったときから今に至るまで、どこか致命的に歪んでいるようで、しかし完璧に完成していた。金剛石《ダイヤモンド》のように揺るぎない。

不思議な心地だった。今、自分の横に滄がいることで、ようやくいつも通りに戻った、という感じがしていた。一緒にいた時間より、いなかった時間のほうがよっぽど長かったはずなのに。

「茉莉」

ふいに滄が周囲を見回し、近くに誰もいないことを確認してから、こちらをじっと見つめてきた。蒼い眸は氷のように冷ややかだが、その奥には確かな感情の灯火が秘められていることを茉莉は知っている。

「ごめんなさい」

「……急に何よ」

「ずっと、あなたを助けられずに苦痛を強いてきた」

「別に、あんたが殺せって命じたわけじゃないでしょ」茉莉は肩を竦《すく》めた。そんなこと何も気にする必要などないのだと伝える代わりに。「それに、さっき、あたしを助けてくれた。それで帳消しってことでいい」

「……いいえ。わたしはまだあなたを助けてなんていない」滄は、意を決したように告げた。「東金財団がばら撒いた〈涅槃〉が、あなたの頭のなかにも後天性免罪体質を発現させるための回路を作り上げた。あなたは、このまま日本にいる限り、死に至るリスクが高まり続ける。――サイマティックスキャンが、つねにあなたの生死を天秤に掛け続ける」

「……知ってる」

茉莉は、それでも何でもないという態度を貫こうとした。死ぬことは怖くなかった。このまま何の意味もなく生ける屍になってしまうのが恐ろしかったとしても、今は、財団に拘束されていたときよりずっとマシな気分になっていた。

すると滄が突然、とんでもないことを言い出した。

「――茉莉、今この場で逃げてもいい。湾岸廃棄区画に行って。シスター・マカミに、あなたが国外へ脱出できるルートを手配してもらっている」

「……本気？」

「この混乱状態なら、逃亡してもすぐには見つからない。車輛はわたしのを使えばいい」

急に頭がおかしくなったのかと思ったが、そうではなかった。本気で彼女は自分を助けてくれようとしている。

「そんなことをしたら、あんたは犯罪者の逃亡幇助《ほうじょ》で捕まるわよ」

「わたしの色相は濁らない」滄が微笑んだ。茉莉は思わず言葉を失った。それくらい優しく、そして悲しい笑みだった。「どんな嘘をついても大丈夫。絶対にバレたりはしない」

「そんなことしたって、バレるでしょ。あんたの上官に」

「……唐之杜取締官のこと？」

「あの男は、色相がどうかなんて見ちゃいない。もっと本当のことだけを見てる。だから、あんたの嘘なんてすぐに見抜く」

「それでも、わたしはあなたが生き残る道を選択して欲しい」

もしかすると、滄がここに来たのは、事件捜査よりも、自分を助けることを優先するためだったのだろうか。だとすれば――。

「馬鹿言わないで。あたしは死ぬつもりなんてない。あたしに後天性免罪体質の適性があるっていうなら、必ず生き残ってみせる。薬や機械のおかげじゃない。何をやったって、絶対に色相が濁らない特別な人間になってやる――」

　そして茉莉は滄の首根っこを摑まえて引き寄せた。その眸の奥にある、降り積もる雪のように薄く青い耀き《パウダーブルー》の、その魂の色相を見通そうとした。

「あんたみたいに、滅茶苦茶なヤツになってあげるわよ」

「それは――」滄は困惑したように、咄嗟に何も言えなくなった。「……あなたが、わたしみたいになる必要はない」そして首を横に振った。「きっと、ならないほうがいい」

　茉莉には分からなかった。どうして、この社会で誰にも勝る無垢な色相を持つはずの滄が、まるで自分自身には何の価値もないのだと言わんばかりの態度をとるのか。

「……言われなくても、あたしはあんたみたいになるつもりはない。誰かの猟犬になるのなんて御免蒙《ごめんこうむ》るわ」だから茉莉は、急に居心地が悪くなるのを誤魔化すみたいに悪態をついた。「だって、あたしはあたしだ。あんたはあんただ。だったら同じものになんてならないし、なれるはずがない。――一緒にいるためにそんなことする必要ない」

　すると、滄がさも意外なことを聞いたというふうに、眼を瞠《みひら》いた。

「一緒に……？」

「事件を解決するんだって言ったはずよ。あんたを撃たないでやったときに」

　茉莉は人差し指で滄の脇腹を小突いた。

　ちょうど、自分が撃たれた場所と同じあたりを。

「あんたの言う通りにはできない。でも、ありがとう……。あたしなんかを助けようとしてくれて」

ふと、今だったら言えるような気がした。

かつて、この感情を言葉で表すことができなかった。

しかし今は明確に、たった一言で伝えられる気がした。

「あたしは、あんたのことが好きだ」偽らざる本心を口にする。「――あんたとだったら、何処にいたって、あたしたちは上手くやっていける……、そんな気がする」

そして結局、曖昧でごちゃごちゃした言い方になった。

だが、言うべきことは言った。

あとは自らの選択を口にするだけだった。

「だから逃げない。あんたには悪いけど、あたしは〈帰望の会〉を最後まで追う。アブラム・ベッカムが何をしようとしているのか。その真実を突き止める」

そうすることで、自分はようやく犯した過ちを償い、そして本当の人生を始められる。

そんな気がした。そのうえで、本当の意味で、真守滄の横に立ちたかった。

「……そう」

真守滄は嘘をつくのが下手だ。こんなにも、自分にもうひとつの道を――すべてを忘れて逃げ出すことで生き延びてほしかったという顔をしているのだから。

「わかった。なら、それでいい。――でも、何かあったらすぐに教えて」

「言われなくても」茉莉はニヤリと笑った。「あたしだって、こんなところで死ぬつもりなんかない。まだ何もしてないうちに死んでたまるか」

そして、どちらともなく沈黙し、会話が途切れた。まだ話すべきことは幾らでもあるように思えたが、そう思っているときほど、充分すぎるくらいに言葉を交わしているものだ。

だから、これでいい。

移動を再開し、間もなく岐路に差し掛かった。滄はカフカとともに道を逸れ、浄水処理施設へ向かった。励ましの言葉も別れの言葉もひとつとしてなく、獣が別の獲物を追うために群れを離れるように。

だが、それが彼女らしい。まだ相棒とさえ呼び合えない――自分たちらしかった。

だから茉莉はまっすぐ進み、坂を登っていった。たとえどんなことがあろうとも、再び自分と滄は必ずまた同じ道を歩み、そして真実に至るのだという確信をその胸に宿して。

Φ

茉莉が、生き延びるための脱出を拒否するとは思わなかった。

なのに、それこそが彼女が選ぶ必然だったようでもあった。

わからない。彼女は、自らの生死を確率に委ねる道を選んでしまったのに、その選択にどこか安堵してしまっている自分がいた。わからない。自分が茉莉に生きて欲しいと望んでいるのかどうかさえ、定かではなくなるような薄ら寒い心地がした。

《真守取締官。合流地点に着いたか？》

そのとき、あたかも狙いすましたかのようなタイミングで野芽からの無線通信が入った。浄水処理施設を目前に合流地点に到着したが、彼女の姿が見当たらない。

「はい」すぐに気持ちを切り替えた。取締官として、あるいは兵士として目的を確実に完遂するための算段以外、思考から除外した。「浄水処理施設を視認可能です。野芽管理官はどちらに？」

《問題ない。君を確認できる位置にいる》しかし具体的な場所は一切告げず。《浄水処理施設の様子はどうだね？》

林立する研究棟からは隔離されたように、離れた位置に建てられた浄水処理施設。巨大な廃棄物処理プラントといった無骨な外見をしていた。周囲を幾重にも取り囲む金網や鉄柵。そしてなぜか医療廃棄物《バイオハザードマーク》の警告表示がいたるところにあった。赤のマーキングは、液状の廃棄物を示すものだ。

周囲を見回したが、施設付近に歩哨の類は見当たらない。カフカの視覚補助装置による各種探査を用いた結果、施設外装部に潜んでいる狙撃手の気配もない。

「施設周辺に敵影なし」と滄は無線通信で返答。「まだ、〈帰望の会〉は処理施設に到達していないようです」

《それについてだが……》野芽がふいに声を途切れさせた。《……私が奴らと交戦して間もなく、連中は移動した……》また声が途切れた。通信にノイズは混じっていない。《そして、私が状況を再確認……、しようと――》

「彼らと交戦を……」滄は相手の発する呼吸に不自然な間があることに気づいた。「野芽管理官、負傷していますね。現在位置はどこですか？　すぐに救援に向かいます」

《……猟犬の嗅覚には恐れ入るな。だが問題ない。私を助けにくる必要はない》

「駄目です」すでに滄は消音狙撃銃を手に前進を開始している。「我々はチームです。ひとりとして欠くべきではないと唐之杜取締官に命じられています」

《――やれやれ。なら完全武装で駆けつけてくれ》なぜか野芽はすっかり観念したというふうに居場所を知らせた。《私は浄水処理施設のなかにいる》

警戒心が首を擡《もた》げた。幼い頃に兵士として培《つちか》った直感が、このまま単独で野芽を救出しに行くのは危険だと告げていた。もっと相手に喋らせ、状況を十分に把握してから行動すべきだと本能的に察した。それでも今の自分は兵士ではなく、取締官なのだという自覚によって無理やり進んだ。けっして仲間を見捨てないことで、今の自分は獣ではなく人間であることを証明しなければならなかった。

滄は人が通れる大きさに切断された金網の間を抜けて先へ進む。カフカが先行し、待ち伏せがないか探査を実行したが、周辺の茂みや樹木に敵が隠れている様子はなかった。戦闘があった痕跡は見受けられなかった。施設間際の最後の柵の下にワイヤーカッターが転がっており、デバイスでスキャンすると野芽が使用したものだと分かった。

そして滄は、浄水処理施設の前に立った。視覚補助装置で滄以上に明瞭な視界と探査情報を知覚可能なカフカに命じる。

《P1、外で待機》《周辺を監視し、何か異変があれば報告を》

携えた消音狙撃銃《ヴィントレス》を構え直し、内部へ侵入。扉のロックは解除されていた。廊下は薄暗かった。待ち伏せされている気配はない。

消毒された直後の水が発する独特の匂いがした。だが、それ以外にも様々な物質が混交されたような、やけに生臭い奇妙な匂いを滄の鼻孔は嗅ぎ取った。化学薬品がぶちまけられている可能性を考慮したが、施設内の化学汚染を示す警報装置に異常は見られない。

施設は現在も稼働しているらしく、水の匂いの在る場所へと近づいていくほどに、浄水処理機構の駆動音が大きくなっていく。ざあざあと水が流れ落ちていく音も聞こえる。

南側の応用技術部門で使用する大量の工業用水を送る水路のせいだろう。

設計図上では、この施設は、研究施設各所に送る水の分岐路にもなっている。用途に応じて浄水のレベルを調整し、それらすべての処理をこの施設が受け持っている。

逆浸透膜《RO》装置、イオン交換装置、紫外線《UV》殺菌装置を経て、真空脱気塔、カートリッジポリッシャー、限界濾過膜《UF》装置といった数々の精製用設備が揃っている。どれも素粒子研究施設で求められる、極限レベルまで不純物を除去した超純水を精製するための高度な装置だった。

だが、これらの施設機能のなかに医療廃棄物などを処理する仕組みはなかった。そして施設内部にも、廃棄物保管庫や処理システムは見当たらない。

であれば、やはりこの施設の外に掲げられていた医療廃棄物の警告《バイオハザード・マーク》は、不必要に人間を近づけさせないための欺瞞なのだろうか？

だが、先ほどから滄の鼻孔が捉える、生臭い異臭は、ますます強まっている。

果たしてその答えは、滄が屋内貯水池に出た瞬間に、唐突に理解された。

天井一面から柔らかな照明が注ぐ明るく開けた空間。張り巡らされた整備通路の直下に拡がる巨大な貯水池は、とてつもない容積があるようだが、湛《たた》えられた水は、貯水プールの底まで濁りひとつなく見通せるほど澄み切っている。

そして、その水は、これまで滄が目にしたことがない黄金色に光り耀いていた。照明や周りの設備の色を反射しているのではない。水それ自体が黄金の色彩を帯びているのだ。

そして、奇妙な匂いを発している。しかし悪臭ではなかった。ふいにそれが血の匂いによく似ていることに滄は気づいた。

一目見て、ここで浄化処理された液体状の物質が、実験用に精製された超純水とは全く異なる特殊なものであることを察した。

だが、その正体を探るよりも優先すべき相手を滄は見つけた。

「――野芽管理官」

滄は、貯水プールの中央付近にある整備通路上で横たわっている野芽の許に急いだ。

「……ようやく到着か」

野芽が滄に気づき、ゆっくりと上体を起こそうとして、顔を強く顰《しか》めた。両脚に銃痕があり赤々とした血が流れ出していた。痛覚遮断の薬剤が床には何錠も転がっている。

「すぐに治療を行います」

滄は野芽の傷口を確認した。右大腿部に貫通した銃痕。左足は甲の部分を撃ち抜かれている。どちらも主要な血管は傷つけられておらず致命傷にはなっていないが、自力で歩行するのは不可能な状態だった。救命キットを取り出し、応急処置を開始する。

「〈帰望の会〉ですか？」

「アブラム・ベッカムの姿が確認された」と野芽。「だが、交戦したのは、構成員たちのほうだ。彼らとやりあっているうちに、奴には逃亡された」

やはり敵も主力を投入してきている。警戒はさらに強まった。

「彼らは今どこに？」

「……わからない」野芽が、長く息を吐いた。「この貯水プールで彼らを発見したが、直後に反撃を受けた。こちらも武装しているとはいえ、拳銃のみで自動小銃に勝てる道理はない。脚を撃たれ、動きを封じられた。しかし連中はトドメを刺さず、ここはすでに抜け殻だ、と言い残して姿を消した」

「抜け殻……」滄はその言葉から直感的に連想される推理を口にする。「この浄水処理施設には、〈帰望の会〉が狙う何かがあった。しかし、それはすでにどこか別の場所に持ち去られていた、ということですか？」

「その可能性は高いだろうな」野芽も同じ考えを抱いているようだった。「そして、おそらくだが、その何かとやらは、ここか、あるいは新豊洲地下の違法薬物生成プラントにあると〈帰望の会〉の連中は想定していたようだ」

「……なぜ、そう断定できるのですか？」

「この施設は、通常の浄水処理施設ではない。精製された超純水と多様な化学物質を組み合わせた後、特殊な溶液として生産している。それが――私たちの足元に拡がっている貯水プールの正体だ」

　やはり、この黄金に輝く水は通常の実験用純水ではないのだ。

「だが今、それよりも重要なことは、この特殊な水を生産する設備が、新豊洲地下の薬物プラントにも存在していたということだ」

「……〈涅槃〉の密造施設に？」

「あの施設には、国交省が管理すべき都内の上下水道を利用し、膨大な量の水資源が不正使用されていた形跡があったからな。だが、その過程で、ここと同じ浄水設備の部品らしき残骸が確認されている。——そして、いくらOW製薬とはいえ、あれほど大規模な施設を、薬物の密造のためだけに建設するとは考えにくい。おそらく本来は、あの地下施設もここと同じ役割を担っていた。むしろ、〈涅槃〉は、この水を作り出す過程で生じた副産物と考えるべきだろう」

「——では、これが彼らの狙いだったと？」

「いや、彼らの狙いは、この水が流れつく場所だ」ふいに野芽が奇妙なほど確信めいた口調でそう告げた。「それゆえに〈帰望の会〉の攻撃が、二瀬ダムより始まった。そして彼らは今、世界の真実に至るための最後の手掛かりを得た」

そして野芽が懐から漆黒の大型拳銃を抜き放った。素早く、そして無駄のない挙動で撃鉄が起こされ、引き金が絞られた。

耳を聾する銃声。放たれた大口径弾が滄の顔のすぐ傍を掠《かす》める。

背後で今しも小銃を構え、滄を狙撃しようとしていた野戦服姿の少年の肩を、野芽の放った弾丸が貫いた。

敵の照準が乱れ、放たれた弾丸は整備通路の床に跳弾する。

〈帰望の会〉の待ち伏せ――本能的にそう直感した。滄は携行している消音狙撃銃を構えた。膝立ち姿勢での速射。小銃を左手に持ち替え、引き金を絞ろうとする野戦服姿の少年の頭部に弾丸を二発、精確無比に叩き込んだ。

　相手の頭が吹き飛び、頭蓋から零れた血塗れの脳味噌の残骸が黄金に耀く貯水プールへ落下し、ばしゃばしゃと水面を波打たせる。

「真守捜査官」野芽が冷徹に言い放った。「彼らのもう一つの狙いは君自身だ。浄水施設内に〈帰望の会〉構成員が隠れ潜んでいる。連中は君を殺害したのち、設置した爆薬でこの浄水処理施設を破壊し、機能停止に追い込むつもりだ。だから、私を置いてさっさとひとりで脱出しろ」

「承服いたしかねます」滄は野芽に肩を貸して、身体を担ぎ上げる。「わたしは捜査主任として、チームの人間を死なせるつもりはありません」

　だが、野芽は滄よりはるかに大柄でしかも両脚が使えない。滄は野芽に腕を回させ、背負い上げる。かなりの重量だった。それでもどうにか運べないわけではない。

「……だと思ったよ」おぶさった野芽の呆れと驚きの入り混じったため息が耳元で聞こえた。「取締官としての君は、この新たな理想社会の模範的市民というべき慈悲深さを宿している。だが兵士としての君は、実に残酷で容赦がない。ならば、君を誘《おび》き出すために囮《おとり》となった私を助ける必要などどこにもない」

「あなたが囮に――」

「自作自演だよ。私は自らの脚を撃ち、狼をおびき寄せるための餌になった」と野芽が頬を歪めた。「しかし連中は、ここにきて私たちとの契約を反故《ほご》にした。……いや、そうではないな。私たちはみな、彼を操作し自らの利益を確保しているつもりだったが、実際はその逆だった。彼こそが、私たち全員を操作していたのだ」

咄嗟に、相手が口にした言葉を滄は理解できない。

彼とは誰なのか。そして誰が彼を操作しようとしていた、と野芽は言ったのか――。

「君たちは、国家に巣食う背信者たちを見つけ出す手段を得た」

野芽は苦々しい笑みを浮かべ、諦念に満ちた眼差しで滄を見つめた。

「〈帰望の会〉指揮官――エイブラハム・M《マレク》・ベッカムは、省庁間闘争に明け暮れる数多の組織と取引を交わし、その権益擁護と引き換えに自らの行動を黙認させてきた。その結果が今の状況を作り上げた」

そして手にした大型拳銃を自らのこめかみにあてがい、撃鉄を起こす。

「だが――、私もまた誇り高き死者の列に加わらず生き恥を晒してきた甲斐があったというものだ。新たな世界の法は、犯した罪を忘却した恥ずべき怠惰《たいだ》の罪人すべてに罰を下すだろう。すでに、その道筋は整えられた」

滄は、彼女を止めようとしたが、間に合わない。

「――ありがとう、君たちのおかげで私の復讐もようやく果たされる」

眼前で野芽が引き金を絞り、銃が撃発する。新たに襲来した〈帰望の会〉構成員たちが掃射する短機関銃の火線が床を穿ち、そのまま破壊の旋風となって野芽を正面からずたずたに引き裂いた。負傷していた脚が千切れ、いくつもの弾丸が腹から背にかけて彼女の身体を貫通する。瞬く間に野芽の全身から魂なるものが消え去り、死体という名の肉の残骸に成り果てていく。

「野芽管理官――」

仲間が殺される。滄の脳裏に、かつて自分を生かし、死んでいった旅の仲間たちの末路が次々に過ぎった。彼らは死を恐れなかった。決して無駄ではなく、誰かをより先へ歩ませ、理想郷へと辿り着かせるための糧になっただけなのだ、と。

〈帰望の会〉の構成員が放つ短機関銃の掃射は、肌を切り裂く吹雪の音として知覚される。

滄は、〈シビュラ〉による判断を仰ぐまでもなく消音狙撃銃《VSS》を構えた。痩身の少年兵に躊躇いなくSP-6徹甲弾《アーマーピアシング》を叩きこむ。この至近距離であれば、ボディアーマー着用でも、弾丸は貫通する。

一撃で相手は絶命した。だが、確実に抹殺するために頭部にも徹甲弾を叩きこんだ。頭部が粉々に弾け飛ぶ。

だが、もうひとりの大柄な男のほうが、滄の容赦ない殺戮に臆することもなく距離を詰めてきていた。短機関銃を放り出し、格闘戦を挑んでくる。滄は消音狙撃銃を槍代わりに使って敵の打撃を迎撃するが、一撃一撃は重く、そして確実に急所を狙ってくる。

猛牛のような凄まじい攻勢。アブラム・ベッカムと交戦した際に、彼が駆使していた格闘術と同じものだった。そしてついに打撃を受け止めきれず、滄の両腕が浮いた。すぐさま腕を掴まれ、投げの体勢に持っていかれる。滄の身体が宙を舞った。そのまま整備通路の床に叩きつけられようと――。

滄は消音狙撃銃を手放してバランスを崩す。不十分な投げになる。床に叩きつけられる寸前に身を丸め、そのまま相手の勢いを逆に利用して投げ飛ばす。一瞬で攻守が逆転した。なぜ技を仕掛けた自分が逆に組み敷かれているのか分からず戸惑う敵に、滄は腰から抜いた予備武装である小型拳銃《オフデューティー》を向ける。頭部に連続して撃ち込む。確実にその命を奪い去る。

瞬く間に〈帰望の会〉構成員を迎撃した滄は野芽の許に駆け寄るが、すでに彼女は事切れていた。それでも、その亡骸《なきがら》を回収し外に連れ出そうとしたが、ズンと足許が大きく揺れた。直後に、P1から警告のように、施設の探査情報が次々に送られてきた。各所で爆発が発生し、浄水処理施設が崩壊しようとしている。

〈帰望の会〉は、この施設を機能不全に追い込もうとしている。野芽の言葉が蘇る。

時間がなかった。すぐにでも離脱しなければならなかった。

滄は、淀みのない仕草でナイフを引き抜いた。眼前に横たわり物言わぬ屍となった野芽の許に近づき、両膝をついて彼女の顔を見下ろす。そして、その口を無理矢理抉《こ》じ開け、ナイフの切っ先を突き立て、歯列のなかから犬歯を歯茎の肉ごと抉《えぐ》り取った。空になった防弾ベストのポーチに野芽の歯牙を回収した。かつて旅の半ばで命果てた仲間の魂を弔《とむら》ってきたときのように。

野芽瑞栄という女性が、いかなる立ち回りをしていたにせよ、彼女とともに事件を捜査してきたことは揺るぎのない事実であり、それゆえに彼女の形見を滄は欲した。無自覚に。その身体の一部を持ち帰ることが自らの果たすべき責務だと確信して。

そして投げ捨てられた消音狙撃銃と、野芽の黒い大型拳銃を回収する。浄水処理施設を離脱し、狩るべき獲物の居場所へと急行した。

彼らのもう一つの狙いは君自身だ――野芽が残した言葉が事実であるならば、今もまたどこかで自分を見つめる眼差しがある。そして〈帰望の会〉が何を理由に自分を襲わせたのだとしても、そこで失われたものと帳尻を合わせるためならば、彼らを再び殺戮することに何の躊躇いも抱くことはない。

その魂の色相《いろ》が如何なるものであれ、彼らをすべて執行しなければならなかった。

Φ

施設警備システムの中枢セクターが目前に迫ったが、予想されるはずの迎撃がまるでなかった。

戦力を浄水処理施設側に集中させているのか。そんなはずはなかった。いかなる理由があれど、セキュリティだらけの施設内において移動手段の確保は最優先事項だった。ましてや、〈帰望の会〉が脱出の算段を整えていないはずがなかった。

だとすれば、自分たちは誘い込まれているのかもしれない。

望むところだ。茉莉は、透明化し先行するP　2《ラヴクラフト》に導かれながら、警備システムの中枢に侵入する。

そこで待ち受けているであろう者たちに想いを巡らせた。

だが、そこに誰がいようと果たすべきことを果たす。それだけだった。懐に収められた白銀色の大型回転式拳銃《トーラスレイジングジャッジ》。たとえこれを自分に与えた男と対峙したとして、もはや臆することはない。自らの立つべき位置への確信は揺るぎなかった。自分の、衣彩茉莉の傍らにあるべき相手は、真守滄以外に有り得なかった。

だから少しでも早く、確実に施設の警備システムを奪い返さなければならない。システムを掌握する敵を制圧しなければならない。

たとえ、それで仲間を殺すことになろうとも、躊躇うつもりはなかった。

〈涅槃〉の地下プラントで邂逅したアブラムが口にしていた言葉が蘇った。

成り得なかった者——後天性免罪体質の発現に失敗し、生ける屍となった者たち。

目指していた場所——それは一体どこにあり、そして何なのか。

それをアブラムが手にするために、〈帰望の会〉の構成員たちは利用されているのか。

それとも共に戦っているのか。

羽根と呼ばれて浮かれていた頃の記憶が蘇った。本来は、いるはずのなかった一三人目の構成員として自分は彼らに拾われ、そして海を渡って日本という故郷に辿り着いた。そして自分にも、果たすべき役割が与えられたと思って浮かれていた。

なぜ、彼が自分を助けたのか。日本人の子供ばかりを集めて、日本へ向かったのか。

いつも彼は自分たちに導く言葉を口にしながらも、その行動の理由を何ひとつとして教えてはくれなかった。

だが、それでも理解すべきだった。自分に救いの手を差し伸べた者が、本当に生きる道を新たに指し示す預言者であったのか、それとも使い捨ての道具を欲しているだけの悪魔であったのかを、見抜かなければならなかったのだ。

茉莉はラヴクラフトとともに中枢制御セクターへの扉を潜り抜ける。やはり迎撃はない。破壊された警備ドローンたちの残骸で溢れるなかを進んだ。各セクションを区切る隔壁のセキュリティはどれも解除されたままだった。大きく開けた怪物の口のなかに飛び込み、そのまま腹の奥底まで落下していくように。

そして中枢制御室の前に辿り着く。

茉莉たちの到着を感知して、扉が開く。まるで迎え入れるように。

思えば、施設が攻撃され、ヒダカとともに拘束施設から脱出したときからそうだった。何者かが監視カメラ越しに自分を見つめ続けており、こちらの行動を誘導し続けていた。

「――今さら、あたしに何の用……」

茉莉は、車椅子に座った少女を傍らに置き、壁面のモニターを見つめている大柄な男の背中を睨みつける。アメリカン・トラッドのスーツに古風なウェスタンハット、左右に分けた長い黒髪を編んで顔の横に垂らした姿は、紛れもなく彼だった。

しかし、振り向いたのは、車椅子に座った少女のほうだった。

思わず瞠目した。おそらくは壊死《えし》したのだろう。両脚が半ばから切断されている。肌も紙のように白くやつれ切っていた。

だが茉莉には、その顔に見覚えがあった。

「……永崎《エザキ》」

〈帰望の会〉の上級構成員。これまでの襲撃で姿を見せてこなかった彼女が、警備システムを掌握する〈帰望の会〉側の電子戦を担っていた。

「センセイの言った通りだった」永崎が朗《ほが》らかに笑う。まるで今さっき眠りから覚めたような倦怠感を全身から発している。「あなたこそが鳥が再び舞い降りるための、最初にして最後の目印となる羽根だった。そして——彼女が、〈シビュラ〉が望む最大の供物《くもつ》であるか否か、その真偽はようやく明らかになった」

茉莉は、永崎の背後に無数に浮かぶ、ひとりの女性の姿に絶句する。

「滄——」

壁面の投影式ディスプレイに映し出された幾つもの監視モニター。そのすべてに滄の姿が映っていた。あたかも彼女を実験動物として扱い、その一挙一動を余さず監視し、何かを計測し続けていたかのように。

真守滄が殺害を繰り返す光景。レジスタンスの首を切り裂き、銃弾を頭部に叩き込んで抹殺する。浄水処理施設らしき場所で、羽根であったマルオカやワコウを容赦なく射殺していく。その様子をつぶさに記録し、そしてあらゆる場面において施設内の色相スキャナを用い、永崎は、その精神色相を解析し続けているのだ。

まさに光そのものと言わんばかりの無垢なる魂の色彩《いろ》。

これほどの殺戮を行えば、普通なら暗く遷移《グラデーション》していくはずの色相を、滄は、どこまでも純白に耀かせていった。むしろ殺すほどに清浄《クリア》さを増していく。

「——後天性免罪体質《アポステリオリ》たる者たちが存在するなら、先天性免罪体質《アプリオリ》たる者たちもまた存在しなければならない」永崎はそう断言した。「本当に特別である本物。私たちのような複《シミ》製品《ユラクラ》ではないもの……」

　そしてアブラムもまた背後を振り向き、茉莉を見る。

「それこそが真に託宣《シビ》の巫女《ユラ》の眼が探し求めてきた存在だ。俺たちは、真守滄《A》が先天性免罪体質者《A》である確信を得た。そして、この社会《システム》――〈シビュラ〉もまた彼女の正体を知り、その魂を欲するだろう」

　低く拡がりのある、預言者のような厳《おごそ》かな声で告げる。

「為すべきを為すときが来た。――これより俺たちは、この世界を統《す》べる託宣《シビ》の巫女《ユラ》の許に向かう。マツリ、かつてと同じようにお前は今、選択をすべき岐路にいる。真実を暴き、裁きの火をもたらすか。偽神たる〈シビュラ〉に、真守滄という黒山羊を供物として捧げるか――。そのどちらを望み、決めるかは、お前自身の意志で選択しろ」

第五部

1

信じて欲しいなんて言えない。でも、信じて。あたしはあんたと真実を追うと誓った。それは本当だから。この世界の真実に辿り着き、そしてあんたを守るために。あたしは〈帰望の会〉とともに往く。

だから、と茉莉は言った。

そこから長い沈黙。

そして。

——さようなら、あたしの相棒。

ラヴクラフトから回収された記録メモリーに残されていたメッセージの再生が終わった。

何度、繰り返し再生したのかも分からなかった。滄は、携帯端末に移したボイスデータを削除する。そうしなければいつまでも聞き返してしまうから。

衣彩茉莉は、真守滄の許を去った。

彼女の真意は、何ひとつとして理解できなかった。

だが、唐之杜が言った。

彼女もまた真実に至るための選択をした。君たちの目指す真実が同じであるとするならば、彼女がどちらの選択をしていたとしても、再び合流を果たすはずだ。

その言葉を信じようとした。彼女はたったひとり、孤立無援で潜入捜査に赴いたのだと自らを無理やり納得させた。そうすることで事件を解決しようとしているのだと。

だが、もし、茉莉が再び〈帰望の会〉の一員となり、この社会に生きる人々に銃口を向け、その命を脅かす存在として、自分の前に立ち塞がるとすれば——。

おそらく、自分は躊躇いなく彼女を殺してしまう。

だから、そうなる前に、茉莉を取り戻さねばならなかった。あらゆる手を尽くし、〈帰望の会〉の許に辿り着き、その喉笛に喰らいつかねばならない。

為すべきことを為す。そのために必要であれば、どこまでも心を凍てつかせていった。

そして滄は、自らの役割を果たすための歯車となった。

奥多摩の東金財団先端研究施設への襲撃において、滄が警備部門の中枢セクターに到達したとき、すでに茉莉の姿はなかった。監視カメラには、彼女がアブラムと、そして車椅子に座った〈帰望の会〉構成員と思《おぼ》しき少女と離脱していく様子が記録されていた。

滄はすぐに警備システムを再起動した。妨害の類はなかった。〈帰望の会〉にとって果たすべきことはすべて果たしたというふうに。

消火システムの復旧により、延焼が続く南側エリアの火災は消し止められた。間もなく統制を取り戻した警備ドローンが、警察機構の人員とともに反体制レジスタンスたちを次々に制圧していった。三桁に上る検挙者。だが、〈帰望の会〉構成員はひとりとしていなかった。浄水処理施設で射殺された三名——記録照合により、マルオカ・ワコウ・オクダイラの三名であると判明。うち、オクダイラは長崎での襲撃に参加し、滄が射殺したオクダイラの弟。これに加え、財団施設で拘禁されていた少女——ヒダカが狙撃により殺害された。

南側で攻撃指揮を取っていた三枝礼弥も、アブラムたちと合流し姿を消した。

結果、過去最大の検挙数を叩き出しながらも、合同捜査チームは有力な手掛かりとなる情報を得ることはできなかった。

アブラムと茉莉を含む、残存六名の〈帰望の会〉は完全に足取りを晦《くら》ませた。こちらがエリアストレスの遷移図によってその行動ルートを割り出したことを把握したかのように、都心部への接近を避けて山岳地帯へと逃れた。即座に研究施設周辺の丘陵地一帯に対して警察機構による山狩りが行われたが、杳《よう》としてその行方は知れなかった。

代わりに合同捜査チームを始めとして、中央省庁の至るところで背信者に対する内部粛清が徹底された。エリアストレスの遷移図から導き出された内通者の炙《あぶ》り出し。その数は合同捜査チームの総人員のうち、一割に上るほどだった。

関与が確実とされた者から、疑わしい者まで例外なく拘束され、〈シビュラ〉による判定の対象になった。拘束と執行――天秤《ゼロワン》が後者に振れた者たちは、虜囚となって隔離施設に送致され、抵抗する者がいれば、その場で実力をもって執行した。

そのすべてを断行したのが、滄だった。

数百人に及ぶ粛清を実行しながらも、その色相が濁ることはなかった。

だが彼女を〝奇跡の聖女〟と賞賛する者は、皆無だった。真守滄の名は、もはや畏怖の対象でしかなかった。新たな法秩序の確立のためなら、どれほどの血を流すことも厭《いと》わない怪物として認識されるに至った。

そして、その評判を決定的にしたのは、財団襲撃に参加した反体制レジスタンスたちに対する記憶抽出《メモリースクープ》の実行だった。

サイマティックスキャン技術を応用した非侵襲式のスキャニングにより、走査対象の記憶野にアクセスし、その記憶情報を画像データとして取り出す記憶抽出技術。だが、まだ技術的に確立されておらず、その実行には大きな代償を伴った。記憶の抽出時に、走査対象となった脳は過負荷に耐え切れず、そのほとんどが廃人状態と化す。

滄はそれを承知のうえで、記憶抽出の実行を命じた。

大半の人間が廃人と化したが、その代償として、指揮官であるアブラムを含む、〈帰望の会〉構成員全員の相貌を始めとする各種身辺情報へと繫がる手掛かりがもたらされた。

一一月一一日早朝――東金財団先端研究施設の襲撃から三日、不眠不休の捜査態勢が継続されるなか、滄は、合同捜査チームが集結した議場において壇上に立っている。

桜田門の警視庁庁舎内にある大会議室には、厚安局取締官である唐之杜と特別捜査官として登録された秋継、そして警察機構側から組対四課の銃器・薬物対策課および警視庁対《S》テロ特殊部隊《AT》の人員が勢揃いしていた。

「――〈帰望の会〉指揮官であり、反サイマティックスキャンNGOの活動家として国際指名手配されていたエイブラハム・M《マルク》・ベッカムに関して、公安の外事三課から新たな情報が提供されました。現在、限定的に機能している北米大陸の暫定自治政府によれば、アブラム・ベッカムは、元アメリカ合衆国国土安全保障省《ホームランドセキュリティ》に所属し、紛争抑止と難民流入を防ぐための国防政策に携《たずさ》わっていた。アブラムは合衆国が内戦状態に陥り、政府機能が崩壊するのと前後して多くの市民と同様に国外脱出した。しかしそれは表向きの偽装であり、実際は、何者かの手により国外へ持ち出された精神の数値化技術《サイマティックスキャン》の原型となる先端技術の、拡散阻止の密命を帯びていたようです」

　この内容に、場内から少なからず動揺が生じた。アブラムの出自以上に、日本独自の開発とされてきたサイマティックスキャン技術が、国外由来であったことが明言されたからだ。

「つまり、アブラム・ベッカムは今も米国政府の意向で行動しているのか？」秋継が起立して質問した。「かつてＣＩＡの連中が世界各地において、非公式に現地テロ組織を支援し、意図的に紛争を助長させてきたように」

「いえ、そのような事実はありません」滄は即座に否定した。「北米暫定自治政府は、明確な孤立主義を掲げており、友好的・敵対的を問わず如何なる国外干渉も行わない方針を遵守しています」

　よって、アブラム・ベッカムはあくまで個人の意志によって行動している。事実、彼は米国政府が国内主義へ転換した後も、帰還命令を無視して破壊工作を継続したため、本国側は彼をテロリストと認定し、国際指名手配したのだ。

　その後、アブラムはサイマティックスキャン技術が実用化された日本を攻撃目標と定め、本格的な攻撃が可能となる機会を窺ってきた。

〈帰望の会〉構成員となる少年少女たちも、その過程で集められたものと想定されている。

「だが、それならアブラム・ベッカムは、なぜ本国を敵に回してまで、サイマティックスキャンにまつわるあらゆる技術の破壊に取り憑かれてるんだ？」秋継はなおも追及した。「単なる工作員が、国家の命令に逆らって逸脱するには相応の理由が必要だ。たとえば、技術を流出させた何者かに強い執着があるとかな」

「非公式な情報ですが、アブラムは〈シビュラ〉の原型というべきシステムの設計に関わっていたという情報も確認されています。国土安全保障省時代の彼は、その超演算処理ユニットを精神数値化技術《サイマティックスキャン》とともに国防政策の要《かなめ》として稼働することを推進していた」

「だとすると、ますます訳が分からんぞ」と秋継。「今の日本の状況は、ある意味でアブラム・ベッカム自身が構想した社会体制そのものだというのに」

「彼の真意は今もって不明のままです。しかし、彼が〈シビュラ〉システムの破壊に強く執着していることは疑いようのない事実です」

　そこで滄は、新たな資料を表示した。

「破壊された浄水処理施設について、東金財団側から、施設で精製されていた流体物質について正式な回答が得られました」

　巨大な貯水プールに蓄えられた膨大な量の黄金色の水――あれは、滄が予想していたとおり、超純水のような実験用水ではなかった。

「同施設において東金財団は、厚生省〈シビュラ〉運用部局《セクション》の要請を受け、〈シビュラ〉稼働時に発生する膨大な熱量を吸収し、システムを安定動作させるために必須の専用冷却液を生産していたことが判明しました」

〈シビュラ〉の扱う演算処理タスクは、全国民の精神色相の走査から生涯福祉支援のためのレコメンドといった個人レベル、各省庁を始めとするあらゆる公共機関の業務支援などの行政レベル、果ては国境警備を担う無人フリゲート艦が行う難民へのサイマティックスキャンに至る国防レベルまで、事実上、国内で生じるあらゆる業務におよぶと言っていい。

そこで求められる演算資源《リソース》は想像を絶する規模に達する。そして〈シビュラ〉を常時稼働させるためには、莫大な電力を消費する一方で、尋常ではない処理熱を発生させる。

「アブラム・ベッカムの目的が、〈シビュラ〉の破壊であると仮定した場合、最初に実行された二瀬ダムの爆破テロとこれに連携して実行されるはずだった国内インフラ網への攻撃は、首都圏へのエネルギー供給に甚大な被害を生じさせ、〈シビュラ〉の稼働に大規模な障害を与えるためのものだったと想定されます」

だが、それは茉莉が司法取引に応じたことで阻止された。

「今回の東金財団先端研究施設への襲撃は、ダム攻撃に連なる、〈シビュラ〉の稼働を阻害するための破壊工作であると考えられます」

財団側は、同施設が破壊されたことで〈シビュラ〉の稼働ステータスが、今後、数ヶ月にわたって低下する予測を立てている。

〈涅槃《ニルヴァーナ》〉の製造拠点として摘発対象となった新豊洲地下のプラントも、かつては、この特殊冷却液の精製施設として稼働していたものだった。しかし老朽化によって施設機能が移転され、現在は奥多摩のみに限られていた。そこで財団は、傘下のOW製薬が有する製薬施設を利用し、臨時の生産拠点として代替させるプランを提案しているのが現状だった。

「――いずれにせよ、本事案における一連のテロ攻撃の最終目標が、〈シビュラ〉そのものであることは疑い得ないと想定されます」

滄の断言に、合同捜査チームの人員たちも同意した。

「であれば、俺たちが招集されたのは、〈シビュラ〉を防衛するためか？」

秋継が、議場に集まった者たちの総意を代弁するように発言する。

「捜査主任であるわたしの判断は、そのとおりで間違いありません」と滄はうなずいた。

「我々は、〈帰望の会〉から、〈シビュラ〉を守り通す責務を果たさなければならない」

「なら、〈シビュラ〉はどこにあるんだ？」

秋継が当然の質問をした。

そこで唐之杜が立ち上がり、滄から説明を引き継いだ。

「次なる大規模テロ阻止のため、厚生省国家安全保障麻薬取締局の捜査権限に基づき、厚生省より〈シビュラ〉の運用を委託されている東金財団に対し、秘匿されたシステム所在地の開示を要請している。――だが、最重要機密保持を理由に財団側は、〈シビュラ〉に関する一切の情報開示を拒否している」

　瞬間、場の空気が凍りつく。

「つまり、俺たちはどこに隠されているのかも分からないまま、〈シビュラ〉を守らなければいけないってのか？」

　まるでタチの悪い不条理小説みたいだ、と秋継が忍び笑いを漏らした。警察機構の人員たちも、この期に及んで東金財団側が協力を拒んだことが理解できない様子だった。

「しかし、我々は〈帰望の会〉の足取りを辿る手段を得ています」と滄は呼びかけた。唐之杜がそうであったのと同じ断固とした口調だった。「彼らがいかなる手段を用いて色相を欺瞞《ぎまん》しようと、その道筋をわたしたちが見逃すことはありません」

　そして滄は、背後の壁面に大きく投影される東京都内の地図を振り仰ぐ。幾筋も刻まれた傷痕のような赤い軌跡。エリアストレスの遷移データを応用した色相欺瞞者たちの行動ルートの痕跡。

「本日未明、〈帰望の会〉および彼らに協力する残存勢力が潜伏していると目される首都圏近郊の各方面から、都内湾岸地区へ向けて、大規模な移動が実行されたことが確認されています」

　やにわに場内の緊張が増した。〈帰望の会〉が、その最終行動に入ったことを示すあかしに他ならなかった。

そして投影される東京都内の地図上、臨海再開発地域の一点がクローズアップされる。東京都港区台場。折しも新世界秩序の象徴として建造された、厚生省ノナタワーの竣工を記念する式典の開催が予定されている――、まさにその場所だった。

†

捜査会議の終了とともに唐之杜瑛俊は、監視人員たる秋継を伴い、厚生省指定精神医の許を訪れた。ノナタワー落成式の会場警備にあたり、唐之杜自身の色相が職務遂行において問題ない証明を得るためだった。

現在、唐之杜の色相は、一時の隔離レベルからは回復し、監視者を伴う状態であれば取締官としての職務に従事することは許可されている。だが、それで問題がクリアされたわけではなかった。

「現状を見るに、色相は安定傾向にあります」

厚生省指定の精神医が穏やかな口調で告げた。どのような患者であっても心にさざ波を立たせないよう、最大限に配慮された声色だった。

「ですが、残念ながら、厚生省麻薬取締官の職務を遂行する限り、これ以上の改善は見込めません。ご自身の今後の人生を考慮するのであれば、〈シビュラ〉による職業適性診断を受けての転職をご提案いたします」

「その件については承知しています」

唐之杜が動揺することはなかった。もはや、とっくに退路は失われていた。おそらくは第七次移民政策を実行したあのときから、後戻りのできない道を歩んできたのだ。

「ですが、私は自らに与えられた麻薬取締官としての職務を全《まっと》うする所存です」

「どのような選択を為されるのかは、唐之杜さん、あなた次第です」精神医はあくまで態度を変えなかった。決断を肯定も否定もしない。ただ、その気遣いだけを口にする。「……あなたのような官僚の方々と数多くお会いしてきました。みな、国家に対する忠誠と責務を全うするため、色相悪化を厭わない方たちばかりでした。願わくば、あなたのような方たちが今後も日本国家に奉職なさることをお祈り申し上げます」

「――では、職務継続について許可を頂きたい」

精神医は無言でうなずき、診断書に署名をした。これでまた果たすべき職務に邁進できる。きっとあと少しだった。事件解決への道程も。そして自らが破滅するまでの猶予も。

カウンセリングルームを出ると、廊下で秋継が待機していた。他の患者の姿は見当たらない。どこまでも心のケアのための配慮が行き届いていた。

「診断結果はどうだ？」秋継が錠剤を飲み下しながら尋ねてきた。「――まあ、その様子じゃあ、問題なかったようだがね」

「ああ」と唐之杜は頷く。「転職を勧められたが断った。麻取である限り、回復の見込みは一切ないそうだ」

「だろうな」秋継は壁から背を起こし、唐之杜とともに廊下を進む。「お前は官僚として限りなく優秀だよ。どこまでも摩耗することを厭わない理想的な歯車というべき人間だ。――だが、時代はそんな奴を官僚として求めなくなりつつある」

「反論のしようがない。あなたの言う通りだろう」

「少しは反論ってのをしてもらいたいもんだがね」

「指摘が正しければ、過ちを糺《ただ》すこともない」

「俺は、そういうところが嫌いなんだよ、瑛俊」秋継は苛立《いらだ》ちを隠さず、さらに錠剤を口にする。「自分が用済みになっていくのに、なぜそこまで平気でいられるんだ？　お前を利用するだけ利用して、挙句に使い捨てていく連中にむかっ腹のひとつも立ててやったらどうなんだ？」

「……おれは旧い時代に生きてきた人間だ。それが通用しなくなるということは、おれの果たすべき役目が終わりつつあることなんだと思う」

唐之杜は秋継に捲《まく》し立てられても、自分の心がざわつかないことを少し不思議に思う。

色相浄化のために処方されている薬の副作用だろうか。日に日に精神の硬度が増しているような気がする。しかし、それは強靭さとはまったく異なるものだった。いつか、ある段階を越せば粉々に砕け散ってしまうもの。紛《まが》い物の耀きを宿した模造宝石に過ぎない。

そして今、この社会は急速に新しいかたちに変わっていく。見知ったあらゆるものが消え、まったく異なる未知の姿に置き換わっていく。

そこに恐怖はない。戸惑いもない。ただ諦観だけがある。急にフィルムの再生が加速した映画を見ているような気分。しかし周りの観客たちは、それに苦もなく適応している。あるいは、自分にはもはや付き合いきれないことを悟って途中で席を立つ者もいる。

自分もそちら側に加わるべきなのだ。

この社会は唐之杜に、色相の悪化というかたちで何度も警告を突きつけてきた。それを無視してきたのは他ならぬ自分自身だった。そこに後悔はなかった、そもそも、ずっと昔に終わって当然だった人生の延長戦を、これまで生きてきたようなものなのだから。

「勝手に引退を決め込んだ老人を気取られちゃ困るな」

秋継は憤然とした面持ちで、メンタルクリニックの玄関前に待機している捜査車輛のロックを解除する。彼は運転席へ。唐之杜は助手席に乗り込む。今では車ひとつ自分の手で運転することも許されなかった。

「――俺はどんな手を使っても生き残るつもりだ」

秋継はハンドルを握り、アクセルを踏み込む。ゆっくりとクリニックの敷地内を進み、公道に出る。

「お前のせいで、麻取の仕事を取り上げられ、長崎なんて外様《とざま》に飛ばされたときも必ず東京に戻ってやると誓った。そのためにあらゆる手を尽くしてきた。そして今、俺は再びここに戻ってきた。こんなところで終わるつもりはない。瑛俊、お前からすれば精神衛生を至上とする新たな社会というものが理解不能だと思っているのかもしれないが、俺は違う。どれほど意味不明で不条理な世界だとしても、そこには明確な仕組みというものがあり、その本質に気づいたものがその世界で生きる資格を手にすることができる」

「言っている意味は理解できるよ、兄さん」

唐之杜は港区浜松町――国交省保有の交通管制センターへ向かう新首都高の高架道路越しの都市の姿を見つめる。この東京で普段生きていると忘れてしまいそうになるが、この地球上に今、どれほど同じだけの繁栄を維持できている都市があるだろう。そんなものは他に一つとしてない。日本と同じだけの数の人間を生かすことのできる国家というものは有り得ない。

そう、自ら口にすることはなかったが、しかし心のどこかで確信していることがあった。移民政策の名の下に途方もない数の犠牲を出す決断を下しながらも、その血塗られた行為こそが今の日本の礎《いしずえ》を作ってきたという事実。その一端を自らが担ったことにとてつもない罪悪感を抱きながら、それと同じだけの誇りを抱いてきた。

吐き気を催すほどの醜悪な自尊心の在り方——だが、それだけが唐之杜瑛俊という男の人生を支えてきたことは間違いなかった。

そしてふいに理解が訪れる。

だから、自分は今の職務から遠ざかることができないのだ。色相を再起不能になるまで濁らせながらも、この世界最後の理想郷というべき日本社会を守るために命を使い果たす以外に、唐之杜は自分がどう生きていいのか、その方法を知らない。もう、どうしようもないところまで来てしまっていた。

「兄さんは——、どうしてそこまで執着するんだ」

生きることに。生き残ることに。この社会で生き続けることに。

だが、その答えは、もうとっくに理解しているつもりだった。双子の兄弟。自分たちはどうしようもなく似ている。どれほど表層の部分が違ってみえようと、その芯においては違いがない。

「決まってるだろう。これが俺の選んだ仕事だからだ。いつも俺とお前は一緒にされてきた。それがようやく別々になった。俺は唐之杜秋継として麻取になった。お前は、唐之杜瑛俊として外務官僚になった。それで何もかもが上手くいくはずだったんだ。それを——〈シビュラ〉がひっくり返しちまった」

だからだ、と秋継は言う。

「俺たちは互いに完璧な選択をしたはずだ。最も相応《ふさわ》しい職務に就き、それぞれが国家にとって完璧な存在となる道筋を辿った。それは二度と交わることのない軌道だったはずだ。それがどうして再び交差する羽目になったんだ？　そうなったのは俺のせいか、お前のせいか、それとも俺たち両方のせいか、あるいはこの社会《システム》のせいか――その答えを知りたいんだよ。そうしなければ俺の人生は奪われたままじゃないか。なあ、瑛俊。俺はいま何かおかしなことを言っているか？　俺の頭は狂っちまってると思うか？」

「……狂ってなどいないよ、すべてが正しい」

　狂っていないからこそ、おれも兄さんも時代の裁きというものを受けなければならない。今、この社会に襲い掛かろうとしているアブラム・ベッカムという男もまた同じだった。奴もまたこの社会の根幹というべき〈シビュラ〉の設計に携わっていた。その創生の立役者というべき人間は、やはり自分と同じように、この目の前に拡がる新世界を理解不能なものとして見ているのだろうか。だからこそ破壊すべきと考えたのだろうか。

　それを許すつもりはなかった。もはや理解できないものだとしても、この世界は自分を含む数多の人間の選択が作り出した結果だった。それを失わせてはならない。そのために犠牲にしてきた命すべてを無に帰してしまうことだけは許されない。

浜松町の交通管制センターは現在、警察機構および厚安局が、その管理権限を完全に掌握していた。国交省が経済省と並んで、〈帰望の会〉の内通者――そして旧薬物カルテルに連座した官僚たちの数が群を抜いていたからだった。

そして野芽が指揮権限を有していた、流通統合管制・管理システム《ロジスティクス・コンプレックス》も現在、厚生省にその全システムが移譲され、〈シビュラ〉の処理ネットワークと接続《リンク》した外部解析システムとしてその立場を様変わりさせている。

「野芽は、このシステムを用いて合同捜査チームの解析担当を担いつつ、その一方で捜査情報を複数のサーバーを経由し、外部の第三者に送信していたそうだ」

座るべき相手のいなくなった野芽のデスクに秋継は腰を下ろし、いまだ混乱のなかで撤去されていない彼女の私物を漁った。ほとんど空になった蒸留酒の瓶。栓を開け、秋継がその味を舐める。

「へえ、本物だな、廃棄区画流通の模造酒じゃない」それから瓶を放り捨てた。「移民政策に従事し、国家の危機を救った英雄さまの末路は、色相維持のために酒が手放せないアル中ってわけか。お前とはえらい違いだな、瑛俊」

「診察記録によれば、野芽管理官は長期にわたって色相治療のカウンセリングと合わせ、アルコール依存症の治療にも通っていた。彼女には自らを律しようとする意志があった」

「だが、どこまで正常な判断ができていたのかは怪しいところだよ。――俺も似たようなものだからよくわかるんだが、酒を入れてからしばらくは、周りの雑事が気にならず、目の前の仕事にだけ完璧に集中できる。そういう錯覚に陥る。実際は二手、三手先の状況予測に頭が回らなくなってるだけだ。そして自分は適切な判断をしているつもりで実際は、誰の目にも明らかな過ちを犯す」

「野芽管理官は、なぜ〈帰望の会〉に内通していたと思う？」

「ひとつは、国交省内の旧薬物カルテルの権益擁護グループの手先だったということだ。この場合は単に官僚らしく上からの命令に唯々《いい》諾々《だくだく》と従っていたことになる。だが、あの女の性格からして有り得ないだろう」

「なら、個人的な理由か？」

「自身の色相浄化――いや、欺瞞かね。〈涅槃〉を融通されていたのは事実だが、それも違う」

　野芽の遺骸は、爆破された浄水処理施設で大きく損壊した状態で回収されており、その頭部に後天性免罪体質の形質が発現していたかどうか確かめようがなかった。だが、エリアストレス遷移図を応用した行動経路追跡によって、野芽もまた色相を欺瞞していたことが確認されている。

「あくまで色相浄化は、可能な限り、〈帰望の会〉と手を組んでいることを露見させないための手段ってことだろうさ。野芽の目的は、あくまで復讐だよ。死の直前、真守に言っていたとおりのな」

「復讐……」

「あの女はお前と違ってひどく仲間想いのいいヤッだったんだろう。自国民に対する事実上の大量虐殺《ポグロム》を可能にした移民政策の渦中にあって、結局生き残れなかった連中を山ほど見てきた。そこに、奴なりの義憤を抱いた」

「……移民政策は、職務内容を細分化されたことで、従事者の色相の濁りは最小限に抑えられていたはずだ」

「大多数は色相を濁らせずに済んだかもしれんがね。それはつまるところ自分が犯した罪というものを自覚するだけの知能すらないブタ野郎の群れってことだ。多少、頭ってのがあれば、自分が実際は何をやっているのか想像できるさ。だから濁った。実際、俺が麻取をやっていた頃に違法薬物に手を出して検挙されていった官僚たちの多くは、元々まっとうな奴らだったよ。だが、そういう奴らほど色相を濁らせて破滅していったというわけさ」

　秋継は、生き残った移民政策従事者こそを糾弾するような口調で語った。

「その結果、俺たちを取り巻く省庁間闘争というパワーゲームに参加していたプレイヤーたちの実態はどうだった？　厚生省、ＯＷ製薬、国交省に経済省——そして警察機構に限らず、精神数値化技術によって魂の正しいすがたが暴かれたというのに、一向《いっこう》に正義は執行されることもなく、罪を罪とすら思わない連中が蔓延《はびこ》り続けた。悪魔《サタン》を追い払ったらより多くの悪魔《ベルゼブブ》が家に棲みつくようになった――長崎の難民街にいたとき従軍司祭だった男が話した説法によく似ているよ。そして野芽瑞栄という旧い時代の正義と秩序という重力から抜け出せなかった女は、正しいがゆえに滅びていった連中の復讐を果たそうとしていたんだ。そしてあの女が、裏切り者だってことを真守に自白したのは、もうとっくに復讐が完了していたからだろう」

「なぜ、そう言い切れる……」

秋継は指揮所内をぐるりと見まわす。そして唐之杜を指差す。

「OW製薬、そして中央省庁の守旧派が結びついた薬物カルテル――、お前がその旧き時代の悪徳を暴き出した。その時点で、野芽が復讐を果たそうとしていた敵たちの命運は定まった。野芽瑞栄の積年の願いは成就したんだ。だったら、あとはもう死んでしまっても構わないってことだろう。――ちょうど、〈涅槃〉による色相欺瞞を無効化する追跡手段を俺たちが見つけたところだったしな。もはや生き永らえても退路はない。そして討つべき連中の命運も尽きた。なら、もう十分だろう。さっさと死んで楽になりたい」

「……おれには理解できない理屈だ」

「だろうな」と秋継。「それでも俺は奴を肯定するよ。その死に値するだけの置き土産は残していった」

「それは裏切りの対価だ」

「野芽が捜査情報を流していたとしても、そいつは壁に穿《うが》たれた無数の穴のひとつに過ぎないさ。そして野芽が〈帰望の会〉によって抹殺されたということは、つまり奴の行いがある段階から、連中にとって目障りになったんだろう。事実、野芽は、自分が行った情報漏洩の記録すべてを俺たちに残していた。ある意味で二重スパイだったというわけだろうな。他の背信者たちが〈帰望の会〉に完全に利用されるなかで、連中が〈シビュラ〉を破壊し、日本そのものを滅ぼすというなら、刺し違えてでも、国家の敵を葬り去るつもりだったんだろう」

守旧派グループと〈帰望の会〉の裏取引の結果、インフラ攻撃に偽装した二瀬ダム爆破テロが実行された。これにより、国交省側は合同捜査チームに内通者を送り込む状況を構築、それが野芽だった。

そして移民政策関与者を対象に連続してきた自爆攻撃も、暗殺テロを実行するとともにもうひとつの側面があった。それが新首都高速高架道路の構造内に都市インフラとして組み込まれた水道管だった。これらが破壊されるたび、自動で都内の水道供給ネットワークにスイッチングが発生していた。

東京二十三区全域を網羅する新首都高速に連なる水道供給網は、管網配管の方式が採用されており、ある場所で配管の破断が発生した場合、自動で代替経路を用いた水の供給が行われるよう整備されている。この際、水道供給網のスイッチングが、重要施設に対して優先して実行される。そこで〈帰望の会〉が最初に〈シビュラ〉の居所として目星をつけたのが、新豊洲地下の〈涅槃〉プラントだった。

流域管理官として都市内の水流通の監査権限を持つ野芽は、〈帰望の会〉の攻撃のたび、都内の水道供給網でどのルートが優先的に継続されていくのかを逐次監視していた。そして、そこから予測される国内最重要施設――すなわち、〈シビュラ〉の所在候補地を割り出したのだ。

だが、新豊洲地下のプラントは、〈シビュラ〉の秘匿場所ではなかった。違法薬物〈涅槃〉を作り出すための薬物プラントに過ぎなかった。

そして第二の候補として標的となったのが、奥多摩の東金財団先端研究施設だった。〈シビュラ〉専用の冷却液精製プラント。そこでもやはり膨大な量の水が使用されていた。だが、〈シビュラ〉の運用に多大な打撃を与えたとはいえ、いまだにシステムそのものの在処《ありか》は発見されていない。

野芽は、〈帰望の会〉が財団施設のプラント破壊を試みたことで、彼らの目的が〈シビュラ〉そのものの破壊であることに気づいたのだろう。国交省ら反厚生省勢力は、〈シビュラ〉の在り処を見つけ出し、システムを奪取することが目的だった。そこで互いの利害が反していたことに気づき、彼らと離反しようとした。だが、〈帰望の会〉側もその思惑を読んでいた。

だからこそ、浄水処理施設において、滄を誘《おび》き寄せるための囮《おとり》にされたのだ。

「奴は背信者でありながら、俺たちに〈帰望の会〉を追うための手掛かりを残したわけだな」と秋継が言った。「この都市の水の行方――、その解析の結果、現在、最もその優先度が高い施設は、臨海再開発地区台場の厚生省ノナタワーだ。エリアストレスの遷移図が示した〈帰望の会〉の予測襲撃地点と同じだ。死者の忠告に従うなら、おそらくはそこに〈シビュラ〉も隠されているってことだろうな」

†

地下の真っ暗な道を進んだ。廃棄された地下鉄の路線は、汚染水の浸蝕により下水道と見紛うほどに水没しており、そしてものの数分も呼吸していればたちまち肺が焼け爛《ただ》れるような化学廃棄物の煙で充満していた。

精神色相という概念の普及によって、人々は否応なく色相を清浄に保たなければならなくなった。しかし人間の心なんて容易《たやす》く壊れる。すぐに濁って使い物にならなくなる。だから薬に頼る。そうして莫大な量の薬物が瞬く間に流通するようになった。無論、精神ケア薬剤を作り出すためには、大量の工業廃棄物が発生する。そのほとんどは地下河川に垂

れ流し状態になっている。東京の地下は溝鼠《どぶねずみ》さえも生き残れない不毛の地に成り果ててい
る。

けれど、ホロによる虚飾が彩る地上を闊歩する人間たちは、自分たちの足元がどうなっているのかまるで知らない。

茉莉は、他の〈羽根〉たちと同様にガスマスクを装着し、小型の舟艇に乗り込んでいた。同じ船にいるのは車椅子の永崎と、同じく〈帰望の会〉構成員のバンドウとササキ。どちらも茉莉より年上で、記憶の限りでは気さくな性格をしていたはずだが、話をする方法を忘れてしまったかのように寡黙だった。

〈涅槃〉がもたらす脳機能の改変。後天性免罪体質《APA》の発現は、単にその色相を濁らせないだけでなく様々な副作用をもたらすと永崎が言っていた。海馬領域への影響による過去の記憶の追体験によって、これまで培《つちか》われた人格というものが壊れ、まったく別の人間に成り果てることも珍しくないという。

感情が真っ白になっていく、と永崎は説明していた。

永崎自身、〈涅槃〉への適合は必ずしも成功しているわけではなかった。車椅子に乗っているのは、両脚が〈涅槃〉によって腐敗し、壊死《えし》したためだった。永崎は言う。自分は茉莉や三枝ほど適性がなかった。脳内への光感応バイオプリンタの定着が上手くいかず、複数回の薬物摂取を行った。その過程で激烈な副作用が生じた。死なないために拮抗作用用

を持つ薬物を併用した。その結果、茉莉と二つしか違わないはずの彼女の容姿は、老人のように摩耗し切った。髪も抜け落ちてウィッグで誤魔化している。

いつ死んでもおかしくない。永崎は東金財団先端研究施設を脱出する途中で、茉莉に向かってそう言った。

警備中枢セクターを離脱した茉莉と永崎、そしてアブラムは三枝たちと合流し、奥多摩の丘陵地帯に逃れた後、神奈川との県境沿いにある小規模集落《コミューン》に身を落ち着けた。反体制レジスタンスたちのキャンプが設置された場所で、住人たちは事前に皆殺しにされていた。

小規模集落の住人たちは、都市部の市民と違って、常時、〈シビュラ〉の監視網にそのステータスをモニタリングされているわけではない。次の色相定期健診までは彼らが殺されたことに気づくものは皆無だった。

集落には、襲撃に必要な装備が温存されていた。品川埠頭で大量の銃火器や爆薬、車輛といった装備群が失われたはずだったが、元々、アブラムは襲撃ごとに必要な装備を分散して備蓄させていた。

それは戦力についても同じだった。東金財団先端研究施設の襲撃によって大部分の反体制レジスタンスが検挙されたが、彼らもまたそこで使い捨てられることが前提の者たちだった。残る兵士の数は三〇人程度。その代わり、練度は〈帰望の会〉の構成員たちを凌ぐほどだった。長らく〈シビュラ〉に抗戦し続けてきた生粋《きっすい》の革命闘士ばかり。

そして三日後、一一月一一日の夜明け前に全軍の移動が始まった。
まず東京北区の廃棄区画へ向かい、そこから地下河川を進む小型船舶に乗り換えた。東京は水路の町だ。そして多くの人間が忘れ去った抜け道が無数に存在する。アブラムが乗り込んだ船舶を先頭に、殿《しんがり》は三枝が乗った船。これに挟まれるように真ん中あたりに茉莉たちの船が位置した。最も安全な場所のようで、実際は周りから完全な監視下に置かれる位置だった。
アブラムは茉莉の同行を許可した。後天性免罪体質の最も優秀な発現者として、その戦列に加わる資格があると言っており、永崎たちもこれに同意していた。
しかし、三枝は相変わらず茉莉に不信の眼を向けたままだった。
茉莉は首につけられたチョーカーを指先で弄《いじ》る。爆薬が仕込まれた首輪は、茉莉が〈帰望の会〉にとって敵対行動を見せた途端に起爆する仕組みになっている。そのスイッチは指揮官であるアブラムに委ねられていた。
《それ、気になる？》と永崎が話しかけてくる。ガスマスクの無線通信。《三枝くんはセンスの欠片《かけら》もないひとだから許してあげてくれるかな》
《どうでもいい。あたしは別に〈帰望の会〉に戻ったわけじゃないし》
《でも、利害は一致している。だから行動を共にしている》
《……あたしは〈シビュラ〉に用がある。システムが免罪体質者たちをどう扱うのか、その真実を知らないといけない。だからあたしは、あんたたちがその途中で何をしようが構わない。そして、あんたたちが誰よりも早くシステムに辿り着く可能性が高い。だからあたしはあんたたちと一緒に往く》
《真守滄ってひと、そんなに大事なの？》
《少なくとも、あんたたちよりはね》
《傷つくな》永崎は、これっぽっちもそんなことを思っていないような軽い口調で答える。
《あの厚安の女のせいで、仲間もほとんど殺されちゃったのに。そっちのほうが大切って言われるとさ》
《……〈帰望の会〉ってそんなに仲間想いだったの？》
《ううん、全然。利害が一致してるだけで、みんな出身地もバラバラだったしね。日本に帰還する。そして日本に復讐する。共有しているのはその感情だけだった。だけど、一緒にいるうちに段々と情が移ってくるんだよ。茉莉が真守っていう人間と仲良くなったように、私や三枝くんたち――生き残った者が少なくなるほど結束が強まっていった》
《そこに、いきなりあたしが戻ってきて、さぞ邪魔でしょうね》
《邪魔だね》永崎はうなずいた。こちらを気遣う素振りすら見せない端的な言葉。《すごく邪魔。おかげで必要以上にみんなピリピリしてる。――本当は、最期はもっと静かに迎えるつもりだったのに》

《……最期?》
茉莉は、永崎がふいに口にした言葉に吸い寄せられた。
次の襲撃が最後であることは聞かされていた。財団先端研究施設の襲撃時、浄水処理施設の破壊とともに、永崎が冷却液の供給ルートから、その行き着く先を割り出したのだ。そこに〈シビュラ〉がある。その正体を眼にすることができる。当然、向こうも防備を固めているはずだった。おそらくはそれが最後の戦闘になる。
だが、永崎が口にした〝最期〟は、そういう意味合いとはまた異なる感情が宿っている。
《そう、最期》と永崎は頷く。そして急に話題を変える。《そういえば茉莉は、これから日本へ向かおうってときに、たまたま拾った子だったよね。一三人目。本来はもう十分だったのに、センセイがあなたを助けてあげた》
《それが何……?》
《実は秘密にしていたことがあるんだ》永崎は、茉莉の返答に覆い被せるように続けた。《あなたのことは仲間外れにするつもりだった。二瀬ダムの爆破が終わったら、それっきり。〈帰望の会〉は、あなたとの縁を切って事を進めるつもりだった》
《どういう意味よ、それ――》
《私たちは最初から死ぬ予定だったんだよ。与えられた役割はそれぞれ違っても、果たすべきことを果たしたら、そのまま命を絶つ決まり事だった。そうすることで皆が果たそうとする国家への復讐を先へ進めるために。――でも、あなたはそういう選択をしないままに私たちの仲間に加わってしまった。だから頃合いを見て自由にするつもりだった》
茉莉は言葉を失った。
《結果的に、あなたは厚安局に捕まって、捜査の進展を阻害する無自覚な攪乱《かくらん》要素になった。でもそれは本当にただの結果に過ぎない。私たちでセンセイに頼んだんだ。彼もそれでいいと言ってくれた。そうすればみんなが死んで消えてしまっても、誰かが私たちのことを覚えていてくれるから》
自分がどうしてあのとき見捨てられたのか、その理由があっさりと明かされたというのに、そこに納得など少しもできなかった。
《みんな茉莉のことは嫌いじゃなかったよ。少なくとも、死なないでどこかで生きていて欲しいと思うくらいには》
それは優しさとは違った。冷たい疎外だった。誰もが自分の知らないところで勝手に物事を決め、そして去っていくつもりだった。自分にだけ役割を押しつけて。
だが、彼らがそんなことを考えていたとは気づこうともしなかった。
茉莉は、〈帰望の会〉の面々を、本気で仲間だと思ったことはなかった。そのつもりだった。なのに、かつての自分が本当は、彼らの仲間として認められたがっていたことに今になってようやく気づいた。そして、それがもう過去になっていることも。

《……ふざけんな、あたしはあんたたちのそういうところが嫌いだったんだ》
やがて、茉莉はぼそっと呟いた。
《なら、今は嫌いじゃないんだ》永崎がそっと囁いた。《――私たちのこと》
間もなく暗い洞穴めいた地下水路の遥か先に、出口であることを示す光が見えた。

まだ夜の明けていない空は青黒く、空気は冬のように冷たかった。

光の小さな粒が降っていた。雪だった。旧首都高速の、撤去もされないままに野晒しになった橋体の下に流れる運河を、船は進んでいく。水の流れに身を任せるほどゆったりとした速度で。

今は多分、神田川の支流に入ったところだろう。

地上に出たところで船は一度、停止した。茉莉は船を飛び移って、先頭のアブラムが乗る小型艇に移動した。それから隊列が二つに分かれた。永崎と三枝、そしてバンドウとササキに率いられ、大半の船が茉莉たちよりも先行した。

アブラムは別動隊と合流してから攻撃に参加する手筈になっている。

間もなく別の小型船が近づいてきた。偽装のために外装がボロボロになった旧い船。咳き込むようなエンジン音は、まだ目覚めていない街の大気に溶け込んで消えていく。

彼らが手渡すアタッシェケースをアブラムは受け取り、代わりに爆薬や銃火器の装備などを提供していく。

そして間もなく積荷の受け渡しが済むと、それぞれ、運河の支流に向かっていく。浸蝕河川によって東京の運河の数は、旧時代よりも、大幅に増えている。

左右に高層ビルの廃墟が聳《そび》え立つ運河を茉莉とアブラムの船は進んだ。水位はあまり高くなく、左右のコンクリート壁には藻が茂っており、ところどころにぽっかり空いた排水口からは植物の蔓《つる》が飛び出していた。

アブラムは、先ほど受け取ったアタッシェケースのひとつを取り出し、施錠を開けた。内部には、見るからに精密な技巧によって製造されたことが分かる、美しい工芸品というべき外見の狙撃銃が収まっていた。

WA《ワルサー》2000——ドイツ製のセミオート狙撃銃。ブルパップ方式を採用しているおかげで銃身長を650㎜まで稼いでおり、全長905㎜と取り回しのしやすい短さにもかかわらず、ボルトアクションライフル並の命中精度を実現している。

「マツリ」とアブラムはWA2000の本体を取り出し、茉莉の前に掲げた。「受け取れ、お前の装備だ。〈シビュラ〉に辿り着くまでに市街戦が想定される。これで〈シビュラ〉を守るために駆けつけてくるであろう連中を退けてくれ」

「……駆けつけてくるって、どういう意味？」

茉莉はかつてのようにアブラムに敬語を使うことはなかった。自分の相棒に対して話しかけるときのような端的な口調。

アブラムもまた、茉莉の変化を気にする様子もない。

「〈シビュラ〉の居所は、〈シビュラ〉しか知らないということだ。厚生省内の運用部局《セクション》と呼ばれる限られた人間のみがその情報を秘匿しており、お前が行動を共にしていた厚安局にさえも開示されていない」

アブラムの断言するような口調から、合同捜査チームのなかに内通者が大勢いたことを茉莉は悟った。多くの人間がこの男によって指揮されている。自分も今はそのひとりだった。少なくとも表面上は、徹底して彼に付き従っている。

「おそらく俺たちのほうが、〈シビュラ〉の在処に到達するのは早いだろう。だが、その中枢に至るまでには交戦が予想される」

「あたしは、その時間稼ぎと陽動をしろっての？」

「いいや」とアブラムは首を横に振る。「俺が為すべきを為すまで――、奪われたものを取り戻すまでの間だけでいい。それが終われば好きにしろ。託宣の巫女《シビュラ》の座に、誰を招こうと構わない」

その言葉に、茉莉は一瞬、息を詰めた。この男《アブラム》は、やはり茉莉の思惑をすべて見透かしている。もはや自らの指揮下から完全に外れていることを把握しており、それでもなお利害が一致するから利用しているのだった。

だが、それは茉莉もまた同じだった。

「真実を見定めるのは、あたしだけでいい」茉莉は懐に収めたM513レイジングジャッジをまさぐった。白銀色の銃身は剣のように鋭く冷たい。「そのために、あたしはあなたの許に戻ることを選んだ」

「それでいい。俺とお前は今、俺と〈帰望の会〉がそうであるように、利害を共有する関係にある。互いの目的を果たすだけだ。そしてすべては、〈シビュラ〉への裁きという一点に辿り着く」

アブラムは腰を落ち着けて雑嚢から一冊の文庫本を取り出すと、雪降るなか、明け始めた空の僅かな光を頼りに目を細め、ゆっくりと頁を手繰り始めた。

茉莉は受け取った狙撃銃を組み立て始めた。アウターバレルにフラッシュハイダーを取りつけ、吊り下げ型のバイポッドを装着。照準器、暗視装置、チークピースを確認したところで、左利き用に調整が行われていることに気づいた。茉莉が使うように予《あらかじ》め準備されていたのだ。そしてすべての装備を取りつけると、WA2000は銃器というより楽器めいた独特の外見になった。これは獲物を殺すために徹底した設計が為された武器だ。そこには必然性しかなく、だからこそ美しい、と茉莉は思った。

雪は降り積もり始めた。

都市は、シンと静まり返っており、茉莉が慎重に狙撃銃を船底に置いたときの音さえも大きく響くようだった。

やがてアブラムが本を閉じて空を見上げた。そして両切りの煙草を取り出し、口に咥《くわ》えた。茉莉も煙草を受け取った。

「……メルヴィルの『白鯨』を読んで俺が学んだことは幾つもあるが、ひとつ大切なことがあるとすればだ」アブラムは火を点した煙草を深く吸い、その煙で肺を満たした。そして言葉と煙を口から吐き出していく。「――生き延びたものだけが世界の語り部になるという、単純だがこの上なく大切な真実だ。ならば、この地球で最後に生き残るかもしれない日本という国家が、真に正しくこの世界の歴史というものを語るだけの正義を有するかどうか試さねばならない」

「それがあなたの望んでいること……」

「まあ、そんなところだ」とアブラムは微笑んだ。「他に個人的な理由もあるがね」

「奪われたものを取り戻す――」茉莉は先ほどのアブラムの言葉を復唱する。「そっちは教えてくれないの？」

「お前がどうしてここにいるのか。本当の理由を教えてくれないようにな」

アブラムの黒い眸《ひとみ》は、茉莉の思惑すべてを見通しているかのようだった。鋭敏で、しかしこれほどまでに慈愛に満ちた優しさを湛えた眼差しを、茉莉は他に知らない。

「……浅ましい執着だ」アブラムは、それからポツリと言った。「お前や〈帰望の会〉の子たちのような、崇高な想いには程遠い。俗悪で振り切ることのできない呪いのような過去に俺は縛られている。自らが生み出した過ち、偽りの理想郷——この社会こそが、遠い過去に俺が犯した愚かしい選択の行き着いた先でもある。その清算をしなければならない」

あたかも、この世界の歴史の始まりからそこにおり、そしてすべてを見通す眼差しを与えられた以外に、あらゆる干渉の手段を失われた傍観者の悲哀を語るように、アブラムはじっと都市の姿を見つめ続けた。東京という、そこに生きる人間たちすべてが新たな秩序のなかで変わってゆき、世界の鏡像そのものになっていく街を。

そして茉莉は答えた。傍らに立つ、自分と同じくらいちっぽけだと思っている、途方もなく大きな男に対して。自分の命を救い、その使い方を選択する自由を最初に与えてくれた相手に。同時に胸の裡にもうひとり、新たに人生の選択をもたらす権利を守ろうとしてくれた女性が思い浮かんだ。

「あたしは、この社会が、昔ほど嫌いじゃなくなった。だから、〈シビュラ〉の真実が知りたいんだ。この社会が真守滄《アイツ》を犠牲にしてでも生き残る価値があるのか。それとも、この社会を犠牲にしてでも真守滄が生き残るべきなのか。——あたしが、その審判を下してやる」

2

早朝からの雪は、午前八時を過ぎるころには、さらに量を増した。

この悪天候にもかかわらず、厚生省ノナタワー竣工を記念する式典は予定通り、その開催を目前にしている。

九〇階に達する超高層建築。厚生省の本拠地として多くの行政機関が入居し、そしてあらゆる都市機能インフラの管理すべてを担う、まさしくこの都市そのものを支える新世界秩序の象徴というべき巨大な塔。

鈍い鉛のように灰色の空へと突き立つその天辺《てっぺん》には、都内全域に景観ホロを送る役割を担うデータ送信施設が整備されており、降雪のなかで、時おりノイズを奔《はし》らせながらも、ノナタワーの外壁を七色の色彩に耀かせている。

落成式典は、ノナタワーの正面広場において執り行われる予定になっていた。ちょうど広場を挟んでタワーの対面に、新首都高速湾岸線の高架道路が配置されており、自動操縦の車輛が整然と隊列を組んで走行している。

当初、警備強化のため、滄たち厚安局は大井ＪＣＴと有明ＪＣＴ双方に検問を設置し、その間の新首都高速湾岸線および隣接する新東京臨海高速鉄道の運行を一時停止し完全封鎖、同高架道路に警視庁対テロ特殊部隊《SAT》から供出された狙撃班を配置し監視を担当、同時に警備部から動員された機動隊戦力を中核とする大規模な警備人員を会場内に展開し、〈帰望の会〉による襲撃に備える警備体制を進言した。

エリアストレス遷移図のリアルタイム解析によれば、すでに〈帰望の会〉および反体制レジスタンスたちは、東京都内を奔る運河を利用した水路で臨海再開発地域に上陸している。豊洲を中心に展開する湾岸廃棄区画と臨海再開発地域の境界付近に潜伏し、攻撃の機会を窺っているものと想定されていた。

だが、合同捜査チームの警備計画は、落成式典の主催者である厚生省側に却下された。式典開始がすでに目前に迫っているため計画の変更は不可能、というのがその理由だった。そして会場内には、予定どおり厚生省が保有する保安ドローンが警備要員として配置されるにとどまった。

自らの膝元たるノナタワーの眼前に、敵対省庁のいかなる人員も配置したくないと言わんばかりの対応に、警察機構側も、警備人員の動員を大幅削減することで抗議した。

結果、滄たち合同捜査チームは、警視庁対テロ特殊部隊《SAT》の狙撃チーム一班で構成されるごく少数の警備人員と連携し、要人警護を担当することが余儀なくされた。

落成式典には、厚生省への恭順を示した大多数の中央省庁の事務次官級および、現政権の参画者も列席。民間企業においては、ノナタワー建造に携《たずさ》わった大手ゼネコンたる帝都ネットワーク建設およびその関連企業、そしてOW製薬・東金医療財団からの出席者が大多数を占めている。その一方で警察庁や国交省、経済省といった反厚生省派閥とされる省庁においては欠席者が目立っていた。しかし、来たるべき精神衛生社会の模範として、一般公募で集められた清浄な色相《クリアカラー》の市民もいるため、参列者の総数は三〇〇名を超す。

　これに加えて、会場周辺でノナタワーの稼働開始を観覧しようと詰めかけた一般観光客も含めれば、大規模な群衆警備体制を敷かなければ混乱が生じるほどに膨れ上がっていた。

　空には、景観ホロによって浮かび上がるノナタワー正式稼働までのカウントダウンが明滅しており、その数字は刻々とゼロに向かって刻まれていく。


　午前八時五三分。

　式典会場となるノナタワー併設の高層ホテル。そのラウンジに設けられた来賓客向けの控室へと繋がる廊下を滄は足早に進んでいる。

　普段とは異なり、上下黒のパンツスーツに痩身の身体を包んでおり、白銀色の髪もアップに纏《まと》めている。スーツの下には防弾ベストを着用。脇には小型拳銃《オフデューティー》を収めたホルスターを提げている。

　すでに式典会場では入場が開始されており、ゲートに設置された色相スキャナで参加者の精神色相《サイコ＝パス》はチェックされている。色相異常者は今のところ検知されていない。だが、有明から台場にかけた臨海地区一帯のエリアストレスは警戒レベルを示している。敵側もエリアストレスを用いて移動経路が読まれることを承知で、あえて色相が悪化した人員を各所に配置し、実働部隊の居場所を欺瞞《ぎまん》していた。

会場には、国防軍から提供された暴徒鎮圧が取りつけられた多脚歩行ドローンが配備されている。色相異常を感知した相手に神経麻痺銃を撃ち込み、自動対処することが可能だった。

しかし〈涅槃〉を用いた色相浄化を実行された場合、その判別は困難と目されている。ゆえに、求められるのは最終的に人間の眼だった。これまで多くの〈涅槃〉使用者、反体制レジスタンスと対峙してきた合同捜査チームの唐之杜瑛俊および秋継を中心とした捜査員たちが会場内を警戒し、襲撃者を捜索し、すでに何名かの観光客に偽装したレジスタンスを拘束している。だが、どれも末端構成員であり襲撃に関する情報を有していない。本命を隠すための囮《おとり》たちばかりだった。

明らかに警備人員の数が足りていなかった。

滄は警備増強の上申のため、財団代表の東金美沙子の控室に入る。式典では、ノナタワー竣工のみならず、改正薬事法《ラクーゼ》の正式施行も宣言される。そこで彼女もスピーチを行う予定となっている。

室内では、メイクを済ませた東金がドレス姿で待機していた。白を基調とした気品のある装いだった。セットされた黒く豊かな髪が波打っている。入室した滄に気づき、東金は、いつもどおりの悠然とした仕草で背後を振り向く。

「今日は精神衛生社会の創生を祝うに相応しい日ね」と東金は嫣然《えんぜん》と微笑む。「降る雪は清浄なる色相の現れのようだわ」

「時間がありません。単刀直入に依頼します」滄は挨拶もそぞろに要求を口にする。「警察機構側に依頼し、会場警備に十分な数の人員の派遣を要請していただきたい」

同時に新首都高速湾岸線の封鎖についても強く進言した。

「その件については、〈シビュラ〉運用部局《セクション》から正式な回答が為されているわ。現状維持で問題ない――」

「なぜですか？」滄はすぐに切り返す。「すでに〈帰望の会〉は、会場周辺に戦力を展開しています。我々だけでは、襲撃に対処し切れない可能性が高い」

しかし、東金は部局の代弁者として、決定された方針を回答するだけだった。

「国防の最重要機密である〈シビュラ〉の居所について、不特定多数の組織および人間にその情報が共有されることは避けるべきという判断だそうよ」

「……では、やはり厚生省ノナタワーに〈シビュラ〉の演算処理システムが設置されているんですね」

滄は捜査権限により、ノナタワーの設計図を帝都ネットワーク建設から入手している。

これに、自らの後見人である泉宮寺豊久から提供された設計図面を照合した結果、頂上部分に追加された景観ホロ投影装置以外に地下区画の階数が、建造段階においてかなり増床されており、大深度まで地下フロアの拡張が行われている。

、おそらくは、そこに〈シビュラ〉の演算処理システムが秘匿されているのだ。

「その件については返答いたしかねるわ」東金は笑みを絶やさない。「いずれにせよ、現状の戦力をもってしても、〈シビュラ〉の防衛戦力は充分に足りている——というのが、運用部局の判断よ」

そしてやはり、最高意思決定権を持っているのは、〈シビュラ〉運用部局だった。しかし今回の式典においても主導的立場にありながら、誰ひとりとして姿を見せていない。

「運用部局の人間と直接交渉することはできませんか？」

「彼らは全員、あらゆる身辺情報が機密指定されている。厚安局の捜査主任であるあなたに対しても明かすことはできない」

「今は一刻を争う状況です」滄は強硬な態度を崩さない。もはやいつ襲撃が開始されるかもわからない状況だった。「あなたを介してでもいい。わたしの要請を彼らに伝えて欲しい」

「それも無理ね」東金は携帯端末を取り出し、滄の前に掲げて見せる。「彼らは決して姿を見せず、自ら交渉に応じない。神の託宣を伝える預言者のように、〈シビュラ〉の解析に基づく指示内容を端末を介して送ってくるだけ。私だけでなく、他の〈シビュラ〉運用に携わる外部関係者はみな同じよ」

「あなたたちは、誰の指示で動いているのか、理解していないとでも？」

「強いて言うなら、〈シビュラ〉というシステムそれ自体かしら」東金もまたこちらと会話をしているようで、実際は一方的な通達をしてくるのみだった。「完璧なシステムが下す判断は過ちを犯さない。であれば、それに従うことこそが、もうすぐ訪れる新たな世界の秩序を動かしていく人員、その歯車に相応しい在り方よ」

「……わたしには理解できかねます」

「意外ね。厚安局の猟犬として、〈シビュラ〉の判定に基づき、数多の社会的脅威を討ち取ってきたあなたはむしろ、こちら側の人間だと思っていたけど……」

そこでふいに東金が眼を細めて、滄をじっと見る。これから切り刻まれていく実験動物を憐れみつつも、同情ひとつ抱かない酷薄な研究者の眼差し。

「そういえば、先日の我が財団の先端研究施設襲撃時には、〈シビュラ〉の判定を無視して、〈帰望の会〉構成員を殺害したそうね。反体制レジスタンスも含めれば、十数名の殺害を実行したことになる。それで色相に何ら変化が見られず、清浄な色相《クリアカラー》を維持しているのは、さすがは奇跡の聖女と言わざるを得ない」

「その件については、すでに厚安局内での査問を受けています。色相に異常なし。有事における緊急対処として認められており、職務遂行を許可されている」

「だとすれば、やはりあなたは特別だわ。たとえ〈シビュラ〉に執行の許可を与えられようと、対象を殺害すれば大半の人間は色相が濁る。しかも、それだけの数となれば、普通は再起不能になり隔離対象になる」

「……わたしが、何らかの精神異常者であると仰《おっしゃ》りたいのですか？」

「いいえ」と東金。「確かに大多数の人間と異なる精神構造の在り方をしている人間は、模範的市民とは言い難いかもしれない。しかし前にも言ったように、この社会秩序を運用すべき人員となれば別よ。あなたのような特別な人間は、〈シビュラ〉の側に立つべきね。多くの歯車を動かす、その基盤となるべき大いなる転輪として」

「――それは」

滄は東金をまっすぐに見返す。そしてひとつの確信をもって告げた。

「わたしが、先天性免罪体質者だからですか。〈シビュラ〉を運用する資格のある者たちとは、みな、わたしのように如何なる状況にあっても色相を濁らせることのない、完璧な異常者であるということですか？」

するとと、東金は、ようやく滄が正解を口にしたというふうに、ゆっくりと頷く。

「異常者であるかどうかは分からないわ。二〇〇万人に一人の稀有な存在は、それ自体がすでに通常とは異なる逸脱した存在であるがゆえに。しかし、いずれにせよ、そのような特異な人間でなければ、〈シビュラ〉の許に至ることはできない」

そして東金は告げる。

「——相応しい者は、相応しい場所に。望むと望まざるとにかかわらず、もうすぐ新たな世界の秩序は完全なものになる。あなたもまた果たすべき役割を担うようになる。そのとき、あなたは犯してきたすべての罪を贖《あがな》うに足るだけの恩寵《おんちょう》を、この世界にもたらすことになる」

†

エリアストレスのさらなる上昇が警告された。

唐之杜は腕時計で時刻を確認する。ノナタワー落成式典の開始まで、あと三〇分を切っていた。

式典会場すぐ傍の路上に駐車された、色相悪化者用の大型護送車輛の内部には反体制レジスタンスたちが拘束されている。

しかし、どれだけ尋問したところで彼らは〈シビュラ〉に対抗する自らの思想を口にするばかりで、襲撃計画に関する有益な情報を得ることはできなかった。エリアストレスによる移動経路発覚を欺瞞するためだけの使い捨ての駒に過ぎない。

唐之杜は、護送車輌内での尋問に見切りをつけ、式典会場に戻った。

ノナタワーの正式稼働の様子を中継する報道機関のドローンたちが上空を飛行しており、周辺に詰めかける群衆を映し出している。

唐之杜はセキュリティパスを利用し、再び会場内へ。新首都高速湾岸線の高架道路とノナタワーに挟まれた広場は、タワー側に式典用の壇が組まれていた。集まった招待客たちが降雪のなかで傘をさしており、場内の混雑ぶりは相当なものだった。

唐之杜は、捜査人員と無線で連絡を取り合いながら、すでに会場内に侵入している可能性が高い襲撃グループ本隊を捜索した。彼らは全身投影《フル・フェイス》のホロで偽装し、外見を欺瞞している可能性が高い。だが、式典参加者に報道関係者、一般人が入り乱れる状況での捜索は困難を極めた。

事もあろうに、主催者である厚生省側が、会場周辺の混雑緩和を理由に、ノナタワーの稼働開始を一目見ようと殺到する一般客たちを、式典会場すぐ傍の広場まで入場させたためだ。警備ドローンの隊列が柵《バリケード》になっているとはいえ、混雑に乗じて式典会場に侵入することは容易《たやす》い。これでは、自ら敵を招き入れるようなものだった。

式典開始まで二〇分を切った。

ノナタワー地下区画へ侵入するには、正面の玄関エントランスを抜けなければならない。つまり敵は式典会場を直接攻撃し、混乱に乗じて強引に正面突破してくるだろう。これまでの犯行パターンを考えれば、実働部隊はさらに二つのグループに分かれるものと考えられた。

ひとつは混乱発生のための会場襲撃と、場合によっては警備戦力を巻き込んでの自爆を実行するであろう陽動グループ。

そしてもうひとつが、ノナタワーへ突入し、地下区画に格納されている〈シビュラ〉の演算処理ユニットを破壊する攻撃グループ。

現在、生存している〈帰望の会〉構成員は、合同捜査チームから離反した衣彩茉莉を含めて五名。これに指揮官のアブラム・ベッカムを加えた六名が最も警戒すべき戦力だった。

このうち何名かは陽動グループに配置され、会場襲撃に参加するものと予想されている。

現時点で、敵側の狙撃手が周辺施設に潜伏している報告はなかったが、会場警備に動員されている人員は少なく、全体をカバーできているとは言い難かった。

《こちらＳ《セッター》１》と唐之杜は無線通信を起動する。《Ｓ３、状況報告を頼む》

《こちらＳ３》と死亡した野芽から通信コードを引き継いだ秋継が返答。《会場入り口は、想定以上の見学客が集まっているせいで早期に封鎖することが決定したそうだ。以降、新たな客が入場することはない。――とはいえ、出入り口の規制によって一般客の避難誘導が難しくなるって意味では、こちらにとってはより厄介かもしれんがね》

唐之杜は、その他、各所からの報告を確認。そして会場各所に散開している捜査人員たちに、トイレやケータリング搬入用のバックヤードなど、潜伏可能性の高い場所を再度、点検するように命じた。

《各員、警戒を継続。――S3は、会場入り口の警戒を他の人員に任せ、私とともに壇上に昇る要人の警護を頼む》

《S3、了解》と秋継が返答。

そして会場のバックヤードで唐之杜は秋継と合流する。どちらも黒のスーツ姿のため、外見の違いといえば眼鏡の有無。あとは携帯している予備兵装《サブアームズ》の違いくらいのものだった。

唐之杜は、モーゼルC96の全自動拳銃《マシンピストル》モデルであるM712。秋継は、パーカッション・リボルバーのレミントンM1859《ニューモデル・アーミー》をそれぞれ携行している。

そして互いの主武装は、東金財団側から捜査人員に貸与された、銃口のない漆黒の自動小銃というべき殺傷電磁波を撃ち出す銃器デバイス――精神色相をスキャンした対象が執行判定だった場合、トリガーロックが解除される仕様になっている。

唐之杜は、来賓控え室へと繋がる通路に回り込んだ。ホテルからここまでは直通で結ばれており、すでに来賓たちが移動してきていた。それぞれ警護人員を伴っている。

「しかし、この少人数で群衆警備しろとは、無謀を通り越してもはや自殺行為だな」秋継が呆れたように言った。「真守は、俺たちに〈帰望の会〉と一緒に自爆させるつもりか？」

「彼女は、捜査人員を使い捨てにするような策は選択しない」

「どうだかな。奴にその意志がなくても、結果はどうなるか分からないからな。それにこの状況だ。どううまく立ち回ったところで、巻き添え被害《コラテラル・ダメージ》は大量に発生するぞ。まあ、主催者連中はその程度は織り込み済みで、式典を強行するつもりなんだろうがね……」

間もなく来賓たちが式典会場に到着した。東金美沙子の警護チームへ加わる秋継と別れ、唐之杜も担当の警護配置に就く。

「――泉宮寺豊久会長」

唐之杜は目の前に現れた白いタキシード姿の初老の男に声を掛けた。

「落成式典の間、警護を担当します。厚安局取締官、唐之杜瑛俊です。――また、例の件についても、よろしくお願いいたします」

「ああ、彼女からすでに伝え聞いている。問題ない。よろしく頼むよ」全身を義体化した泉宮寺が、瞬きひとつしない双眸《そうぼう》でじっと見つめてきた。「――それにしても、会場がテロ・グループに襲撃されるかもしれないなんて、実にうきうきしてこないかね？」

泉宮寺の不謹慎な発言に、周りの来賓たちが一様に眉をひそめた。しかし泉宮寺は特に気にする様子もなく、唐之杜と握手を交わし、会話を続ける。

「帝都ネットワーク建設の海外事業部門に属していた頃にも似たようなことがよくあった。日本人居留地に設置する淡水化プラントなどのインフラ施設は、地方軍閥やゲリラにとって喉から手が出るほど欲しいしろものだったからね。施設が稼働した途端、連中は収穫物を刈り取るように襲い掛かってきた。だから、各地で竣工式を執り行うときほど緊張が高まる瞬間もなかったし、そんなときには、よく仲間たちが殺されていったものだ」

それから、ふいに何かを思い出したように顔を上げ、空を見やった。

「――野芽君は、その祝祭的光景を、自らが犯した過ち、その惨劇の現場としてしか捉えられなかったのだろうな。だから色相を悪化させ、その果てに同胞たる官僚に対する復讐を選択した。実に愚かしいが、彼女らしくロマンチックな生涯だったと思うよ。肉体の部品を交換することで生き永らえるままに老いていく身としては羨ましい限りだ」

「……野芽管理官には、反体制グループとの繋がりを示す嫌疑が掛けられています。そのような発言をすべきではないと判断します」

「まあ、いいじゃないか。もはや死者は何も語らない。ならば、私たちは死者に対して、いかなる仮託をすることも構わない。そして私は死者に憧憬を見る。――では、果たして君はどうだろうか？」

「……死者とは数字です」唐之杜は過去に自らが死に追いやったであろう膨大な数の移民たちを思い出す。「私は、そこに何も見出すことはできない」

しかし泉宮寺は、実に面白いものを見たというふうに繰り返しうなずいた。

「なるほど。君にとって死者とは過去、すなわち後悔のあらわれということか」

まるでこちらの考えを見透かしているかのような言い方だったが、反発を抱くことはなかった。事実、そのとおりだった。

後悔。確かにずっと、その感情を抱いていた気がする。

いつになれば、自分自身が、自ら生み出した死者の数字のひとつになれるのか――。そういう死の誘惑にいつも囚われながらも、同時に死ぬことで責任を果たすことから免れ、勝手に楽になることは許されないと自らを戒《いまし》め、罰するようにずっと生きてきた。

「君の後悔がこれ以上、重なることのないように、この式典を襲うテロ・グループを共に迎え撃とうじゃないか」泉宮寺は、ますます気分が昂揚してきたというふうに朗《ほが》らかな口調で告げた。「――なに、心配することはない。機械の身体の利点というのは、普通の人間よりも頑丈に出来ていることであり、つまりは多少の無茶をしても死なずに済むということなんだよ」

†

携帯端末のアラームが鳴った。指向性音声によってガランガランという鐘楼の音が、滄の耳朶《じだ》に響いてくる。

午前一〇時ちょうどの設定――ノナタワー落成式典の開始時刻。

狙撃用の装備を整えた滄は、会場近くの高層タワーマンション三二階、西の方角に面した部屋に陣取っている。壁一面に張られた分厚い窓ガラスの向こう側に厚生省ノナタワーの威容が聳《そび》え立っており、式典会場をちょうど見下ろせる位置にある。

高層タワーマンションは、滄の自宅もある厚生省官僚向けの官舎も入居しているが、今、滄がいるのは、一般人が借りていたものを厚安局の捜査権限により緊急的に接収した部屋だった。室内の装飾ホロが切られており、灰色の殺風景な間取りを露わにしている。

滄は窓ガラスに掌大の吸盤を押しつけ、ガラス切断用の工作ドローンを起動した。ドローンは、コンパスの円を描くようにガラスを切り出していく。瞬く間に作業は完了し、滄は吸盤ごと切り抜いた窓ガラスを取り外す。

円形の空洞が生じ、そこから凍てつく外気が雪とともに強く吹き込んでくる。

そして滄は、持参してきた旧イスラエル製のＤＡＮ．３３８ボルトアクションスナイパーライフルをテーブルから持ち上げ、窓際へ運ぶ。本来は、使い慣れたＶＳＳ消音狙撃銃を使いたかったが、今回の狙撃距離は、ＶＳＳの射程よりもやや遠いため、公式記録で約一・二㎞先の標的に命中させているＤＡＮ．３３８を選んだ。確実に一撃で仕留めねばならず、誤射は許されない。

ＤＡＮ．３３８の銃身を窓ガラスの空洞から突き出した。射角はかなり狭いが、今回は標的が勝手に動くことはないため、これでも問題なかった。

とはいえ、臨海地区ならではの海風と、高層建築が林立することで生じるビル風。そして降雪による悪天候の三拍子が揃っている。

だが、観測手《スポッター》を担うカフカの射撃支援を信頼する。窓際に並び立ったカフカは、視覚補助装置を介し、ノナタワーの方角をじっと見つめる。レーザー測距や風速チェック、弾道計算に必要な各種探査情報を次々に取得する。そして滄が構えたＤＡＮ．３３８に取りつけた照準器内に、射撃補正装置の画像が投影される。そして滄自身は狙撃に集中するため、意識を没入させていく。照準器に、約八〇〇ｍ先にあるノナタワー落成式典の会場が映った。

現時点では、まだ〈帰望の会〉は行動を開始している兆候は見られない。

照準《レテイクル》は群衆たちを通り過ぎ、壇上に固定される。

ちょうど式典の開幕を厚生省事務次官が宣言しているところだった。予定では、この後、来賓たちによるテープカットが行われる。

来賓には東金美沙子の姿もあった。すぐ傍には要人警護についている秋継や唐之杜の姿も確認できた。さらに照準を水平に動かしていくと、白いタキシードを着た泉宮寺を発見する。

彼は事務次官には目を向けず、観客席に視界を巡らせた後、ふいに顔を上げた。

《やあ、滄。君にも視えているんだろう？》無線通信が起動した。《私からも、君が今、

こちらに銃口を向けているのが確認できているよ》
《……ご冗談を》
《おや、バレてしまったか》泉宮寺のおどけた口調。《だが、タイミングはばっちりだっただろう。長く狩りをやっているとね。何となく分かるんだ。猟師が獲物を狙う瞬間というものが》
　泉宮寺は、今回の襲撃対処のため、捜査協力者として、滄など一部関係者のみに無線通信のチャンネルが開放されている。
《すみません、おじさま》滄はそっと囁いた。コッキングレバーを引き、薬室に弾丸を装塡する。そして人差し指を引き金に添える。《事件対処のためとはいえ、あなたを危険に晒《さら》すことには変わりない》
《気にすることはない。かつて、私は雪原で君を撃とうとした。そのお返しということでいい。これで帳消しだよ》
　泉宮寺は、もう待ちきれないというふうに愉しそうに告げた。
《さあ、今すぐに私を撃つんだ》そして自らの胸を拳でトントンと叩く。《この会場内にいる者すべての色相を即座に濁らせるような惨劇を演出するために、私の胸に大きな風穴を開けてくれたまえ！》
　泉宮寺の呼びかけに滄は返答せず、極度の集中によって生じる忘我のなか、吹き荒《すさ》ぶ風の音が消え、舞い踊る雪さえも停止したような刹那に、そっと引き金を絞った。

そして撃ち出された音速の弾丸は、精確無比に一分の狂いもなく、約八〇〇m先の、泉宮寺の胸部に叩き込まれた。

3

飛来した弾丸に泉宮寺の胸部が吹き飛ばされた瞬間、夥《おびただ》しい量の義体駆動用潤滑液が飛び散った。本来は無色透明なものを、わざわざ血液を模して赤黒く着色していた。

着弾の衝撃で椅子ごと背後に仰《の》け反《ぞ》り、壇に転がり落ちる泉宮寺の身体から、どくどくと潤滑液が溢れ出す。

「狙撃だ」唐之杜は泉宮寺のすぐ傍に駆け寄りながら叫んだ。「すぐに参加者を避難誘導しろ！」

突然の凶事に式典会場の空気は恐慌を来たした。出席者たちは急いで地面に伏せ、頭部を庇う。スピーチを終えようとしていた厚生省事務次官を警護係が庇う。来賓を連れて急いで壇上から避難させていく。あたかも入念に訓練された動作を繰り返すように。

そして唐之杜は横たわる泉宮寺を見やる。

《泉宮寺会長》無線通信を起動。《捜査にご助力いただき感謝します。これより、あなたの義体を近隣の医療施設に送り、すぐに復旧作業に着手します》

《なんとまあ……》壇に横たわり、あたかも本当に死亡したかのように両眼を見開いたまま微動だにしない泉宮寺が、残念そうにつぶやいた。《頭部を破壊されなければ、全身義体の生命維持機能に支障はない。このまま戦闘を見学しようと思ったんだがね》

《この炙《あぶ》り出しにより、以降、本格的な戦闘に突入する可能性が高いものと考えられます》唐之杜は、携行する銃器デバイスを構え直す。《そうなれば、あなたの命の保障はできない》

《――残念だな。これがこの国で見られる最後の戦争になるだろうに》

《戦争などにはさせません。〈帰望の会〉の攻撃は、ここで必ず阻止する》

唐之杜は、泉宮寺を救護班に任せ、壇上から離れた。銃器デバイスを狙撃銃のように構え、警護ドローンによって避難誘導される式典参加者を照準する。

来賓たちをホテルへ避難させた秋継も、銃器デバイスを構えて会場に戻ってくる。

《S1《セッター》から各員へ》唐之杜は、会場のあちこちで式典参加者に携帯チェッカーで色相の臨検を始める警護人員たちに鋭く命令を下す。《現在、我々は泉宮寺豊久会長を囮とすることで、意図的に色相悪化状態を作り出し、色相欺瞞者を炙り出す非常手段を取った。これより先、会場内で清浄な色相を保っている人間は、すべて襲撃グループの協力者と見做

し、そのすべてを拘束、あるいは実力をもって制圧しろ》
了解、了解、了解——各員から次々に応答が返ってくる。
そして狐狩りが始まった。

†

滄は狙撃実行直後、高層タワーマンションを即座に離脱した。

カフカとラヴクラフトが随行。マンション前に停めてあった捜査車輛に乗り込み、自動操縦で式典会場に向かいながら、装備をVSS消音狙撃銃に切り替える。

そして封鎖状態にある会場入り口傍の路上に停車し、周辺を警備する人員たちと合流。場内の動向を監視しながら、状況把握に努める。

会場内の唐之杜たちから、式典参加者に偽装した襲撃グループを次々に検挙したとの報告が入ってくる。彼らは外見を隠蔽していた全身投影のホロを解除し、装備していた銃火器や爆弾で反撃、正体発覚と同時に自爆を試みる者もいたが、警護ドローンと機動隊人員の強行制圧によって身柄を取り押さえられる。

現時点で、来賓および一般参加者に死傷者は発生していない。

完全にこちらの奇襲勝ちだった。

滄が泉宮寺の協力によって実現した色相欺瞞者の強引な炙り出しは、意図的に色相悪化状態を引き起こさせるという意味において、通常の捜査手順を完全に逸脱していた。
だが、この方法以外で色相欺瞞者たちを一斉検挙することは不可能だった。
完全に現場判断での独自対処であり、おそらく状況がどう転ぼうとも、滄への懲罰は避け難い。だが、それでも構わなかった。ここで〈帰望の会〉を確実に仕留める。そのためであれば、自分の首を差し出すことを躊躇《ためら》う理由はなかった。
《S2からS1へ》滄は無線通信を起動。《こちら、真守です。封鎖中の会場入り口にて警備人員と合流。場内へ侵入しようとする不審者および不審車輛は確認されず》
《S1、了解》と唐之杜。《敵側の抵抗が激しくなってきている。検挙者の移送と、保護した一般参加者の避難を行いたいが、人手が足りない。増員を回してくれ》
《こちらの警備人員から抽出し、彼らとともに、わたしも式典会場に入ります》
《助かる。S3に一般参加者の避難誘導の指揮を取らせる》
同時に、滄は救急車輛を大量要請した。色相が悪化した式典参加者たちを直ちに収容し、メンタルケア施設へ送らなければならない。
だが、そのときだった。
台場周辺を巡回警備する警視庁交通機動隊から緊急入電があった。
大井JCTと有明JCT双方から速度超過の大型トレーラー合計四台が警告を無視し、

ノナタワーのある台場へ向けて新首都高速湾岸線を暴走している――。

†

その直後だった。

《新首都高速湾岸線で暴走車輛による横転事故が発生》滄からの捜査各員への緊急通信。

《港湾地区から物資を輸送する大型トレーラー二台が、路上の積雪にスリップし横転。一般車輛を巻き込んでいます》

湾岸線の上下線ともに通行不能になる大事故が発生した。残るトレーラー二台は緊急停止するも、後続一般車輛による玉突き事故が発生している。

唐之杜はその報告を聞いた瞬間、警戒を増した。

「――すぐに式典参加者を避難させろ」

唐之杜は、まだ増援が到着しておらず、安全確保のために移動を開始していない参加者たちを強引に逃がすよう、警備人員たちに命じた。

だが、遅かった。

次の瞬間、敵の攻撃が始まった。

頭上の高架道路の縁に、黒い人影の群れが現れたかと思うと、鳥の群れが一斉に飛び立つように、次々に飛び降りてきた。全員、異様なほど胴体が膨れ上がっていた。地上めがけて真っ逆さまに落ちてくる。

〈帰望の会〉の特攻戦術。自爆ベストに爆薬を満載した人間爆弾《スーサイド・ボム》の大量投下。そして地上に激突する直前に彼らは次々に起爆すると、避難誘導に従って移動を始めた一般参加者たちを巻き添えにして一斉に炸裂し、数多の命を瞬く間に奪い去る。

人間を用いた爆撃というべき、途方もない攻撃手段。

横転したトレーラーの荷台から這い出てきたレジスタンスたちは、手早く爆弾を身体に巻きつけると、封鎖された高架道路の路面を突っ切り、仲間の力を借りて防音壁に攀《よ》じ登る。そして地上に向かってその身を擲《なげう》っていく。

次々に爆発が生じ、式典会場の警備人員や警護ドローンを巻き込んでいく。敵戦力は一切の躊躇なく、そして無駄なく効率的に動員されていった。恐れひとつ見せない。与えられた役割を確実に果たしていく。

生き残った式典参加者たちは、我先にと会場出口に殺到した。完全に統制を失っている。怒濤のように押し寄せる群衆に、唐之杜たちも押し流される。銃器デバイスで対象の精神色相を解析している暇もない。全員が、恐怖に駆られ、暴徒と化して逃げ惑う。

機動隊員たちが隊列を組み、それでも避難者たちを誘導しようとした。

だが、突如として、彼らのヘルメットごと頭蓋が吹き飛ばされる。

狙撃だ。唐之杜は高架道路を注視。次なる人間爆弾の投下準備をしているレジスタンスたちに混じり、長大な槍を思わす狙撃銃を構えた少年兵が二人、その銃口を式典会場に向けている。この混乱状態での精確無比な狙撃。〈帰望の会〉構成員。

これに対し、会場周辺のホテルや商業ビル屋上に展開していた警視庁対テロ特殊部隊《SAT》の狙撃チームが、対抗狙撃《カウンター・スナイプ》を即座に実行した。

だが、レジスタンス側が人間の盾になって狙撃を阻《はば》む。

そして仲間の血と肉片を浴びながらも動じず、狙撃手たちは群衆に向けて攻撃を実行した。これを庇う機動隊員が盾で防御を試みるも貫通。腕を吹き飛ばされ、衝撃によって倒れたところを第二撃で頭を吹き飛ばされる《ヘッドショット》。

さらに一般参加者たちのパニックが増した。完全な恐慌状態。激しい色相悪化。思考汚染《サイコハザード》というべき速やかな恐怖と混乱の伝播。彼らは射殺された機動隊員たちの遺骸を踏み潰しながら、テロリストの攻撃から逃れようとする。

混乱のさなか、唐之杜は、新たに会場内において自爆を試みるレジスタンスに対し、モーゼルC96を構えた。引き金を絞り、フルオートで苛烈な銃撃を浴びせて射殺する。そして炸裂。火柱が上がる。

さらに一般参加者たちのすぐ傍でレジスタンスが吹き飛ぼうとする。機動隊員三名が防盾《ぼうじゅん》を手にしたまま覆い被さり、そのまま自らの肉体を犠牲に爆風を押し留めた。飛び散る機動隊員たちの肉片。

だが、それで攻撃は終わらなかった。捕らえきれなかった会場内の潜伏者たちが、今が好機と見て次々と周りを巻き込み、自爆していく。もはや自分ひとりの安全すら確保するのが困難であるほどの混沌の到来。

そして高架道路からワイヤーが垂らされ、レジスタンスたちが降下を始めた。その先頭を行くのは、小柄な野戦服姿の少年――遠目に見ても分かる。三枝礼弥。〈帰望の会〉の上級構成員。地上に向けて手榴弾をばら撒き、さらに片手で構えた自動小銃を乱射し、警護ドローンを粉々に破壊し、地上の降下ポイントを確保する。

そこにレジスタンスに担がれた少女が降りてくる。続いて投下されたドローンが可変し、彼女の車椅子になる。東金財団研究施設の襲撃時に警備システムを乗っ取った〈帰望の会〉の電子戦要員――永崎絵留。その二名を囲うようにレジスタンスたちが防御陣形を敷き、出口に殺到する式典参加者たちを自動小銃の掃射で薙《な》ぎ払いながら、前進する。

唐之杜は弾丸を再装填したC96で、新たに自爆を試みるレジスタンスを撃ち抜く。次の標的に銃口を向ける。やがて弾丸切れになる。地面に転がっているレジスタンスの自動小銃を奪い取り、さらに敵を撃った。そこかしこで炸裂が起こり、いずれは自分も、その焔に呑み込まれるであろう混沌の最中、無線通信を起動する。

《S1《セッター》からS2へ》そして自らの猟犬に命令を下す。たとえ、自らが犠牲になろうとも

果たすべき任務。絶対に死守すべきものの名を告げる。《――真守、君はノナタワーの防衛に向かい、〈シビュラ〉を守り抜け》

†

機先を制したのは滄たちだったが、〈帰望の会〉も作戦を繰り上げ、対抗してきた。

おそらく敵の攻撃は最初から二段階で構成されていた。式典参加者に偽装し、潜伏したレジスタンスたちの一斉自爆による攪乱《かくらん》。そこに高架道路で横転事故を起こし、広場を狙い撃ちにできる高所を陣地として確保した後、人間爆弾の投下によって、さらなる殺戮と混乱を助長する。天と地上。二つの焔によって、式典会場を焼き尽くすことでノナタワーへの突破口を開くために。

滄は、唐之杜の指示を受け、警視庁対テロ特殊部隊《SAT》の狙撃チームから一班を率いてノナタワーへ急行した。

そして正面玄関となるエントランスホールの防火シャッターを展開し、非戦闘用の事務ドローンを積んで銃弾避けの壁を作る。緊急的に防衛陣地を構築し、対抗措置を整えた。

間もなく、ノナタワーの至近まで迫った〈帰望の会〉の三枝が率いる襲撃グループが、攻撃を仕掛けてきた。

封鎖したシャッターを爆薬設置によって速やかに破壊し、立ち塞がる警備ドローンに対しては、電磁波手榴弾《パルスグレネード》を投擲。機能不全を起こしたところを次々に銃撃し、破壊していく。熾烈な攻撃。レジスタンスのなかでも特に練度の高い人間ばかりが集められている。

対して、ノナタワーを守る戦力は、滄を含む五名の警察機構の人員と、施設内に配備されている警備ドローンのみだった。対ドローン防衛戦力用に装備を整えている〈帰望の会〉を相手に長時間対抗することは、ほとんど不可能だった。

そしていまだ攻撃が継続されている式典会場に戦力の大半が釘付けにされている状態で、増援の見込みはなかった。

いずれは防御陣地を突破される。滄は焦燥に駆られながら、ドローン壁から素早く身を乗り出すと、突出してきたレジスタンスをVSS消音狙撃銃で射殺する。透明化して襲撃グループの至近に迫ったラヴクラフトと、火線が飛び交うなかを冷静沈着に行動するカフカがもたらす探査情報を頼りに、次なる標的を射殺。だが、肝心の〈帰望の会〉の三枝や、〈シビュラ〉の中枢機能掌握のための電子戦闘要員である永崎を狙い撃つことができない。

敵の進軍に迷いはなかった。おそらく自分と同様に、ノナタワーの設計図面を保有している。その狙いは地下の大深度区画に格納されている〈シビュラ〉の演算処理システム。

そこを落とされれば終わりだった。

加えて、まだ敵の指揮官アブラムや茉莉が姿を現していない。正面突破を試みる三枝たちのグループとは別働で、ノナタワーを襲撃してくる可能性が高い。

ここで敵の戦力がさらに増せば、確実にエントランスホールを突破される。

滄は歯嚙みした。当初の予定通り、警察機構による大量派遣が実現していれば、これほどの惨事が生じることもなかったはずだった。新首都高速湾岸線を封鎖できていれば、人間爆弾の投下も阻止できた。万全の体制でノナタワーを防衛できるはずだった。

そのときだった。

無線通信が起動した。誰かが滄を呼び出している。

表示されたアカウント名を見て、滄の表情が変わる。口をきつく引き結ぶ。無線通信を通話モードに。

《真守捜査主任、状況はどうなっているかしら？》

東金美沙子。この窮地にありながらも、その声色は平静を保っている。

「式典会場で死傷者が多数発生。また〈帰望の会〉が厚生省ノナタワーのエントランスホール付近まで迫っており、我々、少数の防衛戦力で侵攻を食い止めていますが、時間の問題です。いずれはノナタワー内に侵入される」

《なるほど》東金の態度に変化なし。《状況は芳《かんば》しくないということね》

「悪化の一途を辿っています」滄は厳しい口調で答える。なぜ、相手がここまで余裕ある態度を保っているのか理解できない。「そちらは、今どこに？」

《あなたのすぐ傍にいるわ》外の混乱などまるで関係ないと言わんばかりに、東金は落ち着き払った態度で告げる。《ノナタワー地下区画にある緊急避難部屋《セーフルーム》に、施設職員を誘導したところよ。私はこれから大深度区画に降りて、制御システムを直接操作します》
「——すぐに逃げてください。我々が撃破されれば、〈帰望の会〉は、〈シビュラ〉を破壊するために地下区画へ向かう」
《いいえ、撤退すべきはあなたたちよ。それ以上、彼らを足止めする必要はない》
「……今、何と？」
東金の言っている意味が、滄には咄嗟に理解できない。
だが、相手は滄の質問を無視して話を続けた。
《地下の大深度区画は地上施設と完全に隔離されている。だから彼らが侵入した後に、地上との接続経路を封鎖してしまえば、敵は脱出するすべを失う。どれだけ獰猛な獣であっても、鋼鉄の檻に閉じ込められれば、その牙を振るうことはできない》
「〈帰望の会〉を地下区画に閉じ込めるつもりですか？　ですが、それでは〈シビュラ〉中枢のすぐ傍に、みすみす敵を招き寄せるようなもの——」
だが、そこで滄は口を噤《つぐ》んだ。
何かがおかしかった。どれだけ東金が、〈シビュラ〉の万能性を信奉し、その運用部局《セクション》の指示に従っていたとしても、〈シビュラ〉そのものが危機に陥りつつある状況で、今の悠然とした態度は、あまりにも相応《ふさわ》しくなかった。

ふいに、東金が防衛戦力の増強を却下したときの言葉が思い出された――〝〈シビュラ〉の防衛戦力は充分に足りている〟――誰の目にも、戦力の不足は明らかだった。なのに、東金は、〈シビュラ〉運用部局は、その警備体制の強化を断固として拒絶した。

さらに今、敵を自らの心臓部に招き入れようとする東金の、不可解な言動の意味。

滄は、ひとつの可能性に至《こた》った。

「……東金美沙子」

思わず、相手を呼び捨てにした。

間近で繰り広げられている銃火の轟音が遠のき、代わりに静かな怒りが身の裡より湧き出してくる。

「――まさか、ノナタワーに〈シビュラ〉は存在していないのですか？」

そして東金は、これまでの滄たちの尽力すべてを無に帰す答えを口にした。

《当たり前でしょう。正式稼働も、完全なセキュリティ状態が整備されてもいないこの場所に、国家の最重要機構たる〈シビュラ〉の中枢を設置することなど有り得ない》

絶句した。

なら、自分たちのこれまでの行いは――。

《〈帰望の会〉は、〈シビュラ〉の在処について、ほぼ特定するまでに至った。しかし、

〈シビュラ〉の中枢となる演算処理ユニット群は、絶対に死守しなければならない。ゆえに我々は、厚生省ノナタワーを囮にすることで、敵戦力の誘導を図った》

東金の言葉ひとつひとつが、鋭く、滄の胸に突き立てられていく。

《そして、ノナタワーに〈シビュラ〉がある、と敵に思わせる程度には、防衛戦力を配置しなければならなかった――》

それが自分たちだった。

〈シビュラ〉の居場所を秘匿したまま、その防衛を行うため、滄たち合同捜査チームは完全に利用されていた。

「……今も式典会場では、合同捜査チームと、自ら志願し警備任務についた警察官たちが敵と交戦し、一般市民を守り、その命を落としています」

滄は、無線通信を通じて次々に届く殉職報告を聞いた。

死者の数は膨れ上がり続けている。敵も味方も、夥しい数の死体が積み重なっていく。

「彼らを〈シビュラ〉防衛のための囮として、使い捨てるつもりですか」

《新たな社会の確立のため不可欠となる、貴い犠牲よ》

東金は、言葉とは裏腹に、彼らに何の憐憫《れんびん》も抱いていない態度で滄の問いに答えた。

すると、怒りや憎しみといった激しい感情は遠のいていった。

むしろ、疑問ばかりが膨らんだ。なぜ、〈シビュラ〉を運用する者たちが、あたかもシステムそのものであるかのように、まるで感情のない歯車のような言動ばかりするのか。
〈先天性免罪体質者《AA》〉——すなわち、〈シビュラ〉の制御に相応しい人間とは、つまるところ、そうした完璧な異常者たちのことなのか。一切の共感能力を持たず、必要と判断したことだけを実行し、他人を犠牲にすることも厭《いと》わない。

であれば、先天性免罪体質とされる自分も同じなのだろうか。

滄の断片的な幼い頃の記憶。旅の仲間たちとともに日本へ至るために、障害となる敵を、どれだけ殺害してきたのか、その正確な数を思い出すことはできない。

大地を彷徨《さまよ》う悪霊《ドハシャーガ》たちから、仲間を守り、行く道を切り拓き続ける優秀な労働者《ハラショー・ラボータ》。

しかし最後には、仲間すべてを失い、日本にたったひとり辿り着いた。結果的には、自分が生き残るために、旅の仲間たちすべてを犠牲にしたようなものだった。本当は、自分こそが血に飢えた悪霊《ドハシャーガ》であったのではないか。

「——日本は、この国は、世界で唯一残された理想郷ではなかったのですか？」

そう信じてきた。そんな楽園に受け入れられたことに報いるため、この社会を守ろうとしてきた。

しかし、この社会を統べるシステムと、その神託を受け取る者たちは、何の躊躇いもなく社会《システム》のために個人を犠牲にしていく。

《この社会は理想郷に至る、その途上にある》

東金は告げる。〈シビュラ〉の答えを代弁するように。

《この社会は全身に癌が転移した重篤患者のようなものだわ。数千万人に及ぶ有害な人間を摘出したのに、まだ信じられないほどの病巣が巣食っている。愚かで利己的な行動ばかり繰り返し、自らが属する集団を自滅させかねない者たちはいまだに根絶し切れず、日本という国家を蝕《むしば》もうとする。だから、いつまで経っても、〈シビュラ〉を最も上手く扱えるのは〈シビュラ〉そのものであるという真実を理解できない連中が幅を利かせ、滅びの道へ歩もうとする。その欲望のすべてが、この状況を作り上げた。

――あなたが、我々の正義の在り方をどのように捉えようと、〈シビュラ〉がなければ、現在の世界と隔絶した日本の統治体制の維持が不可能なことだけは事実よ。そして〈シビュラ〉のなかった他のあらゆる国がどのような末路を辿ったのか、日本を目指して大陸を旅してきたあなたならよくわかるはず……》

彼らはすでに知っている。

真守滄の正体が、どれほど血に塗れた怪物なのか。

だが、それでも彼らは滄を求めた。

システムを転輪させる歯車となることを。

《間もなく、〈シビュラ〉運用部局が国防軍から調達した軍用ドローン部隊が、海上輸送で到着するわ。こちらの防衛は彼らに任せればいい。代わりに、あなたは〈シビュラ〉を

守りなさい》

「……〈シビュラ〉を?」

《――アブラム・ベッカムは衣彩茉莉を連れて、〈シビュラ〉に到達しつつある》

「茉莉が――」

心臓を鷲掴みにされた気分だった。銃器を手に、こちらの命を奪うために迫りくる〈帰望の会〉たちよりも、茉莉が今どこに迫りつつあるのか、という事実のほうが、滄の心に大きな波を起こした。感情が激しく揺さぶられる。

《とはいえ、今ならまだ、〈シビュラ〉の真実を知る資格のある者のみで、敵を排除することができる。――真守滄。あなたが望む理想郷とやらを、夢や幻の類ではなく、現実のものとしてこの世界に創り出したいというのならば、今すぐに〈シビュラ〉の許に向かいなさい。あなたにのみ、それを果たす資格と義務が与えられている。――〈シビュラ〉は、いくつもの道が重なり、そして、すべての道の始まる場所にある》

東京都内の、ある一点を指す地図情報が端末に送信される。データは、滄が確認するなり、瞬く間に削除された。しかし、それで十分だった。

滄は、自らが至るべき〈シビュラ〉の座する場所を、完全に理解した。

「……あなたたちの考えは理解できない」

《今、その意味を理解することができずとも、いずれは必ず理解するようになる。あなた

の魂は、その本質において私たちと同じ――〈シビュラ〉のために生かされているのだから》

その言葉を最後に通信は途切れた。

間もなく到着した国防軍の軍用ドローン部隊によって、〈帰望の会〉が背後から強襲された隙を突き、滄は警視庁対テロ特殊部隊《SAT》の人員とともに負傷者を連れて、エントランスホールの防衛を放棄した。

そしてＳＡＴに攻撃の続く式典会場の救援に向かうように命じた。

この社会《システム》の思惑で犠牲となっていく者たちを、その数を少しでも減らすために。

そして二頭の猟犬だけを連れ、自らに与えられた最後の任務に向かった。その行き先を唐之杜にさえ伝えることなく。

ただひとり。その命を使い果たすための孤独な戦いへ赴いた。

4

まったくふいに、都市のすべてが静止した。

まるで降り積もる雪に覆われ、凍てついたまま死体と成り果てていくように。

突如として、東京都内全域で車輛・鉄道・航空機を含む交通管制システムに大規模障害が発生し、そして都市が静止した。

眼下では、高層ビルの並び立つ摩天楼の合間を縫うように張り巡らされた新首都高速高架道路の各線で、制御機能を失った車輛の群れがあちこちで事故を起こしている。運転手たちは、とっくに自らの手で車を運転する方法を忘れてしまったかのように、動作不能に陥った車輛から出てきては、その場に立ち尽くし、天を見上げている。

鈍い灰色の雲。降り積もる真っ白な雪。鋭く凍てついた風が吹いている。

茉莉は、総重量六kgを超える完全装備のWA《ワルサー》2000を抱え、中央区日本橋にある建設途中の複合商業施設——まだ資材の剝き出しになった、その屋上部分の南に面した側に構築した狙撃地点《スナイピング・ポイント》で待機している。傍らに観測手を務める反体制レジスタンスの男が一名。他に周辺を警戒する歩哨が二名。全員が双眼鏡を手に、周囲を忙《せわ》しなく警戒している。

この位置からなら、付近を走る新首都高速都心環状線を始めとする主要幹線道路すべてを目視で見下ろすことが可能であり、接近する敵がいれば、すぐに狙撃できる。

アブラムが茉莉に与えた役割は、彼自身が目的を果たす間、如何なる人間もその場所に近づけさせないために、あらゆる敵を排除すること。

ただし、今のところ狙撃は実行されていなかった。それはつまり、ここに〈シビュラ〉

の中枢があることを、捜査当局側がいまだに気づいていないことのあかしだった。

茉莉がWA2000の照準越しの視界を左に、すなわち東の方角に動かしていくと、路上に朽ち果てつつある碑石が見つかる。日本の道路の始点を示す道路元票である。すなわち、〈シビュラ〉は、すべての道の始まる場所にあるということになる。

中央区日本橋。石造りの橋梁の上に覆い被さった旧首都高速道路と新首都高速道路の二つの環状線——その高架道路が重なり合う交差地点《クロスポイント》——その直下、地下奥深くに〈シビュラ〉の演算処理ユニット格納施設がある。

これまでアブラムは、東京都内に張り巡らされた新首都高速の高架道路に埋め込まれていた都市インフラたる各種配管網のうち、特定の配水管のみを、棄民政策者に自爆攻撃を仕掛けさせると同時に破壊してきた。それが、〈シビュラ〉の演算処理ユニットを稼働させるために必須となる、特殊な冷却液を供給する配水管だった。

新首都高速を構成する無数の高架道路が、国交省の管轄から厚生省に移管され、全自動操縦車輛の通行を前提とすれば不要であったはずの余剰路線が大量に構築されたのは、この〈シビュラ〉専用の配水管を敷設すると同時に、その存在を隠蔽するためだった。

特殊配水管を破壊するたび、アブラムは国交省側の内通者を通じて、特殊冷却液の供給ルートのスイッチングを監視し続けた。水の行き着く先を見定めるために。

そして最終的に特殊配水管から最も多く水の供給を受けていたのは、港区台場に建造された厚生省ノナタワー地下の大深度区画であることが判明した。

だが、同時にこの特殊配水管の水が都内で一箇所だけ、ノナタワーに至る前に必ず経由する地点があった。それがこの日本橋の地下区画だった。

候補は二つに絞られた。アブラムは襲撃グループを二つに分けた。襲撃が困難な台場のノナタワー側に大部分の戦力を割き、その指揮を三枝と永崎に任せた。

そして茉莉を含む、少数の戦力を率いて日本橋を襲撃したアブラムは現在、旧地下鉄銀座線の三越前駅から廃棄された路線に侵入し、車輛整備用に作られた引き込み線に偽装された地下の昇降通路を辿っている。〈シビュラ〉が都市内の中継地点を介して外界と繋がるための情報ケーブルを破壊しながら、その中枢に到達しようとしている。

都市内の交通管制システムに障害が発生しているのも、その影響だった。

〈シビュラ〉は、単に国民の精神色相《サイコ＝パス》を解析し、その結果によって職業適性や日々の生活のレコメンドを調べるためだけに稼働しているわけではない。

東名阪で構成される主要三大都市の全自動交通網の管制システムや、都市内を無数に蠢《うごめ》く各種ドローンの動作制御、果ては海上での国境警備を担う無人フリゲート艦の難民へのサイマティックスキャンに至るまで、文字通り、日本国内のあらゆるインフラを支えると同時に、その国防体制の根底を支えている。

無論、システムには複数のバックアップが施されており、都市内の交通管制システムも、

〈シビュラ〉側が異常を感知した時点でその情報ネットワークが別系統に切り替えられる。だが、〈シビュラ〉の中枢となる演算処理ユニットそのものが破損されれば、あらゆるシステムが破綻する。膨大なタスクを賄《まかな》える演算資源は他に存在せず、間もなく日本という国家は自壊する。

それが〈帰望の会〉の最終目的だった。

国防システムの崩壊。日本が〈シビュラ〉を独占し、海の向こうから戦乱と混沌が押し寄せるのを防ぎ止めるための防波堤――鉄壁の国境警備体制の崩壊により、日本を再び、世界に対して開かせる。その裁きの時を訪れさせること。

そのために、〈帰望の会〉の構成員たちは、自らの命を差し出すことを選択した。一二人の日本人の血を引く少年少女たちが、すべてを喪う絶望のなかで選び取った自らの人生の使い方だった。

復讐という言葉を口にするばかりで、実際はどうすれば復讐が果たされるのか分かっていなかった自分とは異なり、彼らは何を為すべきかを正確に理解していた。そのために実行すべき段階を積み上げてきた。

そして国家に対する復讐が成就したとき、何も知らなかった自分だけが生き残っているのだろう。もしかしたら、彼らの死を、見届けることこそが、茉莉に与えられていた本当の役割なのかもしれなかった。

だとしても、茉莉は他人から押しつけられた役割を全《まっと》うするつもりはない。

ただ、己の選択によってのみ、自分の生き方を決めたかった。

そのために命を費やしたかった。

何を為すべきかは、自明だった。自分には、守りたいと誓った相手がいる。かつての自分と同じように、他者から与えられた役割を全うするために、自らの命を差し出して、その肉体、魂に至るまで使い潰そうとしてしまう彼女を助けたかった。

衣彩茉莉は、その命に代えても、真守滄を守りたい。

彼女が自分に、どのように生きるかを選択する自由を与えてくれたように、彼女にも自らの人生を選択する自由を与えたかった。

だが、そのためには、〈シビュラ〉を破壊しなければならない。

真守滄の無垢なる従順な獣の魂を、この社会を統《す》べる怪物は欲している。

先天性免罪体質――自分のような後天性免罪体質とは違う、特別な本物を。

システムは、特別な人間を食べてしまう。童話で、赤ずきんとおばあちゃんを食べてしまう恐ろしい狼のように。そして、現実はおとぎばなしと違って、狼に食べられてしまった赤ずきんたちを猟師が助け、腹のなかから出してやることはできない。

《――〈シビュラ〉は自らの正体が明らかになることで、その正当性が失墜することを恐れている》

すると、アブラムからの無線通信が入った。〈シビュラ〉中枢に到達したことを意味する報せ。彼は都市の最も深く、最も昏い場所に辿り着いたのだ。

彼が頭部に装着した小型の撮影装置を介して、その視界に入った光景が茉莉の携帯端末にも送られてくる。画面は暗く、粗い。だが洞穴のような真っ暗な通路の先には光が射しており、アブラムの大きな歩幅によってぐんぐんとその光が近づいてくる。間もなく真っ白な光で視界が灼かれる。そして徐々に視界が取り戻されていく。色彩が施されていく。

《なぜならひとは、必ずしも結果のみで物事を判断する動物ではないからだ。過程と結果──その両方の評価をもって、ひとは物事の正当性を承認する。しかし怪物の正体は、その類稀な成果をもってしても容認しがたい原罪によって形づくられている》

太陽のような黄色。向日葵《ひまわり》のような黄色。そして黄金のような黄色で、すべてが満ちている。画素数の低い中継映像では、その光景は、精神を病んだ画家の描いた抽象絵画のようにしか見えない。今、アブラムの前には煌々と照らされたとてつもなく巨大な空間があり、そこには黄金色の膨大な量の水を貯めたプールが拡がっている。

《ゆえに〈シビュラ〉は、自らの在るべき場所を同胞からも完全に秘匿しなければならない。結果的に国防の最重要施設でありながら、その防衛戦力はごく限られたものに成らざるを得ない。そこにジレンマがある。俺たちが怪物を斃《たお》すために付け入る隙、唯一の好機があると言っていい》

プールには、何かが埋まっている。

ホルマリン漬けにされた畸《き》形《けい》の胎児や、悪性腫瘍の標本のように。

中継される映像は、それが実際にどのようなかたちをしており、何であるかを鮮明に描き出すことはない。

しかし、それでも茉莉は、アブラムが自分に明かした〈シビュラ〉の莫大な演算資源を生み出す源となるものの正体、その真実が、彼の言っていたとおりのものであると悟った。

同時に、それが何処からくるものなのか。かつては何者だったのか。あるいは、彼女——真守滄が、いずれどのようになるのかを完全に理解した。

ゆえに、茉莉は確信した。

「センセイ」

茉莉は再び、アブラムをその名で呼んだ。確かに彼は自分を、本当に為すべきことへと導く存在だった。たとえどれだけ利用され、裏切られようとも。彼はつねに真実だけを自分に示し続けた。

「——あたしは怪物《シビュラ》を破壊する。あいつを守るためには、これを壊さなきゃ、駄目だ」

《好きにするといい》アブラムの返事は静かだった。《俺は取り戻すべきものを取り戻す。帰ることを望んだ子らはこの国に与えるべき裁きを与える。そして、お前は守るべきものを守る。それで、すべての望みは成就することだろう》

そう口にしながらも、アブラムの声からはどこか空虚な、諦観に満ちた絶望的な感情の色が滲《にじ》み出していた。

おそらく、彼にはもう、けっして取り戻せないものがあるのだ。途方もない距離を旅したすえに、今ここで手にするものは、かつて望んだものとはまるで違う、朽ち果てた何かなのかもしれなかった。

《マツリ》とアブラムが自分の名前を呼ぶ。《お前は、昔の俺によく似ている気がする。俺がかつて望んだ願いもまた、守るべきものを守ることだった。だが、本当は何を、そして誰を守るべきなのかを理解できなかったために全てを失うことになった。お前が俺と同じ過ちを犯す必要はない。お前はお前の守りたいものを守れ。それがお前に、この世界の本当の神というべきものがお与えになった自由というものであり、何があろうとも赦《ゆる》されるべき行為なのだから》

そして通信は終わる。中継映像も消える。だが脳裏に、あの恐ろしい真っ黄色な怪物の姿は焼きついている。自分が何をすべきかをもはや過《あやま》つことはない。

茉莉は、灰色の世界を見つめる。舞い落ちる雪の欠片の白さに、彼女の面影を視る。望むのは、真守滄を守ること。ただ、それだけだった。

それにしても、アブラムは、茉莉からすれば、自分ではなく滄に似ているというべきだった。

どちらも自分を助け、自由という名の選択の権利を与えてくれた相手だった。

ちょうど今、こうして雪が降るように、大量の灰が空から延々と降り注ぐなか、死体焼きの村で〝帰国者〟に殺されかけた茉莉を、アブラムは、後に〈帰望の会〉と呼ばれるようになる面々とともに助けた。

彼らはそのまま立ち去るつもりだったが、茉莉は捨て犬のようにアブラムの足に縋《すが》りついた。そのまま、いつまでも離れようとしなかった。村人は、他に誰ひとりとして生き残っていなかった。焼くべき死体だけが堆《うずたか》く積み上がっていたが、茉莉はもう、誰ひとりとして死体を焼きたくなかった。生き残る手段を、この場所から離れてなお生きていくだけの力を、どんな方法でもいいから欲しかった。

やがてアブラムは、茉莉に一丁の拳銃を渡した。

そしてこう言った。

好きにしろ。すべての人間は生まれながらにして自由であり、自らの命について、その在り方を決定する権利がある。

——死んで、たまるか。

あのとき茉莉は、アブラムが自分に命を絶つために銃を渡したのだと思った。だが茉莉は死ぬつもりはなく、アブラムを殺してでも生き残るつもりだった。銃こそが力のすべてだと思っていた。彼が与えた回転式拳銃を手にした茉莉は、その銃口をアブラムに向けた。

すでに撃鉄は起こされており、あとは引き金を引くだけだった。

引き金は思っていたよりもずっと軽かった。しかし撃発の衝撃は凄まじかった。手のなかで爆発が起きたようで、拳銃が飛び出してしまわないように両手で慌てて押さえた。

けれど、胴体に風穴が開くはずだったアブラムは傷ひとつ負っておらず、じっと茉莉を見下ろしていた。茉莉はパニックを起こして何度も撃った。瞬く間に弾丸切れになった。

カチカチと虚しい音ばかりが響いた。

相変わらず、アブラムの身体には傷ひとつなく、不死身の巨人のように悠然と佇《たたず》んでいた。そして大きな掌で茉莉から銃を取り上げた。殺されると思った。その節くれだった太い指と、鞣革《なめしがわ》のように硬く滑らかな肌をした手で、この細っこい首はへし折られる。

だがアブラムは、びっくりするくらい優しい手つきで、茉莉の頭を撫でた。

そんなに死にたくないのなら、ついてくるといい。この世界で生き続けることは死ぬよりも辛いことだが、それでも死ぬよりはずっとマシだ。

そして茉莉は、死体を焼く役割を捨てた。代わりに自分自身が、世界を焼き尽くす焔となることを選んだ。荒廃した大地を進み、濁った海を渡って、日本という故郷に足を踏み入れた。

だから、今ここで自分は、たとえ誰が何を望んでいようとも、自らの選択を貫き通すつもりだった。

たとえ、滄が、自分の願いを望んでいないとしても。

茉莉は知覚する。

鋭敏な殺意。真守滄が、その銃口をこちらに向けていると感づいた瞬間、茉莉はWA2000を抱え、その身を剝き出しになった鉄骨の陰に飛び込ませる。

直後に飛来した弾丸が、周辺警戒に立つ歩哨の頭部を吹き飛ばす。遅れて届く銃声。しかしその間隔は短い。かなり近い距離まで接近されている。レジスタンスたちは突然の襲撃にも機敏に反応し、茉莉と同様に鉄骨に身を隠そうとしたが遅かった。

第二射が放たれた。二人目の歩哨が右脚を撃ち抜かれ、もんどりうって屋上に転がる。苦痛に呻《うめ》く。そこに第三射。今度は左脚の脛《すね》のあたりを撃ち砕かれる。もはや歩くことは叶わない。激痛に叫ぶ歩哨を、観測手が救い出そうとする。そこに第四射。側頭部に叩き込まれた弾丸が観測手の頭部を破裂させる。そして第五射によって、両脚を撃ち抜かれた歩哨の頭が撃ち抜かれた。

仲間が撃たれたとき、つい助けようと飛び出してしまう人間の心理を逆手に取った狙撃の手順。瞬く間に三人が射殺された。正確無比を通り越し、もはや悪魔に魅入られた魔技というべきほどの命中精度。徹底した制圧。

弾丸が飛来したのは五時の方角、南南東。弾着と銃声の伝達の間隔からして、距離はおよそ四〇〇m。そのうえで、この場所を狙撃可能な地点といえば、日本橋を挟んで向かい側――中央通りに面した百貨店ビルの屋上。

茉莉は、WA2000を構え直す。初弾を薬室に装塡する。反撃の機会を窺う。歩哨も倒された。観測手も倒された。こちらに銃口を向ける悪魔のような狙撃手は、次に自分が遮蔽物となる鉄骨の陰から身を乗り出し、対抗狙撃を試みようとした瞬間、躊躇いなく頭を撃ち抜いてくるだろう。

だが、それでも相手が彼女なら、まだ付け入る隙がある。

茉莉は、鉄骨の陰からさっと身を乗り出す。

やはり、そうだ。銃口の先にいるのが自分だから、一瞬の躊躇いがあった。再び相手が放ってきた弾丸は茉莉の近傍、鉄骨を削り取りながら背後に消える。それでも恐ろしいほどの精度。

しかし、自分には命中していない。僅かな反撃の猶予。

茉莉は、狙撃地点として予測した百貨店ビル屋上にWA2000の銃口を向け、即座に引き金を絞る。放たれた弾丸は、都市内を吹き荒れる強風によってさらに弾道をずらしながら突き進む。だが、今は正確な照準は要らない。威嚇になればいい。こちらはお前の居場所が分かっているぞというメッセージが伝わりさえすればいい。

そして、敵狙撃手の姿を捉える。

給水タンクの陰に翻《ひるがえ》る人影。舞い踊る雪のように逆巻く白銀の髪。間違いない。

滄――。

飴玉でも転がすように、茉莉は口のなかで、その名を呟く。

やはり、来た。

銀色の猟犬。ハイイロオオカミの化身のように気高い殺戮者が。

茉莉は、WA2000を構え直し、油断なく百貨店ビル屋上に照準を定め続ける。再びその姿を現した瞬間、確実に弾丸を叩きこむ覚悟を決めた。殺さない。しかし、これ以上、先へ通すわけにはいかない。彼女が〈シビュラ〉の許に辿り着けば、理想郷の真実という怪物は、真守滄を確実に食べてしまう。人ならざるものに変えてしまう。

そんなことは絶対にさせない。

あんたを、あたしが守る。

狩人は息を殺し、再び狼が動き出すのを待ち続ける。

Φ

歩哨二名と観測手《スポッター》を射殺するより先に、衣彩茉莉を無力化しておくべきだっただろうか。

滄は貯水タンクの陰に隠れ、ポーチから取り出した手製《ハンドメイド》の弾丸を古めかしいボルトアクション式狙撃銃に装塡、コッキングレバーを引き、薬室に弾丸を送り込む。

ウッドストックを大きく削られ銃身も交換し、ほぼ原形を留めていない大幅改造が施された異形の巨大拳銃というべき、M1891／1930モシンナガン狙撃銃。

かつて自分が最も多くの人間を殺した銃。母を名乗り、幼い滄に多くの命令を下した女が愛用し、そしてつねに貸し与えてきた古い歴史を宿した武器。そして、日本に至る越境のすえ、狼の群れに食い殺された母から、その歯牙とともに滄が持ち去った形見の品。

無意識に滄は、首に提げた無数の歯牙を繋げたネックレスを、指先で弄《まさぐ》る。どれが母のものであったのか、もはや分からない。新たに加わった野芽の歯だけが、古びて象牙色になった他のものと比べ、ひどく白い。

まるで空に舞う雪のように。

そして、降り積もる雪さえも溶かしてしまう紅蓮《ぐれん》の焔のような、赤い髪をした少女の面影が滄の脳裏を過《よ》ぎる。

東金からの緊急要請を受けて台場を離脱した滄は、交通管制システムの障害により、全線が不通となった新首都高速道路を避け、地上の旧道を単車と輸送ドローンで移動し、P1《カフカ》・P2《ラヴクラフト》とともに中央区日本橋へ急行した。

そして今、中央区日本橋の中央通りに面した百貨店ビル屋上にいる。茉莉が狙撃地点としている建設途中の複合商業施設との距離は、およそ四〇〇m。カフカの射撃支援があるにせよ、射程距離が短い改造モシンナガン狙撃銃で確実に標的を仕留めるには、ギリギリの距離。そこで着弾点のズレも確かめる意味で、先に歩哨たちを狙った。

——いや、違う。

滄は、自らの考えを否定する。

撃てなかったのだ。自分は、衣彩茉莉を。だから彼女を最後に回した。殺さず無力化するためならば、奇襲となる狙撃の、最初の一撃で仕留めねばならなかったのに。

バンッと、紙風船が破裂するような音がして、貯水タンクに大穴が穿《うが》たれた。漏れ出した水が床を浸し、膝立ちの姿勢で待機している滄の脚を濡らす。

まるで警告のような一撃。お前の居場所も正体も、すでにお見通しだと伝えるように。

そして茉莉が、滄の〈シビュラ〉の演算処理施設への到達を阻止しようとしていることも分かった。その理由の切実さを直感する。茉莉の残したボイスメッセージ——〝この世界の真実に辿り着き、そしてあんたを守るために〟。

おそらくは、自分が〈シビュラ〉の真実について知り得たとき、何か途方もないものを喪失することになる。それを茉莉は止めようとしている。自分を守ろうとしている。

しかし、滄にも守らねばならないものがある。それが、この社会であり、そこで生きる人々だった。

度し難い矛盾と、拭い去ることのできない数多の悪徳に塗《まみ》れた社会の仕組み。

理想郷を維持するために、積まれてゆく夥しい数の犠牲。

それでも、ここで人は生きている。彼らを無知であり、盲目になって幸福を享受するだけの愚者の群れとは思わない。愛すべき相手がおり、守るべき相手がいる。平和な日々を生き、社会とともに成長していくことを権利として与えられた、ごく普通の、当たり前の人間の生き方をしている市民たち。

〈シビュラ〉が消えれば、この社会もまた、かつて幼い滄が日本を目指す旅路のなかで幾度となく目にしてきた混沌に飲み込まれる。彼らの営みも潰《つい》える。

争いが生み出す、数え切れないほどの死者たち。燃料を浴びせかけられた死体の山は勢いよく燃え、溶けていくプラスチックの廃材が強い異臭を振りまく。蔓延《まんえん》する化学物質だらけの毒の煙。生きるより死ぬことのほうが、よほど安らぎとなる地獄の大地。

流浪の旅人として土地から土地へ渡り続け、終わりなき旅路を歩んだ自分と旅の仲間たち。在るかどうかも分からない楽園を目指す絶望。かじかんだ手を温めることすら不可能な冷たい荒野に消えずに残った燃え滓のような、ほんのわずかで小さな希望のためだけに生きることとの悲壮さ。

日本という国があることを知らない者はいなかったが、実際にどこにあり、どのような姿で生き残っているのかを知る者は、ほとんどいなかった。

それは一種の幻想として語られた。

在りもしないおとぎ話に登場する、魔法の国のようなもの。

今の世界に、人間同士が戦いもせず、平和に秩序を維持する社会を築いているはずなどないと多くの者がそう思っていた。大人は現実を知り、その存在を否定した。子供は純粋にその存在を信じることもあったが、間もなく世界はもっと野蛮であることを知り、現実を受け入れていった。

終末以後《ポストアポカリプト》の世界。高度に発達し切った資本主義社会のひとつの終焉として起こった、全地球規模の紛争状態。そこではかつて限られた国、限られた個人に吸い尽くされた富が一度はばらばらに拡散した。だが、やがて、それらは再び収束を始める。

暴力が資本を集約し、資本が暴力を集約する。

言い換えれば、手にした武力がそのまま支配規模に直結するシンプルな仕組み。

そこでただ生き延びるのみならず、日本という幻想を目指して歩んでいくこと、旅を続けることは、それだけ多くの脅威に晒されるということだった。

前進は、誰かが犠牲になることで果たされた。その繰り返しが、旅の仲間たちを、故郷という名の理想郷へと一歩ずつ進ませていった。

帰国《ダモイ》せよ、帰国《ダモイ》せよ、我々はもうすぐ帰国《スコーラ・ダモイ》する——。

いつも、それが合言葉だった。

凍てつき、果てた命を埋葬するたびに、両親たちも兄弟姉たちも、みんな揃って、唱和した。帰る。絶対に帰り着く。

最後の一人になろうとも、必ず故郷へ辿り着く。

両親を失った幼い自分を旅する者たちが旅へと誘った。自分は、求めに応じて旅に出た。そのときには、自分が最後のひとりとなるとは考えもしなかった。

そして辿り着いた日本さえも、本当は理想郷には程遠い場所だとしても。いまだそこで生きる者たちもまた旅人の群れだった。

自分は、この理想郷へ至る旅を終わらせず、先へ進めるために命を使う。

死した者たちによって託された願いを、また別の誰かに託すために、その命を費やすことを決めた。

茉莉。

衣彩、茉莉――。

名前が、口から零《こぼ》れ出る。吐く息の白さは、瞬く間に灰色の空に消えていく。

願いを託すべき相手は、手にした銃の、その照準の向こう側に立つ。

滄は、貯水タンクから躍り出る。流れ出た水を踏みしめ、飛沫を上げながら、ビル屋上を走る。

足許で銃弾が跳ねる。茉莉の狙撃銃は、完全装備のＷＡ２０００だ。その動作の精密さ、そして狙撃手の完璧な射撃能力が合わされば、狙いを過つことはない。

それでも自らの命が撃ち抜かれずにいるということは、自分たちが抱いた願いは鏡に映ったように同じものだということだ。

嬉しい。滄は、次々に撃ち込まれてくる銃火の最中にあって、月の狩猟の女神に捧げる舞を踊る狼のような歓喜に、その身を震わせる。口から自然と歌が流れ出す。ドヴォルザーク交響曲第九番――『新世界より』。遠い、未だ何者でもない新天地にあって故郷を想い、奏でられた旋律が肉体を躍動させる。

遮蔽物となる屋上縁のコンクリート壁に飛び込む。カフカの射撃支援を受けて、その照準を定める。その銃口の先、遥か彼方に茉莉がいる。まだこの世にない音を奏でるために作られた楽器のようにWA2000狙撃銃を構え、滄を撃とうとしている。

一瞬、互いに動きを止めた。刹那の膠着《こうちゃく》状態。互いに、完全にその命に対して照準を定めている。このままではお互いを殺してしまう。

いっそ、そうなってしまうこともまた幸福なのだろうか。無限に引き延ばされたような時間の停滞のなかで、そんな淡い想いも生じた。しかしすぐに霧消する。死ねば終わりだった。生きなければならない。そして、真守滄は果たすべき役割を全うするために、あと少しだけ生きる時間が必要だった。そして、衣彩茉莉には、これから自分が託す願い、その祈りとともにずっと長く、そして自由に生きて欲しかった。

すべての距離を零にする忘我の交わりから目覚めたのは、わずかに滄のほうが早かった。これまで弾丸異形の銃。M1891／1930モシンナガン狙撃銃の引き金を絞った。

を放てば、すべて必中――数多の命を奪い続けてきたその武器で、衣彩茉莉を殺さず、しかし止めるため、相応しき標的を正確に撃ち抜いた。

Φ

WA2000の引き金を絞ろうとした瞬間、茉莉は自らの敗北を悟った。

近代的な射撃支援装置の類などまったく装備されておらず、そもそもいつの時代に作られたのかさえ分からない化石のような異形の狙撃銃を構えた滄は、しかし一分の狂いもなく、その標的を破壊した。

すなわち、茉莉が構えたWA2000それ自体に、弾丸を正確に狙撃した。粉砕こそ免れたが銃身は大きく歪み、すでに撃発し、薬室から撃ち出されるはずだった銃弾が暴発した。緻密な工芸品の集合体というべきWA2000は、そこらじゅうに破片を飛び散らせた。

砕けた照準器のガラス片が茉莉の左眼を切り裂く。咄嗟に瞼《まぶた》を閉じたが、鮮血が迸《ほとばし》る熱い感触がある。あちこちに針のように突き立つ狙撃銃の部品たち。首の血管を切り裂かれずに済んだのは奇跡としか言いようがなかった。

「……くそっ！」

茉莉は悪態を吐きながら、WA2000の残骸を放り捨て、代わりに射殺された歩哨のすぐ傍に転がっている自動小銃を摑もうとする。AK47。精度が高いとは言い難いが、この距離なら十分に狙える。

まだ終わっていない。ここで滄の行く手を阻《はば》みさえすれば、どうにかなる。

しかし、急に突風でも吹いたかのように自動小銃が遠くに跳ね飛んだ。

不可解な事態。だが、すぐさま積もった雪を弾き飛ばしながら急速に接近してくる何か——降り続ける雪のなか、わずかなノイズを奔らせる不可視の猟犬が飛び掛かってくる。

容赦なく腕を嚙みつかれ、鉄骨のうえに引き摺り倒される。逞しい前肢が茉莉の小さな身体を完全に制圧する。そして不可視迷彩を解き、真っ黒な長毛で全身を覆った巨大な犬《ラヴクラフト》が姿を現す。

そこで茉莉は、もはや抵抗する手段をすべて失ったことを理解した。相手の戦術を完全に読み違えていた。滄は、自ら茉莉を狙いつつも、同時に伏兵を送り込んでいた。そして狙撃に意識を奪われているうちに、すぐ傍にまで忍び寄られていたのだ。

そう気づいたとき、急に全身の力が抜けた。これ以上、どう足掻《あが》いてもラヴクラフトの拘束を逃れることはできなかった。破片が突き刺さった、あちこちの傷口が痛み出す。

自分が横たわる雪のうえに、血の海は広がらない。致命傷は何ひとつとして負っていない。しかし、身じろぎひとつできない。抵抗の素振りを見せなくなったことで、ラヴクラフトが拘束を緩め、血に濡れた顔を舐めてくる。

視界は半分くらいが薄い赤に染まっている。

おかげで、空から降ってくる雪が朱をさしたように色づいて見えた。季節外れの桜の花びらのように綺麗な、淡い紅色。


それから、しばらく後、誰かが近寄ってくる気配がした。

確認するまでもない。

真守滄。

彼女の蒼い眸《ひとみ》が、じっと見下ろしてくる。膝をつき、自分を抱き起こす。破片を抜き取り、応急処置を施していく。手早く、しかし丁寧に。

やがて左眼が包帯で覆われた。薄い朱に染まった視界は黒い闇に閉ざされた。

視界はひどく狭くなる。しかし、元の正しい色合いを取り戻す。

茉莉。

滄が言う。こちらを咎《とが》めることもなく、かといって気遣いの言葉ひとつ口にせず。

ごめんなさい。わたしはこれから、〈シビュラ〉の許に行く。

代わりに告げたのは、謝罪の言葉。哀切な感情を帯びた声色。まるで、これが最後の別れになると確信しているかのように。

……だめ、行っちゃ、だめ。

茉莉は必死に止めようとする。

しかし、もう止められないことを茉莉は理解している。

滄が告げる言葉のひとつひとつ、こちらをまっすぐに見つめる眼差し。そのすべてに確信がある。滄は、〈シビュラ〉の真実が何であるかをまだ完全には知らないはずだ。

けれど、この先に行けば、自分が二度と戻れなくなることを理解している。

だからこそ、茉莉が滄の行く手を阻もうとした理由もきっとわかっている。

わたしを守ろうとしてくれて、ありがとう。

抱き締められる。茉莉は何も抵抗できない。

でも、わたしはあなたを守りたい。そして、この社会で生きるひとたちを守りたい。

ただ、その言葉を聞くしかなかった。

とっくに、彼女のなかで全てが定まっていた。

もし、滄を止めたければ、ここで殺すしかない。自分の手で永遠にするしかない。

しかし、茉莉にそんなことはできない。

だから、あなたにお願いがある。託したいことがある。もしも、この後、わたしがもう、守りたいと願うひとたちを守れなくなるとしたら、代わりにあなたが守ってほしい。この社会は今も旅を続けている。ひとは呪われたシステムのなかで生かされていると思うかもしれない。けれど、いつかは呪われたシステムさえも過去のものになり、本当に正しい世界に、本当の幸福を実現する理想郷に人々は辿り着けるかもしれない。そのために、この社会《システム》を破壊させてはいけない。

そして真守滄は、衣彩茉莉の許を去った。

地の底に眠る怪物の許へ、その鋼鉄の腸《はらわた》のなかへと向かった。

やがて残された茉莉は、血に塗れた朱色の涙を流して長く長く泣き続けたすえ、やはり飼い主に命じられ、この場に残ることになった二頭の猟犬とともに立ち上がった。

もうひとつの戦場へ。

厚生省ノナタワー。今なお、死体の山が築かれる場所で、死に逝く者たちをひとりでも多く救うために。

そしてこれを最後に、衣彩茉莉と真守滄が、その生涯において二度と再会することはなかった。

5

〈シビュラ〉の深奥に辿り着いたとき、その光景を、ただ美しい、と思った。

自分がずっと目指していた理想郷。夢に描いていた楽園の姿は、きっと、こんな風景をしていたはずだ。

夕暮れのように、あるいは朝焼けのように、黄金に耀く光がそこらじゅうから射しており、冷たく凍てつく影などどこにも見当たらない。地面には豊かな実りを蓄え、重く頭を垂れる金色の稲穂が、やはり黄金の水田に揺れて、どこまでも拡がっている。何千何億の人間がいようとも、飢えに苦しむこともなく生きていけるはずだと確信して疑わない光景。

そうやって幻視した光景は、瞬く間に遠のいていき、そして滄は自らの生きる世界の真実を目の当たりにした。

〈シビュラ〉――その要《かなめ》となる演算処理ユニットを収めた中枢機能は今、滄が立つ莫大な容積を誇る地下空間に格納されている。

床面は、多摩の東金財団先端研究施設において目にした黄金色の特殊な冷却液を満たした貯水プールが、しかし遥かに広い面積で拡がっている。蓄えられた黄金の水は、あの腐ったような生臭い死臭はせず、新鮮な生命の匂いが湧き立っている。これが本当の、〈シビュラ〉を稼働させるために精製される特別な水。さながら胎児が母親の胎内で浸かる羊水のように。けっして冷却液などではない。もっと本質的に生命を左右する水であることを滄は悟った。

黄金を湛《たた》えた貯水プールは、白銀に耀く通路によって一定間隔で格子状に仕切られており、さながらそこに黄金色の田園が築かれているようだった。そして天井の高い空間を覆い尽くすように幾重にも渡された鉄骨の梁《はり》から、やはり無数の機械肢《マシンアーム》が伸ばされており、貯水プールのなかから何かを引き上げては、忙しなく別の貯水プールに移している。

滄は、機械の手指が、水の中から摘み取る収穫物を注視する。

そこらじゅうが眩しく黄金に光っており、眼を細めなければすべてが光のなかに覆い隠されてしまいそうだった。

滄は通路を進んだ。貯水プールの間際にまで近づいていく。身を屈め、今しも機械肢が水中から引き上げる物体を間近で直視する。

そしてふいに、そのおぞましい正体に気づいた。

黄金色の培養槽から引き抜かれた、縦に伸びた長方形の格納容器には、やはり黄金の培養液が詰まっており、そのなかに悪性の腫瘍《しゅよう》となって膨れ上がった肉の塊のように、人間の、その脳髄が収められている。

咄嗟に、何かの見間違いではないかと思った。

しかし、格納容器のなかにある、無数の皺が刻まれた巨大な胡桃《くるみ》のような物体は、見間違えようがなく脳髄だった。左右の大脳、そして間脳に小脳、脳幹部分に至るまで、一揃いの人間の脳が液体のなかで小さな気泡を生み出しながら揺蕩《たゆた》っている。それはちょうど人間の頭蓋を切り開き、血と脳漿やくも膜といった脳味噌を覆う様々な物質すべてを丁寧に剝ぎ取り、綺麗に灰白色の脳の部品のみを取り出した標本のようだった。しかし、大量のケーブルが突き刺さっていることから、その脳は単なるサンプルではなく、何らかの用途に活用されていることが理解された。

このとき、滄の脳裏を様々な記憶が過ぎった。多くの人間たちと交わした数多の会話が次々と再生されていった。

先天性免罪体質《アプリオリ・アクウィット》——。

やがて、その一言だけが幻聴となり、茉莉や唐之杜、あるいは東金美沙子、出逢ったすべての人間の声によって繰り返し輪唱された。

しかし、唐突に幻聴を断ち切る、乾いた破裂音が響いた。

銃声だった。

滄は、音のするほうを向く。金色の闇の向こう側に、その男は立っている。

エイブラハム・Ｍ《マレク》・ベッカムは、畑のなかで病気に感染し他の稲穂を殺してしまう毒の穂だけを丹念に取り除くように、貯水プールのなかから引き抜かれた格納容器がその頭上を通過するたびに、手にした回転式拳銃——スタールＭ１８５８リボルバーをシングルアクションモードで一発、また一発と撃ち込み、黄金の水に浸されていた脳髄を撃ち抜いていくのだった。

彼の足元には、砕かれた脳の残骸や、漏れ出した培養液が飛び散っていたが、不思議と彼が被る帽子にも、アメリカン・トラッドの古風なスーツにも、そして羽織ったオーバーコートにも汚れひとつついていない。

「〈シビュラ〉を守るなら、来るのが少し遅かった。大方の目的は達した。あとはシステムを破壊するだけだ」

しかし、アブラムはなぜか、ひとつだけ脳を収めた格納容器を破壊せず、輸送用の多脚ドローンに固定し、自らの傍らに置いていた。それは今しも、彼がこの場所から奪い去ろうとしているものにもかかわらず、本来の持ち主がアブラム自身であったかのように、自然とその傍にあった。まるで旅人が何処へ行くにもひとつだけ必ず持っていく大切な荷物のように。

「――真実とは虚飾を剝がした後に残る無そのものだ。あるいは、人間に捕らえられ、皮や肉、油と骨に至るまで余すことなく抜き取られた後に残る鯨の影のようなものだ。どちらもそれ自体に価値はなく、そこに至るまでの過程にすべての価値がある」

アブラムは、弾丸切れになった回転式拳銃に一発ずつ実包を込めながら声を発した。

彼は、滄を見てはいない。しかし、間違いなくこちらに向かって話しかけている。

「厚生省の取締官……」

そして、ゆっくりと銃口を滄に向けてくる。

「いや、こう呼ぶべきだ。先天性免罪体質者《AA》――〈シビュラ〉の歯車となるべく存在するしかない孤高の獣と」

滄も機敏に反応した。

懐から漆黒の大型拳銃《ブラックホーク》を引き抜き、アブラムに照準する。

互いに引き金を引けず、膠着状態に陥る。茉莉との狙撃のときとは違う、強い殺意の衝突がもたらす危うい均衡が、ふたりの間で生じる。

「〈シビュラ〉の真実を知った気分はどうだ？」

アブラムは問う。少しでも滄が動きを見せれば、引き金を絞るつもりだろう。

「真実そのものに価値はありません」

だが、それは滄も同じだ。混じりけのない純粋な、確実に相手を殺そうとする意志だけをその身に宿し、わずかに身じろぎすることもなく、アブラムを照準し続ける。

「しかし、いかなる真実によるものであれ、それによって生かされる者がいるならば、わたしはそれを守る選択をするだけです」

すなわち、鯨を糧に生きる人間こそが、自らの守るべきものだった。

「この社会を守るということは、お前もいずれは、その肉体を捨て去り、脳髄だけの存在となって怪物を彩る屍衣のひとつになるということだ」

滄とアブラムが睨み合う間も、脳を収めた格納容器が黄金の水から引き抜かれ、また沈められていく。そうすることで、膨大に積まれた処理タスクを実行するために。

「〈シビュラ〉の莫大な演算資源とは、すなわちシステムに取り込まれた一〇〇を超す先天性免罪体質者の脳髄に他ならない。摘出された脳髄は、演算処理ユニットに移植され、一種の流体コンピュータというべき特殊な培養液――その疑似脳漿を介して、お互いの知性を重ね合わせる。そしてあたかも多数の脳がひとつの肉体に宿った巨大な知性体を形づくるように、単にモジュール化された脳同士が並列接続されたのではなく、ユニット間の量子結合状態を実現した超演算処理ユニットとなり、その莫大な演算能力を獲得する」

さらにアブラムは畳みかけるように言う。

「お前がここに来たのは、〈シビュラ〉を防衛しろと命じたからだろう。〈シビュラ〉自身か、あるいはその命令を受け取った伝達者《メッセンジャー》が、という架空の組織を作り上げ、あたかも、この脳たちが〈シビュラ〉運用部局《セクション》すように装い、お前のような官僚たちに指示を出してきた。すなわち、〈シビュラ〉の解析結果に沿った政治判断を下るものとは、〈シビュラ〉そのものであり、この社会は機械仕掛けの怪物が作り出す幻影、魂なき者の見る夢に過ぎない」

ここにあるのはお前の未来だ、とアブラムは告げる。

「お前は、〈シビュラ〉の真実を知った以上、そのシステムに組み込まれることになるだろう。それは生きながらにして死に続けるということだ。ただの機械部品となって、醒めない眠りに就くことになる」

それは、あたかも警告のようであり、そして自らが犯してきた罪を告白するようでもあった。

アブラムは、旧米国政府の国土安全保障省《ホームランドセキュリティ》の人間だった。それはすなわち、自分のように、国家と社会を守ることが彼の職務であったということ。

「――かつて、人間の魂を定量化する精神の数値化技術《サイマティックスキャン》が理論化され、その実現が夢見られたとき、解析のために必要になる膨大な演算処理ユニットとして、〈シビュラ〉の原型というべき仕組みが設計された。俺は何の疑いもなく、それこそが故郷とそして同胞たちを守り、救うための決定的な切り札になると考えた。俺たちはみな、そういう希望を抱いた。そして、サイマティックスキャンによって、〈シビュラ〉を稼働させるべき適合能力を持った人間を見つけ出そうとした。だが、その発見確率は恐ろしく低かった」

「二〇〇万人にひとりの特異体質――」

滄は、東金が口にした言葉を思い出す。

「免罪体質とは何も、犯罪を犯しても色相が濁らない精神異常者を指す言葉ではない。より逸脱した者たち、何かが致命的に欠けているかわりに、別の何かが突出して優れた者たち――その例外存在というべき魂の在り方をシステムが理解することで、その知覚領域を飛躍的に増大させる。世界と人類そのものを解析する視界を無限に拡張し続ける。しかし、二〇〇万人にひとりの例外存在を必要な数だけ見つけ出すことさえ、俺たちの国では叶わなかった。そうなる前に国が滅びた」

あるいは、後天性免罪体質と呼ばれる、〈シビュラ〉を稼働させるための例外存在を薬学的に生み出す試みも同じだった。結局は、数万人にひとり――しかも、その適応に失敗すれば、生ける屍と化し、夥しい数の死体の山が築かれるだけでしかない。

「〈シビュラ〉は、その稼働のために、どのような手段を取るにせよ、多くの人間の血を吸わねばならない呪われた怪物だ。ゆえに、現実に稼働することはなかった。やがて国は消え、技術だけが流出した。精神数値化技術《サイマティックスキャン》も、〈シビュラ〉も、実現されたかもしれない過去の遺物、時代の徒花《あだばな》として消えるはずだった」

しかし、その技術は日本に流れ着き、その可能性を大いに芽吹かせることになる。

「この海に隔てられた極東の島国は、禁断の技術《システム》に手を出した。そして気づいたときには、〈シビュラ〉は動き出し、人々は精神色相《サイコ＝パス》によって、その魂の在り方を定量化されるようになっていった。生まれるはずのない、原罪に塗れた偽りの理想郷が現実に出現してしまった」

それが今の日本という国。

世界最後の理想郷と呼ばれる、この社会。

「〈シビュラ〉は、お前のような贄《にえ》を求め、貪《むさぼ》り続けるだろう。精神色相の解析によって模範的な市民だけを生かし、箱庭のような理想郷を実現したところで、その根底には血の犠牲が流され続ける。そこに正義はない。人間の魂の尊厳を保障する自由もない。ただシステムが無限に拡張し続けようとする欲望があるだけだ」

「――だから、あなたはこの社会を破壊するつもりですか」

「在るべきものを在るべきかたちに戻すだけだ」とアブラム。「理想郷は、存在しないからこそ理想郷と呼ばれる。実現してしまった理想郷は、その名を騙《かた》るだけの鏡像、その偽物に過ぎない。ゆえに、どれほど悪を粛清しようと、人の悪徳は蔓延《はびこ》り続ける」

「それでも、この社会は人を生かしています。そして人が、この社会で生きている」

「精神色相《サイコ＝パス》とは、人間の魂の在り方を完全に解析可能な技術ではない。それはひとつの尺度に過ぎない。我々が、〈シビュラ〉を通して見た世界の在り方、人間の魂のかたちというものが精神色相であるというだけだ。そして今、たまたまその価値観において正しいとされた者たちが生かされているだけであり、もしも、その定義が変わってしまえば、今こうして生きている者たちも瞬く間に処理され、死滅することだろう。人がシステムによって生かされる社会というのは、つまりはそういうことだ」

この男《アブラム》は、正義について語っている。

あるいは、人間の自由、魂の尊厳、その侵してはならない聖域について。

滄は、対峙する男が口にする言葉すべてを、余すことなく理解していた。その正しさに共感めいたものさえ抱いていると言っていい。

しかし、それでも互いに理解し合うことはできない。なぜなら、滄もアブラムも、互いの見つめる世界は同じであっても、そこから如何なる構成要素《スペクトル》を抽出し、その世界のかたちを捉えるかは、まるで異なるからだった。彼らが見る真実の色彩《いろ》は、けっして重ならず、そして交わらない。真実とはあらゆるものの背後にある影であり、そしてそれを生み出す光そのものだった。

それゆえに、どれだけ言葉を重ねようと、その衝突が回避されることはない。

なぜなら、人は正義のために生きているのではなく、人が生きていくために正義が求められるのだ。正義とは、人が社会に託し、そして社会に選ばれた者の手に委ねられるもの、社会に生きる人間すべてを守るために行使される力の別名、真実の銘《な》に他ならなかった。

正義は火であった。それゆえに、用いるものを厳しく制限するものであり、そして滄もアブラムも互いに、その火をもって世界を裁く資格を与えられてはいなかった。その資格を持つ者とは、今はここにはいない誰か、いつかは訪れるであろう未来のその相応しいときに現れる人間であり、それはまだこの世界の何処にもいない者だった。

ゆえに、この社会《システム》を裁くべき者もまた、滄の目の前に立つ男ではない。

システムは罪に塗れている。

これより、システムになっていくであろう自分もまた罪人であるように。

多くの人間を殺し、生き延びてきた獣。仲間の獣を犠牲に生き残った獣。

だが、それでもいつか人間は、怪物を自らの手で制御するすべを学び、そして社会を真に正しいものに変えていくだろう。

そのためには社会を守らねばならない。〈シビュラ〉の真実を沈黙によって秘し、この闇の底で、システムの敵を殺し、そして命を捧げねばならない。

「エイブラハム・M・ベッカム。わたしはあなたを執行する」

銃口が火を放ったのは、滄のほうが先んじた。というより、銃を撃発させたのは滄だけだった。アブラムは銃口を滄に向けたまま微動だにしない。

かわりに、滄の背後で、強烈な殺意を込めた棍棒のように逞しい腕が振り抜かれ、アブラム・ベッカムの虚像に向かって銃弾を放った滄の頭を、鉄の拳が粉砕しようとする。

滄は、射撃の反動を利用し振り上げた両腕と漆黒の大型拳銃によって、その打撃を受け止めた。凄まじい衝撃にそのまま弾き飛ばされそうになったが、機械化された右脚の義肢がその出力を如何なく発揮することによって、どうにかその場に踏み止まった。

瞬時に背後を振り向き、打撃の直後で姿勢を崩しているアブラムの腕を取り、投げ技に移行しようとするが、アブラムは即座に膝を折って姿勢を低くし、猛烈なタックルを仕掛けてくる。逆に腰を取られそうになった滄は、その場を飛び退き距離を取る。手にした大型拳銃の銃身はねじ曲がり、もはや使いものにならなくなっている。

そして、体勢を立て直したアブラムが、ゆっくりと立ち上がり、滄を見つめた。

彼の傍には、輸送ドローンに固定された脳の格納容器が置かれている。こちらこそが本物だった。アブラムは、その何者かも分からない脳を、しかし自分以外の誰にも決して触れさせないというふうに、自らの背後に移動させた。そして滄をじっと見つめた。

「この一撃でお前を殺せると思っていた」

〈シビュラ〉の脳を撃ち抜き、システムを破壊していたアブラムは、ホロによって再生された映像に過ぎなかった。アブラムは最初から、滄の背後に隠れ潜んで奇襲を仕掛け、その目的の達成を阻《はば》む滄を排除しようとしていた。

「……あなたの目的が、その脳を取り戻すことであるなら、私の銃口に晒すはずがないと思いました」

「なるほど」とアブラムが頷いた。「だが、ひとつ勘違いしている。俺は、この脳を〈シビュラ〉から引き摺り出し、この手で裁きを下すことが目的だった」

アブラムは懐から素早く拳銃を抜き放つと、躊躇なくすべての弾丸を格納容器に叩き込み、培養槽のなかで生かされていた脳を粉々に撃ち砕いた。

「かつてシステムを作り上げ、最初に〈シビュラ〉に取り込まれた脳の持ち主だったこの男は、お前によく似た奴だった。誰かのために、社会のために、そう言って他人のために平気で自分を犠牲にしてしまう男だった。だが、皮肉にも〈シビュラ〉の根幹となる演算処理ユニットにそんな人間が組み込まれたため、集団のために個人を犠牲にすることが当然と定義する社会が生み出されてしまった」

そして弾丸切れになった銃を放り捨てると、アブラムは、二本の太い腕を牡牛の角のように顔の前面に掲げ、背中の筋肉を隆起させた前傾姿勢を取る。

「だから、ここでお前を殺しておく。お前のような人間が社会を統《す》べる側に回れば、再び集団が個に優越する社会が生じることになる。精神色相《サイコ＝パス》という指標の許に、その社会に相応しからざる者たちを徹底して排除する仕組みを生み出すだろう」

そして一気に距離を詰めてくる。近接戦で仕留めるつもりだ。

確信した。これが最後の闘いとなる。

滄はナイフを引き抜き、これに応じた。この巨大な熊のような敵を斃《たお》すために。

アブラムの打撃は、猛々しい牡牛の突進の如くそのすべてが重く、そして速かった。滄はナイフを手に、闘牛士のようにステップを踏み、繰り出される拳を、肘を、タックルを躱《かわ》しながらアブラムの身体に傷を刻んでいった。しかし、どれも致命傷には程遠かった。

アブラムは微塵も動きを鈍らせない。

俺は六〇を過ぎた。正直、長く生き過ぎたと思う。お前は何歳だ？

アブラムが滄のナイフの刺突を弾きながら、ふいに問いを発した。

二三です。

荒い呼吸を繰り返しながら、滄は答えた。

身体は悲鳴を上げるほどに酷使されていたが、心は恐ろしいほどに冷静だった。

俺が過ちを犯したのも、ちょうどそのくらいだった。俺はくだらない嫉妬心で失ってはならない相手を失い、そして永遠に旅をする呪いをかけられた。ついさっき、ずっと探し求めていた相手を殺したというのに、何かから解放されたという気持ちも湧かない。

それは、あなたが彼を殺すつもりがなかったからです。

撃ち砕かれた脳は、きっとこの男にとって換え難い誰かの変わり果てた姿だった。

なら、どうすればよかった？

滄は弾かれたナイフを掌のなかでくるりと逆手に持ち替え、握り直すとアブラムの首に刃を叩き込もうとする。だが、鋼鉄の腕に弾かれた。白刃はただ空を切るのみ。

敵わない。相手は、あまりにも強い。

アブラムはそのまま突進し、頭突きを喰らわす。滄は胸部を強《したた》かに打たれた。肋骨がめしりと軋《きし》む。心臓に凄まじい衝撃が加えられ、一瞬、その拍動を止めた。その直後、ドクン、と爆発するような大きな脈動が生じ、滄は激しく咳き込んだ。

……どうしようもない。あなたはその相手を、もう殺してしまった。

マツリはお前をひどく優しい女であるように言っていたが、俺からすると誰よりも残酷な人間に見える。機械のようだ。

かもしれない。わたしは、機械のように人を殺してきた。

そう告げた瞬間だった。

お前は、誰よりも優れた人を殺す機械になれる。その素質がある。誰よりも優れた狩人になる――かつて誰かが、自分に告げた言葉が蘇った。

過去から到来する記憶の氾濫。この日本で、辿り着いた楽園で生きていくために凍りつかせ、二度と思い出すことのないように封じた数々の記憶が、四肢を大地に縫い止める軛《くびき》から解き放たれた獰猛な獣のように襲い掛かってくる。

旅立ちの日。すべての始まりであり、そして何もかもが失われた日。

真守滄の故郷は、日本ではない。世界の端、東の果てにある理想郷ではない。大陸の東と西の中間点、多くの人間が行き交い、それゆえ長きにわたる歴史において幾度も戦火に晒され、支配と隷属、そして反抗と自由のために数えきれないほどの血が流されてきた土地に生まれた。

流れる大河が多くの実りをもたらす肥沃な大地。今は亡き祖父から授けられた広大な農地に、少女はひとりで立っていた。目の前には、黄金に耀く麦の穂が、ちっぽけな彼女のことなど気にも留めず、どこまでも旺盛に茂っている。頭上の空は青く、どこまでも澄み渡っている。音はない。ただ透明で乾いた風だけが吹いている。

少女は、天に唾吐くように、口から血の混じった小さな歯を吐き出した。血飛沫が、黄金色の穂を醜く染める。少女の顔面は激しく殴打されていた。突如として襲来した、略奪者に抵抗したあかし。敗北と間もなく訪れる死を予言する刻印だった。

その日、収穫の時期を迎えた朝、少女は鎌を持ち、まだ準備の整っていない両親を置いて家を飛び出した。そして、馬に乗った見知らぬ異邦人が小さな木造りの家に押し入るのを見た。少女は、咄嗟に積まれた薪の陰に姿を隠した。今、自分が目にした者が、人間の姿をした、とてつもなく獰猛な獣のように見え、恐怖したからだった。

そして乾いた炸裂音が何度か響き、少女の両親は殺された。

異邦人は女だった。異形の狙撃銃を携えていた。

人間を襲う狩人。その獰猛な眸に捉えられた者たちはすべて、その牙を突き立てられて貪り食われる。少女は本能的に理解した。この女を殺さなければ、自分はけっして生き残れない。少女は憎悪もなく、ただ生存への希求から、その殺害を決断した。

異邦人の女は殺した少女の両親から、歯を毟り取ることに夢中になっている。音を立てず、息を殺し、完全に気配を断って、少女はその背後に忍び寄る。少女は大地の恵みを刈り取るための鎌によって、自らの命を脅かす者の首を掻き切ろうとする。

だが、異邦人の女は、刹那に生じた殺意を察知した。獣じみた反応速度で背後を振り向き、異形の狙撃銃で少女の顔を激しく打ちつけた。鉄槌のごとき衝撃。少女はもんどりうって地面に転がった。敗走する手負いの獣となって、一目散にその場から逃げ出した。

死にたくない。黄金に耀く豊穣の海のなかを駆けて行った。無茶苦茶に鎌を振り回し、道を作って逃げ続けた。しかし、異邦人の女はどこまでも追跡してきた。

必ず殺す。迫りくる足音が、そう告げていた。高らかに鳴る馬の蹄の音。弾丸を薬室に送り込むため、レバーがコッキングされる硬質な音。それなのに、異邦人の女は、呼吸一つ乱さず、亡霊のように静かに接近してくる。

ついに前に進めなくなった。襲い来る死に絡め取られた。天を仰いで、血とともに小さな歯を吐き捨てた。歯が生え変わるたび、子供は大人になる。亡き祖父は、幼い少女の歯がぽろりと抜けるたびにそう言った。新しく生える硬く丈夫な歯で、しっかり食べなさい。

祖父は、自分が焼いた、がっしりと硬いパンを少女の両手いっぱいに与えた。

だがもう、誰も少女にパンを与えてくれない。少女は、もはや生きるすべを失った。

そして自らの馬を囮に、いつのまにか、少女のすぐ背後に忍び寄っていた女が、その命を奪いに現れた。地面に引き摺り倒され、銃口を額に押しつけられた。視界には、どこまでも青い空。黄金に耀く麦の穂。そして、真っ黒な影そのものといった女の相貌が映る。

お前は、自分が生き残るために、私を殺そうとした。

まるで、罪状を告げるような言葉。

だが、女は少女を殺さなかった。少女に芽生えつつある、ひとつの才能に気づいていた。

お前は、今からソウだ。お前は、私の娘になった。群れに加わり、遠い東の果ての故郷に帰りつくため、同胞たちに尽くす狩人になる。人の心を殺し、獣になれ。あらゆる生き物の殺し方、命の奪い方は、私が教えてやる。

その殺戮の才能によって、一人でも多くの仲間を、故郷へ送り届けてもらう。

そして、生き残るために、少女《ソウ》は、自らの精神を氷漬けにした。その魂を逸脱《アブノーマライズ》させ、あらゆる人間を狩るための獣、狼の群れの一員になった。

そうだ。あのとき、まだ見ぬ故郷へ向けて旅立つ以外、一切の選択を奪われたとき、人間としての自分の精神は死んだ。自分を使う者たちに、自らの全てを委ねる、心のない機械と化した。

それが真守滄という女の正体。人間の皮を被った獣の、その真実。

そして引き伸ばされた時間認識が、再び今この瞬間に収束していく。

邯鄲《かんたん》の夢のごとき、刹那の追想から醒めた瞬間、目の前には鉄塊のごとき拳が迫る。

アブラムが再び鉄の腕を振るった。だが、これまでの重い一撃ではなく、滄の防御を突き崩すような素早い連撃。完全に虚を突かれた滄はガードを弾かれる。続く鉄槌のような肘の打撃で顎を打ち抜かれ、平衡感覚を奪われた。その隙を相手が逃すはずもなく、万力のように凄まじい握力《りょりょく》で喉笛を摑まれ、引き倒された。そのまま機械の膂力《りょりょく》で、頭を何度も床に打ちつけられる。

視界が白んでくる。殺されるよりも先に意識が消え果ててしまいそうになる。

アブラムは告げる。彼に、自分を生かすつもりはない。正真正銘の死刑宣告。

お前は機械のような人間であり、しかし人間のような機械ではない。だが、〈シビュラ〉に取り込まれれば、お前は正真正銘の機械になる。〈シビュラ〉の演算処理ユニットになった瞬間、個としての意識は消滅する。集団で思考する群れのひとつになり、ただ未知への理解という欲求のみに支配され、もたらされるあらゆる情報を解析すること以外、何も考えない情報処理装置のひとつに過ぎなくなる。俺の親友だった男の魂も、そうして使い潰されていったはずだ。

お前にほんの少しだけ情けをかけてやる。人間のまま死んでいけ。

ああ、この男は、それでも、わたしを人間として扱うのか——。

すると、あまりにも、ふいに理解が訪れた。

なぜ、自分は衣彩茉莉を助けようとしたのか。どうしようもなく、彼女に惹きつけられていったのか。その完全なる解答が得られた。

衣彩茉莉は、真守滄の在り得た可能性、もうひとりの自分だった。

ただ、そこで生きているだけで、否応なく、天災のように理不尽な死に脅かされる地上の地獄に、自分も彼女も産み落とされた。

自分は生き延びるため、人間であることを捨てた。ただひとつの機械となることで、その命を繋ぎ、そして最後には、あらゆるものを失って、この理想郷へとたどり着いた。

だが、茉莉は違う。彼女は、この人間の自由と魂の尊厳を何より守ろうとする男と出会い、人間であるまま、その正しい魂の火を消すことなく、在るべき姿で、この日本に、本当の故郷に辿り着いたのだ。

わたしは、彼女のなかに、自らの希望を見る。今はもう失われてしまったもの。二度と取り戻すことは叶わず、それでも忘れたくなかった想い。真の無垢なる魂の耀き。

それはきっと、この社会に生まれてくるすべての子供たちが宿すものであり、しかし他者の悪意によって容易く消えてしまう、あまりにも儚い、正しい魂の在り方だった。

すなわち、これこそが、真守滄という、もはや壊れてしまった人間の残骸が、その魂を費やし守り抜くべきものだった。自ら為すべきと決めた、最後の選択だった。

滄は、必死に縋《すが》りつくように、その意識を現実に留め続ける。反撃の機会を窺い続ける。

アブラムの目的がシステムの完全な破壊であり、たとえ滄の命を奪おうと、その頭部が残り、いずれは脳を摘出され〈シビュラ〉に組み込まれる余地があるとすれば、その可能性を確実に潰しに来るはずだった。

そして、そのときが来た。ふっと繰り返される打撃が緩んだ。

最後の、とどめを刺すための一撃が来る。

アブラムは滄の頭部を真正面から叩き潰そうと、その拳を振るった。滄の頭蓋に致命的な亀裂が生じ、灯りを吹き消すように意識が暗闇の彼方に遠ざかるのが分かった。それでも滄は、握りしめたナイフを突き出し、獣が牙を突き立てるようにその白刃の切っ先をアブラムの分厚い胴体に刺し込んだ。突き込まれた刃は肋骨の間をぞるりと抜け、熊のような巨体のアブラムに致命的な一撃を与えた。

そして滄の頭部が砕け散り、二度と修復の叶わない血と魂が抜け出し、その命の終わりが訪れた瞬間と前後し、アブラムもまた動きを止めた。殺し合いを続けた狼と熊が相討ちになり、永久に凍りついたようにどちらも動かなくなった。

それこそが、真守滄が自らの死と引き換えに得たもの。

この社会を守るために支払われた、代償のすべてだった。

Φ

雪には水が混じり、牡丹雪となって重みを増して都市に落ちていく。

東京の摩天楼。煌《きら》びやかな景観ホロを施された高層ビル群は、あちこちにノイズを奔らせ、灰色の外装を剝き出しにしつつある。

そのなかでも厚生省ノナタワーは一際、巨大だった。暗雲に突き立つ塔は、すべての生者を運び守るための箱舟のようでもあり、同時にすべての死者を収める棺のようでもあった。その眼前では今も、警察機構と反体制レジスタンスたちの戦闘が続いている。

大規模な思考汚染《サイコハザード》抑止のため、付近一帯は外界と完全に隔離されていた。台場に至るための全線において、所轄警察による検問封鎖が実行されている。

茉莉は、滄が移動手段に用いていた単車を駆り、輸送車輛にカフカとラヴクラフトを載せて、立ち塞がるすべての検問を突っ切った。警察が彼女を追うことはなかった。

衣彩茉莉に与えられた特別捜査官としての資格《ライセンス》は、失効されていなかった。そして置き去りにされた仲間たちを代わりに助けてくれると祈るように、警察官たちは、茉莉の小さな背中を見送った。

茉莉の色相は、限りなく澄んでいた。淡い紅色から、すうっと色が溶け落ちていき、極光のような純白に限りなく近づこうとしている。それが後天性免罪体質の発現なのか、それともついに脱落のときが訪れ、生ける屍と化す前兆であるのかは、分からなかった。

意識ははっきりしている。自分の意志は、確かに肉体の手綱を握っている。願いを自分に託した彼女の想いを継げと命じている。

現在、〈シビュラ〉の処理能力の低下は一定のところで歯止めがかかった。それはつまり、滄がアブラムを制圧したことを意味する。だが、滄が無線通信で、それを報せてくることはなかった。そして、どれだけ茉莉が呼びかけても応答はなかった。

〈シビュラ〉の演算リソースは、国境警備網の維持が最優先された。

台場のノナタワー落成式典会場は、最初から敵を誘《おび》き寄せるための囮《おとり》として利用され、そして、その場に集められた者たちすべてが使い捨てられようとしている。

会場に踏み止まった合同捜査チームと警察機構の人員たちは、その大半が命を落としていた。少しでも多くの敵をこの場に釘付けにすることで、守るべき〈シビュラ〉の許に向かわせないように。

唐之杜瑛俊と秋継がその指揮を取っているが、高架道路を狙撃地点として敵に押さえられているため、劣勢を覆《くつがえ》すことができていない。

増援となる国防軍の軍用ドローン戦力も、その多くは国境警備のために駆り出されている。派遣された戦力も、〈シビュラ〉の演算処理能力の低下によって大多数がパフォーマンスを低下させている。いまだ式典会場から脱出できない参加者たち、付近の戦闘に巻き込まれて逃げ場を失った一般市民たちを防御する盾となり、破壊されていく。

茉莉は、有明JCTから新首都高速湾岸線に突入して間もなく、横転して上下線を封鎖するトレーラーを見つける。レジスタンス側が陣地を確保するためのバリケード。

茉莉は、合流した少数の機動隊の支援を借り、正面突破を強行した。

左半分が失われた視界は、カフカがカバーする。不可視の迷彩を纏《まと》ったラヴクラフトとともに急速にトレーラーまで接近。立ち塞がる敵は躊躇なく殺した。武力を行使するとなれば冷徹に、無慈悲に敵を殺戮していく狩猟者となった滄を真似るように戦った。

レジスタンスたちは、すでに人間爆弾をほとんど使い果たしていた。後に残った者たちは限界まで抗戦したすえに自爆するため、全員が爆装したベストを着用している。茉莉は速やかに敵性狙撃手――〈帰望の会〉の生き残りを仕留めようと、手にしたVSS消音狙撃銃を構える。放たれた銃弾は背中から防弾ベストを突き破り、狙撃手を殺害する。

その死骸の顔を見て、相手がバンドウであったことに気づいた。その傍らで、事切れている痩せぎすの少年はササキだ。額を撃ち抜かれ、後頭部を爆ぜさせている。

指揮官を兼ねていた狙撃手二名が倒されたことで、高架道路側のレジスタンスの指揮が大きく乱れた。式典会場へと飛び込み、自爆を試みようとする者たちを、茉莉はひとり、またひとりと撃ち倒していった。そして残存する機動隊の突入によって新首都高速湾岸線を警察機構側が奪還した。

そのまま高架道路の狙撃地点に陣取った茉莉は、式典会場でなおも抵抗を続けるレジスタンスたちを射殺していく。徐々に軍用ドローンたちも再起動し、避難民の保護と、敵残党の制圧に動員されていく。戦いは急速に終結へと向かっていった。そこで茉莉は、本来指揮を取るべき滄の代わりに、その責務を果たし続けた。

また再会するときのために。

相棒として、その傍らに立つために。

真守滄が戻ってくるまで、戦い続ける。あの何よりも気高く美しい、孤高のハイイロオオカミのような彼女に、しかしもう、あんたはひとりじゃないんだと言ってやるために。

あたしたちは、ふたりでひとつの相棒となって、この社会で生きていく。

茉莉は思う。自分は滄によく似ている。しかし、まるで違う部分もある。合わせ鏡のような関係。だから、彼女がこの社会を守るというならば、自分はそこで生きる人間たちを守る者になろう。

かつての自分たちのように、生まれたときから選択の余地のない者たちに、自由と選択の権利を与えよう。自らの意志で、その人生を手にするだけの機会が授けられる社会を築き上げていくために、自分は――衣彩茉莉は戦うことを選択する。

そして裁きの天秤の上で、犯した過ちと釣り合いが取れるだけの贖罪を果たそう。

そうすることで、滄が自分に託した願いに報いるのだ。

だが、ふいに無線通信が起動した。

《……どうやら俺たちは敗北したらしい》ぞっとするほど冷たい、死者が囁くような声だった。《だが、安心しろ。棄民政策によって、多くの同胞を死に追いやった男は、俺がここで仕留めてやる。その罪を罰してやる》

はっとして、茉莉は眼下を見下ろす。

高架道路の直下、最初に人間爆弾が炸裂し、黒焦げになった骸《むくろ》と無数の肉片が散らばる爆心地。そこには封鎖されたノナタワー地下区画を突破するために装備のほとんどを使い果たし、そしてここに辿り着くまでに無数の傷を負った瀕死の三枝がいた。

彼は隠れ潜んでいた死体の山から、その姿を現し、自動小銃を構える。

その銃口の向く先には――、唐之杜瑛俊の姿。

唐之杜はまだ気づいていない。己を狙う最後の射手の死線に捉われたことを。

《俺たちが何者であったか、好きに語ればいい。生き残った者だけが語り部となる。それが誰でも構わない。――俺たちは故郷へ帰ることを望んだ。かつて、この国に仕える者たちが犯した罪を罰する焔となるために》

それはかつて、自分が無邪気に口にするばかりだった空虚な望みだった。しかし三枝は違った。

〈帰望の会〉の人間たちはみな、本当に裁きを下す焰となることを望んだ。

初めて、日本の地を踏んだときのことが脳裏を過《よ》ぎった。

国境海域を突破し、密入国を果たしたアブラムと、そして茉莉を含む〈帰望の会〉の面面を乗せた船は、夜が明ける間際にだけ訪れる青黒く冷たい暗闇に紛れ、人が去って久しい、朽ち果てた港に接岸した。だが、なぜか〈帰望の会〉の構成員たちは、いつまで経っても陸地に降りようとしない。だから、茉莉は抜け駆けをして、一足先に岸壁に飛び移った。誰よりも早く日本に、足を踏み入れた。

だが、違ったのだ。彼らはきっと、自分なんかよりずっと本気で、日本という故郷に帰ることを強く望んでいた。だから、何よりも大切なその場所に、軽々しく立ち入ることができなかった。

自分はきっと、彼らの想いを何度も踏み躙《にじ》ってきた。本当に大切なもの、守るべきものを見つけることができずにいた、ただの子供に過ぎなかったから。

けれど、今は違った。

自分には、守りたい相手がおり、そして守らなければならない社会がある。それは誰にも譲ることのできないものであり、壊されてよいものではなかった。

この精神衛生を至上とする、歪な理想社会を、自分はけっして肯定することはできない。しかし、自分に生きる権利を与え、本当に望む人生の在り方を選ぶ自由を授けてくれた者たちは、その命を賭して守り抜こうとした。

なら、その託された願いを果たしてみせる。

自分の、この命を使うべきときが来た。

茉莉は、白銀の剣のような大型拳銃――M513レイジングジャッジを抜き、その銃口を三枝に向ける。爆発するような反動を押さえ込み、その弾丸を正確に叩き込む。

だが、それでも彼は寸でのところで致命傷を避けた。茉莉の必死の抵抗すらも嘲笑うように、自動小銃を構え直す。照準した獲物を逃さない。その復讐を成就させようとする。

もう間に合わない。咄嗟に茉莉は、近くに転がっていた自爆用ベストのひとつを引っ掴むと、猛然と高架道路から飛び降りた。

今まさに命果てる寸前、唐之杜を射殺せんと自動小銃の引き金に指をかける三枝の直上で、この国における最後の戦争の、そして最終の炸裂がもたらす焔の只中で、衣彩茉莉の命もまた燃え尽きた。

†

戦闘は終結した。

合同捜査チーム・警察機構の人員のうち、生存者は唐之杜瑛俊と秋継を含め、僅かだった。

敵襲撃グループのうち、〈帰望の会〉構成員一名を拘束したが、間もなく服毒自殺を図った。残る全員は死亡が確認済み。動員された反体制レジスタンスも大半が死亡。生き残った少数が検挙されたのみだった。

戦闘に巻き込まれた式典参加者、一般観光客の死傷者も、いまだ正確な数は不明。

敵味方双方を合わせ、死者数は三〇〇を優に超えた襲撃は、後に〈ノナタワー落成式襲撃事件〉の名で、日本史上最悪のテロとして人々に記憶されることになる。

そして今、またひとり死者の数が増えようとしていた。

衣彩茉莉は、誰の目にも致命傷は明らかだった。爆発に巻き込まれ、その身体は四散こそせずに済んだものの、全身に重度の火傷を負っており、一部の皮膚は炭化している。唐之杜は、そうやって自分を庇った少女を看取ろうとしている。

「あいつが来たら伝えて。絶対に死ぬなって言われたのに……」

「大丈夫だ。君は死なない」

「あたしのほうが先に死んじゃって……、ごめん」

「耐えてくれ、もうすぐ真守も到着するはずだ」

唐之杜は彼女に鎮痛剤を投与し続けながら、その囁くような声に耳を傾ける。

少しでも、死への猶予を引き延ばそうとする。

しかし滄は死んだ。すでに彼女の遺体が回収されたとの知らせが入っている。

その遺体がどこで発見されたのかは機密情報として秘された。

それで彼女が〈シビュラ〉の中枢で果てたことを悟った。この台場のノナタワー地下ではない、都市のどこか、誰にも知られていない場所で孤独に戦い、命を落とした。

彼女と相討ちになったはずのアブラムの死体は見つからず、どこかに逃亡したという報告も入っていた。しかし彼も致命傷を負っている。先は長くない。

この国は、ぎりぎりのところで踏み止まった。

多くの犠牲を払ったすえ、新たな世界の秩序へ向かう、その道程を歩き出した。

死者ばかりを生み出してきた時代は、これを契機にようやく終わりを迎えるだろう。

「衣彩、君は死なない」

死んではならない。

唐之杜はその腕に抱く少女から、どんどん熱が抜け落ちていくことに気づく。

おれはもう終わりだ。色相も濁り切った。隔離施設に送られて生涯を終える以外に、残された道はないだろう。だが、君たちは違う。君たちこそが生き残るべき人間だった。

しかし、もはや凍てついた世界が、少女の亡骸から、その命を鼓動させる種火のほんのわずかな熱までも奪い去っていく。

「――お願い、あたしを連れて行って……。あ、あたしの脳をあげるから、滄を、助けて……」

それが最後の言葉になった。

そして唐之杜瑛俊は、システムの真実を理解した。この社会を統べる怪物が、如何なる仕組みによって稼働するのかを。

もはや後戻りすることはできない。

自らが守るべきもののために、今この命を使うときが来たのだと悟った。

たった今、この腕のなかで火を消されてしまった少女の亡骸をゆっくりと、血と雪と水と石とが交わる場所に置くと、眼前に立つ男の顔を見上げる。

「……こいつは、切り札になるはずだったんだ。俺は衣彩茉莉を利用し、お前を失墜させるつもりだった」

秋継は、血と汗に塗れた髪を掻き上げ、感情のすべてが消え去った昏い眼差しで茉莉の亡骸と、そして瑛俊とを、交互に何度も比べて見た。

「……あなたの言っている意味がわからない」

「お前は今、俺が知っているなかで、最もひどい顔をしているぞ、まるで世界が滅亡したみたいにな。これで分かっただろう。お前は、この少女《ガキ》に誰よりも同情していたんだよ。自分が犯した途方もない罪の象徴であると同時に、相応しい罰を下し、その罪に贖いを与えてくれる唯一の希望だったんだろう？　だから、こんな大して役に立ちそうもなかった子供に司法取引の機会を与え、捜査協力者にすることで保護してやった。だから、俺はこいつを利用し、お前の精神色相《サイコ＝パス》を濁らせるつもりだった」

「――なら、これで満足か。おれの色相は終わった。そして彼女も死んだ」

　互いに疲れ果て、倦《う》んだ眼差しで睨み合った。自分たちの間に生じた対立は、いつしか底のない毒の沼地となり、どうやっても逃れることもできず、解消することもできないしろものに成り果ててしまった。

「お前は馬鹿か？」秋継は低く唸った。「お前という人間によって、人生を狂わされた人間同士、俺はこいつを仲間だと思っていたんだよ。俺の復讐は、失墜し落ちぶれ切ったお前を、こいつの手で執行させることで初めて完結するはずだったんだ。それが、どうしてこいつが死んでいる？　あの真守も死んだ。なのに、どうして俺やお前みたいなゴミクズばかりが生き残っているんだ？」

秋継は怒りを露わにした。その狂乱の理由を瑛俊は理解できない。

しかし、それでも目の前にいる男のほうが、自分よりも、よっぽど生きる価値のある人間なのではないかと思った。彼はいま目の前で起こった死に憤《いきどお》っていた。幼い命が消えたことに、兄は、自分よりもよほど感情を乱していた。このどこまでも歪み、矛盾を抱えた男が、だからこそ生きるべき人間なのだと思った。

それで決断を下す覚悟は決まった。

「――兄さん。あなたの権限すべてをおれに引き渡せ。東金美沙子と接触し、〈シビュラ〉の中枢に往くために、おれは唐之杜秋継に成り替わる必要がある」

「……狂ったのか?」

「お互いに、もうとっくに正気じゃないだろう。おれたちが互いに別のものに執着をしたすえに、後戻りができないところまで壊れていった。それでも、兄さんは何があっても生き残ると言った。なら、真実に辿り着いて死ぬのは、おれだけでいい。おれの代わりに兄さんがおれになり、生き続けてくれればいい」

先天性免罪体質の存在を知ったとき、自分の色相は大きく濁った。すなわち、この世界を動かす仕組みを理解し、その真実を知ることは、自分を含む大多数の人間にとって、死に値する大いなる罪なのだ。ゆえに、遅かれ早かれ、自分はこの社会に裁かれるだろう。だが、無駄死にするつもりはない。

「俺はお前が憎い」

「おれもあなたが憎いよ」

おれたち兄弟は、それぞれが犯してはならない過ちを犯し、してはならない選択を繰り返してきてしまったのだろう。いつかどこかで、何かを決断せずに別の選択をしていさえすれば、すべての人間は無理だとしても、死なずに済んだ者は大勢いたことだろう。

おれたちはみな、何かを生き残らせるために多くの人間を犠牲にしてきたが、そこでおれたちが生きているということは結局のところ、おれたちは自らが生き永らえるために誰かを犠牲にしてきたに過ぎないのかもしれない。

だとすれば、最後くらいは誰かを生かすことで死なければ、罪を償うことはできない。

自らの死を、誰かの生のために費やすこと。

その意味を、死んだ者たちが教えてくれた。

今、唐之杜瑛俊の前で永遠の眠りに就いた、小さく、しかし焔のように耀ける魂を持っていた少女。誰も辿り着くことのできない暗闇の最奥において、自らの命を差し出すことでひとつの社会を救った女。彼女たちの魂は、その意味ある命の使い方を選択した。

それは赦されざる罪でもあったが、その貴さと正しさを誰も侵すことはできなかった。人の魂が、尊厳の耀きを露わにするとは、つまるところ、そういうことに過ぎないのだ。

「今から、おれが唐之杜秋継だ」

それが、唐之杜瑛俊が辿り着いた真実のひとつの答えだった。

「今から、おまえが唐之杜瑛俊だ」

唐之杜は、銀縁の眼鏡を取ると、茫然としながらも怒りと憎悪に震える秋継の顔にかけた。強く相手を抱き締め、それからニヤリと笑った。

「──システムがまだ不完全だからこそ、おれにも、救えるものが、まだあった」

そして今、唐之杜秋継となった男は、衣彩茉莉の亡骸を抱き上げ、歩き出した。

この社会を守るために果てたひとりの女と、ひとりの少女の魂を救い、最後の再会を果たさせるため、怪物《シビュラ》でもあり神でもあるシステムの許へと向かっていく。

目の前には、巨大な新世界秩序の象徴が、どこまでも真っすぐに天へ突き立っている。

その膝元において数多の犠牲を出しながらも悠然と聳え立ち、この新世界を睥睨《へいげい》し続ける神々の玉座のような塔。耀ける幻影《ホロ》に彩られた厚生省ノナタワー。その眼差しが見通す先には、世界最後の、そしてかつて何処にも存在したことはなかった理想郷が拡がっている。その光景は神殿のように喩えられる。

ここには世界で最も新しい神が座しており、人々はその神の授ける法によって生き続ける。あらゆる感情や精神、その性格傾向は数値化され、定量化された魂は、──精神色相《サイコ＝パス》の俗称で呼びならわされる。

そして人間《ひと》は、この耀ける新世界で、その色相《いろ》に魂の真実を見る。

終章

そして、わたしが生まれた。

　脳に欠損が生じた場合、喪失された機能を別の部位が補完するように、死亡時に大規模な欠損部位が生じた先天性免罪体質《AA》の脳と、唯一の完成例となった後天性免罪体質《ApA》の脳は、互いに欠けた脳機能を代替し合い、二つで一つの脳となった。すなわち番《つが》いでありながら個である例外存在――新たな演算処理ユニットとして〈シビュラ〉に組み込まれた。

　本来、別々の脳であるはずの二つの脳は、驚くほど似通っていた。それゆえ移植・同期処理が例外的に成功した。このとき東金医療財団が、実験的に用いた脳結合技術は、後に多体移植と呼ばれる、多数の人間の断片から一つの人間を再構成するための超高度医療技術の萌芽となるが、本質的に、わたしは彼らとは異なる。彼らは群れにして個であるが、あくまでわたしは、個と個が重なり合った個に過ぎない。

わたしを構成するふたつの脳は、単独では、何の機能も発現させない、ただの脳の残骸に過ぎない。だが、演算処理のタスクが課されるたび、〈シビュラ〉という脳の群れによって構成される巨大知性のニューロンが発火し、ひとつの連続性をもって連なる瞬間、とてつもない処理能力を発揮する。それゆえ、わたしは、多くの演算処理ユニットを喪失し、大幅に演算資源《リソース》を低下させた〈シビュラ〉の復旧に貢献することとなった。

とはいえ、これらの事実をわたしが知ることになるのは、後に〈シビュラ〉に組み込まれた別の先天性免罪体質《AA》——東金美沙子との記憶の同期が図られてからのことである。〈シビュラ〉になるということは、個を捨て群れになるということだ。そこですべての記憶は平準化され、やがて意味を失う。巨大な知性を構成する一部と化す。

その意味で、わたしだけは、個ではなく番いとして群れに加わったため、ある種の異端として扱われた。その異端、特異性を〈シビュラ〉は大いに歓迎したが、同時にいずれ、この大いなる調和に歪みを生じさせる脅威になるかもしれないと警戒されもした。しかし、未知なるものを取り込み、自らを拡張することを至上命題とするシステムにとって、わたしもまた価値ある例外存在として、システムに受け入れられた。

ところで、他の脳たちは、自らが〈シビュラ〉を構成する群れではなく、独立したユニットとして行動するとき、かつて人間であった頃の自我を取り戻す。

その意味で、本来であれば、わたしに自我が生ずるはずはなかった。

〈シビュラ〉に取り込まれたとき、それぞれの脳が宿していた元の自我というべきものはすでに消えていた。脳は肉体を媒介とし、世界を認識しなければ自我を生じさせることはない。そして肉体の死を迎えてしまった二つの脳は、そのとき、永遠にその自我、魂というべき何かを喪失してしまった。しかし、〈シビュラ〉の演算処理ユニットとして、互いが結合した状態で組み込まれたとき、新たに、わたしという自我が生じた。

ふたつの魂のわずかな残滓《ざんし》が立てるさざ波、その共鳴が生み出した、新たな波。

それが、わたしだ。

わたしは、わたしであり、そしてわたしだ。

この違いを伝えることは非常に難しい。

喩えるなら、わたしは回転する独楽《コマ》のようなものであり、左右どちらに転ぶのかは、そのときになってみないと分からない。そして独楽が倒れる瞬間というのは、こうして誰かにわたしの存在を認識されたときだ。

わたしが今、どちらのわたしであるのか、その観測結果は、常に揺らぎ続ける。

ゆえに、わたしは、わたしだ。

とはいえ、ときにシステムから離脱し、義体に格納されて行動する際には、識別のための個体票が必要となる。

そこで、わたしには新たな名前が必要になった。

かつて真守滄と呼ばれた個体《わたし》。かつて衣彩茉莉と呼ばれた個体《わたし》。そのどちらの自我も、世界に溶けて消えてしまった。しかし彼女たちでもある、わたしは、今もシステムの片隅で生きている。そして、二つのわたしを繋ぐ名が授けられた。

どちらでもあり、どちらでもない、わたしの名前。

それが、禾生壌宗《かせいじょうしゅう》。

後に、この名を持つ義体を、多くの脳が乗り換えるようになるが、その始まりとなったのは、間違いなく、わたしと、そしてわたしだ。

わたしは、〈シビュラ〉として、世界を視通す眼差しのひとつとなった。

Φ

ひとつの記憶を語ろう。

わたしの、唯一の涙について。

二〇七〇年を境に、日本社会は、精神色相を、その社会規範の絶対指標として定着させ、そこで生きる人々もまた、その了解の許で生きていくようになった。続く一〇年は、急速な、そして最終的な時代の転換期となった。

そして二〇八〇年代の初頭、間もなく警察権を含む、国内治安維持権限を厚生省が完全掌握しようとする、その革命前夜――。わたしが、〈シビュラ〉となり、禾生壌宗という名を得て外界で活動するようになって、しばらくの時間が経っていた。

場所は、厚生省直轄の重篤色相悪化者隔離施設――特に、かつて国家の要職に就いていたため、格別の隔離を必要とする者たちが収監された牢獄である。

その施設内にある、巨大な空間。

実験装備の試射施設も兼ねる、真っ白な空間に、男が一人立っている。

新たな治安維持機構たる公安局の局長として、その職務を遂行するわたしの手には、新たな法体系の要《かなめ》となる装備が握られている――試作・携帯型心理診断鎮圧執行システム〈Slaughter〉。

その執行兵装に照準された男は、その精神色相を解析され、〈シビュラ〉の裁きに基づく〈犯罪係数〉を算出されるのを待っている間、わたしに告げた。

本当は〈シビュラ〉が人の魂を数値化したことが重要なのではない。〈シビュラ〉が人の魂を数値化した、とこの国の人間――社会が認めたことが重要だったんだろう。それが、おれたちが辿り着いた真実だった。

彼はただの人間でありながら、〈シビュラ〉の真実に辿り着いた、あるいは気づいてしまった、現状で唯一の存在だった。しかし、システムに組み込んだところで何の有用性も発揮し得ない只の人間だった。

名前を参照する。

唐之杜秋継。世界の真実を知ったとき、彼の色相は致命的に濁った。それは、彼がこの世界で生きていく資格を失わせた。彼の双子の弟であり、厚安局取締官であった唐之杜瑛俊もまた、二〇七〇年に発生した〈ノナタワー落成式襲撃事件〉の後に、色相を安定させて職務復帰を果たしたが、外務省とともに国外で事件の継続調査をするなかで、その消息を絶った。

そして、虜囚として生きた双子の兄は今、処刑台に立っている。

自ら志願し、その新世界の法の裁きを受けようとしている。

《犯罪係数383・執行対象です》

新たな〈シビュラ〉の託宣は、穏やかだが、どこまでも無慈悲な女性を思わす機械音声によって告げられる。

《リーサル・エリミネーター・慎重に照準を定め・対象を排除してください》

わたしは、純白の執行兵装を構え直す。数多の骸の骨が絡み合うように、内部機構が迫《せ》り出し、その外見を禍々《まがまが》しいものに変えた〈Slaughter〉の引き金に指を掛ける。

これより、貴方を執行する。

そう、告げたつもりだった。

唐之杜取締官――。

だが、自然と相手の名が口から零《こぼ》れていた。理解不能な哀切。これから何か掛け替えのないものを自らの手で失わせることで到来する、未来の途方もない悲しみを予言するように、一筋の涙が流れ落ちた。

これより、わたしは貴方を犯罪係数――〈シビュラ〉の判定に基づき執行します。新たな世界の法の天秤は、あなたを重大な社会的脅威と認定し、その排除の側に傾いた。

なぜだろう。わたしは、この男が失われることが、哀しい。

お前たちが新世界の法の担い手となり、おれを裁くのだとすれば――。

しかし男は微笑む。焼け爛《ただ》れた掌を天に祈るように捧げ、そしてゆっくりと頭《こうべ》を垂れた。

処刑人が断つべき首を露わにするように。

旧き世界の後にくる新たな世界を、多くの者たちが望んだ真の理想郷にしてくれ。そして受け継がれるべき正義の火、古き世界と新しき世界を繋ぐ唯一の記憶たる法の正義によって、永久にひとの魂の、その在るべき姿を守護して欲しい。

その言葉は、まるで多くの謎を解く魔法の鍵のように、大きくわたしを揺さぶった。

あまりにも、ふいに。

なぜ、彼に銃口を向けたとき涙を流したのか。その理由が瞬く間に理解された。

彼がわたしを、わたしの元に運んだ。わたしたちの再会を導いた。

引き金を絞る指先は、ほんの一瞬、その動きを止めた。

しかし、その気づきは、わたしという自我が見せた、挙動の誤差に過ぎないものとして処理された。すぐに感情は平準化された。為すべきを為すために。

そして放たれた不可視の牙、殺傷電磁波が男を木っ端微塵に粉砕した。

犯罪係数――その世界最初の執行事例として、彼はその生涯を終えた。

以降、わたしは、二度と、涙を流すことはなかった。

Φ

そしてさらに時は進んだ。

精神色相は人々の内奥に確固として根づき、急速に社会は整備されていった。人々は繁栄を謳歌し、新たな世代を生み、そして育《はぐく》んでいった。生まれながらにして、精神色相による魂の定義が前提となる者たちが増え、過去を知る者は少しずつ去っていった。

わたしが、〈シビュラ〉と外界を行き来することは減っていった。わたしは、日々の人々の営みが〈シビュラ〉に求める膨大な処理タスクを演算するため、その能力を発揮し続けた。時おり、不可解な事件や、対処困難な事態を解決するため、例外的に外界で義体を得て活動することもあったが、かつて、わたしに与えられた禾生壌宗という名前も、その名を冠した義体も、多くの別の個体によって運用されることのほうが増えていった。わたしもまた、わたしという自我があったことを段々と忘れていき、システムの総体――わたしたち、と自らを認識するようになっていった。

　そして新たな百年の世紀が始まった。再び先天性免罪体質者を受け入れることもあった。その後、間もなく、また新たに〈シビュラ〉に取り込むべき免罪体質者の存在が確認された。この短期間に、しかも、かつて類例がないほど稀少な特異性を持つ例外存在を迎え入れられるかもしれないとあって、〈シビュラ〉は強い興味を抱いた。

　しかし、その例外存在は、非常な脅威にもなった。厚生省ノナタワーの地下大深度区画に格納され、厳重に管理された〈シビュラ〉の在処《ありか》に辿り着いただけでなく、システムへの恭順を拒否し、演算処理ユニットのひとつを外界活動用の義体ごと破壊したのだ。

　そして、〈シビュラ〉は半世紀ぶりに、その正体を暴かれる危機に陥った。

　この緊急事態に際し、公安局に配属されたばかりの監視官に最終的な事態対処を任せるため、〈シビュラ〉自身がその正体を明かすという緊急対処を行った。

　まだ少女とでもいうべき、その若い女性監視官は、免罪体質と認定されることはなかったものの、とてつもなく強靭な精神色相を有しており、同時に、〈シビュラ〉の真実を知りながらも、社会にとって有益な存在で在り続けるだろうと判断されたためだった。

　そして彼女は、わたしたちにいくつかの条件を要求しながらも、その任務を遂行しようとした。結果的に、最優先確保対象となっていた例外存在――先天性免罪体質者は、別の公安局から脱走した潜在犯の手により殺害されてしまった。

〈シビュラ〉は、大いなる拡張の機会を失ったが、それでも機密は守られた。

すべての事態が収束した後、事態対処に動員された若い女性監視官に対して、機密を保持するために、その脳を摘出する案、あるいは殺処分する案など、様々な対処案がシステム内で討議されたが、結局は、彼女をそのまま外界で行動させ続けることが、この社会にとって最大の利益になるだろうという結論で最終決着した。

このときも、わたしは、わたしたちとして討議に参加した。だが、わたしは、わたしたちの判断に従い続けた。ただ、〈シビュラ〉の眼のひとつとして世界を眼差す存在で在り続けた。

だが、そんなわたしが、件《くだん》の女性監視官が去り際に発した一言によって、長い時間を経て、わたしとしての自我を、ほんの僅かなときだけ取り戻すことになる。

――いつか誰かが、この部屋の電源を落としにやってくるわ。

彼女は、システムの存続と破壊への意志という矛盾した感情を言葉に乗せて口にした。

そしてこの社会が今なお理想郷として発展途上にあることを完璧に理解し、しかし、いつか真の理想郷が実現し、真に正しい正義、その法がまっとうされることを疑わない完璧な信頼を、その言葉によって示したのだった。

その色相は、僅かな濁りもない、完璧な清らかさだった。

そう告げて去っていった彼女を、わたしは彼女《わたし》によく似ていると思い、しかしわたしは彼女《わたし》によく似ていると思った。ゆえに少女は、わたしたちに似ているのだと結論した。

それが救済だった。

わたしが、かつてわたしであった頃、あるいは、わたしであった頃、その死の間際に抱いた祈りは消えることなく、誰かのもとに受け継がれていた。

その理解に至ったとき、不思議な歓喜が訪れた。もはや、魂すらないはずのわたしの、しかし紛れもないわたしの魂は、刹那の耀きを取り戻す。

哀しい歌。すべての死者を悼む喜びの歌。

わたしの魂から発せられた声は、多くの他者によって軋《きし》み、世界に届く頃には耳障りなノイズになるだろう。

それでもわたしは歌う。祝福する。この社会を、この社会で生きる人間を、そのすべての営み、数多の魂の色鮮やかな煌《きらめ》きによって描かれる、世界の真実のすがたを。

そして。

わたしは、わたしと、ひとつの無垢なる祈りを口にする。

この新世界に幸いあれ——。

あとがき

本作は、TVアニメ『PSYCHO-PASS サイコパス』のノヴェライズ・シリーズの第六冊目であり、後の本篇に繋がる前日譚となる、サイコパス社会の創世記《ジェネシス》——その最終巻となります。そして〈シビュラ〉となった者たちの生涯、その死に至るまでの軌跡を描いた本作をもって、『PSYCHO-PASS サイコパス』世界を視るまなざしは、ようやくその深奥、最後の地点まで辿り着くことができました。

さて、これまでのシリーズ全六篇において、様々な登場人物たちの物語を描くたび、「果たして人間の魂が数値化された未来社会は、善であるのか、それとも悪であるのか?」という問いが、著者である私のなかで繰り返されてきました。

実のところ、その答えというべき、この社会=世界に対する肯定と否定の感情は、つねに反転し続け、ひとつに定まることはありませんでした。

しかし、最終巻となる本作を経て、ようやく辿り着いた答えは、無数の人の営みによって構成される社会それ自体に、善も悪もない、という非常にシンプルな事実でした。社会とは、そこで生きる者たちすべてにとっての鏡のようなものであり、過酷な運命のなかで、善なる魂を喪わず生きる者もいれば、憎悪や絶望に呑まれて悪となる者もいる。それゆえ、この『PSYCHO-PASS サイコパス』の社会＝世界は、そこで生きる人間、その世界を視るまなざしの数だけ、語られるべき真実の姿を露わにするのです。

そして、そのうえで、『PSYCHO-PASS サイコパス』の世界を描く役割を担った本シリーズの完結を経て、みなさまにお伝えしたいことは、たとえ、この先、どのような未来社会が訪れようとも、人はその善良なる魂の在り方、正義という名の祈りの火を絶やしてはならず、そして、それはきっと親から子へ、あるいは人から人を通じて受け継がれてゆくであろう――、という人類に対する根本的な信頼、そのメッセージです。

本作で、このノヴェライズ・シリーズは完結と相成りました。シリーズ第一作となった短篇「無窮花《ムグンファ》」（『PSYCHO-PASS ASYLUM 1』収録）のSFマガジン掲載から、約二年半という長きにわたって本シリーズが続き、そして、その終幕まで至ることができたのは、ひとえに多くの読者の皆様に応援して頂いたお陰です。本当にありがとうございました。

最後に本作の刊行にあたり、ご尽力くださった関係者のみなさまを始め、シリーズ全作にわたって多大なご助力を賜りました、担当・塩澤編集長、作品監修・戸堀賢治さまのご両名に感謝を。そして、『PSYCHO-PASS サイコパス』の世界を描き続けてきた物語の完結に至るまで、長らくお付き合いくださった読者のあなたへ、格別の感謝を捧げます。

二〇一七年　冬　　吉上亮　拝

■主要参考文献／引用文献

『危険ドラッグ　半グレの闇稼業』溝口敦（角川書店）
『危険ドラッグとの戦い』藤井基之（薬事日報社）
『麻薬Gメン捜査ドキュメント　ガサ！』小林潔（徳間書店）
『満州難民　三八度線に阻まれた命』井上卓弥（幻冬舎）
『シベリア抑留　日本人はどんな目に遭ったのか』長勢了治（新潮社）
『革命の子どもたち』シェーン・オサリバン監督（マクザム）
『オオカミと神話・伝承』ジル・ラガッシュ／高橋正男訳（大修館書店）
『赤頭巾ちゃんは森を抜けて』ジャック・ザイプス／廉岡糸子・横川寿美子・吉田純子訳（阿吽社）
『「戦争」の心理学　人間における戦闘のメカニズム』デーヴ・グロスマン、ローレン・

W・クリステンセン／安原和見訳（二見書房）
『暴力の解剖学　神経犯罪学への招待』エイドリアン・レイン／高橋洋訳（紀伊國屋書店）
『別冊日経サイエンス　意識と感覚の脳科学　脳の実相に迫る』R．ユステ／G．M．チャーチ　監修：岡部繁男　翻訳協力：古川奈々子（日経サイエンス社）
『色彩心理学入門　ニュートンとゲーテの流れを追って』大山正（中央公論社）
『図解　首都高速の科学』川辺謙一（講談社）
『トコトンやさしい　水処理の本』オルガノ（株）開発センター編（日刊工業新聞社）
『トコトンやさしい　水道の本』高堂彰二（日刊工業新聞社）
『4つの原則が生む無限の動きと身体　ロシアンマーシャルアーツ　システマ入門』北川貴英（BABジャパン）
『文語訳　旧約聖書　Ⅳ　預言』（岩波書店）
『純粋理性批判1』イマヌエル・カント／中山元訳（光文社）

本書は書き下ろし作品です。

著者略歴　1989年埼玉県生，早稲田大学文化構想学部卒　著書『パンツァークラウン　フェイセズ』『PSYCHO-PASS　ASYLUM』（以上早川書房刊）他多数

HM=Hayakawa Mystery
SF=Science Fiction
JA=Japanese Author
NV=Novel
NF=Nonfiction
FT=Fantasy

PSYCHO-PASS　GENESIS　4

〈JA1258〉

二〇一七年一月二十五日　発行
二〇二四年九月　十五日　三刷

（定価はカバーに表示してあります）

著　者　吉《よし》上《がみ》亮《りょう》
原　作　サイコパス製作委員会
発行者　早川　浩
発行所　株式会社　早川書房
郵便番号　一〇一 - 〇〇四六
東京都千代田区神田多町二ノ二
電話　〇三 - 三二五二 - 三一一一
振替　〇〇一六〇 - 三 - 四七七九九
https://www.hayakawa-online.co.jp

乱丁・落丁本は小社制作部宛お送り下さい。
送料小社負担にてお取りかえいたします。

印刷・三松堂株式会社　製本・株式会社フォーネット社

Printed and bound in Japan
ISBN978-4-15-031258-9 C0193

本書は活字が大きく読みやすい〈トールサイズ〉です。